无用是书生

诸荣会 著

百花洲文艺出版社
BAIHUAZHOU LITERATURE AND ART PRESS

Catalog

走出赐福堂

　　走出赐福堂时，我禁不住想，作为一个"现代民主革命家、爱国诗人"的柳亚子，他如果再活几年，他的命运会如何呢？面对大炼钢铁的万丈炉火和一个接一个高产的卫星，还有后来的无疑是革文化的命的"无产阶级文化大革命"，他或许会再次吟出豪情万丈的诗篇，或许会再次"骂惊四座"大发牢骚，二者皆有可能。尽管历史是不能假设的，但我还是以为，以他的性格取后者态度的可能性极大。若真是如此，那么那时候，别人还能容忍他的"牢骚"吗？

一

我寻访"赐福堂"，是从南京到苏州，再从苏州到吴江，最后又从吴江到黎里的。一般人不知道赐福堂，但是都知道柳亚子——因为毛泽东的《七律·和柳亚子先生》：

饮茶粤海未能忘，索句渝州叶正黄。

三十一年还旧国，落花时节读华章。

牢骚太盛防肠断，风物长宜放眼量。

莫道昆明池水浅，观鱼胜过富春江。

还有《浣溪沙·和柳亚子》：

长夜难明赤县天，百年魔怪舞翩跹。

人民五亿不团圆，一唱雄鸡天下白。

万方乐奏有于阗，诗人兴会更无前。

赐福堂现在是"柳亚子故居"，就在黎里镇上。

柳亚子原名慰高，字安如，1887年出生于一耕读之家，12岁时随家人迁到黎里，并在那儿长期赁屋居住。柳亚子的父亲中过秀才，思想开放而进步，母亲贤淑；柳亚子幼时从母亲学唐诗，同时受父亲影响，少年时即赞成变法维新，醉心于当时《新民丛报》等宣传变法维新的报刊。

黎里是吴江的一个小镇，而吴江又属于苏州，苏州又属于江苏——现在是这样，当年也是这样——但是当年柳亚子却很少去苏州和南京，青年时代的他似乎总在黎里和上海之间奔走。

柳亚子第一次离开黎里去上海是在1902年，那年他16岁，在这一年里，他先是考中了秀才，但是他并不想在科举的道路上走下去，所以他又考取了上海的"爱国学社"。那时没有汽车，所以柳亚子第一次去上海自然是坐船去的。黎里离上海不远，坐船大半天时间就可到。虽然只是大半天的行程，但对于并没真正出过远门的柳亚子来说，还是很让他激动的，因为早在1900年，年仅14岁的柳亚子便曾私撰《上清光绪皇帝万言书》，主张废黜西太后，支持光绪皇帝维新变法；而当时的上海，不仅是中国最大的经济中心城市，同时那儿聚集了许多进步人士，几乎是各种进步思想的策源地；此行上海，他相信一定会走进一片人生的新天地！

果然，来到上海后不久，他便结识了有着"革命军中马前卒"之称的邹容，并成为好友；后又受教于蔡元培、章太炎等，思想便很快随之完成了由维新到革命的飞跃。1903年"苏报案"发生后，他不得不退学回到黎里，也是从那时开始，他开始不断在报刊上发表反清诗文，并一发而不可收。当章太炎、邹容下狱时，正值慈禧生日，柳亚子赋诗痛抒一腔愤激之情：

黎里镇上的柳亚子纪念馆

今日"赐福堂"（柳亚子故居）内景

胡姬也学祝华封，

歌舞升平处处同。

第一伤心民族耻，

神州学界尽奴风。

　　这年他才17岁，其诗不但显示出了过人的诗才，且矛头直指慈禧，更显示出了超凡的勇气和胆量。1906年，柳亚子加入中国同盟会，不久在沪淞口的海轮上秘密谒见了孙中山先生，并就此正式走上民主革命的道路。

　　1909年11月13日，柳亚子与他早年的老师著名诗人陈去病等发起成立了中国近代史上第一个革命文学团体——南社。南社几乎囊括了当时海内著名的文人学士，如柳亚子、马君武、马叙伦、沈钧儒、黄侃、胡朴安、吴虞、黄兴、苏曼殊、欧阳予倩、李叔同、黄虹宾、杜国庠、杨杏佛、刘大白、陈望道、沈尹默、吴梅等人，他们均为我国近、现代文史方面的名家。一段时间内，南社与同盟会，一文一武，互为犄角，为中国民主主义革命起到了非常重要的宣传与组织作用。而这一时期的柳亚子，以笔为枪，写出了大量宣传民主主义思想、宣扬国民革命的诗文，被誉为"游侠诗人"。

　　武昌起义爆发后，柳亚子在上海创办《警报》，专门报道起义后革命形势的发展，除刊登大量新闻照片和诗词、歌曲外，还大量刊登要电、消息、通讯、时评、专稿、译稿，图文并茂，深得读者追读，一时影响很大。孙中山在南京就任临时大总统，柳亚子被任命为"大总统秘书"，但因孙中山有意让临时大总统位予袁世凯，他仅仅在"大总统秘书"任上三天就称病回沪了，并坚决反对将孙中山临时大总统的职位让给袁世凯，写下了著名的那篇《孤愤》：

　　岂有沐猴能作帝？

居然腐鼠亦乘时。

宵来忽作亡秦梦，

北伐声中起誓师。

孙中山退出临时大总统职位后，柳亚子虽然仍不时以诗文为武器进行着战斗，甚至还曾一度在《天铎报》报上写诗作文，先天天大骂南京政府，后更骂袁世凯、张勋之倒行逆施，但同时他却陷入了苦闷与消沉中。这段时间虽然他还是不停地在上海与黎里间奔走，但住在黎里的时间似乎更多。他在黎里还组织了一个"酒社"，整天喝酒吟诗，痛骂袁贼，寄沉痛于逍遥。1922年，他租下了镇上的赐福堂，将全家搬了进去。赐福堂内此时可谓是日日谈笑有鸿儒，天天酒香溢四邻。

赐福堂原是一个叫周元理的邑人的老宅，其人乾隆时曾任工部尚书。此职大概相当于今天的水利部长兼建设部长和交通部长，曾执掌清朝水利工程建设和水陆漕运事务等，自然是个肥缺，因此他能造出这么一座大宅子。

宅名"赐福堂"，也有来由。众所周知，乾隆虽然是中国历史上最喜欢制造文字狱屠杀文人的皇帝之一，但是他竟也是中国历史上最喜欢做诗写字的皇帝，尽管他的诗和字写得都不怎么样。据说，每年十二月初一，乾隆总要在漱芳斋"亲挥宸翰，书福龙"，亲写"福"字赐予有功之臣。但是那些得到"福"的大臣，虽然当面会以激动的语气山呼"谢主龙恩"，但是心里却并不一定高兴——一年忙到头，竟就给几个字就打发了，既不用银子也不用花翎，对于皇帝来说真是合算，但是这纸写的"福"毕竟既不能当饭吃，也不能去换银子使，还得保存好——若是或丢失了，或虫蛀了，或鼠咬了，那就是大不敬之罪，便是杀头之罪。那每一个"福"无疑是一颗定时炸弹呵！

周元理为官一生，小心翼翼，他也因此而得到了十三个乾隆所赐之

"福",为了表达对这些"福"的尊重,他选出九个,制成匾额高挂于厅堂,厅堂遂以"赐福堂"名之。大堂之中,一"福"一匾,再加"赐福堂",便共有十个 "福",所以"赐福堂"又名"十福厅"。十福毕齐,想来周元理定是想福延子孙吧!

然而,柳亚子住进了赐福堂,便注定它就不再属于周元理而属于柳亚子了;或许本身也正是柳亚子的赁它而居,才使得它能站立到今天。

二

我终于来到了当年的赐福堂、今天的"柳亚子故居"门前。

真不愧是尚书府第,用院大宅深来形容一点不为过!宅子坐北朝南,临水而建,前后四进,中有天井相隔,大门正对着的河埠头也是一个小码头。我站在小码头上眺望,见缓缓地流动的河水,将小镇一分为二,鳞次栉比的阁楼重檐夹岸而建,看上去小河滋润着小镇,小镇也呵护着小河,千百年来一直如此!因为今天小镇"镇"之行政建制已撤而并入相邻的北厍镇,实际上已成了一个名符其实的村子,所以眼前看上去并无多少人气。河边有妇人跪在麻黄石砌成的河埠头上或淘米,或洗衣,浮在河中的几只鸭子,有时会突然游过来衔走浣洗妇人搁在石板上的抹布之类,惹得妇人一阵追打,打得鸭子发出嘎嘎的叫声,这声音在石驳的河岸间回响,更衬托出这里的安静。已是深秋时节,风里已带有湿湿的寒意,河边朝阳的屋檐下,已有人在晒太阳了。在近午的阳光下,女人边打着毛衣边互相聊着那些比河水还长的话题;男人们就着张小方桌,边搓着麻将边说着那些比身后老屋还要古老的故事。真想象不出,在当今经济发达的上海与苏州之间,竟还有这么一块似乎是世外桃源的天地;更想象不出的是,正是这样一方天地,当年竟然成了柳亚子的"磨剑"之所。

不错，这儿的确是一派"小桥流水人家"的世界，更是自古以来的鱼米之乡，这里的人们操着吴侬软语，崇尚诗书传家；但也同样是这块土地，往远了说，也曾孕育出因刺杀王僚而引得"彗星袭月"的专诸；往近了说，清人南侵时，也曾崛起过陈子龙、夏完淳等一批铁血诗人，使得中国东南方这隅稻香荷风中的土地异常坚挺，当然浸润它的鲜血也异常浓烈。因此，往深处想，从这儿走出个游侠诗人柳亚子也原本是一点不值得奇怪的。

我就这样站在河边的小码头上遥想着，遥想着当年的柳亚子，不但就是在眼前的这幢深宅中日日纵酒，而且还尽情挥洒风流的情形。

我去过不远处的周庄，那儿有一座迷楼，便是柳亚子挥洒风流的见证。

柳亚子邀南社社友陈去病、王大觉等访游周庄，在周庄贞丰桥畔那幢两楼两底名叫"德记酒店"的破旧小楼里欢饮，更纵论时事，抨击时弊，畅谈革命。酒店的主人是个寡妇，她还有个年方十八的女儿唤作阿金。柳亚子一行每至小店，阿金姑娘端茶送菜，有如轻燕；她送上桌的每一盘虾糟螺、蛳头肉、笋剥塘里鱼等，都是那样的鲜美；还有她斟的每一杯绿茶、黄酒，竟也让人觉得特别的醉人，"窈窕佳人劝酒缘"，阿金姑娘遂成了南社诗人们的梦里佳人，而这座小小的酒楼竟也成了他们的"梦里迷楼"。

"酒不醉人人自醉，风光宜人还迷人。"柳亚子的一首《迷楼曲》，叫无数人记住了阿金姑娘，也让历史记住了这个叫做阿金的村姑。

但是柳亚子日日风流的背后，并没忘了夜夜磨剑——他将自己的书房起名"磨剑室"，这便注定了他虽也纵酒吟诗，但决不会成为一个只会吟"今宵酒醒何处，杨柳岸晓风残月"的诗人！他的诗是他手中的剑，他是诗坛游侠，他剑锋所指，风惊鬼泣！

"五四"运动后，柳亚子再次走出"赐福堂"来到上海。此时的南社早已名存实亡，盛况不再。鲁迅先生在《二心集·对于左翼作家联盟的意见》中分析南社极盛而又速衰的原因时说："开初大抵是很革命的，但他们抱着一种幻想，认为只要将满洲人赶出去，便一切都恢复了'汉官威仪'，人们都穿大袖的衣服，峨冠博带，大步地在街上走。谁知赶走了满清皇帝以后，民国成立，情形却完全不同，所以他们便失望，以后有些人甚至成为新运动的反动者。"面对如此情形，柳亚子再次仗剑挑头。1923年10月，柳亚子与同乡叶楚伧等人在上海组织"新南社"，出版《新南社社刊》，发表白话诗文，并明确提出该社的宗旨是宣传三民主义，提倡民众文学。同时他还受到十月革命感召和新文化运动的影响，开始醉心于马克思主义学说和布尔什维克主义。是年十二月，他加入改组后的中国国民党，从事江苏省党部和吴江县党部的筹备活动，成为国民党中著名的左派领导人，积极促成第一次国共合作。他有一首题名《空言》的诗，就是写于这一时期：

> 孔佛耶回付一嗤，
>
> 空言淑世总非宜。
>
> 能持主义融科学，
>
> 独拜弥天马克思。

尽管有人曾指责他直接将政治概念和政治人物名字入诗，显得过于直露而少诗味，但是许多年后，当有人问他"先生诗数千首，哪些是代表作"时，他毅然说："倘本诗言志之旨，这首题为《空言》的诗，勉强可算代表作。"由此可见，他最为珍视的并不一定是这首诗本身，而是诗所表现的那种思想；也可见，他对自己这一段思想有着决定性变化的人生的珍视。

正是他的这一转变，将自己完全放置到了与国民党右派越来越对立的地位，以至被国民党开除，成为彻底的民权斗士而回到人民的阵营中，最终成为新中国的中央人民政府委员、全国人大常委。

望着眼前"柳亚子故居"的大门，我觉得它或许正是一个时光隧道和伟大心灵的入口，只要我们走进去，就可以走进一段历史，甚至可以走进一个复杂而又简单的心灵。我脚下的河水轻轻拍打着石驳的河岸，发出的啪啪声响，也似历史轻轻地诉说。哦！坐上一条小

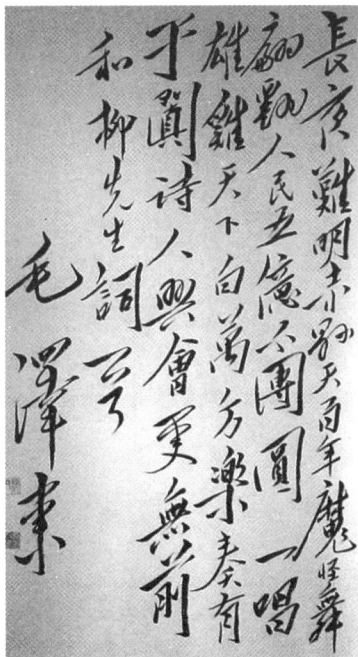

毛泽东《浣溪沙·和柳亚子》词手迹

船，在桨声欸乃中慢慢向前，是那个时代最好的出发方式。我似乎看到在一个个或月色朦胧的黎明，或月黑风高的静夜，柳亚子悄悄地走出赐福堂，登上早已准备好的停在门前河埠头下面的小船，或走向一个个黎明，或逃往一个个黑夜。

1927年，蒋介石发动"四一二"政变，柳亚子坚决反对，国民党右派对他又恨又怕，欲除之而后快。一天深夜，趁着月黑风高，陈群派军警摸到这儿来捉拿他，柳亚子躲进宅内的一处复壁才得以脱险。那处复壁想来现在还在宅中吧！

我走进了大门。大厅里最显眼的除了柳亚子塑像外，要算是左边墙壁上红丝绒底子、金黄色大字的一首毛泽东词《沁园春·雪》。这让许

毛泽东《沁园春·雪》手迹

多人为此而不解——柳亚子的故居内，为什么要放置这么一首毛泽东的词呢？要放也应该放那首《七律·和柳亚子先生》或《浣溪沙·和柳亚子》呵！

这样的疑问不无道理，但我想柳亚子故乡人这样的布置也并非毫无道理。

1945年8月，毛泽东到重庆谈判，柳亚子赶到曾家岩50号周公馆与其相会长谈，他佩服毛泽东为了民族的利益而表现出的大智大勇，赋诗相赠：

阔别羊城十九秋，

重逢握手喜渝州。

弥天大勇诚能格，

遍地劳民乱尚休。

后毛泽东又亲自到柳家回访，与他一起分析形势，指出："前途是光明的，道路是曲折的。"这更坚定了诗人的信心。在重庆期间，柳亚子请来名家为自己崇敬的这位老友刻印画像，还向毛泽东索诗。于是毛泽东将一首旧作抄在了一张信笺上交给柳亚子，一首千古名作便因此而传世，它就是这一首《沁园春·雪》：

北国风光，千里冰封，万里雪飘。望长城内外，惟余莽莽；大河上下，顿失滔滔。山舞银蛇，原驰蜡象，欲与天公试比高。须晴日，看红装素裹，分外妖娆。

江山如此多娇，引无数英雄竞折腰。惜秦皇汉武，略输文采；唐宗宋祖，稍逊风骚。一代天骄，成吉思汗，只识弯弓射大雕。俱往矣，数风流人物，还看今朝。

因此，毛泽东的这首《沁园春·雪》既是一段历史的见证，也是柳亚子与毛泽东一段友谊的见证，更是属于柳亚子的一份光荣，的确应该放进他的故居。

然而，尽管如此，我还是更愿意在这儿看到毛泽东的那一首《七律·和柳亚子先生》。我想即使是柳亚子本人在世，让他选择，他也会选这一首的吧！

那么他的故乡人为什么不愿将它放进这儿呢？或许在他们看来，在这首诗中，他们的这位老乡毕竟是受毛泽东批评了，放进这儿有点不合适吧！

的确，毛泽东在这首诗里是批评了柳亚子，那两句批评他的诗还成了脍炙人口的名句："牢骚太盛防肠断，风物长宜放眼量。"毛泽东批评柳亚子"牢骚太盛"。但是这有什么呢？甚至我以为，唯有"牢骚太盛"的柳亚子才是最真实的他，他的牢骚和他所有过激的言论都是他爱和憎、仇和恨、喜和乐等情感的真实表露。他是个政治活动家，也是一个诗人，他从来不隐瞒自己的观点，更不会去玩政客的一套。

1925年，他赴广州出席国民党二中全会，为了反对蒋介石提出的"整理党务案"，他在会场上放声痛哭，以示抗议，并中途退会。随后他又邀约侯绍裘和朱季恂一起去见蒋介石，怒问道："你到底是总理的叛徒，还是总理的信徒？如果是总理的信徒，就应当坚决地执行三大政策。"直问得蒋介石面红耳赤、哑口无言。

1926年3月，蒋介石发动压制共产党的"中山舰事件"。柳亚子气愤地找到中共广东区委负责人恽代英等人，说："我始终不相信蒋是一个为党的利益而革命的人，他要北伐，只是扩张他自己的势力，满足他自己的欲望而已！日后必然为祸！"并直言不讳，建议共产党"以重金雇枪手将其干掉"。

1937年"八·一三"之后，日寇占领了上海，作为国民党元老、著名诗人、社会名流的柳亚子自然有太多的机会离开上海，但他就是不走。他效法明代王船山和清代的嵩亭和尚，自署其居室为"活埋庵"，以明他决不同日寇合作之志；1939年5月，汪伪政权把叛国活动的中心转到了上海，上海的环境更加险恶了，血雨腥风，杀机四伏。沪江大学校长刘湛恩、《大美晚报·夜光》主编朱惺公、江苏省高等法院上海分院刑庭庭长郁华（著名作家郁达夫的哥哥）、中国职业妇女俱乐部主席茅丽英等著名人士连续遭到暗杀。柳亚子自知随时随地有可能遭到不测之祸，于是，他在1939年10月毅然写下了遗嘱：

> 余以病废之身，静观时变，不拟离沪。敌人倘以横逆相加，当誓死抵抗。成仁取义，古训昭垂；束发读书，初衷具在。断不使我江乡先哲吴长兴、孙君昌辈笑人于地下也。中华民国二十八年十月书付儿辈。

他将此遗嘱一式两份，一份交长女无非，一份寄给时在昆明西南联大任教的儿子无忌。寥寥不足百字，且无一豪言壮语，但读来令人荡气回肠。

1941年1月，蒋介石制造了"皖南事变"。柳亚子在香港闻讯后极为震怒，立即与宋庆龄、何香凝共同发表宣言，严词痛斥蒋介石杀害新四军、消极抗日的罪行，并声言除非国民党政府对事件表示"悔过"，否则就不出席国民党五届八中全会。蒋介石恐怕柳亚子不参加会议，便派吴铁城来"促驾赴渝"。吴铁城还邀来了杜月笙，威胁利诱一起上，但柳亚子全不吃，他在客厅里拍着桌子道："我宁可像史量才那样被他（蒋介石）暗杀，决不参加这种挂羊头卖狗肉的会议。"并大骂蒋介石的说客走狗"滚出去！"。蒋介石恼羞成怒，指令国民党中央以柳亚子"诬蔑中央"、"违反国策"为由将他开除党籍，并断绝了他的经济来源。而事实上，他当时生活来源无着。而他却公开宣布："宁可食草采薇，决不向小朝廷求活也。"

……

发生在他身上的类似这样的故事太多太多。这些故事充分表现了他作为一个政治家目光的敏锐和分明的爱憎，虽然其表达的方式因出于他诗人的激情和义愤而显得有些过激，甚至并不一定合适。如他向恽代英提出的暗杀蒋介石的建议，恽代英虽然深为赞许他的看法，但并不同意他提议的做法；毛泽东也为此与他共同饮茶谈心，这才有多年后他"阔别羊城十九秋"的诗句赠毛泽东，毛泽东也有"粤海难忘共品茶"的诗句赠他。然而这就是柳亚子，真实的柳亚子，一个有着"游侠诗人"之称的柳亚子！正是凭着这种精神，他敢想敢说，敢说敢做，敢作敢当，不平则鸣，一鸣惊人。

1949年，柳亚子等人应中共中央和毛泽东的邀请，来到北平参加政治协商会议和新中国的开国的一系列工作。柳亚子为此而异常兴奋，他写道：

六十三年万里程，

前途真喜向光明。

　　乘风破浪平生意，

　　席卷南溟下北溟。

　　在烟台登陆后，每到一地，柳亚子都要在欢迎大会上"致答词"，有时候东道主没有安排，他也要"自请讲话"。讲话之后，还要高呼"拥护毛主席，拥护中国共产党，打倒蒋介石，打倒美帝国主义！"。但到了北平以后，柳亚子却因为他自我觉得政治上未给他足够的重视和应有的地位，生活上没给他应有的待遇，便以诗代言，作《感事呈毛主席一首》送给毛泽东：

　　开天辟地君真健，说项依刘我大难。

　　夺席谈经非五鹿，无车弹铗怨冯谖。

　　头颅早悔平生贱，肝胆宁忘一寸丹。

　　安得南征驰捷报，分湖便是子陵滩。

　　诗中，他自比战国孟尝君门下因失意而弹铗出走的食客冯谖，并说要回江南的故乡隐居。

　　当然，如果说从前他的那些或"骂惊四座"，或"目无余子"的言语与举动，更多的是出于他作为一个政治家目光的敏锐和爱憎的分明，那么这一次他的"狂怒故态"和"不自讳其狂"，却更多的是出于一个激情诗人的"易于冲动，喜怒哀乐皆形于色"了。毛泽东当然理解他的这位老友，因此，尽管此时正值百万大军即将下江南之际，可谓日理万机，但收到柳亚子的诗后，仍亲自向有关部门询问情况，嘱其在生活上尽量给予优待，并作了那首著名的《七律·和柳亚子先生》诗，当天就让秘书送去给柳亚子。

　　在这首《七律·和柳亚子先生》中，毛泽东对柳亚子虽确有批评，但毛一方并无苛责厉言，而柳一方也并无丢一丝尊严和面子的地方；再则，柳亚子事实上也欣然接受了批评，他步毛诗原韵又作了一首和诗，明确表示他并无归隐之意：

> 东道恩深敢淡忘，中原龙战血玄黄。
>
> 名园容我添诗料，野火凭人入短章。
>
> 汉豮唐猫原有恨，唐尧汉武讵能量。
>
> 昆明湖水清如许，未必严光忆富江。

因此，毛泽东的那首《七律·和柳亚子先生》既见证了一段佳话，也见证了一个最为真实的柳亚子——怎么也应该将它刻在"柳亚子故居"内呵，我以为！

三

柳亚子故居的中间两进，被布置成了图片和文物陈列室，里面陈列着许多的图片和文物，见证了一位诗人兼革命活动家丰富而多彩的一生，只是我一时只能将它们粗粗看过。

来到了第四进，那"磨剑室"不能不看。看过柳亚子许多诗文的末尾，都有着"写于磨剑室"的字样，这为它蒙上了一层神秘的色彩——那究竟是一间怎样的屋子，竟让柳亚子在其中成就了那么多喷出鲜血与烈火的诗篇？还有，柳亚子心中的那一柄长剑，他到底有没有在此磨成呵？

原来赫赫有名的磨剑室竟是一间十足的斗室，大不过十平方米，门锁着，好在门上"磨剑室"三字的匾额尚在。这就够了！我将锁着的门推开一道缝隙朝里张望，见一床、一桌、一椅，桌上还有一灯、一笺、一砚、一笔，笔帽已除下放在一旁，笔则搁在笔架上，似乎主人刚刚离去，随时都会回来，坐在眼前的椅子上，拿起笔来……四壁的粉墙或有驳落，或有漏痕，看上去虚虚实实的，倒有点巧合着水墨山水的笔法，只是不知当年是不是就是这样，更不知磨剑其中的主人可曾在上面看到江山万里和风起云涌！一缕阳光透过天窗照在桌上的笺纸上，上面没有字迹。

那复壁在哪儿呢？解说员让我找，我找了半天也没找到，终于还是在她的指点下我才发现了它，原来是两座山墙夹着的一个仅可容身的如缝隙一般的巷道，有一个并不能算作门的短门通入其间。无论是在屋外，还是在屋内都很难发现它——谁能想象得到，这架梁的山墙怎么会有并排的两座呵！

1927年"四一二"政变，绝密通缉令上柳亚子名列第21位。5月8日夜半，已熟睡的柳家人忽然被一阵粗暴的敲门声和叫骂声惊醒。柳夫人第一个意识到一定是抓她丈夫柳亚子的人来了，也许是早有所料，所以她显得异常机智和镇静，她迅速移开橱柜，让柳亚子通过短门藏身复壁，然后将橱柜依原样放好，丝毫不露痕迹。

军警很快便闯进了内室，到处搜查，他们手拿着柳亚子的照片，对家里的每一个人挨个询问，但大家异口同声地说主人出门很久了，连当时只有12岁的小女柳无垢和年幼的外甥，并无人教他们，但他们竟也像大人一样如此回答，未露半点破绽。

藏在复壁内的柳亚子对于外面的一切当然听得清清楚楚，我很想了解他此时此刻的心情，于是我也走进了复壁，但是里面的黑暗和憋促让我除了有一种喘不过气的窒息感以外，几乎别无感觉。然而柳亚子却在墙上留了《绝命诗》。借着手电的光亮，我看到这样四句：

曾无富贵娱杨恽，偏有文章杀祢衡。

长啸一声归去矣，世间竖子竟成名。

杨恽是司马迁的外孙，因文字为汉宣帝腰斩。祢衡是汉末名士，击鼓羞辱奸雄曹操，被曹借刀除掉。柳亚子在这里自比杨恽、祢衡，并将国民党反动派比作是滥杀好人的昏君与奸雄。大难几乎就在瞬间，竟还能吟诗，还能引经据典，我真是难以想象！看来我只是一个俗人。

我当教师教文天祥的《指南录后序》时，常常会有学生问：文天祥的南逃可谓九死一生，而在那样的境况中，他为什么竟然还有吟诗记行的雅兴呵？我的问答常常是，因为他既是一个英雄也是一个真正的诗人。柳亚子亦是！

正当柳亚子在复壁中吟就了绝命诗准备命绝今日时，外面却发生了戏剧化的一幕：一个军警，看到一家人中只有柳亚子的妹夫凌光谦穿着长衫，举起手上拿着的相片看了看，又看了看他，觉得有点像，可也不太像，便大声喝问他是不是柳亚子，凌光谦自然不作回答。这时其中一人说："就是他！你看这家伙不会说话，这不正是柳哑（亚）子嘛！"于是众人上前，七手八脚，将凌光谦五花大绑押走了，直到三天后才发觉抓错了

磨剑室一角

人，不得不放了。这个几为笑话的故事十分有趣，但到底背后是怎么回事，现已成为公案。倒是这复壁，不知道当初周元理建它是出于什么心理与目的，但只是因为柳亚子在其中一坐，便留下了一首名诗、一个笑话，当然还有一位游侠般的诗人和共和国的一位中央委员、人大常委——如此说来，这周元理也算是有功了。

1958年6月21日，柳亚子在北京逝世，享年71岁，有关方面给他的最终称谓是"中国现代民主革命家、爱国诗人"。

走出赐福堂时，我禁不住想，作为一个"现代民主革命家、爱国诗人"的柳亚子，他如果再活几年，他的命运会如何呢？面对大炼钢铁

的万丈炉火和一个接一个的高产"卫星",还有后来的无疑是革文化的命的"无产阶级文化大革命",他或许会再次吟出豪情万丈的诗篇,或许会再次"骂惊四座"大发牢骚,二者皆有可能。尽管历史是不能假设的,但我还是以为,以他的性格取后者态度的可能性极大。若真是如此,那么那时候,别人还能容忍他的"牢骚"吗?想到这儿,我觉得从赐福堂走出的他,死在那时真是恰到好处,或许那真的是上苍赐予他的"福"呵!

毛泽东和柳亚子在一起

三场演讲铸一生

　　毛泽东至少在人口问题上的想法其实与马寅初并不存在根本的冲突。或许也正是因此，马寅初最终在历次政治风暴中并没有受到太多太大的冲击。当然，这里面与周恩来、陈云等人对他的保护有关，但是说到底，如果真在毛泽东看来他与马寅初之间是你死我活的"敌我矛盾"，那是谁能保护得了的吗？

一

1957年4月的北京大学校园，绿
树吐翠，碧草如茵，鲜花盛开，一
派春意盎然；而洋溢在人们脸上的春
意，更是比之自然的春意还要灿烂。
一天，全校最大一座学生饭堂的大门
口贴出了一张海报：校长马寅初将于
本月27日在此为全校师生作一场学术
演讲。

海报一贴出，消息便在北大校
园里不胫而走，而且奔走相告的人
们，竟很快将这一消息传到了校园

1957年6月，马寅初在第
一届全国人大会议上

外，马寅初的这场演讲一时成为人们关注的焦点。

为什么一位校长在本校内的一次学术演讲会引起人们如此的关注
呢？

一是因为此时的马寅初，身份不但是北京大学校长、著名的经济学
家、中国科学院哲学社会科学部学部委员，而且是全国人大常委；演讲
的内容似乎涉及一个非常敏感的话题，据说此前他已在有关高层会议上
多次提出，并为此而远赴江浙等地进行了大量的实际调查研究工作，所
以人们相信，他在此基础上的演讲一定非同凡响。

二是因为这次演讲是马寅初在新中国成立后第一次做学术演讲。要
知道，马寅初作为一位著名的经济学家，当然主要是通过他的论文和著
作来发表他的经济学思想和主张的，但他似乎更喜欢以演讲的方式直接
向大众发表他对于经济及政治的见解和呼吁，而且历来又以"善讲"和

"敢讲"著名。当年他在重庆的演讲，曾被人们誉为"山城狮子吼"，他本人则被郭沫若誉为"是个蒸不烂、煮不熟、捶不爆的响当当的一枚'铜豌豆'"。对于当年的这头"山城狮子"和这粒响当当的"铜豌豆"在新时代的首次登台演讲，人们自然充满了期待。

马寅初演讲的题目为《关于人口问题的科学研究问题》，其主要内容后来都整理成论文发表于当年7月4日的《人民日报》，题目为《新人口论》。也就是说，马寅初的"新人口论"正式形成论文见诸《人民日报》是在1957年7月4日，但他首次发表这一言论应该是1957年4月27日在北京大学的这场演讲。

我们后来在考察马寅初的人生历程时发现，正是从这场演讲开始，马寅初的学术品格将又一次经受历练，而在这种历练中，他的人格也将又一次得到升华，而历史也将因此而更加牢记他的名字。然而这都是我

20年代初马寅初（左一）与蔡元培（右一）等人在一起

们站在今天的立场所看到的一切，而在当时的现实生活中，马寅初却是实实在在地由于这场演讲，其人生从高峰开始走向深涧。

说来真是巧得很，就在马寅初在北大大饭堂发表演讲的同一天，也就是1957年4月27日，中共中央发布了《关于整风运动的指示》，随即一些地方的群众纷纷举行集会和示威游行，开始所谓的"大鸣、大放、大字报、大辩论"。仅过了一个月不到，5月15日，毛泽东便写了《事情正在起变化》一文，指出："最近一个时期，在民主党派中和高等学校中，右派表现得最坚决最猖狂……我们要让他猖狂一个时期，让他们走到顶点。"6月8日，中共中央发出《关于组织力量准备反击右派分子的猖狂进攻的指示》，同一天还发表了社论《这是为什么》，号召全国人民反击右派分子的猖狂进攻，"反右运动"就此在全国展开。

10月14日，《人民日报》发表了一篇题为《不许右派利用人口问题进行政治阴谋》的文章，其中除指名道姓指责费孝通、吴景超、陈达、李景汉等人为右派分子外，还说"还有一位经济学家，他算的面更宽，他不仅从经济积累的状况，扩大积累的要求，并从扩大外汇和工业原料的来源，以及推进科学的研究等等方面，算了一大堆账，结论是：因为人口过多，资金积累太少，不敷分配，所以不能搞很多的大型工业，而只能搞中小工业，然后他指出列宁的一句话来画龙点睛地说明了他这些话的意义。他说，列宁说过，'没有大工业，就没有社会主义'。这就是说，中国因为人口太多，所以搞不成社会主义。可见，资产阶级右派向共产党、向社会主义进攻的一个时期中，他们谈的并不是什么人口问题，并不是什么节育问题，并不是什么学术问题，而是现实的阶级斗争问题，严重的政治斗争问题。……因此，我们必须战斗，必须彻底打垮他们，揭露他们的阴谋，粉碎他们的诡计！"很明显，这篇文章不但将人口问题的讨论政治化了，而且其矛头直指马寅初。

时隔仅仅一天，《人民日报》10月16日又发表了一篇题为《斥资产阶级右派的所谓农村调查》的文章，再次将矛头指向马寅初。

这两篇发表于党报上的文章，无疑为北京大学似乎酝酿已久的一场"批马"运动很好地营造了一个外部的宏观形势，正是在这样的宏观形势下，北京大学校内一场声势浩大的"批马"运动随即便爆发了。

1958年3月26日，北京大学经济系主任樊弘贴出了一张题为《我国资本主义工业的社会主义改造》的大字报，指责马寅初"在本质上是为了资本家阶级利益向党和国家正确地执行和平改造资本家的办法表示不满"。

3月29日，北京大学经济系二年级十几个学生贴出大字报，指责马寅初曾经在接受他们采访时向他们宣扬"个人主义"等，恶意引导他们走向"歧路"。

与此同时，各大报刊也开始大量发表指名道姓批判马寅初的文章，其中最令马寅初感到尴尬的是他最喜爱读的《光明日报》，它于1958年4月19日和4月26日，连续发表了《评马寅初的新人口论》和《再评马寅初的新人口论》，其主要观点便是再次将学术问题政治化。到7月份为止，短短的三个月内，《光明日报》就发表了27篇有关批判马寅初的文章。

5月4日，北京大学举行庆祝建校六十周年及纪念"五四运动"的大会，时任中共中央政治局候补委员、中宣部副部长的陈伯达来到北大，并发表"重要讲话"，其中虽然没有点马寅初的名，但是整个讲话中"马寅初"三字呼之欲出，北大的"批马"运动因之渐入"佳境"。

7月1日，康生又来到北大作"重要报告"，其间他竟然无视作为校长坐在他身边的马寅初，阴阳怪气地说："听说你们北大出了个'新人口论'，它的作者也姓马，这是哪家的马呵？是马克思的马，还是马尔萨斯的马呢？我看是马尔萨斯的马！"因为康生的"重要讲话"，北大的"批马"运动进入了高潮。

据《马寅初传》的作者彭华先生统计，1958年下半年，仅仅数月之内，《人民日报》《光明日报》《文汇报》《北京日报》《新建设》《经济研究》《学术月刊》《理论战线》《计划经济》等大报大刊，共发表各种"批马"文章60多篇，且批判的调门越来越高，罪名越来越大，帽子自然也越来越高、越大；而《北京大学校刊》和《北京大学学报》发表批判马寅初的文章竟然也有18篇之多；不仅如此，北京大学还于1959年5月公开召开了批判马寅初的"新人口论"大会。要知道，此时的马寅初名义上还是北京大学的校长——我们实在很难想象，作为校长的马寅初，看着自己管理的学校的校刊和学报，竟然连篇累牍地发表批判自己的文章，还要参加师生们组织的批判自己的大会，心中会是什么滋味！1959年12月29日，马寅初给时任教育部部长的杨秀峰打电话，要求辞去北京大学校长职务。1960年1月3日，马寅初亲自来到教育部向杨秀峰部长再次提出辞职请求。1月4日，马寅初正式向教育部递交书面辞呈。3月18日，教育部报国务院同意，批准马寅初辞职。不久，马寅初的全国人大常委的职务也被罢免。

然而在这一过程中，马寅初并不是一直被动地接受批判，相反，他一直在反思，在检讨，在坚守，在辩解，在抗争。

1958年3月21日，马寅初在北大贴出两张大字报，对自己在1957年4月27日的演讲中的一些错误说法进行主动的检讨。

1958年4月1日，针对樊弘教授和经济系学生的大字报，马寅初也贴出了《我对樊弘教授提出些意见》《我对经济系二年级谈话的内容》两张大字报。前者批评樊弘教授"太马虎"，"没有把被批评的文章好好地阅读一遍，就贸然地加以批判"；后者对经济系二年级学生提出的质疑和指责作了具体解释、说明和辩解。

1958年5月，马寅初写了《再谈我的平衡论中的"团团转"理论》一文，发表于5月9日的《光明日报》，为自己辩解。只是《光明日报》在发表该文时加了"编者按语"，明为"征稿"，实为"招兵买马"，欲以之组织集团力量来进一步对付单枪匹马的马寅初。然而马寅初毅然于1959年2月，主动将此文连同《光明日报》发表时所加的"编者按语"送到《北京大学学报》要求转载，并写了《两个请求转载的理由》，欲以此扩大影响再次反击。甚至在1959年5月北京大学公开举行批判马寅初"新人口论"的大会时，他不仅亲自出席批判会，而且当场作了公开答辩。

1959年，是马寅初处于"岌岌乎殆哉"，甚至可以说已面临"灭顶之灾"的一年，但他仍不屈服。年底，他写了《重申我的请求》一文，并主动约见《新建设》杂志编辑，要求发表。1960年1月《新建设》杂志在康生的同意下，给该文加上了"编者按"予以发表。在这篇文章中，马寅初写下了这么一段话：

> 有几位朋友，劝我退却，认一个错了事。要不然的话，不免影响我的政治地位，甚至人身安危。他们的劝告出于真挚的友谊，使我感激不尽，但我不能实行。这里，我还要对另一位好友准备谢忱，并道歉意。我在重庆受难的时候，他千方百计来营救，我1949年从香港北上参政，也是应他的电召而来。这些都使我感激不尽，如今还牢记在心。但是这次遇到学术问题，我没有接受他真心实意的劝告，因为我对我的理论有相当的把握，不能不坚持，学术的尊严不能不维护，只得拒绝检讨。我希望这位朋友仍然虚怀若谷，不要把我的拒绝视同抗命，则幸甚……我虽年近八十，明知寡不敌众，自当单枪匹马出来应战，直到战死为止，决不向专以力压服不以理说服的那种批判者们投降!

　　这是马寅初在报刊公开发表的最后一篇文章。此后，他发表文章的权利被彻底剥夺，因此，此文实际上是他以书面的形式所作的一次最后的告别演讲。或许马寅初自己也早已预料到了这一点，所以他的笔下文字才如此悲壮，如此掷地有声！

　　今天，离马寅初写下这段话时间已过去四十多年了。如今的经济学家，似乎一个个都不是忙着去作股评报告，就是热衷于做上市公司的顾问，他们说什么，不说什么，第一是要服从于他们所"顾问"公司的利益的需要，至于学术真理之类则被放在了第二位。为此，在百姓眼里，经济学家几乎已等同于大公司和财团生意上的"托儿"了。因此，当我们今天读着这样的文字时，感动的同时或许有人会觉得"硬"得有点过了头，有点"没必要"，甚至"硬"得有点假！因为他毕竟最终不但没有"战死"，而且也没有被打成右派，甚至"文革"中事实上也受到了特殊的保护……

　　这些都是事实！

　　不过我倒是因此而想起了马寅初的另一次演讲。

二

　　那是1940年12月8日上午，地点是重庆大学商学院。

　　那是一次很特别的演讲。特别之处有二：

　　一是这次演讲的全程，包括来去的路上，主讲者马寅初都有一国民党宪兵团长"陪同"，且演讲的会场中，除了宪兵，还有许多国民党便衣特务在"听讲"。

　　二是这次演讲的内容，马寅初只是将前几天刚讲过的内容再重复讲一遍，但是台下的听讲者不但没有一个感到乏味，反而不时报以热烈的掌声，有的人甚至还感动得流下了泪水。

何以如此？这又得从此前不久马寅初的另一次与之内容相同的演讲说起。

1940年11月10日，马寅初应黄炎培的邀请，为中华职业社在重庆实验剧院作题为《战时经济问题》的公开演讲。那是一次在中外演讲史上可与闻一多的《最后一次演讲》相媲美的演讲。

那一次，马寅初身穿蓝布长衫，头戴礼帽，一副书生模样登上讲台，但是一开头竟语惊四座："如今国难当头，人民大众有钱的出钱，有力的出力，浴血奋战；但是那些豪门权贵，却趁机大发国难财。前方吃紧，后方紧吃；前方流血奋战，后方平和满贯。真是天良丧尽，丧尽天良！英国有句俗语话：一个人站起来像个人。而今天却是人不像人，鬼不像鬼！他们利用国难，把自己养得肥肥的。要抗战，就要这帮人拿出钱来！……"

演讲的结尾，与闻一多的"最后一次演讲"异曲同工。他说："今天，我的女儿也来了，我的讲话，就算是对他们留下的一份遗嘱，为了抗战，多少武人死于前方，我们文人也不要姑息于后方，该说的话也要大胆说出来。蒋委员长要我去见他，他为什么不能来见我？我在南京教过他的书，难道学生就不能来见老师吗？他不敢来见我，就是因为他害怕我的主张……有人说蒋委员长领导抗战，可以说是我国的'民族英雄'，但是照我看，他只能是'家族英雄'，因为他包庇他亲戚家族，危害国家民族呵！"……"在后边的警察们，要逮捕我马寅初吧，那就请耐心一点，等我讲完后，再下手不迟！"

马寅初一次次发表类似这样痛斥宋子文、孔祥熙等四大家族发国难财，危害抗战，并将矛头直指蒋介石的演讲，被人们誉为"山城狮子吼"，又怎能不激起蒋介石的痛恨！

1940年12月6日，蒋介石亲自写下手谕，并派宪兵于当天逮捕马寅初。

但是可能是鉴于马寅初所具有的巨大社会影响吧，蒋介石终究没有采用公然逮捕的方式，而是让宪兵十二团团长带了十多名宪兵，闯进重庆大学，声称是"请"马寅初去"家中""谈话"。

马寅初的被捕，激起了重庆大学师生的愤怒，他们随即成立了"援马大会"，准备罢课游行，要求释放马寅初。

蒋介石得到消息，立即一面授意重庆大学校长出面对学校师生"训话"，"马先生态度已经改变了，没有什么危险了，希望同学们不要增加马先生的困难"，一面煞费苦心地安排马寅初回校"移交"工作，并与师生"话别"，意在让学生相信校长所说的"马先生态度已经改变了"。

马寅初先生演讲时的风采

12月8日上午，在宪兵团长和便衣特务的"陪同"下，马寅初回到了重庆大学商学院，在师生们的强烈要求下，宪兵团长出于无奈只得同意马寅初与学生作告别演讲，于是便出现了上文所说的那一场特殊的演讲。

尽管此时马寅初清楚地知道自己实际上已身陷囹圄，随时都面临着生命危险，但是他演讲自始至终都没说自己，所讲的内容不仅与前几天所讲无异，而且主要观点与他的一贯主张无异，其威武不能屈的气魄和精神，给国民党反动派精心制造的"马先生态度已经改变"阴谋以一个响亮的耳光，台下的师生和每一个有正义感的听众，怎能不对台上慷慨激昂的马寅初报以热烈的掌声呵？

眼看着难以收场，宪兵团长最终不得不穷凶极恶地冲上台去，一面夺过话筒说，"马先生是奉调前方考察经济，时间紧迫，还得赶紧动身上路"，一面令宪兵特务"护送"着马寅初离开重大，然后将他押解至贵州的息烽集中营秘密囚禁，后又被转移到广西桂林，直到1942年6月，才在中国共产党和社会各界的努力营救下获得自由，共计度过了一年零九个月的艰难牢狱生活。这足可以证明，马寅初十多年后所说的"为了国家和真理，我不怕孤立，不怕批斗，不怕冷水浇，不怕油锅炸，不怕撤职坐牢，更不怕死……无论在什么情况下，我都要坚持我的人口理论"的话，决不是大话！还有"明知寡不敌众，自当单枪匹马出来应战，直到战死为止，决不向专以力压服不以理说服的那种批判者们投降"的决心，也绝不是虚言！

至此，有人或许会问，那么是什么力量让马寅初具有如此坚贞不渝的人格呢？

我以为还是从马寅初的演讲中或许便可以得到答案，至少是得到答案的一些线索，因为马寅初太"爱"讲，也太"敢"讲了。据《马寅初年谱》记载：

4月23日，马寅初应杭州银行公会的邀请，作题为《外汇问题》的演讲。

4月27日，马寅初应浙江省教育厅的邀请，作题为《为穷苦的老百姓想个办法》的演讲。

4月28日，在杭州的一次会议上，马寅初作了题为《外汇问题》的演讲。

4月29日，马寅初应杭州市惠兴中学的邀请，作题为《女学生对自己地位就有的认识》的演讲。

4月30日，马寅初应浙江省合作协会的邀请，作题为《福利经济》的演讲。

5月3日，马寅初应杭州商会的邀请，作题为《新公司法》的演讲。

5月5日，马寅初就杭州十八所中学的联合邀请，作题为《人生哲学》的演讲。

5月17日，马寅初应邀出席上海工业界"星五聚餐会"，作题为《新〈公司法〉及〈银行法〉》的演讲。

……

在1946年4月至5月间，马寅初竟创造一个月时间演讲十多场的纪录。

马寅初做过的演讲真是太多了，究竟有多少？今天似乎已难以统计，至于涉及的内容，更是广泛得让我们难以一一细说，不过有一场演讲我以为很值得我们去作一番回味。那场演讲可算作是马寅初演讲的开始。

<h2 style="text-align:center">三</h2>

今天，从有关史料上能够知道的，马寅初最早的一次有影响的演讲是1918年11月16日在天安门广场发表的，题目为《中国之希望在于劳动者》。

在第一次世界大战中，中国是所谓的"战胜国"，因此战争结束之际，北京大学为此决定放假三天，并在此间于天安门广场举办演讲会和提灯游行，马寅初都积极参加了。发表演讲的教授有蔡元培、李大钊等多人，蔡元培演讲的题目是《劳工神圣》、李大钊演讲的题目是《庶民的胜利》，马寅初演讲的题目是《中国之希望在于劳动者》。

初看这题目，似乎马寅初的演讲内容和主要观点与蔡、李二人大同小异，其实则不然。

当时的中国，国势日衰，民不聊生，许多民众，甚至一些学者，都将其归因为，一是国内的政治的腐败，二是外国帝国主义——即外国资本主义的入侵——也即资本的入侵；再加上当时苏联十月革命的胜利，马克思主义在中国已开始传播，马克思对资本主义和资本的批判，也开始被一些人所认可和接受。这两方面的原因，造就了当时的一句口号"资本万恶，劳工神圣"，且成为了当时一种时髦的思想。然而马寅初并不完全同意这一口号。就在这一演讲中，他指出：对于中国来说，还不是"资本万恶"的问题，倒是资本不足是一个很现实的问题。他辩证地指出："欲物质变与转移，不可不具有三大要素，则自然、劳力与资本是也，三者缺一，则生产不能完全。倘有资本自然而无劳力，则资本与自然，不能有所作为；若有劳力与自然，而无资本，则劳力与自然亦无所施，生产之功，无可希望矣。"

显然，马寅初是从经济学的角度来客观地看到了并承认资本的作用，并没有从政治的需要将此看做是"万恶"。这显然是不合"时宜"的。但他竟敢于将这种不合"时宜"的观点公开以演讲的方式发表于民众，可见他作为一个学者，是勇敢的，他相信他的观点是正确的。而与此同时，他作为一个学者又是真诚的，他又以经济学的观点支持群众的反帝反封建斗争，他又说："不欲求生产发达则已，欲求生产之发达，则贪婪跋扈之武人，在所不去，断无与劳动者并存之理。苟武力能除，则生产与储蓄之障碍已去，而劳动者自有从容从事之机缘。故吾曰：中国之希望，在于劳动者。"

尽管后来随着五四运动的爆发，"资本万恶，劳工神圣"的口号越喊越高，但马寅初却一直坚持着他那不合"时宜"的观点。如，1921年8月，他在上海商务印书馆暑期国语讲习所发表题为《中国的经济问题——评"资本万恶，劳工神圣"说》，1924年5月17日，他又在北平平民中学发表题为《中国何以如此之穷》的演讲等，多次强调自己的观点。

另外，正是基于"资本并非'万恶'"的观点，马寅初又对当时国人对于现代银行业的种种误解进行了舆论上的破除，说明银行的资本动作并非如国人理解的那样"以虚换实"，尽可放心地通过银行办理存储和汇兑业务。

马寅初的这一系列思想无疑是不合"时宜"的，但他仍毫无顾忌地一次次提出来，这足可以看出一点，那就是，他作为一个学者，他忠于的是学术真理，维护的是学术尊严，坚持的是学术操守，政治与时事风向对他似乎并没有多少影响。但是，这并不是说他不关心政治和时事，相反，他一生对于政治和时事都充满热情，并热切关注，甚至积极参与，但是他所有的关注与参与更多时候是以学术目光和角度来进行的。殊不知，这样一来势必产生一种情况，这就是，他的学术主张有时会与政治相一致，但也难免会有相冲突的时候，这也就注定了他的学术研究与政治生涯两方面都不会是一帆风顺。

我们今天回过头来不难看出，马寅初提出的"新人口论"思想，实际上是与政治（或者说政府）的需要有着许多重合的，且开始时重合更多，只是后来随着国际形势的变化和国内社会生活的变化，而在一些点上发生了错位。

四

1979年8月5日，马寅初曾经最为喜欢，可后来又发表"批马"文章最多，让他大骂"不光明"的《光明日报》，突然发表了两封读者来信，其中一封是北京市饲料研究所一个叫朱相远的人写的，信的内容是呼吁为五十年代末因发表"新人口论"而遭到批判的马寅初平反，信的最后有这么几句话："错批一人，可以恢复名誉，可是误增三亿人口，全国人民要吃多大的苦头呵！"可能正因为这几句话吧，报纸的编者在发表这封读者来信时还给它加了个题目："错批一人，误增三亿"。

据说，当年主持平反冤假错案工作的中央组织部长胡耀邦，在认真审阅有关马寅初的材料后，也曾动情地说："当年主席要是肯听马寅初一句话，中国今天的人口何至于会突破十亿大关啊！批错一个人，增加几亿人。我们再也不要犯这样的错误了。共产党应该起誓：再也不准整科学家和知识分子了！"

从此以后，"错批一人，误增三亿"或"批错一个人，多了三亿人"之类的话便流传了开来，直至今日还不时被人们提起。

然而事情真是这样的吗？

不错，当初对马寅初的批判是一个错误，这是事实；中国从上世纪五十年代末到七十年代末多了约三亿人口，也是事实。基于这两个事实，人们作出上面这样的推断，其实并不奇怪，因为马寅初在他的"新人口论"中提出的核心主张正是计划生育，而他提出这一主张后不久就遭到了批判——如果不是遭到批判，而是得到落实，那么这三亿人口不是就有可能不会增加了吗？那么今天的中国不就不会面临如此沉重的人口压力了吗？

这样的推断在逻辑上貌似无懈可击，但是历史真相永远都比逻辑推理要复杂得多；换句话说，再复杂的逻辑推理，有时与历史事实相比都太过简单，而正是因为这种太过简单的推理，有时得出的结论就并非符合历史——至少并非完全符合历史事实。正如前文所述，当时批判马寅初并不完全是因为毛泽东反对他计划生育的主张本身；同时，中国"多了三亿人"也不能说成是仅仅因为批判了马寅初。

其实，在马寅初正式提出"新人口论"（即计划生育的思想）之前，事实上已早有人提出过了。我们且不去说清代学者洪亮吉，早在

乾嘉时期就在自己的著作《治平篇》中表达了
对于人口增长过多过快的忧虑，并隐约提出了
控制人口的思想；就说新中国建立后，也早已
有人不但对中国的人口问题表示出了十分的关
注，而且还明确地发出了实行计划生育的呼
声，他就是马寅初的朋友邵力子。在1953年冬
天召开的政务院会议上，邵力子就明确提出了

邵力子像

计划生育的观点——这可算是第一次在政治决
策场合提出计划生育观点。据此应该可以说，邵力子才是提出计划生育
第一人，而不是马寅初。有太多的史料证明，马寅初倒是在邵力子的影
响下才一时致力人口问题的探讨的。

如果说邵力子主张的提出，更多是从学术的层面上出发的，那么政
府的高端决策层对此又是什么态度呢？

难能可贵的是，政府的决策层实际上也早就注意到中国的人口问题
了。1954年1月中央批准了卫生部《关于节育问题的报告》时，就以正式
文件形式发出了《关于控制人口问题的指示》。1956年，在由毛泽东主持
制订的《全国农业发展纲要》中，规定除少数民族地区外，在一切人口稠
密的地区，宣传和推广计划生育，提倡有计划的生育子女，使家庭避免过
重的生活负担，使子女受到良好的教育，并且得到充分的就业机会。且这
一思想在中国共产党的八大有关决议中也得到了体现，"生育方面加以适
当控制"的人口政策第一次被纳入发展国民经济的五年计划。

再看当时国家最高领导人毛泽东，他本人从1956年开始，分析研
究国情的着重点就集中到探索社会主义建设的道路上了。他曾明确指
出："我们作计划、办事、想问题，都要从我国有六亿人口这一点出
发，千万不要忘记这一点。"（《毛泽东选集》第5卷第387页）有太

多的史料可以证明，马寅初发表"新人口论"时，毛泽东对于其中计划生育的主张并不反对，相反是支持的。如1957年2月，在最高国务会议第十一次（扩大）会议上，马寅初再一次就"控制人口"问题发表自己的主张时说："我们的社会主义是计划经济，如果不把人口列入计划之内，不能控制人口，不能实行计划生育，那就不成其为计划经济。"马寅初的发言当即受到毛泽东的赞赏。他说："人口是不是可以搞成有计划地生产，这是一种设想。这一条马老讲得很好，我跟他是同志，从前他的意见，百花齐放没有放出来，准备放，就是人家反对，就是不要他讲，今天算是畅所欲言了。此事人民有要求，城乡人民均有此要求，说没有要求是不对的。"毛泽东还特别注意到，积极倡导计划生育的邵力子就坐在马寅初身旁，似乎是在表示对马寅初的支持。毛泽东一语双关地笑着说："邵先生，你们两人坐在一起。"邵力子和马寅初听毛泽东这么一说，互相看了看，也开心地笑起来。

正是因为这一系列的情节，后来有人指责马寅初，说他提出计划生育的主张，原本是受计划经济思想的影响，同时也是为力推计划经济以拍毛泽东的马屁。

谁知道毛泽东后来对此态度却改变了，这才让马寅初陷入了尴尬境地。

五

那么毛泽东为什么会改变态度呢？有人对此疑惑，甚至据此对毛泽东的人格产生怀疑，其实这也太小看毛泽东了。

毛泽东态度的改变有许多原因，现在回过头来看至少有以下两个方面：

第一，是马寅初自己的出语欠妥。具体说来，马寅初1957年4月27

日在北京大学大饭厅的那场演讲，对毛泽东态度的改变事实上起了很大的作用。就在那次讲演中，马寅初讲述了几年来调查研究的结果后，怀着忧虑的心情说："解放后，各方面的条件都好起来，人口的增长比过去也加快了。近几年人口增长率已达到30‰，可能还要高，照这样发展下去，50年后中国就是26亿人口，相当于现在世界总人口的总和。由于人多地少的矛盾，恐怕中国要侵略人家了。要和平共处，做到我不侵略人家，也不要人家侵略我，就非控制人口不可。"这一段话很快就传到了毛泽东的耳朵里，毛泽东对此极其敏感，不久他召见了马寅初，并就此严肃地批评了马寅初，最后明确地说："不要再说这句话了！"那么毛泽东为什么会对这话如此敏感呢？有人将此归因为毛泽东气度太小，因为马寅初这话明显与他《唯心历史观的破产》一文中的有关论断唱了反调。其实这样的归因仍然是太低估了毛泽东作为领袖的气度。实际上这背后的原因极其复杂，主要是来自于当时的国际局势。

新中国的成立，不但是中国人民的一次伟大胜利，也是国际共产主义运动的一次伟大胜利，然而一些帝国主义国家和反共势力对此极不甘心，他们此时已不可能从军事上战胜共产党领导下的新中国，于是就转而从思想上不断抛出一些谬论。新中国成立不久，美国政府发言人艾奇逊即发表专文，散布说，中国由于人口过多，老百姓没有饭吃就必然起来造反的谬论。毛主席于是针对这一谬论写了《唯心历史观的破产》一文进行驳斥："革命的发生是由于人口太多的缘故么？古今中外有过很多的革命，都是由于人口太多么？中国几千年以来的很多次的革命，也是由于人口太多么？美国一百七十四年以前的反英革命，也是由于人口太多么？"一连串的质问之后，结论是"艾奇逊的历史知识等于零"。然而又针对西方用人口理论施加给中国的政治压力，毛主席化刚为柔地写道："中国人口众多是一件极大的好事。""除了党的领导之外，六亿人口是一个决定的因素，人多议论多，热气高，干劲大。""除了别的特点之外，中国六亿人口的显著特点是一穷二白，这看起来是坏事，其实是好事。穷则思变，要干，要革命。一张白纸，没有负担，好写最新最美的文字，好画最新最美的图画。""世间一切事物中，人是第一个可宝贵的。在共产党领导下，只要有了人，什么人间奇迹也可以造出来。"

这是毛泽东很著名的一篇文章，许多人便是以为毛泽东在这篇文章中写过这些话，便代表了他从根本上反对计划生育，这其实多少是个误会。类似这样的话，其实只是他写这篇文章时出于特定的批判的需要而表现出的一种语言机智而已，只是一种感性语言。相反，从理性上，毛泽东一直都十分关注中国的人口问题。不但如上文所提，他早在1956年，甚至更早时候，在分析研究国情时就曾对中国的人口问题有过关注和重视了；到1957年10月，几乎在《人民日报》不点名批评马寅初的同时，毛泽东在党的八届三中全会上谈到人口问题时，则明确提出要实行计划生育："计划生育，也来个十年规划。少数民族地区不要去推广，人少的地方也不要去推广。就是在人口多的地方，也要进行试点，逐步推广，逐步达到普遍计划生育。计划生育，要公开作教育，无非也是来个大鸣大放、大辩论。人类在生育上头完全是无政府状态，自己不能控制自己。将来要做到完全有计划的生育，没有一个社会力量，不是大家同意，不是大家一起来做，那是不行的。"（《毛泽东选集》第5卷第471页）这才是毛泽东对待人口问题真正的思想基础。也正是因为这一基础，当马寅初、邵力子提出计划生育的主张时，毛泽东并不反对，而且持支持态度。

可是1957年下半年后，不但世界上各帝国主义国家正加紧对新中国进行政治、经济、外交的全面围攻，而且连被中国人称作"老大哥"的

新版《新人口论》
书影

当年"深挖洞"运
动时留下的标语

苏联也与中国分道扬镳，一时国际局势对于新中国非常不利。而就是在这种国际局势紧张而微妙的时刻，马寅初在演讲中说的那么一番"石破天惊"的话，无疑有授人以柄之嫌，无疑是在捅娄子、添乱，作为国家领袖的毛泽东极其敏感也实在是情理之中，而且也十分应该。虽然后来马寅初自己也意识到这话说错了，也写了一张大字报，贴在北大校园里，公开做了自我批评，但造成的不良影响，以及对毛泽东心理的干扰却已难以消除。

第二，毛泽东态度的改变也是他在一个特定的历史阶段站在全局考虑问题的结果。具体说来，由于毛泽东导演的大跃进所产生的虚幻，使他作出了一系列错误的判断，而在人口问题上态度的改变，只是这一系列错误判断中的一个。1958年，大跃进放出的一个个高产"卫星"给毛泽东造成了一种误会，也产生了一种错觉，觉得中国的粮食问题已彻底解决了，他曾说"原来想不要超过八亿人，现在看来可以到十亿"。尽管他很快发现大跃进报出的产量都是假的，但是到这个时候又陷入了另一种尴

今日杭州的"马寅初纪念馆"便是马寅初当年在杭州的故居

尬——全国已进入了经济困难时期，当时最要紧的问题便是如何走出眼前的困境，而人口问题实在不是个最要紧的问题了，因为从1958年下半年到1961年期间，由于经济的极度困难，全国不但人口出生率极低，而且许多地方还出现了人口减少的情况——此时说计划生育自然是很不合时宜，也没必要，而马寅初恰恰在这个时间段提出并一再坚持他的"新人口论"，虽然从学术的层面上说他并没错，但是其命运可想而知！

到1962年，经济得到了恢复，人口增长也得到恢复，对此国家也立即意识到了。当年国务院就成立了计划生育办公室，中共中央发出了《关于认真提倡计划生育的通知》，明确指出："在城市和人口稠密的农村提倡计划生育，适当控制人口自然增长率，使生育从完全无计划的状态逐渐走向有计划状态，这是我国社会主义建设中的既定政策。"这个通知还要求做好宣传工作和技术工作。计划生育工作就此算开始正式执行了，但执行了没几年，历史又一次增加了一个插曲：1969年，苏联挑起"珍宝岛事件"等，并扬言要对中国进行"核修理"。为了应对这一切，毛泽东在号召全国人民"深挖洞，广积粮，不称霸"的同时，考虑有可能要打一场"人民战争"，这或许又让他想到了"人多力量大"，计划生育工作随之再次发生了波折。但尽管如此，国务院还是于1973年成立了计划生育领导小组，各地区各基层单位也陆续开始建立计划生育机构，国务院提出了"四五"期间人口增长计划，这是我国第一个人口增长计划。1973年12月，全国第一次计划生育工作汇报会在北京召开，会议贯彻了毛泽东提出的避孕药具一律免费并送货上门的要求，提出"晚、稀、少"的宣传口号，并针对不同地方不同情况作了具体部署。1974年底，病重中的毛泽东在国家计委《关于1975年国民经济计划的报告》上作了"人口非控制不可"的批示，这一批示实际上正是

马寅初纪念馆内一角

马寅初《新人口论》的三个小标题（马寅初《新人口论》七、八、九三部分的三个小标题分别是："从工业原料方面着想非控制人口不可"、"为促进科学研究亦非控制人口不可"、"就粮食而论亦非控制人口不可"）。

记得我小时候，我家大门对面的墙上就写着"人口非控制不可"的这样一条标语，当然那时我并不知道这是毛泽东的批示，更不知道是马寅初"新人口论"中的小标题，后来知道了，这更使我觉得，毛泽东至少在人口问题上的想法其实与马寅初并不存在根本的冲突。或许也正是因此，马寅初事实上在历次政治风暴中相对来说并没有受到太多太大的冲击。当然，这里面与周恩来、陈云等人对他的保护有关，但是说到底，如果真在毛泽东看来他与马寅初之间是你死我活的"敌我矛盾"，那是谁能保护得了的吗？

尽管马寅初在《新建设》上发表的这最后一篇措辞悲壮的文章中，没明说曾劝他退却的"另一位好友"是谁，但是我们不难推断出他是周恩来。虽然我们今天已不能知道周恩来当初具体是怎么劝马寅初的了，但是我想一定不会是劝他向真理做违心的背叛吧？周恩来一定明白，马寅初作为一个学者，维护自己学术的尊严当然并没有错，但这种维护并不是在真空之中。就算是你发现并握有了真理，但任何真理都是相对而存在的，如同"日出晒场"，这不错，是真理，但是如果"日出"了，沙尘也起了，雾霾也来了，是不是还一定要"晒场"呢？这就值得考虑了——是不是等沙尘、雾霾过去了再晒？是不是干脆明天再晒？更何况政治气候远比自然天气要复杂得多，为什么非得在今天"单枪匹马出来应战，直到战死为止"呢？我想周恩来对他的规劝一定是出于这样的前提吧，一定是劝他稍作变通，就此下个台阶！至于为什么要这样，我想以周恩来的位置终究又不便向马寅初明说，他一定是希望马寅初能自己悟得。但是遗憾的是马寅初终究没能悟出其中的原因和道理，所以他终究不能沿着这个许多人希望他走的台阶走下去，用他自己的话来说，只好对不住周恩来这位救过他命的朋友。这让我们今天据此不难看出，二人相比，周恩来是政治家，而马寅初不是，虽然一生热衷于参与政治，但他终究只是个经济学家，只是个学者——一个令人尊敬的真正的学者。

六

批判马寅初的错误是个事实，中国"多了三亿人"的失误也是个事实，但这两个事实并不构成因果关系，至少是不完全构成因果关系。因为即使在"批马"的时候，中国也并没有完全放弃计划生育工作。当然其间也曾有间歇性的放弃，但那也不是因为"批马"，而是另有原因。

恰恰相反的事实是，由于长期的努力，中国人口自然增长率逐年下降，到1977年净增人口从1971年的1950多万，减少到1100万，6年中少增加了3100多万人，自然增长率下降了11.3%，上世纪70年代人口平均增长率比50年代和60年代减少了3.1个千分点。但由于这是从6亿人口这样大的一个基数上的努力，尽管中国实行了几十年的计划生育政策，但人口的缓解必定是一个几十年甚至上百年的过程。了解了历史的真相后，我们应该可以很清楚，一些人和西方舆论说，是因为毛泽东的意识造成了今天中国的人口问题，这是不符合实际的。

今天，马寅初之所以还常被人提起，且一旦提起人们总肃然起敬，很大程度上是因为他那种"单枪匹马出来应战，直到战死为止"的精神在今天的学者身上太缺乏了，与马寅初的"固执"相比，我们今天的学者又太会"变通"了，以致见风使舵几乎成了他们的一种本能，在他们那里，什么学术的尊严和学术操守，似乎都在权力和金钱面前放弃殆尽。正是这样，我们的确还是应该向马寅初献上我们的全部尊敬。

1979年9月11日，中共中央正式批准北京大学党委《关于为马寅初先生平反的决定》，9月14日上午，北京大学党委召开了为马寅初先生平反的会议，9月15日经中共中央批准，马寅初任北京大学名誉校长。只是此时马寅初已是98岁高龄无力再作演讲了，否则，我想他一定会再到北大，为自己的政治复出和学术新生再作一场演讲的吧！

我从山中来

　　对于胡适的人生我们一般人最为不解的有两点，即他的软弱与矛盾。胡适是软弱，这主要倒不仅仅因为他以一个堂堂名教授终究只能屈服在江冬秀的淫威下，而是在于他在学术上和政治上总是表现出的"好好先生"的态度和"不抵抗"主张。但是我们也别忘了，当历史需要他作出"抵抗"的时候，他不是也义无反顾地投入其中了吗？而且他所投入的不仅是他的笔，而几乎是他的全部努力。

胡适

徽商，中国历史上最成功的商帮。

徽商走过的成功之路大体上分为三个阶段：第一阶段，靠做一两门较为精湛的手艺，再加上一些小买卖，在养活自己的同时积累一定的资本。这一阶段涌现出的最杰出的代表人物是胡开文，他研制出的"徽墨"，代表了中国"文房四宝"中墨的最高品质，它对中国文化滋润的程度究竟有多深，实在是很难估量。时至今日，"胡开文"三个字还是中国制墨业的一块金字招牌。第二阶段，凭借较雄厚的资本官商勾结进行大宗贸易和垄断贸易，甚至进行一定的资本运作，聚集巨额财富。这一阶段涌现出的最杰出人物便是被人称作"红顶商人"的胡雪岩，他过人的商业智慧、传奇的人生历程，堪称巨可敌国的财富，几乎都成了一个个精彩故事，至今仍家喻户晓，为人们津津乐道。第三阶段，挣脱商人身份，投身文教事业，参与文化建设，培养科教人才，寻求政治发言。这一阶段涌现出的最杰出人物无疑是胡适，他曾以北京大学教授的身份发起新文学革命，倡导白话文，成为新文化运动的先驱和干将；不仅如此，他还一度成为文人从政的典型，在一个特殊时刻出任驻美大使，并颇有政绩，以至差一点儿就当上了总统，总之，无论是为学为政，都颇有建树。

说来令人难以置信，上面所提三位杰出人物，他们不但同姓一个"胡"字，而且竟然都来自于深藏于皖南山区的同一块很狭小的土

徽州古道

地——这究竟是一块怎么样的土地，不能不去那里看一看！

只是对于这三个人物，我最感兴趣的是胡适——胡开文不在我的文化研究视野之内，因为在我的心中他更该归于能工巧匠之列；至于胡雪岩，近来有关他的书籍和电视剧已太多，我不想再凑这个热闹。

一

从南京驱车四个小时，我们来到了绩溪县城。老实说，这座知名度不低的县城让我有点儿失望，在今天这个改革开放的大时代中，它有些儿落伍。街道似乎还是从前的街道，但显然街面已许多年没有过铺修，有的地方竟然结着厚厚的污泥浊水。街两面的房子也有点破落，一些店家竟将许多商品从店堂一直放到了街边路牙之上，把整条整条的街道弄得十分混乱。街上也没什么人气，行人也多为山民模样。总之，走在街上似乎没有一种身在城市的感觉，最多只感觉像是走在一个山间的小镇上。

我们本以为，胡适毕竟是这个县走出去的一位大名人，或许在县城里会有一座胡适纪念馆、文学馆之类可以先看看，但是看到县城这个样子，心想，如果真有那倒反而有点儿奇怪了。

那就直奔上庄吧！问了好几个人，才知道从绩溪到上庄还有四十多里，有一条土石公路与之相通。我们的汽车终于驶上了这条如机耕路一般的乡间公路，在上面颠簸着拐了一弯又一弯、爬了一坡又一坡、过了一村又一村后，一个很大的山村终于进入了我们的视野。村子青山四围，村边庄稼丰茂，村前有一条清澈的山溪由东向西潺潺地流淌着，溪边绿竹滴翠。

这究竟是一座怎样的村落呢，竟然一下子走出了三位对中国经济、文化都有着很大影响的重要人物！

我知道，就像一座城市的性格并非表现在那些大同小异的通衢大街上，而往往深藏在它的小巷里一样，乡村的性格并非表现在那些村巷房舍上。因为在目前的中国，除了一些偏僻的古老的村寨，还能从它们的村巷里看出一些村寨的性格外，多数村子已经大同小异了，尤其是在江南：家家户户上下两层到三层不等的水泥小楼，或前或后带个或大或小的院子；每家前后左右都大体对齐，其间或水泥路，或煤渣路相连……这样的村庄，一座一座地散布在大地上，如同那些走在城市大街上的农民工一样，给人的感觉似乎都一样，区别他们，你不得不听他们收工后扎堆在一起喝酒时说出家乡口音，看他们碗里的吃的是咸淡酸辣，总之看与他们相关的东西比看他们本身更容易领略他们的来路与性格。乡村的性格也一样，更多的要看看与它有关的"风水"，它更多地隐藏在周边的山沟河谷、溪流港汊中，甚至一棵老树，一座小桥，一口古井……都会是透露乡村性格的一个个暗符。

上庄的村口有一座石桥，进入村子必须先过此桥。我们的汽车在桥头停了下来，向村民打听此桥是否杨林桥，因为我知道，胡适在向人介绍他的故乡时，曾引用清人刘汝骥的诗，而此诗中就有杨林桥："竹萦峰前，山萦水聚；杨林桥旁，棋布星罗。"因此，杨林桥可以说是上庄村的一个标志。不远处的田间正长着一些皖南少见的钻天杨，十分抢眼——我想这或许就是杨林桥得名的缘由吧！

走上桥面，此时我又想起了胡适自己写的一首诗，诗中也写到了这座杨林桥。那是1914年7月8日，远在美国留学的胡适，收到了一张家里寄去的信，信中还有一张他未婚妻与他母亲的合影，于是胡适便有了这首"得家中照片题诗"：

> 图左立冬秀，朴素真吾妇。
>
> 轩车何来迟，遂令此意负。
>
> 归来会有期，与君老畦亩。
>
> 筑室杨林桥，背山开户牖。
>
> 辟园可十丈，种菜亦种韭。
>
> 我当授君读，君为我具酒。
>
> 何须赵女瑟，勿用秦人缶。
>
> 此中有真趣，可以寿吾母。

胡适笔下，杨林桥边，是一幅怎样的家庭生活图画呵？夫妻种菜种韭，琴瑟和谐，家庭长幼有序，母慈子孝……它无疑体现了作者的一种生活态度和生活理想，而其中的女主人，无疑是他的妻子江冬秀。然而，今天胡适早已长眠孤岛，而不远处山坡上日夜守望着杨林桥的一座孤坟里的那个人并不是江冬秀，而是另一个曾经深爱着胡适也让胡适深爱着的女人。

那是一个曾经多情而美丽的生命。胡适与她的最初相识是在自己1917年8月的婚礼上，她是胡适妻子江冬秀的伴娘，那时她只有十六岁，是胡适三哥妻子同父异母的妹妹，人长得很乖巧，嘴也很甜，第一次见面便叫了胡适一声："糜哥"（胡适小名叫嗣糜）。没想到，就是这么轻轻的一声"糜哥"，却将胡适的灵魂叫出了窍。就在当天的婚礼上，吸引胡适目光的始终不是自己新婚的妻子江冬秀，而是那个叫他糜哥的小伴娘。

胡适女友曹诚英

新婚后没几天，胡适便去了北京大学继续教他的书，写他的文章，做他的演讲，新婚的妻子江冬秀被他留在了上庄。然而回到北京后的胡适，心头总有一个美丽的倩影挥之不去，但这个影子自然仍不是新婚的妻子江冬秀，而是那个叫他糜哥的女孩。

这是胡适心中的一个秘密，一个天大的秘密，一个万万不能让人知道半点的秘密！胡适只能把它深深地埋在心底。好在那时候，胡适有太多的课要上，有太多的演讲要作，有太多的文章要写，有太多的笔仗要打，时间似乎过得也很快，只一晃，一年便过去了。这时胡适忽然得到了一个来自老家的消息，那个叫他"糜哥"的女孩子结婚了，嫁给了邻村一个叫胡冠英的男孩子。得到这个消息，胡适长长地叹了一口气，但涌上心头的似乎不是失落，而是一阵轻松，同时他做出了决定，要将妻子江冬秀接来北京。

不久后，每当夕阳西下的傍晚，绿树红楼间，西装革履的胡适与小脚妻子江冬秀一起漫步的身影，成了北大校园里一道独特而怪异的风景。对此赞赏者有之——糟糠之妻也不弃呵，高尚！也有人不解——胡适自己不是说"没有爱情的婚姻是不道德的"吗，他的言行怎么如此的不一致呢？但怀疑的人更多——难道胡适真能与这样一个女人过一辈子？让我们拭目以待吧，好戏在后头呢！

好戏果然几年后便上演了。1923年下半年，从诗人徐志摩口中传出一个消息，在杭州养病的胡适已经与人相爱，不日将回京离婚。

对于这个传闻，许多人开始有些不信，因为几年来，胡府一直很安静，似乎并没有人们起初所想象的那些不和谐，至于胡适的西装革履与他夫人的小脚，起初是怎么看怎么觉得不配，但看得多了似乎也就习惯了，更何况人家还生出两个大胖小子了，不是说"婚姻如穿鞋，合不合适只有脚知道"吗？或许人家过得滋润着呢，怎么会突然离婚呢？或许是这一贯浪漫的徐志摩捕风捉影而欲为自己的阵营拉拢新的盟友吧？然而再想想，这样的事情毕竟不是乱说的呵，何况徐志摩又那样的言之凿凿，不像是传播一则捕风捉影的花边新闻的样子，噢，倒更像是要为胡适回京后的离婚鸣锣开道哩！就这样，胡适终于要离婚的消息在京城可谓是不胫而走，一时间是满城风雨。但是人们感到奇怪的是，作为胡适妻子的江冬秀对此似乎一点动静也没有，要知道这个小脚女人可一向表现得性格泼辣，对此校内的许多堂堂教授没少领教。难道真的这种事情

"最后一个知道的总是老婆"吗？

胡适终于从南方回来了，这时许多人心想着这台似乎已等待已久的好戏终于可以正式开场了。

徐志摩说得一点也没错，胡适这次杭州之行的确已与一个女子深深相爱，并且已有了爱的结晶，他能不离婚吗？那么，这个神秘的女子究竟是谁呢？不是别人，正是当年婚礼上的那个小伴娘——曹诚英。

此时的曹诚英早已不是那个甜甜地叫着"穈哥"的十六岁女孩了，而早已出落成一个亭亭玉立的大姑娘，三年多的不幸婚姻又让她身上从里到外透出一种淡淡的忧伤，而这种忧伤正是胡适所无法抵抗的。

当正享着大名的胡适到杭州养病的消息在本地传出后，许多在杭州的绩溪老乡都来看他，而此时已离婚两年正在杭州第一女子师范学校读书的曹诚英，自然也来看他的穈哥。当胡适终于看到了五年不见的这位叫他穈哥的女孩时，她身上的那种忧伤竟一下子让病中的胡适病更重了。当胡适与曹诚英在杭州游玩四天离杭去上海时，他送给曹诚英的是这样一首题为《西湖》的白话小诗：

> 十七年梦想的西湖，
>
> 不能医我的病，
>
> 反使我病的更厉害了
>
> ……
>
> 这回来了，
>
> 只觉得伊更可爱，
>
> 因而舍不得匆匆就离别了。

诗中的这个"伊"明写西湖，但明眼人一看便知道是指曹诚英，全诗的意思也不是说西湖更可爱，而是人更可爱。当然，对这样的双关之意，二十一岁的曹诚英更是明白的。

1923年5月25日，回到上海的胡适，在这一天的日记上粘贴了八张与西湖有关的照片，其中一张就是曹诚英的单身像。就这样，在深夜里，在旅馆昏黄的灯光下，孤独的胡适真正体验到了爱情，而曹诚英也正式开始了她与胡适间那短暂却又各自铭记一生的情感苦旅。

青年胡适

几天后，陷入情网的胡适再也坐不住了，他独自从上海坐上了开往杭州的火车，再次来到了烟雨蒙蒙的西湖边上，只是这一次，他谁也没让知道，知道的只有曹诚英。此时是夏天，学校正放假，胡适在杭州南山的烟霞洞边向清修寺的和尚租了三间小斋房，终于等来了他心中的爱人，并开始一起过起了"烟霞洞中的神仙日子"。每日或寄情烟霞，或两人对弈，或闲坐品茗，或游山礼佛……

> 今天晴了，天气非常好。下午我同珮声出门看桂花，过翁家山，山中桂树盛开，香气迎人。我们过葛洪井，翻山下去，到龙井寺……

> 早晨与娟同看《续侠隐记》第二十二回《阿托士夜遇丽人》一段故事，我说这个故事可演一首记事诗……

这是胡适在此期间写在日记中的两段文字，即使时隔近百年后的今天，读起来我们似乎还可以感受到胡适的那份美好和甜蜜。

开学的时间很快就到了，还是学生的曹诚英又请了一个月的假。此时徐志摩来杭州游玩，胡适邀他来烟霞洞，说是有新诗请他过目，然而这位中国现代文学史上著名的诗人，却从胡适的诗中一眼看出了背后他与曹诚英的非同一般的关系。自命为"寡人有疾，寡人好色"的徐志摩自然是竭力鼓励胡适"革命"，并答应回京后先为他鸣锣开道。然而胡适还是心怀忐忑。秋去冬来，离别的日子快到了，相见时难别亦难啊，天气也渐渐转凉，带着一片凄凉之意，胡适在日记中写道：

> 睡醒时，残月在天，正照着我头上，时已三点了。这是在烟霞洞看月的末一次了……今当离别，月又来照我，自此一别，不知何日再继续这三个月的烟霞洞山月的"神仙生活"了！枕上看月徐徐移过屋角去，不禁黯然神伤。

胡适回到家后便正式向江冬秀提出了离婚。当江冬秀得知她的情敌就是当年自己婚礼上的那个小伴娘时，觉得既在意料之外也在情理之中。虽然胡适与曹诚英只见过一面，但是这几年来他们的联系可谓没有断过。曹诚英喜欢花草，也喜欢文学，她写来的信，不是托她这个"冬秀嫂"给她在京城里寻一些花籽草种，就是随信寄些诗文来让"縻哥"给"看看"，每次收到这样的信胡适总是很乐意照办并很快回信。这一切都是江冬秀所知道的。然而现在，就是这个称自己"冬秀嫂"的女人，竟然成了她的情敌，要抢走她丈夫，她多少还是有点吃惊，但更多的则是愤怒！

当她听到"离婚"两个字真真切切地已从胡适口中说出来后，她顺手拿起桌上的一把裁纸刀向胡适掷去——这一刀本该是给那曹诚英的，她不在眼前，算她走运！然后又冲进厨房，拿出一把菜刀，又抱过年仅2岁的二儿子思杜，拖过只有5岁的大儿子祖望，怒不可遏地将菜刀架在祖望的脖子上，声色俱厉对胡适说："你要离婚可以，既然你不要我们了，我先把两个儿子杀掉，再死在你面前！"

胡适虽然留洋多年，但是哪见过这样的阵势呵！在这样的阵势面前，他除了立即缴械投降外还能做什么呢？

胡适有幸躲过了江冬秀掷过来的飞刀，但躲过之后充其量也只能是离家出走，然后写一首小诗罢了：

山风吹乱了窗纸上的松痕，

吹不散我心头上的人影。

——胡适《秘魔崖月夜》

至于与曹诚英的千般情缘和所有山盟海誓，他实在是顾不了了，只能将它们交给北京西山的寒风，让它们在其中渐渐消逝。更令人可笑的是，自我标榜是一名自由主义者的胡适，此时竟由此总结出了他的所谓自由竟是：

情愿不自由，

便是自由了。

只是苦了那个在杭州每日苦苦遥望北方的曹诚英，她最后不得不独自将腹中那个见证着自己与爱人所有爱的甜蜜和真挚的生命狠心地结束，也将自己一生的爱情默默地结束。

然而尽管如此，曹诚英还是怎么也忘不了她的縻哥，1931年她去美国留学，选择的学校便是当年胡适留美时的母校——康奈尔大学农学院，并且终生未嫁。1969年，作为中国第一位农学女教授的曹诚英从沈阳农学院退休，孤身一人回到了老家，此时恰逢杨林桥被洪水冲毁，她捐出了自己一生的

胡适故居

积蓄重修了杨林桥，她说这是因为她不能忘记胡适当年在诗中描绘的那一幅杨林桥的美好的图画——有一天他终归会回来的，没有了杨林桥他会找不到回家的路。

1973年，曹诚英因肺癌去世，临终前她又留下遗言，一定要把她安葬在杨林桥边的那条小路旁，因为那是胡适回家的必经之路。

二

告别杨林桥，我们向村中走去，这时有几个妇女向我们围了过来，问我们要不要住旅馆，我们问她们去胡适故居怎么走，她们竟说不知道。起初我们以为是因为我们不住她们的旅馆，才故意不告诉我们，可后来一连问了几位村民，他们也都说不知道，这就让我们很吃惊，要知道，正是因为胡适，这个村子历史上曾一度改名为"适之村"。然而今天竟然这么多村民不知道给这个曾给村子带来无上荣耀的胡适的故居，其中一定有着某种原委的吧，只是我们不得而知。

终于问到一位表示"知道"的老者，他愿意带我们去。我们跟着他七弯八拐地在村巷里穿行着，那些巷子窄窄

晚年的曹诚英

的、阴阴的，而且一律很安静，似乎一个偌大的村子是一座空村，走在其中能听到自己的脚步声，这脚步声回荡在巷子中，也像回荡在历史中。老者告诉我们，这一村的人大多姓胡，但是他不姓胡，是外地分配到镇上的中学教书的，现在退休了，便留了下来，算起来在这个村上也住了四十多年了。说话间，我们终于在一座徽式四合院民居前驻足，老者说："到了!"我们见院子的正门早已封死，只东侧的旁门开着，门边的墙砖上，用不知是墨汁还是黑漆写着"胡适故居"四个七歪八扭的字。要不是陈老师指点，我们真不会在意。走进并不宽绰的庭院，见院里有几只大竹匾，里面晾晒着豆角，朝南的墙根下靠晒着新割的芝麻。正房大门紧锁着，一对黑色的大门，像老妇咧着嘴笑时露出的两颗松而不缺的大门牙。陈老师为我们寻人来开门，不知何故竟一去不复返了。我们只好望着这两扇大门在那儿叹气。

大门是那种江南乡间常见的老式大门，每扇门完全用厚实的实木拼成，很是扎实。虽然不久前刚油漆过，但是看得出来它很有些年头了，这让我禁不住想，胡适当年回家娶江冬秀为妻时，他自撰自书的那两副著名的对联，有一副也许就是贴在这两扇大门上的吧? 那两副对联，一副是：

三十夜大月亮;

廿七岁老新郎。

另一副是：

旧约十三年；

环游七万里。

这是两副用白话文写成的对联，仅看字面上似乎没什么深意，最多只需解释一下的是第一副中的上联，其中那"三十夜"，原是指1917年11月30日，是农历的十月十七，所以夜晚才有一轮"大月亮"。据说当时胡适写出这两副对联时，许多乡亲都在一旁奉承说："真不愧是提倡白话文的博士，写的对子也是白话，好懂！好懂！"然而善良的乡亲们呵，真的有几个人能读懂了这两副对子背后隐藏着多少的悲哀、无奈和自嘲呵！

二十七岁的胡适才当上新郎，在那个时代里的确算得上是一位"老新郎"了，而妻子江冬秀此时已二十八岁，比他更大，所以这"三十夜"的"大月亮"恐怕不仅仅是指天上的那一轮吧？

这场婚礼似乎是迟了一点，因为胡适一直在试图逃脱它，逃了十三年，逃出去七万里；但这场婚礼终究还是举行了，因为它注定是胡适所逃脱不了的。

有人说这都是胡适的软弱、缺乏斗争精神和革命精神所造成的。然而在我看来并非如此简单。在中国现代文人中，鲁迅的坚强以及斗争性和革命性可谓是不缺乏了吧？然而当他面临着同样的问题时，最终的选择还不是与胡适一样！鲁迅说，他的婚姻是母亲送给他的一个礼物，他怎么能拒绝呢？事实上不也如此吗？鲁迅不但乖乖地与朱安举行了婚礼，而且终生都与之保持着夫妻的名分，即使他后来与许广平成了事实上的夫妻，但一直也没有与朱安正式离婚，也没有与许广平正式结婚。不仅如此，他还一直负担着朱安的生活，直到去世他又让许广平继续负担，一直到朱安离开人世。如此坚强、如此充满斗争性和革命性的鲁迅尚且只能这样，胡适能逃脱得了这场婚礼吗？能拒绝母亲送给他的这份"礼物"吗？更何况胡适的母亲与鲁迅的母亲有着很大的不同，她送给胡适的这份礼物也与那个朱安不同。

胡适的母亲叫冯顺弟。她的父亲是个石匠，家里的日子过得很苦，但是她不仅出落得漂亮，而且还很乖巧。为了让家里的苦日子有个头，她十七岁就成为大她三十二岁的胡传的"填房"，可是谁知道只四年后，胡传这个县太爷就在台湾抗日中为国捐躯了。二十一岁的她，虽还是青春年华，但不得不守起了活寡。好在此时她已有了一个三岁的小胡适。凄冷的寒夜里，这个呼唤着母爱的小小生命，成了她的唯一和全部，至少是她继续在胡家生活下去的理由，甚至是她继续在这个世界上生活下去的理由。然而她能给小胡适的又有什么呢？只有奉献，只有爱，更何况她从小就在男人制定的三从四德熏陶下长大，于是她便把澎湃在体内的不时的青春骚动化为泪，化为吻，化为奔涌而出的母爱，一股脑儿倾注在可怜的小胡适身上。而小胡适呢？他自然只有被淹没的份儿！

而人在这种被淹的情况下，往往会有两种行为，一是逆反式地努力挣扎，努力逃脱，不是水干鱼死，就是鱼死网破。这样的事情生活中并不鲜见，但这是悲剧，是人所不愿意的，因此更多的是第二种，即顺从地任其淹没，任其浸泡。胡适母子的情况自然是属于后者，即，对于胡适来说，既然你是母亲的唯一，母亲也自然也是你的唯一；母亲既然是为了你而活着，那么你也只能是为了母亲而长大。母亲要你吃饭，你只能吃饭；母亲要你读书，你只能读书；母亲要你做个好孩子，你只能做个好孩子；母亲要你出人头地，你也只能出人头地。一切都是别无选择的。就这样，伟大的母爱在胡适那里实际上成了一条无形的绳索。

在母亲眼里，只有念好书才是正道，游戏、看"杂书"、追求艺术是"玩物丧志"，当然不允许……无论在什么地方，总是文绉绉的，家乡的老辈都说我"像个先生的样子"，或叫我"糜先生"。绰号一经传开，便不能不装"先生"样子，更不敢跟"顽童"们野了。

我在我母亲的教训下住了九年，受了她的极大极深的影响……如果我学得了一丝一毫的好脾气，如果我学得了一点点待人接物的和气，如果我能宽恕人，体谅人——我都得感谢我的慈母！

终生未嫁的胡适美国
女友韦莲司

这是胡适成年后写下的两段在感情上对于母亲不无矛盾的话。后来，人们在评价胡适的一生时，最常用的一个词便是"矛盾"。胡适的一生的确充满了矛盾，然而仔细想来，他这矛盾的人生底色或许就在这儿涂上的吧！

胡适与母亲在一起生活了十三年后，要去上海读书了。这对于胡适的母亲来说无疑是天大的事情。上海可是十里洋场呵，人家都说那是一个花花世界，自己的儿子这一去不会飞了吧？冯顺弟怎么也不能放心，最终她想出了一个好办法，就是给儿子原本就有许多羁绊的双脚再戴上一副镣铐。

这副镣铐就是江冬秀——一个大字不识的小脚村姑。

冯顺弟之所以选择江冬秀，原因有两个，一是江冬秀的"八字"与胡适很合，二是江冬秀与自己很像，能做事，且遇事果敢、决断。她认定只有这样的女人才能帮助儿子成就他出人头地的人生。江冬秀在许多方面的确与冯顺弟很像，从冯顺弟和江冬秀留下的有限几张照片来看，她们俩甚至连长相也十分相像，这是令我们今天十分吃惊的。而冯顺弟要的就是这个效果，她要让这个叫江冬秀的女人，在有一天自己不在时能代替她帮助自己的儿子。为此我常常想，胡适后来之所以如此"惧内"，成为"民国七大怪事"之一，恐怕连他自己也很难说清，他到底"惧"的是老婆还是母亲！

十三岁的胡适在母亲的一手包办下和大他一岁的村姑江冬秀定下了

"终身大事"。这是做母亲的分内之事，千百年来，村民们都是这么做的，虽然这时你年纪的确有点小，还不太懂事，但长大了不就懂了吗？反正有一点，做母亲是为了儿子好！有这一点，一切都是天经地义。

就这样，不满十三周岁的小胡适戴着这副沉重的镣铐开始了他闯荡世界的人生苦旅。

然而戴着镣铐走路毕竟不舒服呵！而且走的路越多会越不舒服。这时，无论你是个多么孝顺的人，反叛的情绪也会在内心深处不由自主地潜滋暗长，有时候它竟会像一个魔鬼在不停地向你发出召唤，让你不得不有所行动。

胡适的第一个行动便是逃跑。这是他此时所唯一能采取的行动，因为他这一行动不会让母亲太伤心，因为他有一个很好的借口，这就是读书，而母亲是很希望他读书的，在她看来只有读书才能实现她最终使儿子出人头地的目的。

于是胡适真的逃跑了，逃，逃，逃，从十七岁逃到了二十七岁，从上海逃到北京，又从北京逃到美国，一逃竟逃出了"七万里"。

但逃得再远，那副镣铐终究还在脚上呵。由于这副镣铐，胡适在美国竟然一年多连女生宿舍的门也没曾迈进过，或者说他压根儿就不敢迈进去。不仅如此，他还在美国连续发表文章，大说自己脚上的这副镣铐的种种好处。这些文章我们今天从《胡适文存》中还不难找到。如《中国今日当行自由结婚否》《吾国女子所处地位高于西方女子》《论贞操问题》等，他这些文章的写作目的，意在让人家羡慕他拥有这样一副镣铐，从而为自己寻得心理的安慰。

然而事实上是，镣铐谁也不会羡慕，而他的这些文章自然也成了为许多人所笑话的"奇谈怪论"，这让他更加失落。而就在此时，一个美国女子走进了他的生活，他不由自主地坠入情网——此时的胡适几乎是自己给自己打了一个响亮的耳光。

这个美国姑娘叫韦莲司（E.C.Williams），1885年4月17日生于纽约的一个书香门第，算起来长胡适7岁，与胡适同在一所大学，算是同学，只不过她学的是美术。

在胡适眼里韦莲司是个怎样的人呢？胡适在他的日记中说，他所见女子不少，但真能集思想、识力、魄力、热诚于一身者，韦莲司是唯一的一个！至于他与韦莲司的恋情到了何种程度，我们不妨从后来公开出版的他的日记和书信中摘录几段文字来看一看：

> 天雨数日，今日始晴明，落叶遮径，落日在山，凉风拂人，秋意深矣！是日共行三小时之久，因且行且谈，故不觉日之晚也。

> 我亲爱的韦莲司小姐：……上周四的夜晚，我深感怅惘，寒风吹落了窗前所有的柳条，竟使我无法为一个远去的朋友折柳道别……

> 虽然在过去的四十八小时之内，我已写了两封信和一张明信片给你，但我不是忍不住要写封信……

这些文字，时隔近百年后我们读它时，仍不难感觉到它们仍散发着火辣辣的热。而且这种热度并非一时的发热，他的思想也发生了很大的改变。他在1915年10月30日的日记中坦言：

> 吾自识吾友韦女士以来，生平对女子之见解为之大为改变，对于男女交际之关系亦为之大变。女子教育，吾向所深信者也。惟昔所注意，乃在为国人造贤妻良母以为家庭教育之预备，今始知女子教育之最上目的乃在造成一种能自由能独立之女子。国有能自由独立之女子，然后可以增进其国人之道德，可以化民在俗，爱国都不可以不知所以保存发扬之，不可中知所以因势利用之。

有了如此的激情，也有了如此之认识，那就行动吧！一是开始去女生宿舍，并为之激动不已。他在日记中写道："今夜如往访一女子，似来年常为之。"二是给家里写信，提出与江冬秀解除婚约，尽管口气有点怯生生的，有点顾左右而言他。

的确，这一次，无论是在时空上，还是在思想情感上都是胡适逃离母亲最远的一次。

然而母亲面对儿子的逃离，表现得好生了得，她一面斩钉截铁地告诉儿子这是绝对不可能的，你给我断了这个念头！二是又给远在美国的韦母修书一封，告诉她胡适家中已有妻子。韦母本来就不愿意自己的女儿给一个"东亚病夫"拐跑，现在看来这人居然还是个骗子！就这样，两个异国老太太结成了一个强大的联盟，在这个强大的联盟面前胡适真是有点自不量力，剩下的只有是这对跨国鸳鸯各自分飞了。可怜的韦莲司从此再也没爱上过别人，以至于也终生未嫁。胡适呢，自然是"逃得了和尚逃不了庙"！任凭逃得时间再长，逃得路程再远，但只要母亲还活着，你终究逃不出如来佛的手心！因为你的脚下有一副无形的镣铐。

有了这一次失败的逃离教训，胡适再也不敢轻易地行动了，因此，当另一个中国女子陈衡哲，在异国他乡再次要走进他的生活时，他选择了退却。

胡适最后退回了家。回到了家的胡适，虽然"老"了许多，翅膀也硬了许多，成了一个名副其实的洋博士了，但这都没用，都不能改变他必须娶一个大字不识的小脚"老"村姑的命运，当他与江冬秀双双在母亲面前喜结连理的时候，胡适发现自己虽然逃离了那么久那么远，但最后终点竟又回到了起点，心中可谓是怎一个苦字了得！还能说什么呢？只能说"却道天凉好个秋"，只能说"三十夜大月亮"！

三

然而，胡适毕竟是一个活生生的人，且不是一个普通的人，而是一个有才情、有卓识、有理想的洋博士，是一个敢于在新文化运动的战场上冲杀的文化干将！他的那颗心哪能真的就此而安分了呢？就在婚礼上，当他看见新娘身边的那个比新娘更可爱的伴娘时，终究忍不住要将更多关注的目光投给了她。这样的目光是无奈的，也是尴尬的，更是矛盾的。这一切当然也不会不表现在他的文章中、演讲中，以及他以后所有的言行中。

有时候他会大谈婚姻自由，高歌妇女解放，宣扬个性独立；但有时候却又在真正汹涌而来的婚姻自由浪潮面前叶公好龙，道貌岸然地摆出了一副卫道的架势，发出类似于"情愿不自由，便是自由了"奇谈怪论。

有时候看到友人们纷纷抛弃原配，另觅新欢，如郁达夫、徐志摩、郭沫若、任叔永、陈独秀以及接踵而至的鲁迅等，一个个都奋起"革命"时，也蠢蠢欲动，也想做一把"陈世美"；有时候却又"死要面子，活受罪"地宣称：

> 我把心收拾起来，
>
> 定把门关了，
>
> 叫爱情生生地饿死，
>
> 也许不再和我为难了。

然而爱情是关得住的吗？夜深人静时，当他在写完一篇文章，抬起有些沉的头来，昏暗的灯光中常常晃动着当年那个小伴娘俊秀的脸庞，只是一想到她已罗敷有夫时，才自己在心中轻轻地说一声："罢罢罢！"然而当他得知她又离婚时，他似乎又看见了爱情的希望。更何况此时，母亲已去世。当初他之所以接受母亲送给他的这个"礼物"，答应与江冬秀结婚，本来就完全是为了讨母亲欢心。他在婚后给朋友的信中曾这样写道：

> 吾之就此婚事，全为吾母起见，故从不曾挑剔为难……今既婚矣，吾力求迁就，以博吾母欢心。吾之所以极力表示闺房之爱者，亦正欲令吾母欢喜耳。

胡适的父亲胡传

既然是这样，那么现在好了，母亲已经去世，若将母亲当年的这个"礼物"扔了，她在另一个世界也不会知道了，自然也不会生气和伤心了。此时不扔，更待何时！

于是他终于与江冬秀明确说出了要离婚的话。

然而，胡适又想错了！

当江冬秀手拿菜刀要将两个儿子当着他的面杀掉并自杀时，他的母亲其实又复活了，复活在眼前的这个叫做江冬秀的名义上是他妻子的女人身上。

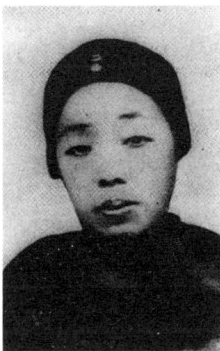
胡适母亲冯顺弟

在中国的家庭里，婆婆与媳妇被人们形容为是一对"天敌"，原因是什么呢？因为婆婆与媳妇都是女人，这两个女人任何一个都防范着对方分享属于自己的那个男人的爱，原因很简单，一个是因为那个男人"是我儿子"，另一个则是因为那个男人是"我的丈夫"，双方都各认为那个被她们称作儿子和丈夫的男人是属于自己的。但是在胡家，婆媳关系似乎一直都不错，原因又是什么呢？是因为胡适的逃离。正是这让胡家婆媳二人都觉得胡适爱着自己——对于冯顺弟来说，儿子是不会不爱她的，这自不必说；对于江冬秀来说，既然我已许配给了你，你也不会不爱我，尽管你十三年不回家，那只是因为有太多的书要读，至于你连封信也很少写给自己，那是因为我不识字——事实是不是如此？一切都因胡适的逃离而无法证实，然而这种不证实反而好，反而能在二人间维持一种平衡，她们无需互相防范，自然也维持着她们的和好。等到江冬秀与胡适完婚了，三个人终于住到一起了——此时这种平衡是很容易被打破从而导致婆媳反目的，但好在冯顺弟死得很"及时"，她自然在江冬秀的眼里成了永远的好婆婆，更何况要不是这个婆婆当初的主持"正义"，她这胡家的媳妇、名教授的夫人是断做不成的，她能不因此而感谢这位故去的婆婆吗？能不继承她的遗志吗？而她的遗志是什么呢？当然只有一个，那就是让已出人头地的胡适更加的出人头地。如果她对江冬秀这个做媳妇的还有什么要求的话，那也只是要让她能帮助胡适更加的出人头地。那么，一个大字不识的小脚女人，能有什么能耐呢？

想当初，胡适的父亲胡传将年仅三岁的胡适丢给冯顺弟时，留下两份遗嘱，一份是写给冯顺弟的，说胡适天资聪颖，要令他读书成才；一份是写给胡适的，要他刻苦读书，力求上进！三岁的胡适自然不懂得如何继承父亲的遗愿，但后来的事实是，胡适不但成才了，而且似乎不难从他身上找到许多胡传的影子，例如：胡适发表的第一篇白话文是《地理学》，且终生研究中国历史上的最著名的地理学著作《水经注》，而胡传一生关注"边疆地理"尤其是东三省地理；胡适一向都有"教育救国"的抱负，一直对政治有一种无端的兴趣，最终出任驻美大使，还差一点当了总统，而胡传从来就主张以学术入世，一生抱有"执笔救国"之志，最终投身官场，还小有成绩；还有，父子二人都对"程朱理学"有终身的景仰，都对写"日记"有着终生的兴趣和坚持……是什么力量将胡传的这些人文品质都传给了胡适呢？要知道他们父子俩事实上只在一起生活了两年呵，而且是胡适婴幼儿期间的两年，要说胡传对胡适的影响那是很有限的。胡适在《四十自述》里说：

> 他留给我的，大概有两个方面：一方面是遗传，因为我是"我父亲的儿子"。一方面是他留下了一点程朱理学的遗风。

看来一切都不能不归功于冯顺弟了。然而年仅二十一岁的村妇凭什么能耐肩负胡传如此大的重托呢？除了爱她一无所有！于是她全心全意地爱，无微不至地爱，且把本该给丈夫的那份爱也给了胡适，她希望胡适能成为与她丈夫一样优秀的男人，因为她只见过这么一个优秀的男人，她以为天下优秀的男人就只有她丈夫一个，胡适因此终成了她丈夫的替身。

既然冯顺弟用她的爱使胡适成为第二个胡传，那么让江冬秀成为第二个自己更是容易，更何况当初在选材时她是下了一番工夫才选着的，这个姑娘本来与自己就有几分相像，且她又表现得很勤奋好学！不是吗，还没过门，她就基本上住在胡家了。果然，江冬秀终于学会了她的所有能耐，例如，能做一手好菜，尤其是"一品锅"最拿手，也是胡适最爱吃的；从不让胡适做一点家务，一个人就能将孩子带得不哭不闹，将屋子收拾得井井有条；让胡适一年到头不必为柴米油盐操半点心……对胡适的"爱"可谓全心全意、无微不至，总之，她已经完全接过了冯顺弟给她的"爱"的接力棒。这时冯顺弟终于可以安心地去了，而胡适以为真是可以扔掉母亲给他的这个"礼物"的时机终于到了，但他哪里知道，此时作为妻子的江冬秀便成了他的又一个母亲，再加上她还有一个母亲没有的能耐，这就是撒泼。面对着这样的她，胡适竟然还敢说出离婚的话，还想学徐志摩他们那一伙也做陈世美，完全是痴心妄想！她只轻轻一个回合，就让胡适彻底地败下阵来了，最后只能跑到北京郊区的西山，去写一首小诗，发发牢骚。但对于江冬秀来说，这又怎样呢？量你过几天就会乖乖地回家。你以前不是跑得那么久、那么远——"十三年""七万里"呵！那又怎样？还不是乖乖回来了吗？

是的，胡适不回来怎么办呢？你真不回来，她真能杀人！或许你会说，"生命诚可贵，爱情价更高，若为自由故，二者皆可抛"。可问题是这生命不是你自己的呵，而是两个无辜的孩子，你有权利也"抛"了他们吗？

江冬秀实在是太凶悍了！而且她凶悍的背后还有着许多的支持的力量。

由于江冬秀胜利地将胡适整成了一个"新三从四德"（三从：太太下命令要服从；太太上街或打麻将要随从；太太发错脾气要盲从。四德：太太买东西要舍得；太太发脾气要忍得；太太的生日要记得；太太出门打扮要等得）的模范，北大的许多教授太太们纷纷向她讨教经验，甚至遇到难处来向她哭诉。有一次，梁实秋要做陈世美，江冬秀竟然为老实的梁夫人两肋插刀，替她与梁实秋打起了官司，最后结果是法院判梁实秋败诉，让北大的教授们丢足了面子。由此可见，在当时，江冬秀们的行为，不但合情、合理，而且也是合法的，你是北大教授又怎么样？就可以当陈世美？正是这样，江冬秀她能不凶悍吗！胡适他又能不软弱吗？

四

不知什么原因，为我们找开门人的陈老师竟然一去不复返，我们因为这两扇紧锁的大门而想得太多太远了，于是试图将那两扇门推开进去，但是最终也只是推开了一条窄窄的缝。我们忍不住从门缝中朝里窥望，依稀看见昏暗的厅堂中央上方高悬着一块"胡适故居"匾额，为当代书法大师沙孟海手书；匾下挂一幅胡适中年时的画像，一派风流倜傥的样子，只是题款看不清，不知出于何人手笔。画像两旁悬一副汉简风格的隶书对联，是著名书画家钱君陶的笔墨，联曰："身行万里半天下，眼高四海空人间。"

我们对这副对联之中的"半"字和"空"字一时颇感兴趣，觉得这"半"字用得很恰当贴切：胡适一生，留学、出使美国、云游、讲学欧洲，可谓身行万里，东西半球都曾留下了他的足迹，但他终究没能将天下的道路都走通；他学界政界，都曾涉足，也都颇多建树，但终究还是走回了书斋，那条他自己似乎也曾一度热衷的道路，似乎终没走通。当年他离乡出国后，一线海峡，即将两岸割裂，不久他从美国回归，栖居孤岛，谁知竟就此长眠，归程终究只走了一半，可谓半途而废。

至于那个"空"字，似乎不太恰当贴切。纵观胡适一生，尽管他的确才高八斗，眼高四海，但并不是一个目空一切、眼中无人的人，如果他目中无人，他在做中国公学校长时怎么会将一个只有小学学历的沈从文聘为堂堂的大学教师！如果他目中无人，他在任北京大学校长时，又怎么能将一个只有三十多岁的季羡林聘为教授和系主任呢？……相反，他在中国现代文人中是出了名的"好好先生"，他似乎称谁都是"我的朋友"，以至社会上也有许多与他素不相识的人也开口闭口吹牛说："我的朋友胡适之……"因此"我的朋友胡适之"成了当年在士林中一句不乏幽默的口头禅。

有一则广为人知的逸事至今为人们津津乐道。那还是胡适在上海做中国公学校长期间，作家沈从文被胡适破格聘为教师，不久他竟然爱上了自己的学生张兆和。当时年仅18岁的张兆和在中国公学是名副其实的校花，不但聪明可爱、单纯活泼，而且极有才华，曾夺得全校"女子全能"比赛第一名，身后自然少不了有着许多追求者，她顽皮地把他们编成了"青蛙一号"、"青蛙二号"、"青蛙三号"……沈从文当时虽然已是著名的小说家，但天生性格自卑木讷，他不敢当面向张兆和表白爱情，只悄悄地给张兆和写了一封情书，沈从文因此而被张兆和排为"青蛙十三号"。年轻气傲的张兆和自然没给这个上第一节课时竟然紧张得半天说不出一句话来的"乡下人"任何回音。但谁知你不回音，老师的情书竟然一封又一封地寄来，倔强的张兆和也仍一如既往地保持着沉默。学校里终于起了风言风语，说沈从文因追求不到张兆和要自杀。张兆和急了，赶紧拿着沈从文的全部情书去找校长胡适说明情况——"沈老师若真的自杀，我可没什么责任！"按照常理，这时作为校长的胡适应首先对作为学生的张兆和多作安慰，并去找作为老师的沈从文谈话，然而胡校长并非如此，他对张兆和说："他非常顽固地爱你是吗？"没想到张兆和马上回他一句："但我非常顽固地不爱他呵！"胡适说："那我来做个媒看看！"

校长都做"和事佬"，张兆和只好听任沈老师继续他马拉松式的情书写作，从而对她进行感情文字的狂轰滥炸，最终成全了一桩现代文学史上的美满姻缘。

其实，胡适的这种"和事佬"和"好好先生"的作风，不仅表现在这些生活小事上，也不仅表现在他对自己婚姻的处理上，而且在他的学术活动甚至政治活动中竟也由来已久地多有表现。

1914年8月，第一次世界大战爆发。此时，尽管胡适对于日本要对中国侵略的野心看得十分清楚，说"此日人不打自招之供状，不须驳也"（《胡适留学日记》下，第493页）；尽管此时美国的华文报刊上和他的同学们一片"对日宣战"声，但是，他却提出"不抵抗主义"和所谓的"道义的拒绝主义"，主张"用集体的力量来维持世界和平"。他在《答友人书》中说："吾辈远去祖国，爱莫能助，纷扰无益于实际，徒乱求学之心。电函交驰，何裨国难？不如以镇静处之……"年仅二十一岁的胡适"理性"得完全是一副老成的"好好先生"模样。

1919年，各种新思想和新思潮随着新文化运动到处传播，并争论不休，什么自由主义、个人主义、无政府主义，当然也有社会主义、马克思主义等等，大有各种"主义"满天飞之势。此时胡适在《每周评论》第28号发表文章，以一副居高临下的口吻，表面上是和稀泥的手段，提出"多研究些问题，少谈些主义"的主张，企图以全部否定，但又用一方也不得罪的手段推行自己的思想。

1937年"一·二八"以后，全国人民的抗战情绪一浪高过一浪，但胡适还是主张"不要放弃争取和平的外交努力"，直至"八·一三"事变已经爆发，他还在做他"好好先生"的美梦，寄希望于英美的帮忙。

1945年8月抗战刚胜利时，远在美国的胡适立即书生气十足地给毛泽东发了一份电报，大意是说：日本既已投降，共产党就再没有正当的理由来继续保持一支庞大的私人军队，共产党现在更应该学英国工党的好榜样。这个工党没有一兵一卒，但在最后一次的选举中，却得到了压倒优势的胜利……一副在国共两党之间不偏不倚的"和事佬"模样。

他出任北大校长期间，北大学生"动不动就上街示威游行"，他当然并不支持学生，但是也决不会为难学生。每一次事发，他都一律是做"和事佬"的角色——坐上当时北平城里还十分罕见的黑色小轿车奔走于各个大衙之间，向当局解释"学生也是好心"之类；每当有游行学生被当局抓捕，他又是千方百计去用好话游说当局，尽量放了学生。

1948年初，蒋介石找到胡适，说意欲去当行政院长，总统的位置准备让给他，而胡适只"谦让"了一番后竟答应了。他在日记中说，他之所以准备去当这个总统，是因为可以调停国民党内部的纷争，"一新国内外耳目"。尽管后来蒋介石没用得着他这个"和事佬"角色的傀儡总统，但我们还是可以看出，只要这个总统真能"和事"，哪怕实是傀儡，他也照当不误。

……

事实证明，除了在一些生活小事上和自己的婚姻上，胡适的"和

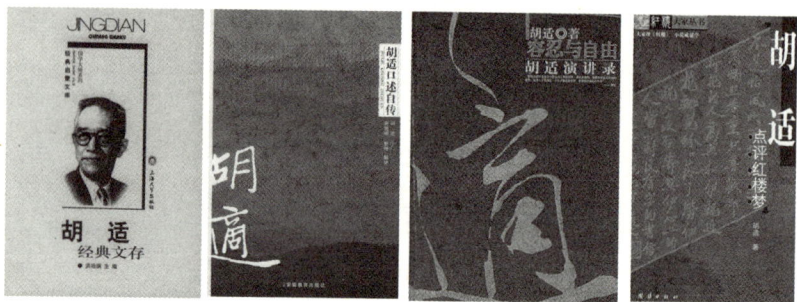

近年来大陆出版的部分胡适著作书影

事佬"、"好好先生"其实是一次也没有做成，每一次，不是招来人们
的一片攻击声和批判声，使他的学术声誉和地位随之也大受伤害和大幅
受跌，就是被战争的炮火炸得粉碎，被那血淋淋的现实击得粉碎。他的
"和事佬"和"好好先生"的态度与主张只能说明他政治上的幼稚和迂
腐，只能说明他终究只是一个学者；而作为一个学者，这也说明他真是
一直实践着"执笔治天下"的初衷，坚持着"独立之人格，自由之思
想"的学术操守……至少说明他并不是真的无原则、无立场和真糊涂。

　　胡适和他们那一代学者中的许多人一样，"救国"都是他们抱定的
一个目标，但与多数人相比，胡适似乎有一点显得特别的与众不同，这
就是在这个总的目标下，他更关注这个目标的达成途径的寻求，为此，
他在特别注重对中国文化的源头进行反思的同时而又特别地注重学术的
"经世济用"。这一点或许也是胡适最终比同时代的许多学者走得更远
的重要原因。

　　胡适初到美国时选择的专业是农学。中国是一个农业国，因此，对
于中国人来说没有比学这个专业更实用且实惠的了，果能学成至少可以

让国人吃饱肚子，也只有先吃饱了肚子，然后才能"实业救国"、"教育救国"、"以笔救国"等等。但他很快发现这并不是一条能从根本上救国的道路，于是一年后，他毅然从康奈尔大学农学院退学了。我们今天的许多人在研究胡适的退学时，总是说这是因为他对农学失去了兴趣，而有意无意地回避一个也许是更重要的问题，这就是他为什么会失去兴趣。要知道，胡适绝不是一个"偏科生"，他曾经是一个在上文学课时，用诗稿掩护着偷偷进行自然科学演算的学生，他对自然科学无论是学习的兴趣还是能力，用他自己的话来说，甚至有过"超过作诗"的时候。胡适转入的是哥伦比亚大学哲学系，选择的专业是西方哲学，但研究的课题则是中国先哲诸子的思想。他日记中的这样一段话完全可以作为他改学专业的原因的注脚：

> 今日吾国之急需，不是新奇之学说，高深之哲理，而在所以求学论事观物经国之术。以吾所见言之，有三术焉，皆起死之神舟也：
>
> 一曰归纳的理论，
>
> 二曰历史的眼光，
>
> 三曰进化的观念。

他最后为自己选定的博士论文题目是《中国古人哲学方法之进化史》，并以此而受到他的老师、著名的哲学大师杜威的高度评价，并获得博士学位。然后便匆匆回国。

胡适是1910年8月去美国留学的，他开始撰写博士论文的时间是1916年8月，1917年4月27日写完，5月3日校定，5月4日上交，5月22日一次答辩并通过，6月9日离开学校，6月21日上船归国，7月10日抵达上海。

我这里之所以要不厌其烦地将胡适在美国留学的最后一段时间理得那么清楚，是要提醒一点，即胡适回国是急切的。有人或许要说，他在美国一待就是七年，怎么一拿到博士学位便回国得如此急切？他硬熬了七年，是否就是为了一纸博士文凭呵？

今天，提起胡适，许多人首先就会想到他曾获得过欧美多所大学授予他的博士头衔有三十五个之多，但是有一个事实是，胡适离开美国时，他的博士学位证书并没有拿，直到十年后他的老师杜威访华时，才为他补发。

胡适如此急切地回国，原因只有一个，这就是他以为他已寻得了那条救国的"起死神舟"，他要让这条大船尽早地开回自己的祖国，至于博士文凭，那是并不重要的。因此，对于胡适的"救国"动机，说实在的，我从来没有怀疑过他的真诚，只是因为他我又常常想："救国"当然崇高，但是欲要"救国"，总先得"自救"呵！从表面上看，胡适的留美首先就是获得了自救，因为他在出国之前，正是"一生中最荒唐的时间"：由于他读书的上海公学的分裂，使得他一度精神颓废、行为放荡，几乎是整天沉溺于吃喝嫖赌中很不能自拔，正是因为在师友的帮助下，他考取了留美官费，才使得他彻底摆脱了这种境地，重新安排自己以后的人生之路。从当初的"不良少年"，到现在学成回国的"留洋博士"，这难道还不算"自救"成功了吗！

然而，胡适回国后在新文化运动中的所有作为，相信今天每一个读过中学的人都已从历史教科书中早已知道，前面也说得太多太多了！实在毋庸我在这里再作赘述。总之，很难说他已实现了从肉体到精神的完全"自救"，我以为！

对于胡适的人生我们一般人最为不解的有两点，即他的软弱与矛盾。胡适是软弱，这主要倒不仅仅因为他以一个堂堂名教授终究只能屈服在江冬秀的淫威下，而是在于他在学术上和政治上总是表现出的"好好先生"的态度和"不抵抗"主张。但是我们也别忘了，当历史需要他

近年来大陆出版的部分胡适研究著作书影

作出"抵抗"的时候，他不是也义无反顾地投入其中了吗？而且他所投入的不仅是他的笔，而几乎是他的全部努力。

1937年7月，抗战不以胡适的个人意志为转移地爆发了，本在书斋中的胡适，于1937年9月26日作为国民政府的特使赴美游说。1937年10月1日，他应旧金山哥伦比亚广播电台邀请，以《中国处在目前危机中对美国的期望》为题，发表演说。在这篇讲话中，他一改以往"好好先生"的腔调说，对侵略战争是不能退让的，要阻止战争只得用战争来消灭它。而且还大胆预言，美国将会被迫卷入这场战争。为了争取美援，蒋介石三次致电在美国的胡适，敦请其出任驻美大使。胡适认为"现在国家是战时，战时政府对我的征调，我不能推辞"，并于1938年9月17日正式接任驻美大使一职，可谓是"奉命于危难之际，受任于生死之秋"。美国《纽约时报》对此发表评论说，除胡适以外，没有人更够资格向美国说明中国的情形，同时向中国说明美国的情形。10月6日胡适到使馆正式上任，当天他在日记中写道："二十一年的独立自由的生活，今日起，为国家牺牲了。"27日胡适向罗斯福总统递呈国书，在国事维艰之时，从事战时的外交工作。最终于1939年2月和1940年3月为中国争取到2500万美元和2000万美元两笔贷款，使美国对华政策朝着制日援华方向迈出了重要的一步。这就是所谓的"桐油贷款"。1939年6月29日，胡适在华盛顿的中国大使馆给在美国曾经的恋人韦莲司写信道："这真是一段扰攘不安的岁月。我并未失去信心，我确信这场世界大战所带来的新秩序将更好也更持久。毕竟，今天只剩下3个侵略国家，这是值得欣慰的。"信中绝无一点儿女情长。此时的胡适似乎真如换了一个人似的，俨然一颗正在升起的政治新星。

晚年胡适与妻子江冬秀合影

然而他终究只是个学者，随着宋子文以外交部长的身份驻扎华盛顿，胡适这个驻美大使实际上就做到头了。在政治上他哪里是宋子文这个老政客的对手呵！果然，他败下阵来了，从美国退回国内，退回到北京大学校长的位置上，退回到原来的"不抵抗"状态中。从此以后，他一会儿"抵抗"，一会儿又"不抵抗"，甚至后来身上竟还发生过该"抵抗"时"不抵抗"，不该"抵抗"时"瞎抵抗"的事。

那是1949年4月29日，胡适的老朋友、北平辅仁大学校长陈垣教授，写了一封给胡适的公开信，发表在5月11日的《人民日报》上，后来又发表在香港由中国共产党控制的报纸上，6月间便有英文译本传到各地。信中介绍解放后北京各学校和学术界的良好情况，"很诚挚地"劝告胡适"正视现实"，"幡然觉悟"，"回到新青年的行列中来"。这封信实际上应该说反映了中共对胡适及其他在海外的知识分子的统战意向。胡适得读以后，发了"考据癖"，他先是认定陈垣"从来不写白话文"，后又从信中有关书信日期有错误等，断言此信百分之一百是别人借用陈垣的名义假造的，说"可怜我的老朋友陈垣先生，现在已没有不说话的自由了"等等。他的这一行为让他留在大陆的儿子胡思杜也感到不解和愤怒，遂于1950年9月，发表文章，批判他父亲，声明与胡适脱离父子关系。他的态度当然还是一如既往，硬说那文章是别人逼迫思杜写的。后来，他内弟江泽函给他写信，他收到信后也疑心是"他受人逼迫，抄了别人拟好的信稿，寄出来向我作宣传的"。他宁可在美国贫病交加地一面当着人家大学图书馆的图书管理员，一面遥控着《自由中国》不断说一些让蒋介石不舒服的话，一次次冒犯他，甚至还企图阻止他连任"总统"，差一点为他所不容，也不愿接受祖国和人民最后伸给他的那一根橄榄枝。

正是因为胡适的种种不"抵抗"，成就了他的软弱；但又由于他有时的"抵抗"，使他的学术与言行显得矛盾；正因为他的矛盾，使他显得复杂；正因为他的复杂，使人一直很难穷尽他和真正懂得他。

1962年2月24日下午6点35分，胡适在为他最得意和欣赏的女学生、著名的物理学家吴健雄女士举行的欢迎酒会上，心脏病突发而去世。蒋介石送给他的挽联是这样写的：

新文化中旧道德的楷模；

旧伦理中新思想的师表。

1952年2月，毛泽东在接见政协知识分子代表时谈到胡适，说了这样一段话：

> 胡适这个人也真顽固，我们找人带信给他，劝他回来，也不知他到底贪恋什么？批判嘛，总没有什么好话，说实话，新文化运动他是有功劳的，不能一笔抹煞，应该恢复名誉吧。

蒋介石的挽联有点儿盖棺定论式的霸道，也有点儿抽象，还是毛泽东的话说得比较诚恳："不知道他到底贪恋什么？"大智慧如毛泽东者都"不知道"，我等又能真正知道多少呢？

五

我们在那紧锁着的门的门槛上坐的时间太长了，太阳已快要下山了。想到回去还有两百多公里的路要走，我们准备离开了。而恰在此时，终于有一位老农模样的人抱着个孩子匆匆赶来，一面喘着气一面问："是你们要参观的吗？"我们说是的，于是他欲将手上抱着的孩子放下，但孩子就是不愿意自己在地上站着，哭了起来，他只好赶紧又将她一只手抱起，一只手从身上掏出一串钥匙，打开了那两扇漆黑的大门。

他收起钥匙，掏出了门票。我们买过门票，终于走进了门去。

我们好奇地问他："这么有名的胡适故居，你们怎么连个招牌也不挂一个呵？"他连忙说："有的有的！招牌怎么会没有呢？只是没挂，怕被人家偷了！你看这不是吗？"说着又一次放下抱着的孩子，将搁放在大厅一角的一块写着"胡适故居"的竖牌拿了起来，小心翼翼地挂到了大门外一颗现成的钉子上。我们眼看着他做完这一切，内心有一种说不出的酸楚感，一位新文化运动的先驱、戴过三十五顶博士帽子的胡适的故居，居然像一些马路边的小饭店一样，看到食客的车开过来了，才挑出幌子招揽一下。

这时我们又问他，为什么那么多本村的村民竟然不知道村里有这么一座"胡适故居"。他说："其实没有人不知道，是他们怕我们发了财！"我们又问此话怎讲？他告诉我们，这座故居，胡适在里面度过了他的童年、少年时代。它是胡适父亲去世后由胡适二哥胡绍之，依据父亲生前所定"略事雕刻，以原存其朴素"的风格主持建造的，所以并无豪华气息；故居也不大，约两百来个平方米，两个三合院组成了前堂后室的格局。然而，毕竟是百年老屋了，又经过史无前例的运动，一度已很破落，几位村民在征得有关部门的支持后，对它进行了必要的修葺，完工后对外开放，当初几个挑头修理者便成了管理者，但他们都是没工资拿的，报酬是从门票收入中提成，村民怕参观的人多了，他们提成多了发了财，所以便不愿更多的人来参观。哦，原来如此！我们对此真有点不知说什么好。

我们终于看清楚了胡适画像左上方的题款了，除了画家的大名和绘制年月外，还有这样十六个字四句话："一代英才，迷途堪哀，风清月朗，魂兮归来。"难道这就代表了故乡人对胡适的最后评价吗？我们向那位为我们开门的老先生询问，他说他识不得几个字，哪有能力讲得清呵！但他又告诉我们，近来好像越来越多的参观者对这几句语有微词，看来他要对有关部门说说，把这画换换算了，因为它都已经挂了十几年了。

离开胡适故居，我们又回到了杨林桥边，因为我们的汽车停在那里。在那里，我再一次眺望不远处山坡上曹诚英那孤零零的坟墓，它在夕阳下显得更加的孤寂。正要登车，又有几个村民围了过来，向我们推销兰花及花籽。我因为并不种花，所以没要，但一阵熟悉的旋律因此而在我的耳边响了起来。车子启动了，我忍不住问同伴知不知道有一首叫《兰花草》的台湾校园歌曲，他们都说岂止知道，而且还会唱哩！我又问他们，知不知道它的作者是谁？一车人都说不知道。当我告诉他们作者就是胡适时，个个都很吃惊，然后很快又都说："像！像！像！这内容和情调还真只有他能写得出。"说着说着，一车人竟不约而同地哼起了这首歌：

我从山中来，

带着兰花草；

种在小园中，

希望花开早；

一日看三回，

看得花期过；

兰花却依然，

苞也无一个……

生怕情多累美人

　　我们今天已很难理解郁达夫如此得理不饶人的背后原因和根本目的是什么——或许他已下定了"毁家"的决心；或许他想以后进一步将王映霞的小辫子掌握于手，以期永远"搞定"她——有人分析说，在他们从爱情到婚姻的全程中，郁达夫似乎一直在潜意识中有一种自卑感，进而有一种不安全感；或许这只是一个诗人一时的佯狂……然而，即使是佯狂，这一时却正如他自己的诗中所写，已"难免假成真"了。

面目清瘦的郁达夫

郁达夫可算是中国现代作家中最有朋友缘的了。

鲁迅、郭沫若、沈从文和徐志摩等，无疑是在中国现代文学中最重要的几座重镇，而郁达夫则是这几座重镇间的一座枢纽。这不能不说实在难能可贵！因为就是那几座重镇间，大多数时候都是鸡犬之声相闻而又是老死不相往来，偶有往来，常常都是刀兵相向。

郭沫若曾将"资本主义以前的一个封建余孽"、"二重的反革命人物"的帽子扣给鲁迅，鲁迅为此也回敬过郭沫若一个"才子+流氓"的雅号，而郁达夫作为郭沫若的朋友与之曾一同发起成立了"创造社"，同时他又是鲁迅差不多唯一一位将友谊保持到了终生的朋友。

因为鲁迅曾将丁玲的求救信误以为是沈从文的，弄得沈从文至死都不曾与鲁迅交言，至于郭沫若，他曾经说沈从文"一直是有意识地作为反动派而活动着"，而郁达夫则事实上是沈从文这位现代文学史上的文学大师的伯乐和知己。

"新月社"是与"创造社"相对立的一个文学社团，徐志摩是其成员；他还曾亲口对周作人说过："令兄鲁迅先生的脾气不易捉摸，怕不易调和，我们又不易与他接近。"而他与郁达夫既是中学的同班同学，更一直都是很好的朋友。

仅凭着郁达夫如此的枢纽作用，他也是中国现代文学史无论如何也绕不过去的一个人物，更何况他本身也是中国现代文学上的一座重镇哩！

郁达夫不但有朋友缘，更有女人缘;不但其笔下的小说迷倒了难以计数的怀春少女，而且其本人现实生活中似乎总是桃花运不断，对此他也从不拒绝——不但不拒绝，有时还主动追逐。

一

1927年1月14日，新年伊始，又逢上一个小阳春的天气，那一天，身在上海的郁达夫收到了妻子孙荃从北京寄来的新皮袍。他打开包裹，立即将新衣服穿上试了试。此时他的心头忽然飘过妻子孙荃的身影，这让他忽然又记起老家有句俗话："人有三件宝，丑妻薄地破棉袄。"自己那位并不算丑但也确实不算漂亮的妻子，或许真是自己人生中的一件"宝"呵！他在心里隐约地想。

郁达夫的第一次婚姻与鲁迅先生的一样，也与当时许多人一样，也是典型的旧式婚姻，是在父母之命、媒妁之言下产生的。但是郁达夫与鲁迅先生又有些不同：鲁迅先生对于世事是那种至死都"一个也不饶恕"的性格，而郁达夫有时则会"道向圆处

在日本留学时的郁达夫

走"，他虽然也对自己这门婚姻不尽满意，但竟能觉得这位孙荃"裙布衣钗，貌颇不扬，然吐属风流，亦有可取处"，所以待她并不像鲁迅先生待朱安那样决绝，将她娶回周家后便让她事实上守"活寡"一生，而是与孙荃竟一连生下了四个孩子，让郁家这个人丁并不算太兴旺的大家庭里一时很感安慰，尤其是他的母亲陆氏。

郁达夫1896年12月7日出生于浙江省富阳县城满洲弄（今达夫弄）的一个书香门第，由于父亲的早逝，他事实上是由母亲拉扯大的。那是一个贫寒的家庭，他后来在自传中曾这样写道："儿时的回忆，谁也在说，是最完美的一章，但我的回忆，却尽是些空洞。第一，我所经验到

各种版本的《沉沦》书影

的最初的感觉，便是饥饿；对于饥饿的恐怖，到现在还在紧逼着我。"
好在这个贫寒的家庭里除了物质财富匮乏外，精神财富倒极其丰富，这
个家里有书读，所以童年的郁达夫便通过发愤读书丰富心灵来填补生理
上对于物质的需求，小小年纪时便在文学上显露出了很高的才华。然而
他的家庭并不希望郁达夫成为一名文人，因为家庭的现实正活生生地证
明，一个纯粹的文人在那个时代必然只能贫穷，因此，当1913年长兄郁
华考取了官费留学的资格赴日留学时，郁达夫随之一同入了日本东京帝
国大学经济学部。但是尽管他最终取得了经济学学士的学位，并且回国
后受聘于北京大学经济系教授统计学，但他并不喜欢自己的这份工作。
此时的他已出版了中国现代文学史上的第一本小说集《沉沦》，散文、
诗词、文艺评论和杂文、政论也都自成一家，不同凡响，总之已是一位
地地道道的作家了。

　　作为文人，似乎注定了其生命必然是风流倜傥，其人生必然是浪
漫多情，郁达夫也不例外，更何况人总有一种补偿心理——郁达夫有
婚姻，但爱情的滋味却并没有多少体验；他对妻子有一种"淡淡的依
恋"，但从没有过激情与疯狂。所以郁达夫一面做着四个孩子的爸爸，
一面常又沉溺于柳永式的颓废生活。对此我们当然不能用世俗的眼光去
苛求一个文人，更不能用一般的道德标准去评价一个文人风流。至于孙

荃，虽然对他在外面的所作所为也有耳闻，但也无可奈何，她只希望有
一天他在外面倦了、累了，甚至有一天老了，他一切的荒唐也便了了，
所以她仍一如既往地以自己的方式爱他，他回家给他准备一日三餐，他
外出给他准备盘缠行囊，他不归给他寄冬季寒衣。

郁达夫穿着妻子寄来的这件新皮袍，觉得正合身。想到晚上将要赴
老朋友孙百刚的酒宴，于是他便没有将新衣裳换下。傍晚，郁达夫就身
穿着新皮袍向位于马当路尚贤坊40号的孙百刚寓所走去，浑身上下似乎

浙江富阳的郁达夫纪念牌

暖暖的，而心中似乎更是涌动着一股
暖流。只是此时他怎么也没有想到，
这看起来非常普通的一场朋友聚饮，
将注定使他以后的人生登上大喜大悲
的顶点。

就在孙百刚家，他遇见了一位姑
娘，当他与这位姑娘四目相对时，他
愣住了，因为眼前这双眼睛"明眸如水，一泓秋波"，让他惊为"遇见
天人"。他很快回过神来后，心里发出了一声轻轻的叹息，同时觉得自
己的灵魂已经出窍。

这位姑娘叫王映霞，杭州人。由于父亲早逝，跟随母亲在外祖父家
长大。其外祖是杭州名士王二南，是小有名气的一位诗人。王映霞因为
从小受其熏陶，不但对古典诗词情有独钟，自沉其中，以至浸染出了一
种独特的气质，且天生丽质。如此才貌双全的女子，怎么能不让本来就
倜傥多情的郁达夫一见倾心！此时的郁达夫31岁，王映霞20岁。

作为那个时代的"新女性"，王映霞早就读过《沉沦》，对于郁达
夫的才华也可谓仰慕已久，但同时对于他许多风采萍踪的传闻也早就耳
闻，更何况此时的郁达夫已是有妇之夫，所以她是不愿意将自己的初恋

郁达夫与王映霞

和终身都交给这位以追求感情自由而著名的浪漫诗人和作家的。因此，当郁达夫开始向王映霞疯了似的发起爱的攻势时，其第一遭遇便是王映霞的断然拒绝，并且是以自己已许配于人为由。

然而，此时的郁达夫已经近于疯狂，他认定女人是水做的，其心也是水做的，决经不起执意的攻击。他一面求朋友帮忙安排各种与王映霞"邂逅"的机会，每次见面时都出手大方，热情奔放，短短的一段时间，上海滩各大饭店、舞厅，几乎都留下了他们出双入对的身影；与此同时，他自然更发挥自己长处，给王映霞大写情书情诗。那些情书情诗我们今天大多数都能从他的选集中找到，虽然时隔大半个世纪了，但今天只要我们读一读，仍不难感觉到，那哪是普通的信呵，分明都是能燃烧的火。

第一步，郁达夫考虑到自己毕竟已是四个孩子的父亲，王映霞也毕竟已与人订婚，他写道：

我希望你能够信赖我，能够把我当作一个世界上的伟大人物看，更希望你能够安于孤独，把中国的旧习惯打破。所谓旧习惯者，依我看来，就是无谓的虚荣。我们只要有坚强的爱，就是举世都在非笑，也可以不去顾忌。我们应该生活在爱的中间，死在爱的心里，此外什么都可以不去顾到……

我对于你所抱的真诚之心，是超越一切的，我可以为你而死，而世俗的礼教、荣誉、金钱等，却不能为你而死。

第二步，为了阻止已经订婚的王映霞走向婚姻，他又写道：

现在我所最重视的，是热烈的爱，是盲目的爱，是可以牺牲一切，朝不能待夕的爱。此外的一切，在爱的面前，都只有和尘沙一样的价值。真正的爱，是不容利害打算的念头存在于其间的。所以我觉得这一次我对你感到的，的确是很纯正、很热烈的爱情。这一种爱情的保持，是要日日见面，日日谈心，才可以使它成长，使它洁化，使它长存于天地之间。

第三步，他连孙子兵法中的"激将法"也用上了，不但以爱的美好前景相诱，更相激道：

王女士，人生只有一次婚姻，结婚与情爱，有微妙的关系。你情愿做家庭的奴隶吗？还是情愿做一个自由的女王？你的生活尽可以独立，你的自由，绝不应该就这样轻轻放弃……

在日本成立创造社时与同仁郭沫若、成仿吾、王独清合影

或许是初涉爱河的王映霞根本就无法经得住郁达夫这样猛烈的炮火，或许"自由""独立"对于以"新女性"自诩的王映霞有着太大诱惑力了，郁达夫在经历了一番完全疯狂、不计后果的爱的攻势后，也在经历了一番忐忑不安、近乎绝望的等待之后，他的热情终于打动了王映霞的芳心，他们这艘爱的航船终于艰难起航了，而郁达夫的心情正如另一首写给王映霞的诗中所写：

朝来风色暗高楼，偕隐名山誓白头。

好事只愁天妒我，为君先买五湖舟。

二

1927年8月15日，《申报》和《民国日报》同时刊登了一则《郁达夫启事》：

> 人心险恶，公道无存。此番创造社被人欺诈，全系达夫不负责任，不先事预防之所致，今后达夫与创造社无关。特此声明，免滋误会。

就此，有人说是郁达夫自己退出了创造社，也有人说郁达夫是被赶出了创造社。无论如何，郁达夫是就此离开了创造社，这一点是事实。

郁达夫是1926年12月27日从广州到达上海的，此前他因不愿在北大继续当他的统计学教师，而就郭沫若之邀去了当时的革命中心广州；但在广州又对一些革命现象深感失望，而发表《广州事情》等，与郭沫若等发生罅隙，无法久留之际，他来到上海，想一面专心从事创作，一面清理创造社出版部的有关事宜。然而只数月，不但创造社出版部没有理出个头绪来，而且竟离开了创造社，其中的原因当然是难以一言尽之，但是创造社元老之一郑伯奇说："达夫改组出版部以后，半年间《创造月刊》只编印了一期……"另一位创造社的主要成员王独清的一段话说得更明白："当时创造社在上海的两个中心分子——成仿吾和我——对郁达夫的不满，只是为了他负了社内的编辑的重责，却一年来只编了一期月刊，一点工作都没有进行。"这也就是说，郁达夫之所以在创造社实在混不下去，是因为他作为创造社的领导之一，却在创造社"怠工"。

要知道，他可是创造社的主要发起人呵，他与郭沫若、成仿吾、郑伯奇等，既是创造社的元老，又一直是创造社的实际领导者和经营者。那么郁达夫为什么会对自己的事业"怠工"呢？其中当然有许多人事矛盾上的原因，但有一个实际原因也是不能忽视的，那就是他来到上海后仅仅十几天便遇到了王映霞，并立即陷入了爱的痴迷与疯狂中。可想而知，他那学习过经济学和统计学的脑袋里，那些日子里整天盘算着的是如何攻克王映霞这座爱的堡垒了，哪能分出太多的心思来盘算生意上的事情呵！至于他那支本可生花的妙笔，也全用来为王映霞写情书了，哪能写得出太多的文章为杂志供稿呵！至于上班作息时间等等，在爱情至上的郁达夫看来，那更不会让他放在心上加以在意！什么工作、创作、事业，那时一定统统为爱情让道了，所以他在创造社落下个因"怠工"而被赶出的下场，实在是太正常不过了！想来那也绝不会是他受了老朋友、老同事多少冤枉。且从他发表启事、高调离开来看，对此他也没什么悔意，因为他毕竟以此换得了美人入怀。

1927年6月5日，郁达夫和王映霞在杭州聚丰园餐厅正式宴客订婚。不久又在杭州西子湖畔大旅社，郁达夫与王映霞在杭州举行了轰动一时的婚礼。证婚人是柳亚子，郁达夫的留日同窗易君左在赠诗中则称他们为一对"富春江上神仙侣"——此句也被当时的报纸纷纷引用作对他们婚礼报道的标题。郁达夫自然是得意之极，但他的家人对他的再娶却表示出了强烈的反对，长兄郁华从北京写来长信，对他一番痛骂，以至于一来二去

后人将郁达夫的游记辑为《说杭州》一书，可见他30年代居杭其间写作的有关杭州的游记数量之大

弄得郁达夫宣布与他断绝兄弟关系。他与王映霞的订婚和结婚典礼，家里也都没有一人参加。

对此，王映霞也不在乎，因为这样倒可免了许多繁文缛节，这让她心里反而还有点暗暗高兴。这时最痛苦的人自然是孙荃，得到丈夫订婚的消息，她遂宣布从此与郁达夫情绝分居，为此她函告郁达夫，将携子

女回富阳郁家与郁母同居，与儿女们相依为命，直至终生。生活中如此残酷的事情就这样活生生地发生了：一个女人的快乐竟连着另一个女人的悲痛；一个男人的快乐竟建立在一个女人的痛苦之上。

1928年3月，他们迁入上海赫德路（今常德路）嘉禾里居住，一对"富春江上神仙侣"总算来到了人间，过上了饮食男女的日子。此时他们仍然琴瑟和谐、恩爱如初。不久王映霞生下了他们的第一个儿子，取名郁飞，小名阳春，意在纪念他们相识在那个小阳春的日子里。孩子无疑是他们爱情的又一道凝固剂和润滑剂，对于他们的婚姻生活和小家庭，也无疑是锦上添花。至于衣食住行，王映霞也很满意，她后来在自传中曾对这一段日子这样回忆道："当时，我们家庭每月的开支为银洋200元，折合白米二十多石，可说是中等以上的家庭了。其中100元用之于吃。物价便宜，银洋1元可以买一只大甲鱼，也可以买60个鸡蛋，我家比鲁迅家吃得好。"

然而，好日子总是那么短暂！饮食男女的日子很快就让当年这对"富春江上神仙侣"感到了些许的无奈。看似幸福的一个个平常日子里，不安的暗流在渐渐涌动。

郁达夫本就是个浪漫诗人，其浪漫自然不仅仅在诗文中，更体现在生活中，不仅呼朋唤友、狂歌豪饮是常态，而且动不动就醉卧青楼，不知归路，弄得王映霞独守空房，但又牵肠挂肚；有一次，他夜饮回家，竟然醉倒在家弄堂口的雪地上，王映霞等了一夜，天一亮便出门去找，看见了倒在雪地里的丈夫，让她又生气又心急更心痛。再加上王映霞本以为结婚以后郁达夫会很快与前妻孙荃离婚，谁知事实上却很难，王映霞深感自己的婚姻是不完整的，为此她也没少在郁达夫面前唠叨。唠叨多了，郁达夫便也心烦，觉得我都已如此爱你，不就够了吗，你干吗在乎这些？于是一怒之下，他或是为了证明自己的爱，或是为了更加"搞定"王映霞，竟然将自己追求王映霞时写下的爱情日记公开出版了，题曰《日记九种》。而郁达夫在结婚前曾对王映霞信誓旦旦地保证过，自己的日记不会在有生之年发表的。这让王映霞感到无地自容。然而这一切在郁达夫看来实在不算什么，他完全不曾顾及过王映霞的感受。

　　另外，饮食男女的日子，少不了要为柴米油盐之类盘算，但是由于王映霞过惯了大小姐的日子，婚后不久，即将郁达夫本来也不算太多的积蓄花光了；可此时的王映霞以郁太太的身份所到之处，俨然是上海滩交际场的一颗红星，衣着考究、进出有车，自是不在话下，平时也出手大方，这让从小被饥饿所伤的郁达夫在难以应付之际，少不了对她多有微词，而这又每每弄得双方多有不欢。但不欢之余，郁达夫为了讨娇

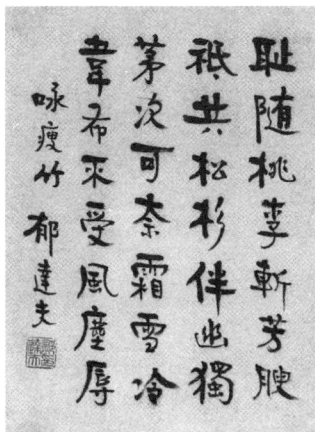

郁达夫书法

妻欢心，又不得不拼命写作、四处编稿和讲课，以求多赚得些碎银。金钱二字像石头，总是压着他喘不过气来。这自然也让郁达夫感到痛苦。再加上这一阶段，他在人生和创作上又正处于一个小小的低谷中，先是被迫从创造社退出，后又被"左联"开除。好在也正是在那一阶段，也是从广州来到上海的鲁迅先生与他相交甚得，并给了他很大的帮助。他们不但在文学论战中相互策应，对敌斗争中相互声援，而且在工作和生活中也相互合作，相互帮助，如他们曾合办《奔流》半月刊，不但为他们的思想和作品创造了发表的平台，并获得收益，更加使得他们在工作和战斗中凝成的友谊不断加深。因此，当1933年郁达夫准备从上海移家杭州时，鲁迅真诚地以诗加以阻止：

钱王登假仍如在，伍相随波不可寻。

平楚日和憎健翮，小山香满蔽高岑。

坟坛冷落将军岳，梅鹤凄凉处士林。

何似举家游旷远，风波浩荡足行吟。

诗的意思是说，九百多年前统治杭州的极苛酷的钱镠虽然死了，但像钱镠这样的人那里仍有。与其到杭州去，不如到更旷远的地方去。在那里，倒是"风波浩荡足行吟"啊！可惜郁达夫没有听从鲁迅的劝阻，他还是去了杭州，以至于后来这对当年的"富春江上神仙侣"，在再次回到富春江边后不久反倒分道扬镳，演绎出一段爱情婚姻的悲剧；也正是因此，后世善良的人们，在一面惊叹于鲁迅对于人生和社会超强的洞察力之强之余，总是无比惋惜地想——假如郁达夫当年听了鲁迅的话，那悲剧或许就不会发生了吧！然而，人生是没有假如的，历史也没有假如，一切都似乎是命定。

三

鲁迅为什么要劝阻郁达夫去杭州？有人说是因为鲁迅不喜欢杭州。

的确，鲁迅似乎一直不喜欢有着"人间天堂"之称的杭州。1924年，他"听说杭州西湖上的雷峰塔倒掉了"，便高兴地写了《论雷峰塔的倒掉》，文章开头后他就写下了这么段话："（雷峰塔）破破烂烂的映掩于湖光山色之间，落山的太阳照着这些四近的地方，就是'雷峰夕照'，西湖十景之一。'雷峰夕照'的真景我也见过，并不见佳，我以为。"通过这段话就可以看出，鲁迅对杭州及西湖似乎早无好感。1928年，鲁迅在给朋友的一封信里，不但明确表达了他对杭州的西湖没有好感，而且还说出了其中的原因："至于西湖风景，虽然宜人，有吃的地方，也有玩的地方，如果流连忘返，湖光山色，也会消磨人的志气的。

如袁子才一路的人，身上穿一件罗纱大褂，和苏小小认认乡亲，过着飘飘然的生活，也就无聊了。"在这儿，鲁迅表达了他不喜欢杭州西湖的原因是："湖光山色，也会消磨人的志气的"。

上世纪80年代时的"风雨茅庐"

然而，这里鲁迅仅仅只说出了一个原因，也是表面原因，另一更深的原因则与社会政治有关。

辛亥革命后，杭州像中国其他城市一样，都在这场革命中得到的洗礼，但是由于杭州是鲁迅家乡的省会，他的许多朋友都在那里生活与工作，他看到他们中的许多人，在那里因革命而牺牲，同时也看到不少人，也在那里是如何的镇压革命、出卖战友，为此鲁迅写过许多以此为题材和为背景的小说与散文。1928年，国民党统一全国后，实行文化戒严和文化迫害，当时的浙江当局竟趁机发出通缉令，通缉鲁迅、郁达夫等"堕落文人"。正是因为这些，鲁迅对于自己家乡的杭州，可谓因爱之深而恨之切。

正是出于这样的原因，当郁达夫要移家杭州时，鲁迅才竭力劝阻，先是口头相劝，后又以诗相阻，且这首律诗也写得章法别致：一般律诗都意思上常常是四句一转，分上下两层，但这首七律，鲁迅竟然连用六句写了杭州的种种不是，道明目的的只有最末两句。郁达夫是中国现代文学史上对旧体诗研究最深、创作水平最高的作家，对于鲁迅这首诗的内容和深意肯定是一目了然的，更何况这首诗鲁迅虽然是写给王映霞带回家的，但郁达夫一见后便说："他（指鲁迅）这意思早与我说过。"

然而，郁达夫终究还是没有听鲁迅的劝阻。

后世的多数研究者主要将其归因为政治气候，因为郁达夫离开创造社并与之发生论争，又加上当时风传上海国民党当局要搜捕郁达夫，所以他才不得不离开上海。然而这看起来很有道理的归因，其实并不太合逻辑：一是如果确是这样，那郁达夫只要离开上海就行了，为什么一定去的地方是杭州呢？二是为了躲避风传的搜捕而投身到曾经发出过通缉令的地方去，显然也说不通。

其实郁达夫移家杭州的原因是多重而复杂的。

1932年11月10日晚，临时去杭州的郁达夫住在一间旅店里，孤寂难眠之际给在上海赫德路嘉禾里的妻子王映霞写信——仅仅小别几日，竟就忍不住要写信对妻子嘘寒问暖，这本身足可说明，他们那时夫妻关系还如胶似漆——将自己在杭州的活动作了一番告知后，或许是郁达夫发现杭州的房地产市场较有前景，在信的后半部分他告诉妻子王映霞说："《弱女子》（即后来成为现代文学史上名作的小说《她是一个弱女子》）落得卖去，有一千二百元也可以了，最低不得比一千元少。这钱卖了，可以到杭州来买地皮或房子。"

十天后，郁达夫又在一封给王映霞的信里说："我将有一篇东西（短篇小说《瓢作和尚》）寄出，字数在八千字左右。你送去后，可先向刘某说明，此系创作，非十元千字不可。中华数字，也同商务一样，标点空格，都须除去，必要十元千字才能合算。"

《她是一个弱女子》20000多字，最终郁达夫得稿费1000元（大洋），《瓢儿和尚》8000多字，郁达夫最终得稿费只有80元。两相比较起来，那1000元的稿费对于郁达夫来说，无疑是得到了一笔巨款。得到一笔较大的收入，想到投资，这是人之常情。郁达夫首先想到的是买地建房，或买房。这应该是很自然的事。

那么为什么要到杭州来买呢？便宜！

郁达夫后来在杭州的"风雨茅庐"，据今天实测，占地1.8亩，当时花费5000元左右，其中1000元是地价，核算下来，杭州当时的地价每亩在556元左右。而据有关研究者考证，当时上海的地价比之要高得多。租界地价极其昂贵自不必说，每亩价格在150000元以上；即使是相比均价低了105倍的华界地价，

今日整修后的"风雨茅庐"

也在1500元左右。所以根据郁达夫当时的经济实力，是不可能在上海买得起地和房的。前面就已说到，由于种种原因，浪费如郁达夫者，此时也不得不为柴米油盐而精打细算，所以他在得到一笔较大收入考虑投资时，不得不考虑效益，而选择移家杭州未必不是一明智之举；更何况王映霞本是杭州人，他的这一决定未必没有讨好爱妻的原因；至于有没有讨得王映霞的好，我们虽不能轻易断言，但是一个事实是，郁达夫的这项巨大的家庭投资也好，消费也罢，很快就不但得到了作为家庭女主人的王映霞的批准，而且事实上也得到了她的大力支持。而这倒让人不禁想，如果郁达夫选择的移家地不是杭州而是别处，她还会同意和支持吗？

1933年春天，杭州场官弄的一座老房子里住进了一家五口。在邻居们眼里，这家的男主人个头一般，常穿一件蓝布长衫，喜欢去浙江图书馆；平时进进出出与人很和气，显得平易而普通，其最明显的特征就是瘦；倒是这家女主人显得很招眼，因她似乎是从月份牌上走下来的一般漂亮，虽然她平时只在家看孩子，与邻居们并无多少交往；倒是他的大孩子，在附近的横河小学读书，与他同学的孩子因此常到他家去玩。邻

居们不久也便从那些孩子口中得知，那孩子叫郁飞，他爸爸就是著名作家郁达夫，他妈妈就是当年"杭州三美"之一的王映霞。

郁达夫一家是在1933年春迁至杭州居住的，"风雨茅庐"开工于1935年冬天，直到第二年春才竣工。也就是说，虽然早有买地建房的打算，但在最初的三年里，郁达夫一家是在杭州租住的。为什么没有立即建房或买房？不言而喻一定是出于经济方面的原因吧！郁达夫本书生气十足地想"只茅草代瓦，涂泥作壁"，建"五间不大不小的平房，聊以过过自己有一所住宅的瘾的"，不料他的想法却引出意外的回响：他那些建筑业界的朋友表示，"你若要造房子，我们可以完全效劳"；他那些有钱的朋友则说，你缺资金可以"通融"；还有那学过洋文懂些"风水"的朋友积极出谋划策，总之使他原本的构想有了很大的改变。而就在这样不断的改变中，建房的设想一直停留在"设想"中。

不过这三年里，郁达夫虽然不停地为写作挣钱，为心中的爱巢努力添砖加瓦，但生活倒过得平静而安详。这在他的一生中，似乎也算难得。正因为这样的生活，这三年也在他一生的文学历程中形成了一个创作的高峰。这一阶段他是写作游记为主，他们仿佛又成了当年那对"富春江上神仙侣"，杭州及周边的名山丽水上都曾留下了他携妻漫游的足迹，而他的那些游记，多数成了中国现代文学中的珍品。因选进今天的中学语文教材而使得我们一般人很熟悉的《故都的秋》《钓台的春昼》等，便是其中著名的篇章。

然而平静的日子总是那么的短暂，且平静的只是表面。

王映霞后来在自己的自传中回忆说："（回杭州）这就很自然地给我招来了不少慕名和好奇的来访者，增添的麻烦和嘈杂。从此，我们这个自以为还算安静的居处，不安又不静起来。比如，今天到了一个京剧名旦角，捧场有我们的分；明天为某人接风或饯行，也有给我们的请帖；什么人的儿子满月，父亲双寿，乃至小姨结婚等等，非要来接去喝酒不可。累得我们竟无半日闲暇，更打破了我们家中的书香气氛。我这个寒士之妻，为了应酬，也不得不旗袍革

浙江富阳"郁达夫故居"

履，和先生太太们来往了起来，由疏而亲，由亲而密了。所谓'座上客常满，杯中酒不空'，正是那一时期我们热闹的场面。同时因为有东道主招待，我也饱尝了游山玩水的滋味，游历了不少名胜。"

王映霞此话说的大体是事实，但是尽管她嘴上说对于这样的日子似乎厌倦，可事实上如此叙述的字里行间仍掩不住向往。当时与郁达夫、王映霞来往颇多的"湖畔诗人"之一汪静之说，那段时候"王映霞最爱郁达夫带她去认识所有的朋友，专门同人家交际"。或许正是在那种交际中，王映霞认识了郁达夫的两位老同学，一位是留日时期的许绍棣，时任浙江教育厅厅长，还有一位更是鼎鼎大名的"特工王"戴笠，此时他正在杭州办"训练班"。这便注定了看似平静的日子风雨欲来。

1935年底，杭州场官弄63号南侧的一块原来的空地上，一所中日建筑风格合璧的私家居所拔地而起。

对于能建成这样一座居所，郁达夫是满意而开心的，他在《移家琐记》一文中写道："新居在浙江图书馆侧面的一堆土山旁边……原来我那新寓是在军备局的北方，而三面的土山，系遥控着城墙……好得很！好得很！我心里想'前有图书馆，后有武备库，文武之道，备于

此矣'！"然而，郁达夫却给这新居起了一个令人感伤的雅号"风雨茅庐"，并请马君武题写了匾额。而王映霞为此却大为不满，觉得好好的一座别墅式的新居，却起这么一个不吉利的名号！郁达夫则解释说，原本只是想建一座聊避风雨的茅庐的，才所以如此。

或许是郁达夫早就预料到一场注定的风雨将要来临，或许是他一语成谶，一场人生的风雨不经意间真的就来了，甚至还没等到那座聊避风雨的茅庐完全建成。

1937年初，春节刚过，郁达夫收到福建省主席陈仪的邀请，请他出任福建省政府参议。正月十三，他便独自离开了杭州南下福州，"风雨茅庐"最后的收尾工程及装修他完交给了王映霞。对于郁达夫的南下，自己将担负如此重任，王映霞出乎意料地表示出了支持，原因似乎也合情合理——为了建造"风雨茅庐"，他们欠下了很大的一笔债，得挣钱还债呵！虽然"富春江上神仙侣"的日子就此结束了，但郁达夫此去所就之职毕竟薪水不薄！至于她心里此时有没有什么小九九，我们还不能乱加推断。不过随后发生的事实是，远在福州的郁达夫，不但收到了老同学戴笠寄给他的贵妃酒（对此郁达夫百思不得其解之余，将其记录在了1936年2月14日的日记中），而且还听到了许绍棣"新借得一夫人"的绯闻，而这绯闻的女主角正是自己的妻子王映霞。

说来也真是天意，郁达夫有一天游福州天君殿，有人叫他抽签，他便抽了一支签，签诗里的一句话让他心里一沉，那句话竟是"鸣鸠已占凤凰巢"。他后来发表的《毁家诗记中》，有"不是有家归示得，鸣鸠已占凤凰巢"之句，大体也出自于此。

然而，尽管如此，郁达夫也还曾在自己日记中留下了这样的话："晚上独坐无聊，更作霞信，对她的思慕，如在初恋时期，真也不知什么原因。"要知道，此时他们已结婚十年。

此时，远在杭州的王映霞，已带着孩子迁进了终于装修完工的新居，只是此时的这座崭新的"风雨茅庐"，还能遮挡那就要降临的风雨吗？

郁达夫写信让王映霞立即来福州，但没有回音。郁达夫不得不亲自赶回杭州，在"风雨茅庐"中只住了三天，便携王映霞南下福州。然而不到三个月，王映霞便以水土不服为由回到了杭州。不久上海"八一三"事变爆发，日寇占领上海，杭州危在旦夕。郁达夫不得不再回浙江寻找王映霞。此时"风雨茅庐"自然是回不去了，因为国家民族遭受的一场巨大的风雨已经来临；而王映霞当时也避到了丽水。郁达夫到丽水寻得了王映霞，并准备携其一同前去武汉，因为此时国民政府的抗战中心已移至武汉，此前他的昔日好友郭沫若正在那里任国民政府军事委员会第三厅政治部主任，邀其前去出任第三厅第七处处长，郁达夫也已于1938年3月9日辞去了福建省政府本兼各职。正是由于郁达夫为寻找王映霞而辗转多日，等到他赶到武汉时，处长一职已有人代任，遂改任第三厅少将设计委员。

国难当头之际，儿女情长实在已不再重要了！郁达夫来到武汉后迅速投身到了抗日救亡的工作中。

四

1938年夏的一天，武昌的蔡院街上人头攒动，因为这条不大的街道离码头不远，此时码头上挤满了各种船只，从船上下来的人们，有从前线下来的伤员，有从沦陷区逃难而来的难民，他们如涌水一般溢向岸来，将蔡院街挤得拥挤而混乱。一位衣着考究的女子，努力敲打着28号的大门，门开后，她被迎了进去。这个敲门的女人就是王映霞，她敲打的这个28号门内，住着她的中学同班同学符竹茵，而她的丈夫，正是著名诗人汪静之。

一见是老同学，符竹茵很高兴地问王映霞，如此兵荒马乱，还亲自跑来，莫非有什么事要帮忙？王映霞说这正是要请老同学帮忙——那就是要"借"一下老同学的丈夫汪静之一"用"。

符竹茵与汪静之一听此话，初以为是开玩笑，但看王映霞神情并不像开玩笑，于是细问之下得知，王映霞想去医院堕胎，但医院要丈夫到场并签字，她只得求符竹茵和汪静之帮忙，希望汪静之能陪她去医院，冒充一下她的丈夫。

起初这令汪静之夫妇多有不解——你为什么不让自己丈夫郁达夫陪着去呢？虽说此时郁达夫到台儿庄劳军去了，但此前你干什么了？再说过几天你等他回来再做这个手术就是了，为什么非得这个时候做不可？

王映霞解释说，前些时候不知道，再等几天胎儿长大了不好做。汪静之夫妇觉得她此话似乎也在理，于是就答应了。

然而事情过后，让汪静之夫妇深感惊诧的是，对于王映霞这次堕胎，远在徐州慰问前线军队的郁达夫，不但事前不知情，事后也不曾得到王映霞的告知。而且凭着他们是王映霞这个"秘密"的当事人和知情人，在生活中自然多了个心眼，很快他们就发现王映霞此次堕胎极有可能是为戴笠。多年以后，汪静之在《王映霞的一个秘密》中写道："我当时考虑要不要告诉达夫：照道理不应该隐瞒，应把真相告诉朋友，但又怕达夫一气之下，声张出去。戴笠是国民党的特务头子，人称杀人魔王。如果达夫声张了去，戴笠绝不会饶他的命。太危险了！这样的考虑之后，我就决定不告诉达夫，也不告诉别人。"

谁知道就在汪静之夫妇努力为王映霞保守秘密的时候，她自己竟然没能保守好自己的秘密，许绍棣写给她的三封情书无意中竟让郁达夫发现了。王映霞自知理亏，携带细软离家出走。

当天晚上，郁达夫长夜难眠，看见窗外还挂着王映霞洗晾的纱衫，悲愤难抑，提起笔来，饱浸浓墨，在那纱衫上大书："下堂妾王氏改嫁前之遗留品。"第二天，他又在《大公报》上刊登启事："王映霞女士鉴：乱世男女离合本属寻常，汝与某君之关系及携去细软、衣饰、现银、款项、契据等都不成问题，惟汝母及小孩等想念甚殷乞告以地址。"同时，郁达夫又将这三封情书照相制版印刷，广为散发……

然而尽管如此，事情的最终结果还是郁达夫和王映霞在朋友的调解下各让一步，重归于好：王映霞写了不公开的"悔过书"，而郁达夫则再次登报声明这次事件是自己"精神失常"所致。两人还立下协议书以示捐弃前嫌，开始新的夫妻之旅。为此，1938年秋后，郁达夫携王映霞离开武汉再回福州，年底他又接受新加坡《星州日报》社长胡昌耀的聘约，携王映霞及大儿子郁飞远赴南洋，担任了当地华侨抗敌动员会委员，并主编《星洲日报》副刊《繁星》，并继续从事抗日宣传工作。

然而，既有了裂痕，不但难以修复，且一不小心只会更加的扩大。虽然远离了是非之地，更远离了是非之人，但国恨家仇还是让他们这对患难夫妻原本紧张的关系不但没有缓和下来，反而争吵不断。正是在一次次争吵之余，郁达夫对于王映霞的过错更加的耿耿于怀，他反思着有关这场婚姻危机的前因后果、种种细节，并痛苦地将之构思成诗，并随手记下。不久，他便将这些诗结成一组，共计有20首之多（19首诗和1首词），题曰《毁家诗纪》，寄予香港《大风》旬刊，并声明"不要稿费，只求发表"，将他们婚变的内幕以及王映霞红杏出墙的艳事全部公之于众。

我们今天已很难理解郁达夫如此得理不饶人的背后原因和根本目的是什么——或许他已下定了"毁家"的决心；或许他想以后进一步将王映霞的小辫子掌握于手，以期永远"搞定"她——有人分析说，在他们从爱情到婚姻的全程中，郁达夫似乎一直在潜意识中有一种自卑感，进而有一种不安全感；或许这只是一个诗人一时的佯狂……然而，即使是佯狂，这一时却正如他自己的诗中所写，已"难免假成真"了。

《毁家诗纪》的发表，让王映霞终于下定了离开郁达夫的决心。1940年8月，她离开新加坡只身返国，并随即分别在新加坡、香港和重庆三地刊出与郁达夫的离婚启事。当年一场几乎轰动全国的情事就此令人感伤地结束了，当年一对"富春江上神仙侣"就此完全分道扬镳成为陌路；这一切似乎惊人地应了早在1934年春天郁达夫题于富春江上钓台的那首著名诗：

> 不是樽前爱惜身，佯狂难免假成真。
>
> 曾因酒醉鞭名马，生怕情多累美人。
>
> 劫数东南天作孽，鸡鸣风雨海扬尘。
>
> 悲歌痛哭终何补，义士纷纷说帝秦。

郁达夫的人生，似乎正应了"一诗成谶"的宿命！

回国后的王映霞很快在戴笠的介绍下进了国民政府外交部任文书科员；与郁达夫宣布离婚后，她又在外交元老王正廷介绍下，与同在外交部任职的钟贤道结婚。1999年2月6日，王映霞在上海去世，终年92岁。临死前她说了这样一段话："如果没有前一个他（指郁达夫），也许没有人知道我的名字，没有人会对我的生活感兴趣；如果没有后一个他（指钟贤道），我的后半生也许仍漂泊不定。历史长河的流逝，淌平了我心头的爱和恨，留下的只是深深的怀念。"而她说这番话时，郁达夫已客死他乡、尸骨难寻半个多世纪了！

1945年8月29日，郁达夫在苏门答腊被日本宪兵秘密杀害，终年50岁。由于他在南洋的抗日活动，1952年被中央人民政府追认为革命烈士。

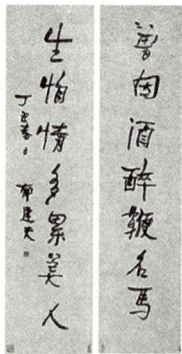

郁达夫手迹

1921年的宿命

在中国现代文人中，徐志摩可谓是最独特者之一：作为一个人，他生性单纯而生活又极其复杂；作为一个诗人，他艺术人生可谓精彩纷呈而最终命运又极其不幸和悲哀。然而，如果说他人生中所有的精彩和复杂像一出大戏，那么在这一年里似乎都作了彩排；如果说他一生最终的不幸和悲哀如一部小说的结局，那么伏笔也似乎在这一年里已经打下。

上帝说："我与你们并你们这里的各样活物所立的永约是有记号的。我把虹放在云彩中，这就是我与地立约的记号了。我使云彩盖地的时候，必有虹现在云彩中，我便纪念我与你们和各样有血肉的活物所立的约，水就再不泛滥，毁坏一切有血肉的物了。虹必现在云彩中，我看见，就要纪念我与地上各样有血肉的活物所立的永约。"

上帝对挪亚说："这就是我与地上一切有血肉之物立约的记号了。"

——《旧约圣经·创世纪》第九章

一

徐志摩像

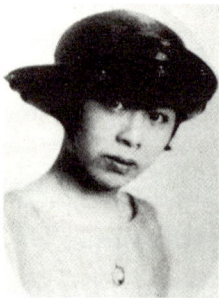

张幼仪

1921年，对于徐志摩来说注定是一生中最有意味的一年——这一年里他不远万里地将妻子张幼仪从国内接来英国，但几乎与此同时，一位名叫林徽因的江南才女又走进了他的生活。

林徽因后来成了一位著名的建筑设计师，一生中设计了许多堪称经典的建筑，也参与设计了中华人民共和国的国徽、国旗，但是，事实上她毕生最精彩的设计则是诗人徐志摩一生的命运。

在中国现代文人中，徐志摩可谓是最独特者之一：作为一个人，他生性单纯而生活又极其复杂；作为一个诗人，他艺术人生可谓精彩纷呈而最终命运又极其不幸和悲哀。然而，如果说他人生中所有的精彩和复杂像一出大戏，那么在这一年里似乎都作了彩排；如果说他一生最终的不幸和悲哀如一部小说的结局，那么伏笔也似乎在这一年里已经打下。这样说初听起来有点玄，因为人一生的命运如同一条在大地上自由流动的河，看起来是那样的散漫而毫无规则可寻。然而尽管如此，只要我们稍加考察，会发现事实上总有一些关键的瞬间和特殊的部位不但决定着其现实状态，也决定着其未来的流向甚至结局。佛家相信因果报应，即有因必有果，有果必有因，然而我们许多时候并

林徽因

不相信所谓"命中注定"，那是因为"因"与"果"之间常常不但隔着时间的千山万水，更大小不成比例。谁能相信北美大陆上的一场飓风，最初仅仅是因为亚马逊雨林里一只蝴蝶翅膀的轻轻扇动呢？的确，我们很难从眼前那些转瞬即逝的细枝末节上发现它们与未来的联系。然而，再小的一块石子坠入水中，也会在水面形成一圈一圈的波纹，我们可以不相信石子，但怎能对波纹视而不见呢？

众所周知，徐志摩是中国现代文学史上的著名诗人，但24岁的他在异国他乡第一次遇到林徽因时，还只是一个普普通通一事无成的"海漂"青年而已——甚至连普通的"海漂"青年还不如，因为那时他虽已在海外漂泊三年，但对于自己将来究竟要干什么，究竟能干什么等问题，似乎还昏头昏脑：他先在美国哥伦比亚大学读经济，但似乎对此并无多少兴趣，最后虽然获得了个硕士学位，但毕业论文的题目则是《论中国妇女之地位》；此时他空前高涨的

今版徐志摩著作书影

是对政治的热情，主要时间和精力都花在对社会主义理论的研究上；正当他被一些中国同学称为"鲍雪微克"，即布尔什么维克时，他又突然要做哲学家，突发奇想要跟"二十世纪的伏尔泰"——罗素学哲学，并且真的为追随罗素放弃了哥伦比亚大学即将到手的博士学位从美国来到英国；来到英国后，他交往最密切的人物却是作家狄更生；在狄更生的推荐下他可以随便选修科目，这让他"有机会接近真正的康桥生活……慢慢地'发现'康桥，和不曾知道过的更大的愉快"，而这"更大的愉快"则又不是政治或哲学了，而是文学。但此时作为一个文学青年的他，已"创作"出的最成功"作品"便是一个3岁的儿子，离写出成名诗作的那一天还早着哩——谁知道他能不能写得出来呵？因此他平时生活中那些有些异常的举止，在许多人的眼里并非是一种诗情的冲动，而实在只是一种疯疯癫癫，他的同学温源宁就曾将一件与他有关的事情当作笑话说给自己的妻妹听：

　　有一天，正下着大雨，浑身湿淋淋的徐志摩突然从雨中冲进宿舍，拉着正在看书的同学温源宁就要往外跑，说："我们快到桥上去等着！"温源宁一时没头没脑，问："这么大的雨，等什么呵？"徐志摩眼睛瞪得大大地说："等雨后彩虹呵！"温源宁表示，这么大的雨他不愿去，并劝他将湿衣裳换下，穿上雨衣再去。可没等他将话说完，徐志摩已一溜烟地又冲进了雨帘中。（丁昭言《在现代与传统中挣扎的女人》，上海人民出版社出版2000年8月版）

温源宁的妻妹听过后果然笑得很开心，并且还追问道："那下文呢？他真的等到了彩虹了吗？"

"我哪能知道呵？这要问他哩！"

"是的，有机会一定要问问他！还要看看他究竟是个什么样的人！"

……

温源宁的妻妹不是别人，正是林徽因。不要以为林徽因在见到徐志摩前对他就有这样的好奇便以为她就是徐志摩的同类或知己，其实那时他们的情趣恰恰相反，我们不妨看看林徽因给朋友信中的一段话：

> 我独自坐在一间顶大的书房里看雨，那是英国的不断的雨。我爸爸到瑞士国联开会去，我能在楼下厨房里炸牛腰子同洋咸肉，到晚上又是在顶大的饭厅里（点着一盏顶暗的灯）独自坐着（垂着两条不着地的腿同刚刚垂肩的发辫），一个人吃饭一面咬着手指头哭——闷到实在不能哭！理想的我老希望着生活有点浪漫的发生，或是有人叩下门走进来坐在我的对面同我谈话，或是同我坐在楼上炉边给我讲故事，最要紧的还是有个人要来爱我。我做着所有女孩做的梦，而实际上却是天天落雨又落雨，我从不认识一个男朋友，从没有一个浪漫而聪明的人走来同我玩——实际生活上所认识的人从来没有一个像我想象的浪漫人物，欲还加上一大堆人事上的纷纠。（张洁宇《你是人间四月天——林徽因爱与被爱的故事》，见

2000年4月《历史》）

明明是一样的雨，在徐志摩那儿是点燃激情的催化剂，而在她那里是只会带来孤独与寂寞的无尽愁绪。

林徽因出生在杭州，在江南长大，骨子里透出的不但是让人无法忽略的才情，还有一种让人无法抵抗的美丽，而且这种美丽又带着一种让人心碎的忧伤。此时，她漂泊异乡，青春的生命正经受着一场孤独的洗礼。如果说此时的徐志摩是一团火，那么此时的林徽因似乎是一块冰，冰火本是很难相融的。但是同时我们又不难看出，林徽因冰冷的外表下其实掩藏着一颗火热的心，这颗心充满着对爱的渴望——这一点与徐志摩是相同的——有了这一点相同，便注定了火有一天将会把冰融化，而由冰融成的水，也注定将会把火浇灭。

二

林徽因渴望爱情，徐志摩也渴望爱情！

但问题是，你徐志摩不是早已是一个有妇之夫了吗？你不是正写信要妻子不远万里地从国内来英国吗？你还有渴望爱情的资格吗？

是的，自从四年前徐志摩接受了父亲为他安排的婚姻后，他便失去了爱的资格，对此他比谁都明白。他初到林家，"一见钟情"的并不是林徽因，而是林长民，且他们的"一见钟情"只是一场游戏。1925年12月24日，林长民在郭松龄军中为流弹所击而阵亡，为了纪念他，徐志摩在自己编辑的1926年2月6日的《晨报》副刊上刊出了林长民的《一封情书》，并加编者按说：

> 分明是写给情人的，怎么会给我呢？我的答话是我就是他的情人。听我说这段逸话。四年前我在康桥时，宗孟在伦敦，有一次我们说着玩，商量我们彼此装假通情书，我们设想一个情节，我算

是女的，一个有夫之妇，他装男的，也是有妇之夫，在这双方不自由的境遇下彼此虚设的通信讲恋爱。

此时的徐志摩只能在一种虚拟的游戏中享受着爱与被爱。

在我们今天看来，这两个大男人实在有点无聊甚至变态。然而细想一想，徐志摩既然将它作为对亡友的纪念而公诸报端，在他看来一定是能感动许许多多的读者的吧，因为那时在"不自由的境遇下"挣扎的人何止他们二人呵？因此，与其说他们的这种行为是一种"无聊"和"变态"，还不如说是一种挣扎和自慰，一种因渴望而做出的无奈挣扎和绝望自慰。

那位与徐志摩互写"情书"的林长民不是别人，正是林徽因的父亲。正因为林徽因有着这样一位父亲，所以徐志摩后来出入林家时才敢于越来越"项庄舞剑，意在沛公"，而林长民呢，也似乎一直能容忍，甚至有时还推波助澜。渐渐的，林徽因也从最初时的"差一点把志摩叫了叔叔"，到后来把他当作了那个"浪漫聪明"、肯同她谈话并愿意爱她的人，而最终二人终于携手走进了康河美丽的夜色中：他们踩着美丽的月色，听着远处教堂里传来的悠长钟声，默默地走着。忽然林徽因扑哧一声笑出了声，因为她想起了姐夫说过的那个有关徐志摩的笑话。

徐志摩问她笑什么，林徽因没有回答，而是反问道："你看到彩虹了吗？"

徐志摩说："当然看到了呵！"

如此没头没脑的答问，一切全凭心有灵犀。

"那么你等了多久才看到呵？"

"记不清了，反正是等了好久，不过很值！那真是太美了……"

林徽因打断他对彩虹美丽的描述，更加好奇地问："你凭什么就知道准会有彩虹呢？"

徐志摩得意地笑着说："全凭诗意的信仰呵！"

……

也正是凭着这种"诗意的信仰"，徐志摩与林徽因越走越近，他们相依着出入舞厅、剧场，相偎着谈论艺术、人生……而这一切被林长民看在眼里，他不仅对徐志摩没有丝毫的责备，反而还在林徽因表现得有些犹豫和不安时主动写信给志摩加以解释："足下用情之烈令人感悚，徽亦惶恐不知何以为答，并无丝毫嘲笑，足下误解了。"信末附言："徽徽问候"。

一段时间里，徐林之恋似乎天时、地利、人和全得了，但实际上其中正酝酿着一种危机，因为无论是徐志摩还是林徽因，他们事实上是互相做了"第三者"：徐志摩自不必说，就说林徽因，她在来英国之前，父亲林长民已口头上与梁启超有过婚姻之约，将她许配给了梁家大公子梁思成，实际上林徽因此时也早已是"罗敷自有夫"了。因此，康河上的那一个个夜晚虽然美丽，但注定了脱不掉忧伤的底子，这从十年后林徽因那首题为《那一夜》的追忆性诗作中不难读出：

> 那一晚我的船推进了河心，
> 澄蓝的天上托着密密的星。
> 那一晚你的手牵着我的手，
> 迷惘的星夜封锁起重愁。
> 那一晚你和我分定了方向，
> 两人各认取个生活的模样。
> 到如今我的船仍然在海面飘，
> 细弱的桅杆常在风涛里摇。
> 到如今太阳只在我背后徘徊，
> 层层阴影留守在我周围。

到如今我还记着那一晚的天，

星光、眼泪、白茫茫的江边！

到如今我还想念你岸上的耕种：

红花儿黄花儿朵朵的生动。

那天我希望要走到了顶层，

蜜一般酿出那记忆的滋润。

那一天我要跨上带羽翼的箭，

望着你花园里射一个满弦。

那一天你要听到鸟般的歌唱，

那便是我静候着你的赞赏。

那一天你要看到零乱的花影，

那便是我私闯入当年的边境！

　　而对于徐志摩来说，康河边只有美丽没有忧伤，或者说他根本就没有觉察这份美丽忧伤的时间与心力，此时他心头越来越急切的痛苦是，从国内载着妻子张幼仪的船正越来越近地驶来，他不能脚踩两只船！

三

　　张幼仪的船终于在法国的马赛靠岸了，徐志摩急匆匆地从英国伦敦乘飞机赶过去接她——他不去接谁去接呵？这既是他的义务也是他的责任！总不能让一个第一次出远门又不懂法语的女人在异国他乡自己折腾买票、转机等事情吧？

　　马赛港的码头上挤满了米接亲朋好友的人，一个个脸上挂着期待和兴奋。徐志摩也挤在人群中，只是与众不同的是，徐志摩的脸上可没有一点期待与兴奋的表情，他身穿一件黑色的长大衣，脖子上搭了条白色的围巾，这将他本来就不白的脸衬得几乎与他的大衣一般的黑。

终于看到4年没见的妻子走上岸来，徐志摩不紧不慢地迎了过去，四眼相对时，他嘴里只吐出冷冷的两个字："来啦！"见此情景，本是满脸欢喜的张幼仪突然间也似乎更加冷淡，只从鼻子里"嗯"了一声。就这样，他们的见面仪式便算结束了。

张幼仪乘坐的船在海上航行了近一个月，在这近一个月无所事事的日子里，她曾设想过无数种与丈夫见面时的情景，但就是没有想到会是这样。

从法国去英国要乘飞机，张幼仪是第一次坐飞机，心里本来就有点害怕，再加上那种飞机又很小，飞行中只要一遇到一点点气流就会颠簸得厉害，这让她在途中出了洋相：起飞不久，飞机便剧烈的颠簸起来，张幼仪不禁朝窗外看了一眼，没想到不看还好，这一看，可把她给吓坏了！她看到舷窗外朵朵白云，再从云缝间向下看，只见一片茫茫大海，此时她心里真怕飞机会颠散了从天上掉下去——也许是过于紧张吧，此时她的胃里一阵痉挛，随即便哇的一声吐了起来。

看到张幼仪呕吐，徐志摩非但既不帮她处理秽物，也没有半句安慰的言词，反而将头扭向一边，还轻轻说了一句："你真是个乡下土包子！"

其实这话徐志摩已不是第一次说了。早在结婚之前，当徐志摩第一次看见张幼仪的照片时，他就曾把嘴往下一撇，用一种充满鄙夷的口吻说道："乡下土包子！"婚后一起生活的那段日子里，他更是动不动就将这句话甩给张幼仪。

其实徐志摩说这样的话实在没有道理：张家在上海松江县城，你徐家在浙江海宁硖石镇，如果说县城是"乡下"，那你徐志摩不也是"乡下人"吗？再说两家门第，张幼仪的爷爷做过多年县令，父亲是一方名医，尤其是两位兄长可都是人物，二哥张君劢是民国政坛的风云人物，大哥张嘉敖曾留学日本，是著名的经济学家，担任过《国民公报》的编辑、《交通官报》的总编辑、国民政府中央银行总裁等，同时还是"国民协进会"的发起人和领导者，他为妹妹选夫婿时身份是浙江都督府秘书，他之所以选中徐志摩，是因为徐志摩的才学——他那次去杭州府中视察，徐志摩的作文本上的文章和书法深深打动了他，他便决定将这个名叫徐志摩的学生选作自己的妹夫，至于他的出身、家境等根本就没作考虑；而相比之下，徐家充其量只是个土财主，徐志摩的父亲徐申如只是当地商会的会长，他之所以看中张家这门亲事，是因为他更看中张家的官场背景可以为自己在生意场上赢得更大的成功。因此，要说张幼仪是一个"土包子"，那你徐志摩不更是"土包子"一个吗？聪明的张幼仪一定在心里这样比较过。因此，当徐志摩在法国飞往英国的飞机上又这样无礼而又无理地说她时，她终于反击了——老天似乎也有意要帮她的忙——徐志摩说张幼仪"乡下土包子"的话音刚落，自己竟也突然间呕吐了起来，见此，张幼仪回敬道："我看你也是个乡下土包子！"

或许是贤妻良母式的张幼仪很少这样"出言不逊"，也或许是徐志摩压根儿就没想到张幼仪会这样回敬自己，这让他感到十分狼狈。许多年后，他还与自己的学生一再说起这一次飞行中的狼狈。而对于张幼仪来说，许多年后我们再来品味她的这句话，分明能从中品味出她自尊、自爱和自强的个性，而对于后来她与徐志摩离婚时表现出的那份坦然，以及离婚后独自一人在事业上创造的一个又一个辉煌，也就一点也不奇怪了。

张幼仪来英国只半年多，徐志摩便与她一起登报宣布正式离婚了——此为中国有史以来第一宗西式离婚案——这让人很是怀疑徐志摩当初写信要家里将她送来英国的全部目的似乎就是为了要与她离婚。

而就在徐志摩与张幼仪的离婚办得紧锣密鼓时，林徽因、林长民却与徐志摩不辞而别，于1921年8月突然从伦敦回国了。

四

对于林氏父女此举的原因，现在几乎成了一个历史之谜，无人确晓，但也正因如此，历来人们多有猜测。

有人说是因为政府给林长民欧游的时间已到限，他不能再逗留英国，林徽因也就不得不随行。但既是如此"光明正大"的事，打个招呼再走有何不能？为何要这样逃也似的不辞而别？

有人说是因为所谓徐林之恋本来就是剃头挑子一头热，林徽因并没爱上过徐志摩，一切对于她来说只是因年幼无知的一次失足，她的抽身离去是一种突然之间的回头是岸。但若真是如此，且不说此前林徽因与徐志摩在火车经过隧道时的长吻等种种只有恋人间才有的行为将无法解释，更无法解释后来林徽因在对早年这段生活的追忆中所流露出的那份真情。

有人说是因为张幼仪的到来，引发了林徽因的醋意，因而抽身离开。但是林徽因也不是才知道徐志摩早有妻室呵，要吃醋也不该等到那时吧？

有人说是因为林长民不堪几个姊妹也就是林徽因几个姑姑的压力——她们不能容忍堂堂的林家大小姐做人家的"小"或"填房"，因而激烈反对徐林之恋，最终林氏父女都妥协了。但是林长民是何等人物呵？他曾任国务院参议、司法总长、国宪起草委员会委员长等，这样一位民国政坛的名人，岂能如此容易妥协？除非只有一种可能，就是他愿意顺水推舟！若真是如此，我们不禁又要问，那"水"又是什么——只能是林徽因自己有了别的选择！

虽然所有的推断似乎都站不住脚，但善良的人们就是不能也不愿相信，林徽因的离去不为别的，仅仅是因为她此时有了新的选择，然而活生生的事实是林徽因确是就这么走了，离开了徐志摩——她选择了梁思成做自己未来的丈夫，尽管此前她的确爱过徐志摩，但他只能做情人而不能做丈夫，这如同她选择自己的职业只能是建筑，而文学只能作为自己的爱好一样。

林徽因的这一选择在我们今天看来无疑是理性的，但这样的理性对于徐志摩来说又无疑是残酷的和不公平的：你怎么能做这种半路拆桥的勾当呢？要知道，诗人爱的火焰燃得正旺，你突然抽身，这不是将他往绝路上推吗？为此，善良的人们总不相信让徐志摩如此挚爱的女人会是这样一个绝情之人，他们进而猜想，林徽因在离开英国之前一定给过徐志摩某种承诺，其理由有二：一是林徽因离开英国是在1921年8月，而徐志摩离婚是在第二年春天，如果林徽因没给过徐志摩承诺，他会这样义无反顾地与张幼仪离婚吗？二是在徐志摩飞机失事后，林徽因曾通过胡适千方百计地从作家凌叔华（徐志摩的朋友）那里取得了徐志摩生前存放在她那里的日记，而后来这些日记面世时，有关林徽因离开的那一段时间的恰恰缺掉了——人们怀疑那些缺掉的日记中恰恰记录了林徽因的承诺，它们最终都被林徽因销毁了。

然而，我常常想，前者只是我们一般人的逻辑，而徐志摩可不是一般人，他是浪漫的诗人，又是一个正被爱情的烈焰燃烧着的诗人，这样的人是断不会按我们一般人的逻辑行事的，这种"一头脱一头抹"的傻事由他做出来实属正常，更何况人们的这种推断本身又犯了一个循环论证的错误，在逻辑上并站不住脚的——徐志摩的离婚并不能一定能推断出林徽因就给过他承诺；至于后者，那仅仅只是一种猜测，是不是真如此，已是一个无法解开的历史之谜了。不过一个活生生的事实是，徐志摩成为一个爱的"孤家寡人"，并非因为他的离婚，而是因为林徽因的回国。

也许有人或许会说，你徐志摩不是早有妻室了吗？是的，他是早有婚姻了，但是在那个时代里，有婚姻就等于有爱情了吗？别忘了徐志摩在与张幼仪的新婚之夜始终没进洞房，他竟然是在奶奶的房里睡了一夜；也别忘了婚后他仅仅与张幼仪生活了几个月便一别数载且天各一方；他写信给家里让父亲送张幼仪来英国时，或许确有要与妻子补上爱情一课的想法，但是当他遇到林徽因后，这种想法便显得多余了，正因此，他与阔别多年的妻子张幼仪见面时冷若冰霜也属情理之中，他们的离婚更在情理之中，因为他已将所有爱的希望和寄托都押在了林徽因一边了，他不会脚踩两条船，这是他的率性和认真之处，也是他的真男人之处。

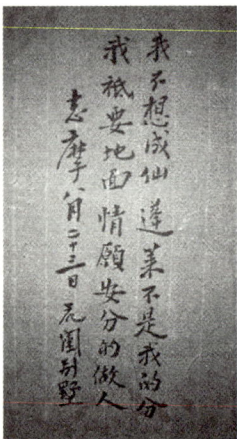

徐志摩手迹

徐志摩离婚了，林徽因却在他们爱的道路上抽身而退，这让他落入"两头不着实"的境地，成了爱的"孤家寡人"，也成了爱的弱者。同情弱者是人类普遍的一种心理规律，为此，善良人们历来对林徽因颇多指责，包括一些与她相识的熟人与朋友，连钱钟书和冰心等一向说话、为文都很温和的文人，也都曾在文章中不无讥讽地说她是情场上的"风云人物"。然而，如果我们站在林徽因的立场上问一句：一个女人难道就没有退的权利吗？

你徐志摩是爱我，但你爱我，我就一定要爱你吗，一定要嫁给你吗？张幼仪不也爱你吗？你为什么就不爱她，要和她离婚？

我是爱过你，但现在不爱了，反悔了，这又怎么样呢？一个小女子难道连反悔的权利也没有吗？

不错，你与张幼仪最初的结合虽然并非出于爱情，但是后来你们不也"爱"了吗？不也生下了两个孩子了吗？你现在又不"爱"了，这不也是一种反悔吗？你能反悔，我就不能吗？

……

这些问题，我想聪明的林徽因一定在心里问过无数次，但就是一次也没有问过徐志摩，其中的原因很简单，她总得给徐志摩留下一点面子吧！即使在徐志摩死后，说起这一话题，她的话语间仍然十分含蓄而小心：

> 我的教育是旧的，我变不出什么新的人来，我只要对得起人——爹娘、丈夫（一个爱我的人，待我极好的人）、儿子、家族等等，后来更要对得起另一个爱我的人（这个人就是金岳霖）。我自己有时的心，我的性情便弄得十分为难……

> 这几天思念他得很，但是如果他活着，恐怕我待他仍不能改的，事实上不大可能。也许这就是我不够爱他的缘故，也就是我爱我现在的家在一切之上的确证。志摩也承认过这话。（林徽因《1932年正月初一致胡适》）

这最后一句真是给足了徐志摩面子！只是林徽因明明给徐志摩的是"面子"，而在徐志摩那里又成了希望，于是徐志摩从英国追到了北京，虽然梁思成在他与林徽因的小屋门上挂了块写着"情人不愿打扰"的牌子，但他仍不死心。对此，怪林徽因欲断不断吗？不能！抑或怪徐志摩死皮赖脸吗？似乎也不能！好在林徽因与梁思成去了美国，不久正式订婚，且很快正式结婚，这才使这堆熄灭于1921年的爱的死灰此时没有真的复燃起来。

徐志摩与陆小曼

五

我们常常自觉不自觉地将林徽因与陆小曼放在一起比较，发现她们俩除了都美貌而多才外，性情方面差别很大，林徽因智慧而理性，陆小曼则大胆而感性，如果说林徽因是一块冰，那么陆小曼则是一团火。徐志摩既喜欢林徽因，又怎么会喜欢陆小曼呢？难道他真是一个见谁都爱、来者不拒的情种甚至好色之徒吗？

徐志摩与陆小曼的结合看起来属于偶然，但一切偶然实际上都是某种必然。

如果硬说徐志摩与陆小曼的结合跟林徽因也有关，或许许多人都不能同意，但是事实上人们只要一说到陆小曼与徐志摩的结合，就不能不说到林徽因。

是林徽因的抽身而退将徐志摩一下子扔进了爱的荒漠，他这才乐意为朋友王赓帮忙的，而他要帮的这个忙便是代王赓多陪陪自己新婚的妻子陆小曼。此时王赓在哈尔滨做警察厅长，而陆小曼由于不能忍受冰天雪地的生活而留守北京，王赓便托作为朋友的徐志摩代自己常陪陪陆小曼——如果徐志摩正与林徽因相爱着，徐志摩有这个心情去帮这样的忙吗？

是林徽因的抽身退出让徐志摩对自己结婚太早多次表示后悔，而他的这种后悔实际上恰让他在林徽因面前不由产生一种自卑——而在陆小曼那里这种自卑是没有的，因为你陆小曼与我徐志摩一样，都是"过来人"。如果说徐志摩与陆小曼的结合是徐志摩爱情的一次"务实"或

"迁就"，那么教会他"务实"或"迁就"的人只能是林徽因。

林徽因是一个智慧而理性的女人，这样的女人固然有她的可爱，但这样的女人对于男人的杀伤力绝对是两方面的，正因此，有的男人会对这样的女人敬而远之，他们宁愿爱一个没头没脑的"傻大姐"。陆小曼当然不是一个"傻大姐"，但是她遇事大胆，为人感性，这一点正与林徽因相反。当受够了林徽因理性伤害的徐志摩遇到陆小曼时，她身上的这种大胆和感性不能不对徐志摩产生巨大的吸引力。再则，别忘了徐志摩原本也是一团火，一团火遇到另一团火，只会烧得更旺，于是两人很快便以感情重组的方式，将人生的快乐提高到了一个极致，此时，他们走向婚姻的殿堂已是任何人也阻挡不了的了。看起来徐志摩的婚姻有点种瓜得豆——"豆"不是"瓜"，初看似乎风马牛不相及，但毕竟是当初的种"瓜"而得来的呵，而与徐志摩当初一起种"瓜"的那个人正是林徽因！

少女时代的林徽因

俗话说，婚姻是爱情的坟墓。徐志摩与陆小曼的爱情看起来似乎修成了正果，然而由此开始的却正是一段走向坟墓的过程。

又有俗话说，得不到的才是最好的。徐志摩终究没有得到林徽因，所以他一生挚爱着她。

林徽因到美洲和梁思成结婚后过得并不好，生活中他们经常发生矛盾，拌嘴、吵架也是家常便饭，甚至有时吵着吵着还有违中国传统的"君子动口不动手"的雅训。这一切，林徽因都曾写信告诉远在国内的徐志摩。今天，我们已很难确切地知道林徽因给徐志摩写这些信的原因和目的，但是有一点可以确切地知道，徐志摩在收到这些信时，除了痛

徐志摩故居内厅

海宁徐志摩故居外景

苦外，心灵深处一定又会燃起一丝爱的希望。

再后来，林徽因与梁思成一道学成归国任教于东北大学，不久因为林徽因身染肺病，独自来北京西山养病，当时正在北大任教的徐志摩便经常去西山看望她。然而此时的徐志摩已是陆小曼的丈夫了，对于这一切，陆小曼不可能一无所知。有一个事实可以为证，这就是她宁可一人住在上海也不愿来北京与徐志摩同住，这便直接造成了徐志摩只得在北京、上海、南京间飞来飞去。

徐志摩这样的生活状态终于导致了悲剧的发生：1931年，徐志摩因飞机失事死了，一代诗哲就这样死于非命。追究其悲剧的原因时，陆小曼首先想到的便是指责林徽因，因为徐志摩是为了赶去北京参加林徽因的一个展览才坐免费的飞机的。但是似乎指责陆小曼的人更多，在他们看来，是因为她的挥金如土才迫使徐志摩不得不到处兼课，在北京、上海、南京间飞来飞去。但是指责陆小曼的人只看到了她的挥金如土、抽大烟和养情人等，并没太在意这一切的原因除了她本来养成的习性外，更有她对徐志摩与林徽因藕断丝连的不满——原来她只得到了徐志摩的人，而他的心早在1921年便给了林徽因，且事实上从来不曾收回过。

"志摩害了小曼，小曼也害了志摩。"这是陆小曼的母亲说过的一句话，它实在是意味深长！

六

徐志摩的诗歌代表作无疑是那首著名的《再别康桥》，是这首诗帮徐志摩奠定了他在中国新诗史上无可动摇的崇高地位，甚至有人说，如果没有《再别康桥》，也就没有诗人徐志摩了。此话虽说得有点过，但足可以说明它对于徐志摩来说具有极其重要的意义。

> 轻轻的我走了，
> 正如我轻轻的来；
> 我轻轻的招手，
> 作别西天的云彩。
>
> 那河畔的金柳，
> 是夕阳中的新娘；
> 波光里的艳影，
> 在我的心头荡漾。
>
> 软泥上的青荇，
> 油油的在水底招摇；
> 在康河的柔波里，

我甘心做一条水草！

那榆荫下的一潭，
不是清泉，是天上虹，
揉碎在浮藻间，
沉淀着彩虹似的梦。

寻梦？撑一支长篙，
向青草更青处漫溯，
满载一船星辉，
在星辉斑斓里放歌。
但我不能放歌，
悄悄是别离的笙箫；
夏虫也为我沉默，
沉默是今晚的康桥！

悄悄的我走了，
正如我悄悄的来；
我挥一挥衣袖，
不带走一片云彩。

　　我在此之所以要将这首多数人在中学时代就曾读熟了的诗完整地引在这里，是为了读者更方便地将它与前面所引的林徽因的《那一夜》比读。我们中学时代的教科书上说，这首《再别康桥》是一首抒情诗，表达了徐志摩对母校的热爱之情，然而事实上并非如此简单。首先凭感觉来判断，对一所学校的告别之情哪能如此缠绵悱恻，这也太矫情了吧！

其次，只要我们翻一翻有关史料便不难发现一个事实，林徽因与梁思成在加拿大温哥华结婚时在1928年春天，而同年秋天徐志摩在剑桥得到消息，并写下了这首《再别康桥》——这更让我们不能相信这首诗只是表达了诗人徐志摩对母校的热爱。果然，有专家如此指出：

> 《再别康桥》就是一首悼亡的抒情诗，也就是说，它是哀悼爱情的死亡与埋葬的挽歌，也许叫做Elegy更恰当。它的基调仍是凄美的、悲伤的，一如华兹华斯的"露西组诗"……隐藏在《再别康桥》一诗背后的深层结构里，是盟誓被背弃后的原先的美梦之破碎，与深入地写寻梦之不可能性。这个意旨，由诗中的"云彩"、"金柳"、"虹"、"彩虹似的梦"与"寻梦"等意象组成。最为关键之处，是对夕阳中的新娘的"金柳"之文学隐喻的理解。假如在这里把"金柳"理解为"欺骗"的话，那么，诗人徐志摩在这首诗里就不单只是"有怨言"而已，根本就是控诉云彩化身为金柳，对他的感情的欺骗以及背弃了他，也就是说，诗中使用了隐晦的方式指责林徽因欺骗了他的感情与背弃了婚约。（廖钟庆《徐志摩〈再别康桥〉试释》）

我们或许并不能肯定诗论家的分析是否确是徐志摩的本意，但是有一点可以肯定，只要我们将《再别康桥》与林徽因《那一夜》放在一起来读一读，便能读出别样的滋味：徐志摩要挥手告别的其实并不是1928年金秋时节的某一夜，而是1921年春天的某一夜——那也是林徽因的"那一夜"。

在诗中徐志摩想"挥一挥衣袖，不带走一片云彩"地与"那一夜"彻底告别，然而，事实上他并没有做到，他带走的东西太多，因而他终生也没能走出"那一夜"。而林徽因呢，她又何曾走出过呢——她既想告别又想重回，所以注定了她更没有走出的可能，事实上她一生都生活在1921年的"那一夜"。

1955年月4月林徽因以仅51岁的盛年在北京死于肺结核——跟茶花女一样，这病使她的死似乎也不失风雅——只是直到死，她的卧室里一直挂着徐志摩失事飞机上的一块残片。我曾想，林徽因每天都要面对着这块残片，内心会是什么滋味，而梁思成的内心又是什么滋味呢……我们不难想象。

陆小曼于文革前一年的1965年4月去世，终年65岁。据说，她在徐志摩死后的30多年里，每天都要在徐志摩的灵前献一束花——无疑这是一种小资情调的怀念方式，为此有人担心，她若再活下去，活到那个暴风骤雨的红色年代，这种小资情调的怀念方式一定会给她带来麻烦，因为徐志摩并不是什么红色诗人；但又有人说，她任至终生的上海文史馆馆员的职位是毛泽东为她谋得的，既是这样，她若能继续活下去，她的怀念恐怕也还会继续下去吧！

张幼仪于1988年1月逝世于美国，终年88岁，临终前她跟她的侄孙女，也即她的传记作者张邦梅说过这么一段话：

> 你总是问我，爱不爱徐志摩。你晓得，我没办法回答这个问题。我对这个问题很迷惑，因为每个人总是告诉我，我为徐志摩做了这么多的事，我一定是爱他的。可是，我没办法说什么叫爱，我这辈子从来没跟人说过"我爱你"。如果照顾徐志摩和他家人叫做爱的话，那我大概爱他吧。在他一生当中遇到的几个女人里面，说不定我最爱他。（张邦梅著，谭家瑜译《小脚与西服——张幼仪与徐志摩的家变》，智库股份有限公司1966年版）

三个女人似乎终生都没能走出徐志摩的阴影，只是我真不知道这究竟是她们的崇高呢，还是她们的悲哀；而对于徐志摩来说，我更不知道这究竟是他的光荣呢，还是他的罪过！

一不小心

　　就这样，一位能用多国语言背诵多国诗人原作的文学家，一不小心竟然被人当作了"神经病"；一位让鲁迅赞赏有加的"狂飙"运动的倡导者，一不小心竟然将自己最后"飙"进了精神病院；一位满腔热情立志要"毁坏旧世界"的"五四"青年，一不小心最后"毁坏"的竟然只能是自己！

高长虹

很长一个阶段，许多当年被鲁迅"骂"过的人似乎都被注入了另册；可近年来，他们中的许多人又似乎如"出土文物"一般而被人们重新"发掘"了出来，其"文选""论集""回忆录"等一版再版，对他们的方方面面都有了重新的评价和认识，如林语堂、梁实秋、陈西滢和杨荫榆等。然而，即使在今天这样的背景下，有一个人，提起他的名字人们或许仍觉得既熟悉而又陌生，熟悉的是他的名字的确多次出现在鲁迅的著作中，通俗地说，多次被鲁迅"骂"过；陌生的是我们一般人对他的了解似乎也就仅此而已，至于他与鲁迅究竟有过怎样的关系，鲁迅又究竟是为什么"骂"他，他被鲁迅"骂"过后他究竟又有着怎样的命运与人生……一般人多数都不太清楚。

——此人就是高长虹。

一

一般人都以为高长虹是鲁迅的学生，其实并不然。高长虹并不曾在鲁迅任教的学校中听过鲁迅的课，也并非是在鲁迅的指点和提携下发表作品进入文坛的，还不曾如旧塾中那样拜过师；至于他确实曾称鲁迅为"先生"，那也只是一种尊称而已，并非是狭义的学生对老师的称呼；当然，高长虹得识鲁迅后对他是非常尊敬的，鲁迅也一度对高长虹非常赏识，但高长虹与鲁迅的关系大体也只能定位在亦师亦友之间。这样的关系当然足可使二人定交，但同时也为二人最后的反目埋下了伏笔。

我们今天形容"五四"运动后的一段历史，最常用的一个词语恐怕便是"狂飙突进"了，这说起来恐怕还真与高长虹分不开。高长虹是携着"狂飙"在"五四"后不久进入文坛的。这样说并非因为他早在1922年便在《小说月报》上发表诗作、在《新学生》《晨报副刊》上发表杂感与组诗了，而主要是因为他曾于1924年8月，于太原成立了一贫民艺术团，并创办了一本文学月刊《狂飙》，并将它从太原办到北京，后又从北京办到上海。事实上高长虹是"五四"时期"狂飙"运动的主要倡导者之一，并且在认识鲁迅之前，已经是一位小有成就的青年作家了。

高长虹得识鲁迅是在1924年底，那年，《狂飙》在太原出至第三期便难以继，于是高长虹便来到北京，将《狂飙》作为《国风日报》副刊继续出版。12月的一天，高长虹在《京报》副刊孙伏园处得知，鲁迅对《狂飙》评价很好，并且因为鲁迅的评价，郁达夫也对《狂飙》十分认可。而此时的《狂飙》发行量并不大，处境正十分艰难，于是高长虹便前去拜访鲁迅，其主要目的很显然，是想得到此时作为文坛领袖的鲁迅的支持。后来高长虹在自己的回忆录中对此有详细的记载：

> 在一个大风的晚上，我带了几份《狂飙》，初次去访鲁迅。这次鲁迅的精神特别奋发，态度特别诚恳，言谈特别坦率，虽思想不同，然使我想象到亚拉籍夫与绥惠略夫会面时情形之仿佛。我走时，鲁迅谓我可常来谈谈，我问以每日何时在家而去。此后大概有三四次会面，鲁迅都还是同样好的态度，我那时以为是走入了一新的世界，即向来所没有看见过的实际世界了。我与鲁迅，会面只不过百次，然他所给我的印象，实以此一短促的时期为最清新，彼此实在为真正的艺术家面目。

高长虹这里所说的 "新的世界"和"向来所没有看见过的实际世界"当然是指鲁迅的世界，只是他走入这个世界多少有点偶然和突然，或许他并没有做好准备，因为他此时想到的是"亚拉籍夫与绥惠略夫"。此时高长虹27岁，鲁迅45岁，虽然无论是年龄上，还是学识和威望上，此时的鲁迅都足可以做高长虹的老师，后来事实上高长虹对鲁迅确实尊敬如师长，但在他心目中，他们二人的关系只是如"亚拉籍夫与绥惠略夫"一般。这足可以看出，高长虹与鲁迅相识时，身上确实携着一股无羁的"狂飙"。而鲁迅看重高长虹的恰恰正是这一点。

见证鲁迅对高长虹看重的便是《莽原》。

1925年3月底，高长虹的《狂飙》停刊，4月11日，鲁迅就邀高长虹、向培良、章衣萍等人来家共饮，并于席间商定创办《莽原》周刊。

《莽原》的创刊，高长虹是"奔走最力者"，对于这一点，鲁迅也是承认的；当然鲁迅对此投入的心血也是很多的。李霁野在《忆鲁迅先生》一文中有这样一段文字："有一次，我去访问他时，见他的神色不好，问起来，他并不

《莽原》周刊书影

介意地答道：昨夜校长虹的稿子，吐了血。"当然，我们并不能据此说鲁迅的吐血是因为校对高长虹的稿子造成的，但是或许可以说，鲁迅在吐血的情况下还在为高长虹校稿，这也足可以说明，鲁迅对高长虹是看重的、欣赏的、热忱的。

鲁迅后来在谈到创办《莽原》的目的时说："我早就很希望中国的青年站出来，对于中国的社会，文明，都毫无忌惮地加以批评，因此曾编印《莽原周刊》，作为发言之地。"还在给许广平的信中说起创刊的情形时说："这种漆黑的染缸不打破，中国即无希望，但正在准备毁

坏者，目下也仿佛有人，只可惜数目太少。然而既然已有，即可望多起来……我总想对于根深蒂固的所谓旧文明施行袭击，令其动摇，冀于将来有万一之希望。而且留心看看，居然也有几个不问成败而要战斗的人，虽然意见和我并不尽相同，但这是前几年所没有遇到的。"鲁迅在这里所说的"目下也仿佛有人"和"几个不问成败而要战斗的人"显然是指高长虹等几个创办《莽原》的人。鲁迅对高长虹如此高看，其欣赏不可谓不高。当然，鲁迅也明确表示出了，高长虹等"意见和我并不尽相同"。究竟是哪些意见不尽相同，鲁迅这里没有明说，但或许也是后来双方互相反目的伏笔之一。不过由此看来，鲁迅对于高长虹走入他的世界会发生的后果，多少还是有所准备的。

在合办《莽原》期间，高长虹成了鲁迅家里的常客，有人依据双方的文字记载对此做过统计，从1925年4月后到8月，高长虹平均每个月都要到鲁迅家里六次以上，此足可见二人之间的关系达到了非常密切的程度。可是8月后，高长虹到鲁迅家的次数明显减少。这不能不说到一件事情。

二

鲁迅看重的是高长虹身上的这种"狂飙突进"的精神和"准备毁坏"的劲头，可是不曾想到，高长虹竟有朝一日几乎是对鲁迅首先发起"飙"来。

1925年8月5日，《民报》上刊出了一则广告：

> 现本报自八月五日起增加副刊一张，专登学术思想及文艺等，并特约中国思想界之权威者鲁迅、钱玄同、周作人、徐旭生、李伯诸先生为副刊撰著，实学界大好消息……

高长虹对其中"中国思想界之权威"的说法大不以为然，他认为，中国刚经历了"五四"运动，国民的思想尚处于刚刚启蒙阶段，在这时

还需要进一步解放思想，而这时提出"中国思想界之权威"的说法，无
疑会阻碍人们思想的解放。心直口快的高长虹有一次竟然当着鲁迅的面
将自己的意见说了出来。不过按逻辑推断，高长虹之所以将自己的意见
向鲁迅当面说出，可想而知他这意见并不是主要针对鲁迅的，可能主要
是针对报社的，对于这一点我想鲁迅也应该是理解的。但是这《民报》
副刊的主编韦素园是鲁迅的学生，听了高长虹的意见，或许鲁迅也多半
是为了帮自己的学生开脱一下，也兼为高长虹与韦素园二人间调和一
下，于是似乎不经意间对高长虹说：权威一词外国人用得多了。意思也
就是说，未必是你理解的意思，无非是一种商业炒作而已，不必太当
真。

可是显然高长虹是当了真了，他口头上虽没再多说什么，但是行动
上却表现了出来，最明显之处便是到鲁迅家的频率和次数显著减少。对
于高长虹的这种表现，敏感的鲁迅不可能不觉察到，只是鲁迅也并没对
此说什么和做什么，但心中的芥蒂算是开始结下了——或许两人间关系
的裂痕便从此开始了。

不可否认，高长虹与鲁迅关系的密切程度是因为《莽原》而达到高
峰的，但后来事实上也是因为《莽原》而引起反目的，因此就两人关系
来说，正所谓成也《莽原》，坏也《莽原》。

如上面所说，高长虹并非鲁迅的学生，而他在杂志社中事实上又是
除鲁迅外第二号重要人物，因此在莽原杂志社中，似乎自然而然间便形成
了各自围绕着高长虹与鲁迅的两个人际小圈子，前者以高长虹的山西高乡
为主，其中包括高长虹的弟弟高歌；后者自然是鲁迅的学生。二者在关系
上似油与水一般不能相溶，工作中自然也很难能相容。但是当鲁迅和高长
虹都在杂志社时，大家都面对面共事，在具体事情上还不太容易产生误
会，可一旦离开了，许多事情不能面对面处理，这就很容易发生误会。

果不其然！

1926年6月高长虹离开北京，去上海重办《狂飙》，用他自己的话说是"借尸还魂"；8月鲁迅也离开北京南下厦门。这样一来，事实上两个刊物的主要人物都离开了《莽原》，鲁迅便让韦素园暂时负责编务。

韦素园接管《莽原》编务后，将高歌的一部小说退稿处理了，同时又将向培良的一个剧本压着老不发稿，于是很自然地高、向便写信给高长虹告诉此事。高长虹得知后，高长虹便写了两封公开信发表于复刊后的《狂飙》上，一封是给韦素园的，一封是给鲁迅的，前者措辞激烈，大有一种兴师问罪的架势；但可能是鉴于自己对韦素园在《民报》副刊上的那个启事发表过意见，也鉴于鲁迅与韦素园的师生关系，更鉴于鲁迅之于《莽原》的领袖地位，给鲁迅的信口气还是很有分寸的，主旨是要鲁迅"主持公道"，并问鲁迅何

韦素园

时让李霁野主持编务，因为鲁迅曾说过这个话；另外高长虹还在这封信中说准备写一篇鲁迅小说的评论。因此，由这封信本身就足可以说明，高长虹此时不仅对鲁迅在《莽原》中的地位很尊重，而且对于鲁迅本人也还是很尊重的。

照理说，事情到此，之于"思想权威事件"鲁迅既已原谅了高长虹，那么鲁迅岂会因为高长虹仅仅代表高歌和向培良告了自己学生韦素园的状而迁怒于高长虹呢？难道鲁迅会如此地护着自己的学生？

鲁迅当然不会这么小气。事情另有原因。

或许是见鲁迅没有反应吧，高长虹在给鲁迅写信不久，又写了一篇题为《一九二六，北京出版界形势指掌图》的文章，并发表于《狂飙》第五期上。或许是高长虹想到，之所以韦素园会退稿、压稿，是因为自

己曾经对他编发的那个启事有过非议吧，他竟然干脆在这篇文章中旧话
重提，大有干脆论个是非短长的架势：

> 试问，中国所需要的正是自由思想的发展，岂明这样说，鲁
> 迅也不是不这样说，然则要权威者何用？为鲁迅计，拥此空名，无
> 裨实际，反增自己的怠慢，引他人的反感利害又如何者？

如果说一年前高长虹的意见主要是冲着韦素园的，但是这一次显然
已不是了，而是直接冲着鲁迅的了。

鲁迅与许广平

可是尽管如此，或许是
因为鲁迅觉得高长虹虽然行
为失"礼"，但话本身似言
之有"理"；或许是他此时
还不想"自家人"论战而让
别人笑话；或许是他此时正
忙着与许广平写"两地书"
而没有空也没有心情来做出
反击吧；或是鲁迅在等待最好的反击机会……总之，鲁迅此时仍然没有
立即对高长虹进行反击，不过这一回他真的生气了。

倒是这个高长虹，此时还傻乎乎的，并没感觉到鲁迅的生气，因为
他主持的狂飙社办的另一份杂志《新女性》刊，竟于当年作月刊出的一
个启事，其中称鲁迅为"思想界先驱者"。

这让鲁迅看到了最好的反击机会。1926年12月，鲁迅在《莽原》第
十三期上发表了《所谓"思想界先驱者"鲁迅启事》一文，大体意思是，
人家说我"思想界权威"你竭力反对，你怎么也说起我"思想界先驱"来
了？同时，鲁迅在写给韦素园的信上说：高长虹在《狂飙》上骂我，我作
了一个启事，与他开一个玩笑。说实话，鲁迅这样的反击很是手下留情

的，甚至可以说是多有善意的；其原因或许是鲁迅对于高长虹这种身携"狂飙"走入自己世界的文学青年言行之过激是早有思想准备的。

事情至此，照理说也就为止了，可为什么后来鲁迅会对高长虹不依不饶，大有将"痛打落水狗"的原则用来对付高长虹了呢？

这又另有原因。

三

鲁迅写过一篇小说叫《补天》，里面的主人公当然是女娲，可女娲的裤裆里竟出现了一个"衣冠小丈夫"。高鲁反目后，许多人都以为鲁迅在这篇小说中塑造这个"小丈夫"是在影射高长虹，其实不然。因为高鲁反目是在1926年的事，《补天》写于1922年，那时高鲁二人还没有相识哩。

不过在高鲁的彻底反目的过程中，确有一个"小丈夫"的角色起了作用。

1926年12月20日，韦素园几乎在将鲁迅的《所谓"思想界先驱者"鲁迅启事》发表于《莽原》的同时，竟给鲁迅写了一封长信，其中的主要意思有两点：一是高长虹之所以与鲁迅接近，是醉翁之意不在酒，是为了追求许广平；二是高曾发表于《莽原》上的一首爱情诗《给——》原是写给许广平的。他说了这一切以后，还在末了要向鲁迅问个仔细。

收到韦素园此信，鲁迅终于忍无可忍了！

尽管鲁迅一向自诩"有青年讥笑我，我是向来不还手的"，可这一次例外了。他在给韦素园的回信中宣称："我从此倒要细心研究他究竟是怎样的梦，或者简直要动手撕碎它，使他更加痛哭流涕。只要他敢于捣乱，什么'太阳'之类都不行的。"

鲁迅出手了，除写了那则《启事》发表外，还一气写了《〈走到出版界〉的"战略"》和《新的世故》等对高长虹加以讨伐，对此高长虹竟也不曾示弱，一直竭力抵抗，为此有人说高长虹倒也算是一条汉子。再后鲁迅又以牙还牙，针对高长虹写过的一首诗而写了一篇题为《奔月》的小说，对高长虹大加影射，为此也有人曾说，鲁迅如此对一个曾经的学生辈朋友不依不饶，似也有失风度。但这一切此时发生在鲁迅身上似乎也属正常，因为论战既已展开，依鲁迅性格肯定是"痛打落水狗"，更何况在这一过程中高长虹也不时有过激言论发表——不过此时双方所有的过激言论，应该都是属于所谓"相打没好拳，相骂没好言"了！

尽管高长虹一直竭力抵抗，但他哪是鲁迅的对手呵！最终败下阵来的肯定是他。不久，高长虹竟发现自己再在文坛混下去也难了，于是1930年初，高长虹离开了祖国，东渡日本，后又去了德国和法国。当然，这一切不能说是全是因为与鲁迅论战失败而致，但与之有关是显然的。

今天，我们反观高鲁间由这场论战而最终彻底反目，或许多数人都会觉得责任多在鲁迅一方，因为说到底不就是因为听到了一个别人转述的传闻吗？就有必要如此暴跳如雷、兴师问罪吗？当然，转述传闻者是提供了"罪证"的，但"罪证"不就是高长虹几年前写过的那么一首《给——》的诗吗？身为作家的鲁迅，竟然忘了"诗无达诂"的古训，竟然相信这首诗便是高长虹害了"单相思病"的证据，并由此明白了高长虹"川流不息到我这里来的原因，他并不是为了《莽原》"。这也太不应该了——简直是有点弱智嘛！

再退一万步说，就算转述者所转述的传闻都是真的，就算高长虹写的那诗真的是写给许广平的，就算高长虹真的是害了"单相思病"，鲁迅似乎也不该如此恼羞成怒呵。因为你鲁迅爱许广平是你的权利，但你并不能因此而有剥夺这个世界上其他男人也爱她、对她害"单相思病"

的权利呵，更何况此时你与她又没有正式结婚！当然高长虹也说了许多混账话，大体上是他将许广平让给了鲁迅。但对于这样的混账话鲁迅不可能不想到，许广平作为一个活生生的人，哪怕只是一个女人，也不会是如一个物件一般，任人让来才来的，因此高长虹这样的混账话，照理说鲁迅应该是听后一笑了之，对这样的混账青年"不还手"才对，他干吗会如此较真——简直是太小气了嘛！

然而，由鲁迅的表现可知，他事实上真的竟就是如此"弱智"而"小气"。对此当然这也绝不是仅仅就可以一句"爱情是自私的"的老话所能说通的，这不能不让我们想到其背后是否有一定的原因呢？

其实，对于鲁迅来说，这一切"反常"举动的背后是有着深层的原因的。

鲁迅与高长虹的论战过程，实际上正是鲁迅与许广平之间感情挣扎的表现。1926年8月鲁迅南下厦门，直至12月收到韦素园的那封长信时，鲁迅并没有公开自己与许广平的关系，因为他很怕舆论知道后会攻击其"失节"，一是他毕竟有着妻室，二是许广平毕竟是自己的学生；而正是在这种情况下，鲁迅收到了这个多嘴的韦素园的信，得知这个高长虹又是写诗又是"瞎说"——这不是添乱吗！对此鲁迅的第一反应敏感而激烈，既可想而知，便也在情理之中了。

鲁迅作为一个从封建社会过来的旧知识分子，尽管他曾留学海外多年，接受过西方文化和思想的影响，但身上终究还是留有许多旧时代的印记的，如对于爱情和婚姻的问题上，一方面对于母亲作为礼物送给自己的婚姻很不满，有着追求爱情的强烈愿望，这不免让他矛盾和痛苦；且当他遇到了许广平时，更是陷入了一个悖论之中：放弃与许广平的爱情当然不行，但如果与之结婚也不行，因为他不能不要名节；可如果将许广平纳为妾，无疑于是对封建婚姻制度的妥协与承认，这自然又是不行的。因此可以说，在这一方面，鲁迅一直处于一种矛盾、痛苦中，自然也对此有关的一切格外敏感。因此，当他听到有关自己这方面的传闻时，他第一反应肯定是过敏，然后是千方百计地保护——过度的敏感而导致了他对高长虹本能的反感，本能的保护导致了他与高长虹之间似乎无聊的论战。这或许就是鲁迅在这件事情上"弱智"与"小气"的深层原因。

或许是对于这场多由误会引起的论战中的无聊成分多有觉察，鲁迅事后似乎也对高长虹多有原谅了。要知道，鲁迅对于论敌从来都是少有原谅的，而对于高长虹似乎是个例外：1935年，鲁迅在写《〈中国新文学大系·小说二集〉序》时，在其中不但不再认为他当年"川流不息地到我这里来，并不是为了《莽原》"了，而是再次肯定他是莽原社中"奔走最力者"，而且还在自己的序言中直接引录了高长虹《狂飙宣言》中的话过十段之多，对高长虹当年的表现和所作出的贡献大加赞赏。

那么，至此照理说，作为文学家的高长虹应该会在文学界"复活"的，至少不会被遗忘吧！更何况许多最终也并没有获得鲁迅原谅的人，不也在后来渐渐"复活"而并没被人们遗忘吗？

高长虹确是一个因被鲁迅"骂"过而名字似乎便注入了另册被一般人遗忘了的人，然而他人被鲁迅"骂"过不假，名字似被一般人遗忘也不假，但若说此二者间构成一种必然的因果关系，似乎并不然，至少是并不尽然。

四

高鲁反目，说句公道话，应该是双方都有过错和责任的，甚至越到后期，鲁迅的责任似乎越大。但是反观高长虹与鲁迅间由定交到反目的全过程，高长虹在其中的表现亦足可让人们见出他身上性格的一些独特方面，如遇事不够冷静，说话没有分寸，行为不计后果（用鲁迅的话说是

"不问成败"）；当然这样一种"狂飙突进"的性格也决非一无是处，如在之于"毁坏旧世界"的战斗中，其是需要的，甚至是可贵的；但是如果在建设性的工作和事业中，仍是如此而不能作出调整，则会必然导致悲剧，不是吗？高长虹许多人生的转折，似乎都是他在"一不小心"间就摊上了：一不小心把人得罪了，一不小心把事办糟了，一不小心把自己也推上了绝路……就正因为他这样的性格，因此从某种程度上说他与鲁迅的反目也有其必然，甚至他最后悲剧人生的成就也有其必然。

高长虹出国后，毅然放弃了自己擅长的和已颇有成就的文学（其中多少跟与鲁迅论战失败有些关系），而改学经济。1936年10月19日，鲁迅逝世，此时的高长虹在欧洲漂泊，但似乎在经济学的研究上也并无大成。"七七"事变后，抗日战争全面爆发，远在欧洲的高长虹得知后，怀着一腔热血不远万里回国参加抗战。他从意大利转道英国，再从英国回到香港，再从香港奔赴当时正面战场的抗战中心武汉。"武汉会战"失利武汉沦陷后，他又来到重庆，在重庆停留了一个阶段后他又毅然决定奔赴延安。1940年冬，高长虹只身徒步数月，终于来到了延安。

高长虹是怀着一腔热血奔赴延安的，而当时的延安也十分需要各方面的抗战人才，照理说，高长虹来到延安后，应该如多数文学青年和进步作家一样，很快就能融入延安火热的抗战生活中去，谁知道事实上并非如此。

明知道有许多当年在北京和上海的文学界朋友已在延安，但高长虹来到延安后并不去找他们，而是名士气十足地躺在延安的大街上，衣衫褴褛地睡了两天，或许他是想学着古代的名士那样，等着得识他的人来识他这个人才吧！不过他倒真的等到了，当年共产党在上海地下组织的主要领导人、同时也是作家的潘汉年，竟然无意中在街头发现了如乞丐一般的高长虹，赶紧将他领到有关部门，表示热烈欢迎，并给安排住处、安排工作，一切自然是不在话下了。

应该说，高长虹来到延安后还是得到了礼遇的，然而很快就发生了矛盾：高长虹认为自己已是一位经济学家，而非文艺家，首先是在工作方面上多有意见。1942年5月毛泽东主持的延安文艺座谈会召开，高长虹作为一名曾经的知名文学家也得到了邀请，应该说这既是一种荣誉也是一种政治待遇。然而高长虹以自己是经济学家为理由竟然拒绝了邀请，为此他成了当时唯一身在延安而没有参加延安文艺座谈会的文艺家。

"整风运动"中，高长虹又不满于其中的"抢救运动"有扩大化的倾向，多次向中央领导同志直言不讳地发表自己的意见，最后还给斯大林写

《高长虹全集》

信告状。尽管如此，高长虹此时在延安也并没受到运动的冲击，只是他如此一系列的行为，已自己将自己推到了一种孤立的境地。或许是他觉得这样的生活已很无趣很无味，而此时正处于抗日战争相持阶段，包括延安在内的抗日根据地经济上陷入了极度的困难，于是高长虹竟提出一个要求，说是他要去东北开采金矿，为根据地和解放区渡过经济难关。这样的愿望当然不能说不好，但是事实上过于天真，在那个年代、那样一种战争条件下，靠一己之力，要开采金矿，谈何容易！但高长虹敢想

敢做，他真的离开了延安只身前往东北。

等到他几经折腾来到东北，抗战已基本结束；又过了不久，东北基本上已被共产党解放，此时的高长虹倒也不必为食宿操心了，但是金矿他自然是没有开成，他也不可能开成，事实上他处于了无所事事的状态。他住在一家小旅馆的一个房间里，每天到干部机关里吃饭，但来去完全是一副目中无人的样子。每领得津贴后，他便到旧书摊上买回各种外文书籍与字典、辞典。由于他曾留学多个国家，懂得多种外语，他曾与人表示过，之所以买这些书是为了要编一本"中国最好的字典"。他的这些言行，在常人眼里本来就觉得很怪异了，再加上他晚上为排泄心中的苦闷，常常用英语、日语、德语、法语等不同语种，高声朗读和背诵各国诗人的诗。旅馆的服务员和周围的人当然对此无人能听懂——他们听到的是此人在那儿"呜哩哇啦"，起初出于好奇便悄悄上前想看个稀奇，可这看竟发现了大问题，此人"呜哩哇啦"的同时竟然还表情丰富、时笑时哭，于是第一反应是：此人疯了！

这一次，高长虹一不小心竟成了"神经病"，不久即被那些"好心人""好心"地送进了精神病医院。

1954年春的一天早晨，抚顺市精神病院的值班服务员，发现二楼一个房间没按时开，于是报告了值班主任，主任说这是高长虹的房间，他年纪大了，常常夜里不睡早上不起，有时你叫早了他他还会向你发火，等一会或许他就自己开了。然而等到九点多，那个房间里依然没有动静，这时将门打开，发现高长虹已经伏在床沿上永远地睡着了，至于他去世的具体时间，谁也不知道。

就这样，一位能用多国语言背诵多国诗人原作的文学家，一不小心竟然被人当作了"神经病"；一位让鲁迅赞赏有加的"狂飙"运动的倡导者，一不小心竟然将自己最后"飙"进了精神病院；一位满腔热情立志要"毁坏旧世界"的"五四"青年，一不小心最后"毁坏"的竟然只能是自己！

这不能不说是一个生命的悲剧，不能不让人扼腕！

然而扼腕之余，我们或许会忍不住想，如果高长虹能"小心"一点那又将会怎样呢？不言而喻，或许他就此可避免与鲁迅的反目，甚至可以在鲁迅的帮助和提携下取得更大成绩，获得更大的声名，享受更美好的人生。但"那个"高长虹还是"这个"高长虹吗？"那个"高长虹还会让鲁迅感兴趣和赞赏吗？或许他也压根儿就不会有结识鲁迅的机会了，反目的机会自然更是无从谈起，他的人生和命运将会完全是另一回事。如此说来，"这个"高长虹的悲哀或是一种必然！换言之，高长虹悲剧的根源绝不在于他的"不小心"，这个看起来只是属于他个人的性格悲剧，也绝不是一个生命的悲剧，而是一个时代与社会的悲剧。

此君一出天下暖

　　那是一段怎么样的风流，我们不难想象！或许这段并非是虚构的风流，的确为熊希龄被历史记住起了一定的作用。但若说这是唯一原因，随着我越来越走近熊希龄，越觉得这太有失公道，因为有一个道理很简单，这个世界上每一天都有许许多多的风流韵事正在发生和将要发生，但毕竟真能成为历史的并不多，为什么熊希龄的风流韵事能成为历史呢？——这本身又成了一个问题。

一

说实话，我是冲着沈从文而去凤凰的，但是没想到熊希龄却给了我最大的震惊与感动。

熊希龄的家——现在的"熊希龄故居"，在凤凰城北文星街内的一条陋巷中：一座砖木结构的民居，一个不大的院落。居共四间，一间作堂屋；最东边一间是厨房，里面一口柴灶，一口水缸，一副水桶，还有几件农具，其他别无长物；西边两间是卧房，最里面的一间，据说当年熊希龄与朱其慧女士完婚回乡时就曾居于此，内有花板床一张，还有几件普通橱柜木箱之类。导游解说，我们看到的这一切，除了一些对联与展览的图片外，其他都与当年无多大差异。

在凤凰城里鳞次栉比的高楼重檐中，"熊希龄故居"实在是普通得不能再普通了。

朴素的熊希龄故居

这不能不让我非常震惊，又非常感动！要知道，"熊希龄是个什么人呵？！"

——当导游说"下一个景点是'熊希龄故居'"时，我们一行中有人脱口而出的便正是这样问道。

"熊希龄是什么人呵？"的确，对于一般人来说，熊希龄这个名字有点陌生。

"这是凤凰出过的最大的官，北洋政府的内阁总理。"导游说。

"哦！那倒要去看看！总理的府上一定很豪华吧？"

"一会儿去看了就知道了！"

……

凭以前对熊希龄的了解和导游的这话，我对于这位内阁总理的府上的朴素多少还是有了一点心理准备，但是竟会是这等模样，无论如何还是大大出乎我意料的！

我第一次知道熊希龄这个名字实属偶然。那是十多年前，我的一个出身于民国官宦之家的朋友，家里存有不少祖辈遗留下来的旧信札，他想搞清楚哪些有保存价值，哪些可以处理掉，便让我帮着看看。那是些很老的信札，纸已又黄又脆了，字迹也已褪色，有的已十分模糊，但是其中一封署名"熊希龄"的信，一下子让我的眼睛一亮，因为那字写得真是漂亮！虽然我当时孤陋寡闻得并不知道这"熊希龄"是何许人，但我还是让他好好保存这件信札。从此以后，我也开始有意无意地关注起这个名字了。

当然，我对于熊希龄的兴趣并不在他曾经亨通的官运，以及他曾拥有的各种吓人的头衔上。清末民初的中国，真可谓"城头变幻大王旗"，政坛更是像走马灯一般，这造就了太多太多的吓人头衔，而顶着这些吓人头衔的人，其中的庸常者其庸常的一生实际上并不曾因为这

青年时期的
毛彦文

些头衔的吓人而有丝毫的改变，当然也不能改变他们被历史淹没的命运。我对熊希龄感兴趣的是，几乎是主动退出历史舞台的他，为什么反而终没被历史的烟尘所淹没？

我是个俗人，首先想到的是他的一段风流韵事。

的确，风流韵事（现如今多改称其为绯闻了），是个可让人"流芳百世"的好东西——当其时也，它可以造就新闻，可以吸人眼球，可以将主人炒成社会焦点；而今天的社会焦点，往往便是明天的历史事件呵。所以，君不见在如今这样一个炒作的时代，许多明星和非明星，实在没有炒作的资本了，便都不约而同去炒作绯闻！甚至连绯闻也没有，就自编一段并自我爆炒一番！

熊希龄当年可是有一段实实在在不大不小的风流韵事的，而且还有三角恋之嫌。

而立之年的毛彦文，从美国学成回国，才貌双全，是一位十足的江南名媛。同样才貌双全的北大名教授吴宓，为了她毅然抛妻弃子，正向毛发动着猛烈的爱情的进攻。而当时已年过花甲的熊希龄，竟然最终击败了吴宓，以六十六岁的年龄与三十三岁的毛彦文终成眷属，让吴宓一壶老醋一喝几十年，直喝到死。时人有联曰：

老夫六六，新妻三三，老夫新妻九十九；

白发双双，红颜对对，白发红颜眉齐眉。

那是一段怎么样的风流，我们不难想象！或许这段并非虚构的风流，的确为熊希龄被历史记住起了一定的作用。但若说这是唯一原因，随着我越来越走近熊希龄，越觉得这太有失公道，因为有一个道理很简单，这个世界上每一天都有许许多多的风流韵事正在发生和将要发生，但毕竟真能成为历史的并不多，为什么熊希龄的风流韵事能成为历史呢？

——这本身又成了一个问题。

二

历史学家们归纳一个人被历史记住的原因，总是或现民族大义，或益江山社稷，或建千秋功业，或留不朽杰作；当然，抑或相反，或罪大恶极，或祸国殃民。这样的归纳当然不错，但这样的归纳因为剔去了历史人物的血肉，将一个个有血有肉的生命及其人生抽象成了几个概念间的推断，这常常会让人觉得不太可信。我们是凡人，也是俗人，我们更希望知道某个历史人物，长得多高多胖，他（她）是不是也与我们一样有七情六欲，小时候是不是也尿炕，发起火是不是也骂娘，脚气发作了是不是也抠脚丫，伤风感冒了是不是也挖鼻孔…………

因此，我参观一些名人故居时，常常有一个爱好，就是喜欢与周边的百姓聊一聊，因为他们往往能告诉我一些有关这个名人的穿开裆裤时的一些事情……而这些一定是高悬于祠堂式故居里的"生平事迹介绍"之类中所绝对没有的，而这些在我看来反而更接近名人作为一个人的真实面目。

当导游不遗余力地向游客添油加醋地讲解熊希龄六十六岁时与三十三岁的江南名媛毛彦文恋爱结婚的风流韵事时，我则在门口的一旁与一个打草鞋的老者攀谈了起来，并听到了另外两个故事。

第一个故事是说，熊希龄出生的那天晚上，凤凰城里满街都清香扑鼻，人们由此断定这孩子将来一定是个朝友清官。还有人们听到这婴

熊希龄故居内一角

儿的啼哭声特别响，街邻们都说，这孩子哭声大，长大必成大器。

第二个故事是说，在熊希龄中举的第二年，逢花朝之日（阴历二月十二日，被当地认为是花的节日），当地知府朱其懿邀集官吏和新科举人在府衙内赏花，知府提议吟诗作画。于是济济名士各显身手，有的画牡丹，题曰"富贵风流"，有的画荷花，题曰"出污泥而不染"，有的画菊，题"采菊东篱下，悠然见南山"……虽然个个切题，但也均不脱俗套。唯有熊希龄则画了一株棉花，旁观者都大摇其头，因为中国画史上，向来少有以棉花入画的。棉花为农家所亲，怎能登大雅之堂？但只见熊不动声色，画完后于留白处挥毫题写了七个字："此君一出天下暖"。这七个字真如画龙点睛，当即震动全场。熊希龄借棉花言志，不仅使自己名声大噪，还意外收获了一桩美好姻缘：朱知府赏识他的才华，做主将自己的五妹朱其慧嫁给了熊希龄。

虽然，这两个故事是从熊希龄的邻人嘴里讲出的，但我这一次却很怀疑它的真实性，因为太巧了——熊希龄晚年致力于慈善事业，无疑是到处"送温暖"。据有关资料显示，在多灾多难的上个世纪的二、三十年代，只要哪里有灾，就会有熊希龄的出现；只要哪里有灾，人们也就会想到熊希龄。湖南是熊希龄的家乡，湖南省府当局，但凡发生了大灾，首先考虑到的便是向熊希龄求助，熊希龄总能够帮助解决问题，渡过难关。他真是"霖雨苍生"式的人物，这四个字是他逝世后湖南省政府对他的赞语，似乎正应了这个故事中熊希龄的这幅画和这句诗。因此，我怀疑，这个故事原本就是好事者想要表现熊希龄的不非凡，而根据他的这一段人生，掉过头去附会出的故事。不过，如果真是这样，倒是历史以另一种方式对他的记录与肯定。不是吗？有时候，也正是这些真真假假虚虚实实的故事，它们虽然扰乱了历史学家介绍历史人物的标准语言，为历史学家们所不屑，但是历史人物倒反而在这些故事中显得真切而生动，他们远比在泛黄的史册中更真实可亲。至少是对于我这样的人来说是这样。

三

不可否认，在很长一个阶段，历史似乎已忘记了熊希龄这个名字连同与这个名字所代表的那个人。我读书时，无论是中小学历史课本中，还是大学历史教科书中，都很少提及他，以至于今天一般人根本连他的名字也没听说过，更别说对他有所了解了。

也不可否认，今天在中国文化坐标中的凤凰是属于沈从文的。自从沈从文写出了《边城》后，小说中那座如诗如画的边城在世人的心目中就是凤凰，凤凰就是那座边城！她既属于文学，也属于沈从文了。

然而我在与凤凰的普通百姓的攀谈中发现，他们似乎更在乎的老乡是熊希龄而不是沈从文，似乎熊希龄更值得他们骄傲和自豪，在他们的话语中，甚至觉得沈从文成了文学家有点阴错阳差。"沈从文没读过几年书！熊希龄才是文曲星下凡，是'湖南神童'，他19岁就中秀才，21岁中举，24岁中进士、点翰林。"眼前这位天天以编织草鞋为生的老者，竟然对这位百年前的街坊的简历如数家珍。仅凭这一点，我觉得故乡凤凰倒真是没有忘记自己的这个乡亲熊希龄。其中的原因，我想不能否认有中国几千年来的官本位思想在起作用。在一般人看来，作家再著名终究还是一介书生，一介书生怎能与一内阁总理相比呵，那可是相当于宰相！

　　但是，我又想，如果熊希龄一生就按部就班，按照那个时代多数读书人所梦寐以求的"读书——科举——做官"这样的人生三部曲走完一生，哪怕他最终也能官居宰相，那么，他这位百年后的街坊还会如此对他的简历如数家珍吗？人们还如此记得他吗？

　　这让我想起了那年去闻喜县礼元镇裴柏村参观的情景。去以前，我们据旅游小册子上介绍，便知道了此村历史上曾先后出过宰相59人，此村因此而被称为中国"宰相村"。但是，等到我们参观了此村，跟着导游从一座又一座"相府"进进出出了一通后，似乎头脑中还是只有一个数字而已，那一个个当年一定是炙手可热的名字，在我们的感觉中还是那么的空洞——事实上也没能记住几个名字。至于这些名字所代表的他们，又有谁知道他们中，谁长得高，谁长得矮；谁长得胖，谁长得瘦；谁有什么喜好，

熊希龄亲笔题写的香山慈幼院校训

谁有什么恶习；谁喜欢吃辣，谁喜欢吃咸……我们都一无所知，因为历史并没能记住。

　　而熊希龄幸运地被历史记住了，但他的被历史记住，绝不仅仅是因为他做过内阁总理。

　　被历史记住的熊希龄，首先是一个维新人物。

　　然而熊希龄成为维新人物实在有点偶然。

　　1895年，熊希龄终于完成了他"读书——科举——做官"的人生三部曲，作为新科进士，官授翰林院庶吉士，春风得意于京城。而也就是这一年，陈宝箴任湖南巡抚，这位新巡抚大人不是别人，而是熊希龄的凤凰同乡。这位同乡前学，几乎是看着熊希龄长大，自然十分了解熊希龄的才华。此时他正力主"新政"，在湖南开学堂，办报馆，兴实业，正需要得力帮手，便很自然地想到了自己的这位小老乡，于是他便力邀熊希龄回湖南主持"新政"。1897年，熊希龄回到湖南，在长沙任时务学堂总理，主持校务。在这期间，熊希龄请梁启超任中文总教习，谭嗣同、唐才常襄助，时务学堂一时成为新派人士荟萃之地。在舆论先行的基础上，湖南的教育、行政、实业都有了新的气象，一时间内全国闻名，成为全国"新政"的一个重镇，与京城内康有为等人掀起的"变法维新"思潮遥相呼应。

　　而对于熊希龄来说，正是从这一段"新政"经历开始，便越来越偏离他原来设定的人生道路了。

　　1898年8月，也许是看重熊希龄在湖南新政中的作为，光绪帝电令陈宝箴，并要其传知熊希龄、江标等人，要其"迅速入京，预备召见"。（《清德宗景皇帝实录》卷423，第538页。）于是，熊希龄与江标等相约，决定迅速同行进京，准备与先他们一步而去的同乡、同事梁启超、谭嗣同等一起，将正当如火如荼的"戊戌变法"推向深入。谁知正要启程之际，熊希龄突然病倒，且一病不起，进京之行不得不暂搁浅；而9月，慈禧太后便因戊戌变法而发动戊戌政变，谭嗣同等"戊戌六君子"血洒菜市口。因病而未如期到京的熊希龄倒因此而逃过一劫；不过慈禧太后没有忘记他，下了一道严旨，"熊希龄革职永不叙用，并交地方官严加管束"。这一切，发生得不能不说实在是有些偶然。

　　但历史学家更多关注的是历史的必然，在他们眼里，那些偶然中难以发掘历史发展的规律。在他们看来，熊希龄的这场"大病"生得太恰是时候了，因此，他们竟然找出了发生这种偶然的种种必然：当时的湖南维新派人物，存在左、中、右三派，左派是谭嗣同、唐才常、樊锥和易鼐等，他们在与顽固派斗争中立场坚定；右派是陈宝箴和江标等，他们一旦受到攻击，便妥协调和；而熊希龄与梁启超则为中间派，中间派在与顽固派的斗争中所表现出来的是一副左右摇摆、畏缩规避的态度，而熊希龄的"生病"正是此态度的一种表现。

这是标准的属于历史学家的一种分析，但历史学家多"事后诸葛亮"。的确，他们之所以有这种看法，无非是谭嗣同、樊锥和易鼐曾在《湘报》上发表过大量主张维新的过激的文章和言论，尤其是最后谭嗣同还杀身成仁了，而熊希龄并没发表过太多明确主张维新的文章，尤其是最后还因"病"而活下了。我不是历史学家，我无法用更高明的分析来否定他们的这种分析，我也没有足够的理由证明熊希龄当时的生病是真是假，但是我想提醒的一点是，事实永远比任何再高明的历史学家的分析要复杂：谭嗣同、樊锥和易鼐是曾在《湘报》上发表过大量主张维新的过激言论和文章，但是发表他们这些言论和文章的《湘报》社社长和主编正是熊希龄，而熊希龄的这一职务又正是陈宝箴所任命的。因此，他们这些人是不是真的存在这种所谓的左中右三派，真很难说。至于说被杀的人就一定是坚决的维新派，活着的便是动摇派，那也太过简单。

在被杀的"戊戌六君子"中，有一个叫康广仁的，是康有为的亲弟弟。其实他与乃兄在政见上素无多少相同之处，平时康广仁就常常奉劝乃兄"不要惹祸"。康广仁的被捕和被杀，完全是因为康有为跑了而揪住他来当替罪羊和替死鬼。为此他在狱中急得以头撞地，啼哭不已。因此，对于变法维新他实际上是一个既谈不上赞成也谈不上反对的人，他成了"戊戌六君子"之一实在只是个屈死鬼而已。他的死不是偶然又是什么？若说其中一定有什么必然的原因，最多也就是因为他是康有为的弟弟。熊希龄是没能与谭嗣同一道为维新杀身成仁，但也因此而说他就是动摇的中间派，似乎也太过草率。作为一个生命的人的复杂程度，有时候也不比一段历史简单。

熊希龄的第二次政治辉煌无疑是他出任北洋政府内阁总理，但是历史记住作为内阁总理的熊希龄的同时，更记得了一个被人玩弄于股掌之间而终无可奈何的傀儡。

其实，熊希龄当上这个所谓的"内阁总理"也有点偶然。

袁世凯窃取了辛亥革命的成果后，几乎将他事先对革命党人所做出的承诺全都食言，一心想恢复专制，孙中山等国民党（同盟会已改组成国民党）人不得不发动"二次革命"。这种情况下，在袁世凯看来，国民党自然是不能让它来组阁的；复辟的步子也不能走得太快，得找一个几方都能接受的温和派人物来组阁。他选中了熊希龄。

熊希龄是国会中第二大党进步党的党员，熊希龄组阁自然可以获得进步党的支持；可熊希龄并不是进步党主要的党魁，袁世凯觉得他在进步党中不会有太大的力量，这有利于对他的控制；而此时的国民党虽然仍是国会中的第一大政党，可是已经是有名无实，发生不了大作用，在国民党议员看来，进步党的内阁比军阀内阁好些，再加上南北战争还在进行中，国民党最主要的事情还是这个。因此，国会投票表决熊希龄为内阁总理，对于熊希龄来说自然是有点阴错阳差，却非常顺利地获得通过了。民国二年7月31日袁世凯正式任命熊希龄为国务总理。

如果说熊希龄当上这内阁总理有点偶然，那么其命运则是必然。

熊希龄就职后，宣称要吸纳"第一流的人才"、组成"第一流的内阁"，但是事实上这由得了他吗？谁能入阁关键还得袁世凯说了算！因此，熊希龄这个内阁总理，实际上只是袁世凯的一个傀儡。这样，到民国三年2月，熊希龄便坚持辞去了总理一职。想来熊希龄这总理当得并不是我们想象的那么风光，对此时人曾作一联：

似遇而实未遇；

有为而终无为。

假如熊希龄的人生到此为止，那么这副对联无异是对他虽官至总理，看似风光而实质无奈而平庸表现的最好概括。而历史最容易忽视的是平庸，而对于两极，总是不会忽视的。这大概也是曹操为什么要说他"不流芳百世，便遗臭万年"的原因吧。而至此，熊希龄的人生中实在还没有什么"流芳百世"的东西，倒是有两点，虽够不上"遗臭万年"，但也不能不说是他人生中的两处瑕疵：先后在袁世凯签署的解散国民党、解散议会的命令上副署。至此，我完全可以说，假如熊希龄的人生到此为止，历史是绝不会记得他的，即使有幸不会被历史的烟尘完会淹没，能留下一个模糊的影子，那这个影子也一定不会十分光彩。

历史终究还是记住了熊希龄。毛泽东曾评价熊希龄说："一个人为人民做好事，人民是不会忘记他的，熊希龄是做过许多好事的。"周恩来总理也曾说："熊希龄是袁世凯时代第一流人才，是内阁总理。熊希龄的事，我看后就记得很清楚。"两位共产党的领袖人物都一致对熊希龄这么高的评价，可见熊希龄在历史上留下的形象还是十分光彩的。

四

"烂漫之极复归平淡"，这似乎是人生的一种必然。

不必说熊希龄那两度走向"烂漫"多少走向得有点偶然——反正既曾有过烂漫，一朝走向平淡至少也不算是一种偶然了吧！

熊希龄的光彩人生恰恰是在他完全褪去了政治光环、人生复归平淡后创造的。

　　中国人的平淡人生大体上有两种，最常见的一种是这样：购地数顷，建房数间，如果当官时攒的钱多一点，还会筑一座园林，就此住将进去，或纵情丝竹，或依红偎翠，享受生命，也放纵生命——那些精致的苏州园林多数当初的筑成原由和功用大体上便是如此。对于这样的人生选择，中国的历史，历来都是十分宽容的，有时甚至可以说还十分赞赏和推崇，所谓"清者自清，浊者自浊"，所谓"世人皆醉我独醒"，所谓"出污泥而不染"，皆是赞赏与推崇之现成之语。我想熊希龄完全可以选择这样的"平淡"方式，因为他除做过内阁总理不算，毕竟做过多年的财政总长，一定也曾攒下了几个钱。

　　至于第二种，人们更是推崇和赞扬，如陶渊明，用手中的笔写出传之后世的不朽诗篇。选择这样的"平淡"方式，我想熊希龄也应该是有条件和资格的，因为他早年不是就有"湖南神童"的美誉了吗？他不是早就吟出过被传诵一时的"此君一出天下暖"的名句吗？

　　然而熊希龄最终既没有选择成为又一个陶渊明，也没有为自己购地、建房、筑园等，相反，他千金散尽，为自己选择了一条充满了艰辛、坎坷还常与误解、屈辱相伴的不归路。

　　1917年京畿一带发大水，熊希龄积极参与救灾工作，并就此走上了一条以社会救助和慈善教育为业的艰辛道路。1918年，他创办了驰名一时的北京香山慈幼院，不但救助了数以千计的孤苦儿童，而且通过教育使他们成为对国家和社会的有用之才。1924年，他又组织世界红十字会中华总会，并担任会长12年之久，不但在全国各地救灾办赈，而且还努力从事国际赈灾活动。熊希龄他把自己后半生全部的精力和财力都无私地贡献给了这个世界和这个社会，使他最终不但成为近代中国从事慈善的时间最长、贡献最大、知名度最高的慈善家，而且成了饮誉世界的大慈善家。

不仅如此，熊希龄作为一位慈善家，还有两点是一般的慈善家所难以企及的。

一是其高尚的民族气节中爱憎分明的民族立场。在许多人的想象中，慈善家虽然多值得尊敬，但往往多是些一派慈眉善目，开口闭口"阿弥陀佛"，有时甚至还有点糊涂，糊涂得无善无恶，敌我不分。然而熊希龄则不然。1931年，为了更进一步表明自己奔赴国难、矢志于社会慈善的决心和意愿，他在北京香山北辛村的熊家墓园自筑"生圹"，

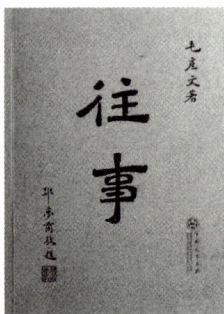

毛彦文晚年出版
的回忆录

明示天下——自己一旦在抗日救亡中上前线救护伤病员时不幸倒下，即埋葬在这里；并自撰墓志铭："今当国难，巢覆榱崩，若不舍己，何以救群?誓身许国，遑计死生，或裹马革，即瘗此茔，随队而化，了此尘因，我不我执，轮回不轮。"（见《熊希龄集》下册，第2087页。）其高尚的民族气节和献身救国的大无畏精神跃然纸上。

二是其从事慈善事业几乎到了"毫不利己专门利人"的程度。1932年10月15日，熊希龄将自己的全部家产都捐献出来，计大洋27万5千2百余元，白银6.2万两，此为他从清末到民国为官25年的全部积蓄，他用这些钱在北京、天津、湖南三地，次等开办12项社会救助和慈善教育事业。当时熊希龄一家，夫人朱其慧已去世，还有一儿两女，但他没有留给儿女一点财产，而是悉数献给了社会救助与慈善教育事业。

这些不能不让人感动！尤其当我来到凤凰，走进了熊希龄故居，看见作为一代内阁总理，府上如此朴素的情形，这种夹着震惊的感动更是情不自禁。当然，我也似乎因此而明白了，为什么熊希龄在主动退出了

历史舞台后，历史却终没有忘记他的真正原因。

1937年12月，熊希龄因北平沦陷而赴香港。就在到达香港当月的25日，因闻民国首都南京沦陷悲愤难当，而引起心脏病突发，溘然长逝，终年67岁。

至此，历史已不能不记住他！

当然，我说的历史并非是那些自以为是的历史学家所写的文字，也并非是那些多从实用主义出发而编成的教科书，而是存在于天地之间和人们良心之上的一本大书；因为历史若是前者，它常常是不公平的；若是后者，它总是公平的。因此，我有时更愿意相信人们口口相传的那些故事和传说，它们其实就是一个人留在世上的口碑，口碑中的东西往往比石碑上所刻的更真实，当然也更不朽。

熊希龄

我这篇文章写到这里就可结束了，突然想到熊希龄的那封信札——我那位朋友是不是还好好保存着呢？记得我当时看见它时只被它那漂亮的字迹吸引住了，究竟写的什么内容反倒没细看，于是很想再看一看。我拨通了我那位朋友的电话，朋友告诉我，那信札他一直好好保存着，曾经有好几个收藏家出高价收买，他都没有卖；他还告诉我，他家里还有一张熊希龄的照片哩。我急忙跑过去看，终于看清楚了那封信的内容。

原来我朋友的祖父为响应熊希龄的赈救活动，曾捐出了一笔数目不小的款，为了答谢，熊希龄给我朋友的祖父写了这封信，并寄赠了照片一张。于是这信与照片在我朋友家里留存到了今天。

我也看到了那张照片，背面还有熊希龄的亲笔签名，虽然纸色已经泛黄，但好在仍非常完整，人物形象也非常清晰。照片中的熊希龄看上去五六十岁的样子，微胖，留着一把山羊胡子，正微笑地目视着前方，那微笑绝不是那种为照相而强作出的，是一种从内心自然流露出的笑，淡然、怡然、超然，那目光虽然并不凌厉，但似乎有一种穿越世俗，看破红尘的力量；眉宇间一派坦然。

呵，我想象中熊希龄正是这个样子！

一枚绿叶

　　国民革命虽然有一点还是与以往任何一次革命无异，这就是本质还是造反，中国似乎历来都并不缺乏造反者，这便是中国比世界上任何一个国家和民族都多农民起义的原因，那些造反者，他们的造反原因往往都是自己的日子过不下去了，我们熟悉的陈胜、吴广，梁山好汉，李自成、朱元璋、洪秀全等等，都是这样，但是，孙中山、黄兴、赵声们，大多家庭殷实，他们如果不选择革命，或许都能够过上比较安逸的生活，他们毅然踏上了革命这一条不归路，是他们不同于历史上所有造反者一点，也是他们伟大的一点。

一

只要是读过中学的人，大概都知道辛亥年（1911年）春天的广州曾经打响过一阵密集的枪声，虽然这一阵密集的枪声十分短暂，但射出的子弹终将清王朝这具行将就木的僵尸打穿了几个孔，流下了几滴血。当然，打响这一阵枪声的人，流的血更多，正因此，其中有两位就因为这一阵枪声而成就了历史上的英名：一位是黄兴，因为正是在这一阵枪声中，他的中指和食指被打飞，使得他从此获得了一个"八指将军"的美称；另一位是林觉民，因为他用自己二十四岁的生命为这一阵枪声作了最后的祭奠，还留下了一篇《与妻书》从历史的天空中飘然而落，直落到了我们今天的中学语文课本中。

至于这一阵密集而短暂的枪声本身之于五个多月后爆发的武昌起义，之于整个辛亥革命，甚至之于中华民族和整个国家命运的意义，更有人总结道：

> 是役也，碧血横飞，浩气四塞，草木为之含悲，风云因而变色，全国久蛰之人心，乃大兴奋。怨愤所积，如怒涛排壑，不可遏抑，不半载而武昌之大革命以成。则斯役之价值，直可惊天地、泣鬼神，与武昌革命之役并寿。

写下这短文字的不是别人，正是有着中国革命的先行者之称的孙中山，这段文字出自他的《黄花岗七十二烈士事略序》这篇文章中，这篇文章也收在今天的中学语文课本中。因此，今天只要是读过中学的人也都因此而知道了"黄花岗七十二烈士"，也知道了那一阵密集的枪声便是历史上著名的"黄花岗起义"，也叫做"第二次广州起义"。

但是，若问这场起义的总指挥是谁，恐怕一般人就不知道了。

是孙中山？

是黄兴？

是林觉民？

——都不是！

起义前，孙中山在马来西亚的槟榔屿是参与过策划，后来则一直在南洋和檀香山等地筹集经费，也就是说，对于同盟会发动的这么一场起义他当然事先是知道的，但是起义的具体情况他几乎是一无所知，更不要说指挥了；

赵声（伯先）像

直到起义失败后，他才从当地的报纸上知道消息；而黄兴，虽然他实际指挥了160多名同盟会员对两广总督府发起的攻击，但他并不是整个起义预先选定的总指挥，相反，近百年来一直有人指责他，说他此行为虽精神可嘉，但却是一次瞎指挥，为此对整个起义的失败是负有一定责任的；至于林觉民，他只是进攻两广总督府的160多人中的一名普通战士。

历史就这样有意无意间忽视了一个人，他的名字叫赵声——一个让今天的许多人都感到陌生的名字。

当黄兴率领着160多人的敢死队员向两广总督府发起飞蛾扑火、夸父逐日般的进攻时，他率领着300多个革命党人正在从香港赶往广州的路上，等到他赶到广州城下，枪声已经停息，广州城死一般的静寂，一切都已不可为。

当黄兴化装逃出广州与他在香港相见时，他能做的只能是与黄兴抱着痛哭一场，然后是哇的一声，呕出大口大口的鲜血。

当林觉民等视死如归地走向刑场时，他在香港的一家医院里用生命最后的一点力气吟完了"出师未捷身先死，长使英雄泪满襟"两句杜诗后溘然长逝。

——这实在不像是英雄的死法！

赵声既没能像黄兴那样断指喋血于战场，也没能像林觉民一样成为黄花岗上的第七十三位烈士。

然而，就因为这，历史就应该忘记他吗？我们就应该忘记他吗？

二

赵声，原名疏声，字伯先，号百先，生于1881年3月16日，卒于

黄兴

1911年4月20日下午13时，江苏镇江人。

说来我与赵声也算是有缘吧，我的大学是在赵声的故乡上的，那儿有一座伯先公园，我因此而较早地知道了赵伯先（赵声）的名字；我上大学是在1981年9月，我入学后不久便参加了一系列纪念辛亥革命70周年的活动，因为这一系列的活动，我的一位老师与我们说起了赵声，因为这位老师竟是赵声的同乡，而那一年又正好是赵声100周年诞辰。我至今清楚地记得，当老师将"出师未捷身先死，长使英雄泪沾巾"这两句赵声当年临死前吟过的杜诗含泪吟出做了赵声一生的总结后，他又愤愤地补充了一句："如果赵声不死，我相信他在历史上的地位和影响至少不会在黄兴之下！"

我的这位老师的话说得有点书生气，一是因为历史是无法假设的；二是我相信，赵声这位本质上也是一介书生的革命家，他的革命绝不是为了替自己去与谁争"地位"和"影响"。

赵声出生在一个"书香门第"。父亲赵蓉曾，为清朝禀生，隐居乡里讲学。母亲葛氏，孝谨和厚，劳心家计。因此家庭可谓殷实而优裕。赵声生得聪明伶俐，很小便在父亲所设学馆"天香阁"读书，据说八九

岁时就能通读"四书""五经",不满十岁就能下笔为文，且文采烂漫。难能可贵的是，赵声还生得一副魁伟体魄和豪爽性格，再加上他平时又自练武艺，可谓是一位文武兼备、才貌双全的美少年。

今日镇江大港镇的
"赵伯先故居"

兄妹四人中，赵声排行老大。因此在父母的心目中，赵声无疑寄托着他们巨大的期望，这期望当然是当时多数人不约而同的，这就是有朝一日能金榜题名，从而出人头地、光宗耀祖。1898年，17岁的赵声参加县试，一举考中秀才，亲友自然登门恭贺，然而他面对亲友笑着说："大丈夫当为国效力，使神州复见青天白日，区区一秀才何足道哉!"他说这番话时，在北京，为了变法维新，谭嗣同等人正血洒菜市口。因此，在他看来，不要说这区区秀才功名，就是举人、进士、状元，又有什么用呢? 那些都顶着功名的戊戌君子们的一颗颗脑袋，不是说砍便被砍了吗? 于是赵声不想再在这条求取功名的道路上走下去了，他要走出书斋，他要寻觅一道新的道路。

这让许多人不解和惋惜，但赵声决计沿着自己选定的道路走下去。

从1898年以后的两年间，赵声在江淮之间游历，他所到之处，所见所闻，无不是一片民不聊生、哀鸿遍野的情景。这期间，北方义和团运动失败，八国联军入侵，最后是庚子赔款，又一次将灾难深重的中国人民拖进了无底的深渊。

1900年，赵声母亲去世，他带着痛苦、疲惫和迷惘回到了家乡。中国的道路究竟在哪儿？属于我赵声的道路又究竟在哪儿？此时的赵声，在心中一遍又一遍地这样问自己。

他想起了几年前的一件旧事。那一年，自己才14岁时的一件事情。

赵声家所居之镇江之大港镇，北临大江，历来舟楫便利，市场繁荣，但是由于官府的盘剥和敲诈，所以许多乡民的日子并不好过。那年，大港的巡检司的几个衙役，又设计敲诈乡民，但是有一乡民实在拿不出什么来，可恶的衙役不但不放过他，而且还无辜将他拘捕。此事一经传开，乡民们愤愤不平，年仅十四岁的赵声更是义愤填膺，他一怒之下，与几个乡民一起直冲进司衙，凭着一股正气，更凭着自己的一身武艺，将阻挡他的衙役打翻在地，最终将被拘乡民解救了出来。也从此，赵声被誉为"义侠少年"。

这件事使赵声意识到，手上的那支笔终究力量太有限了，最有力量的还是武艺，还是刀枪。大概就是从那时起，赵声就在一种不知不觉间开始构建和完善着自己的文化人格了。

一百多年后的今天，我在考察赵声的文化人格时，发现他身上有两点实属难能可贵，一是他的豪爽与大气，二是他的拼命与实干，而这两者正是中国历代知识分子身上常常所缺乏的。

当然，在我之前就早有许多人看到了这一点，如他的同学章士钊，曾在《赵伯先事略》一文中写道：

> （赵声）魁梧多力，相貌不类苏产，又激于意气，跅驰不霸，被酒大言，无所避就，尤与寻常苏人异撰。

但是章氏并没能发现赵声这一人格形成的原因。不过他倒是有一点判断得很准确，这就是赵声实际上并不是江南人。据史料记载，赵声先祖子禠，为宋燕王德昭五世孙，宋时为避靖康之乱而南迁京口，居于大港二十余世，一脉相承，至今赵氏祖坟犹存。也正是因此，赵声常在自己的文字后自署"宋王孙赵声"。因此说，赵声虽生于江南长于江南，也有着倚马立就的文才，但并不是世人印象中的江南才子，至少不是柳永、唐伯虎式的江南才子，他是辛弃疾式的人物。

镇江是辛弃疾两度出任通判的地方。正是因为在镇江，辛弃疾才写出了他一生中最重要的辞章：

何处望神州，满眼风光北固楼。千古兴亡多少事，悠悠。不尽长江滚滚来。 年少万兜鍪，坐断东南战未休。天下英雄谁敌手？曹刘。生子当如孙仲谋。（《南乡子·登京口北固亭有怀》）

千古江山，英雄无觅，孙仲谋处。舞榭歌台，风流中被，雨打风吹去。斜阳草树，寻常巷陌，人道寄奴曾住。想当年，金戈铁马，气吞万里如虎！ 元嘉草草，封狼居胥，赢得仓皇北顾。四十三年，望中犹记，烽火扬州路。可堪回首，佛狸祠下，一片神鸦社鼓。凭谁问，廉颇老矣，尚能饭否？（《永遇乐·京口北固亭怀古》）

赵声读着这些辞章长大！那北固山和北固楼，赵声无数次地登临！

镇江还是曾经"金戈铁马，气吞万里如虎"的刘裕的故乡，还是"闻鸡起舞""击楫而歌"的祖逖北伐的起点……

"投笔方为大丈夫"，从镇江走出的赵声终于投笔从戎了！

三

南京的江南水师学堂，因它于1898年招收了一位叫周豫才的学生而在历史上十分有名。后来成了"鲁迅"的周豫才在他的文章中写道：

我要到N进K学堂去了，仿佛是想走异路，逃异地，去寻求别样的人们。我的母亲没有法，办了八元的川资，说是由我的自便；

然而伊哭了，这正是情理中的事，因为那时读书应试是正路，所谓学洋务，社会上便以为是一种走投无路的人，只得将灵魂卖给鬼子，要加倍的奚落而且排斥的，而况伊又看不见自己的儿子了。然而我也顾不得这些事，终于到N去进了K学堂了。（鲁迅《〈呐喊〉自序》）

从这段文字中可知，鲁迅当年进水师学堂（后转入其附设的路矿学堂），多少有点无奈。而赵声则完全不同，他是将此作为他投笔从戎的第一步。

江南水师学堂旧址

就在鲁迅从水师学堂的管轮班转学去了路矿学堂后不久，赵声以"第一名"的成绩考入了江南水师学堂。

然而，这所学校让赵声大失所望。

我们通过鲁迅著作中记录下的发生在当年江南水师学堂的两件事情，就不难理解赵声为什么会失望了：一件是一位老师竟然在课上说，地球有两个，一个叫"东半球"，一个叫"西半球"；还有一件是，学校的游泳池淹死了两个学生，学校当局竟然填平了游泳池，并在上面建了一座关帝庙"镇邪"。

鲁迅决不相信这样的学校能培养出合格的新式海军，所以他转学了；而赵声选择了与校方交涉，要求校方改革校章和课程，结果当然可想而知——以赵声的"自动退学"而告终。

海军当不成了，还可当陆军呵！此时南京还有一座江南陆师学堂，但是招生期已过，赵声不得不寄居在陆师学堂附近的一僧寺中。每天在寺庙中听得清清楚楚的陆师学堂的号声，给了赵声无限的遐想，他每天都隔着学堂的栅栏眺望学员的操练，心中充满了羡慕。自然而然间，他成了许多陆师学堂的学生的朋友。

此时，陆师学堂监督（校长）是俞明震。有一天，俞学监在批阅学生作文时为一篇文章所吸引，阅罢大为惊喜，于是将这位学生叫到了跟前，但是只问答几句，俞明震就发现这篇"议理激越、文气畅达、文采斐然"的文章绝不是眼前这个学生的手笔，于是厉声喝问："此文系何人所作?"

"是学生苦心思索所得。"

"量你再怎么苦心思索也写不出这等文章，快将实情讲来。"

这位学生不得不将寄居在学堂帝寺庙中的赵声"供"出。俞明震还算开明，他一面命人将这篇文章张布于课堂，一边急召赵声来见。待见到赵声并进行了一番交谈后，俞明震特许他插班就读，与章士钊等人同学。这颇具戏剧性的一幕，终于使赵声实现了投笔从戎的愿望。

俞明震没有看错人：1902年底，赵声于江南陆师学堂毕业，不久去日本考察军事，十年后，成了中华民国的第一位陆军上将。或许，这就是这座以培养陆军军官为教学目标的学校所创造的最值得骄傲的"成绩"吧?

四

孙中山当然是"中华民国"的最伟大缔造者。

但是黄兴死后，同盟会元老、国学大师章太炎给他的挽联却是："无公则无民国，有史必有斯人。"

这样的对联无疑是一种盖棺定论，如此几乎是至高无上的评价送给黄兴，他是当然能够承受得起的!

有人说，黄兴是孙中山的"左膀右臂"，没有黄兴，民国的建立恐怕还要艰难和迟缓许多。

还有人说，黄兴一辈子甘做绿叶，这一副对联则代表历史送给了他一个春天。

这些话当然都不无道理，但是我以为，黄兴最多只是孙中山的一条"左膀"，他不是"右臂"！"右臂"是赵声！

二十多年前，我去瞻仰赵声墓，见墓前的石柱上，赫然刻着这样的对联："巨手劈成新世界，雄心恢复旧山河。"这样的评价，不也是几乎至高无上了吗？

孙中山、黄兴和赵声三人走到一起，是中国革命的幸运，也是中国历史的幸运，甚至也是我们这个多灾多难的国家和民族本身的幸运。

1903年2月，赵声东渡日本考察军政，并结识了黄兴等，使他多年忧愤于国家危难的沉闷心胸豁然开朗，他说："中国事尚可为也。"并认识到革命的真正战场还在国内，"徒留日本空谈，于革命无补也"，遂很快回国，积极从事革命宣传和革命活动。在家乡镇江一带创办"阅书报社"、"安港学堂""体育会"等，把乡间欲有作为的热血青年发动并组织起来，向他们宣传革命真理。他还应聘任教于南京两江师范学堂，内结同校教员、学生，外结社会上的进步同志。为了宣传革命，他还把丢弃的笔又重新拣拾起来，秘密创作了唱本《歌保国》，以慷慨、通俗、顺口、易记的形式，抨击清王朝对内压迫人民、对外卖国求荣的罪恶行径，号召人民起来推翻清朝政府的反动统治：

莫打鼓来莫打锣，听我唱个保国歌；

中国汉人之中国，民族由来最众多。

堂堂始祖是黄帝，四万万人皆苗裔。

嫡亲同胞好弟兄，保此江山真壮丽。

……

失地当诛虐可杀!我今奋兴发大愿：

民族主义大复仇，要与普天雪仇怨!

不为奴隶为国民，此是尚武真精神。

野蛮政府共推倒，大陆有主归华人。

1905年8月，“中国同盟会”在日本东京成立。

一阵热烈的掌声后，黄兴用浓重的湖南口音宣读着由他起草的“中国同盟会章程”（草案）。

黄兴说：中国同盟会的宗旨是“驱除鞑虏，恢复中华，创立民国，平均地权。可用三个字概括，即，民族、民主、民生。”

黄兴说得慷慨激昂，那响亮有力有声音传得很远很远，传向了大海彼岸的中国。

这个来自大海那一边的声音，控制着垂死的清王朝的那个垂死的女人听到了，听得她一阵发抖，然后迷迷糊糊地嘟囔道：“怎么又是个一个广东人一个湖南人呵!康有为不是很识相了吗，谭嗣同不是早已经杀了吗？”

这个声音赵声当然也听到了，他听得举酒痛饮，吟诗寄友：

百年已过四分一，事业茫茫未可知。

差幸头颅犹我戴，聊持肝胆与君期。

欲存天职宁辞苦，梦想人权亦太痴。

再以十年事天下，得归当卧大江湄。

——赵声《乙酉初度寄友》

同盟会成立大会上还推举产生了领导人：由黄兴提名、大会一致通过，孙中山任中国同盟会总理。由孙中山提名，大会也一致通过，由黄兴任执行部庶务，并明确“庶务实居协理之职，总理缺席时，有全权主持会务"。

中国同盟会的成立，是中国革命的一个分水岭。从此以后，中国的革命力量开始由无序走向有序，由分散走向聚集，由自发走向自觉。然而，许多年以后，每当我们一次又一次地审视这一段历史时，有人说，中国同盟会的成立，完全是一群年轻人热血的聚会，是一群书生激情的爆发。

是的，当时的会场上一定是一个群情激奋、热血沸腾的世界，在场的哪一个，不是年轻的书生呵！他们发誓要放下笔，拿起枪，用自己的青春与热血去推翻清王朝的江山。

此时唯有赵声已不是书生，他已在"新军"中任参谋官和管带，他除了高兴得聚三五好友举杯痛饮一醉方休，更用具体的工作实绩与孙中山、黄兴的开天辟地之举作遥相呼应。此时，由赵声创编的《歌保国》，在《苏报》主笔、赵声在陆师学堂读书时的至交学友章士钊的帮助下，秘密印刷了数十万份，广为散发，它与同年问世的邹容的《革命军》和陈天华的《警世钟》、《猛回头》一样，成为当时推翻帝制、创立共和的极有影响的宣传品，长江中下游的"新军"几乎是"人手一纸"。革命的火种已由赵声亲手在长江流域的"新军"中播下，开始等待燎原的那一天。

1906年初，赵声正式加入同盟会，并被推为长江流域同盟会"盟主"。

至此，孙中山、黄兴和赵声的革命"铁三角"开始形成。

1909年10月，孙中山指示发动广州起义，赵声、黄兴到达香港一同策划，决定由赵声担任起义总指挥，并制订具体的起义计划。

当孙、黄、赵三人的手真正握在一起时，那是一个伟大时刻，因为从这一时刻后，他们三人之间这个"铁三角"不但得到了进一步巩固，而且似乎还从此形成了相对固定而明确的分工，这就是孙中山主全面和外交，而黄与赵主军事和内务：

1910年初，孙中山去日本和南洋各地筹款，赵声、与黄兴具体组织和领导庚戌广州起义。

1910年6月，孙中山先生电召黄、赵赴日本，共同总结庚戌广州起义的经验与教训，并研究再次组织和发动起义。6月底，中国同盟会总部从东京迁至香港，孙中山被推举为外部总长，赵声被推举为内部总长；同时赵声还被推举为任香港同盟会会长。

1911年1月，广州起义领导机关统筹部成立，孙中山被推举为部长，赵声为副部长兼交通部长。随后孙中山去南洋筹款，赵声与黄兴负责起义的准备与组织。在3月10日统筹部召开的"发难会议"上，赵声被推举为起义总指挥兼交通部长，黄兴任副总指挥。

如此的分工，的确还可以说赵声在革命中的地位和作用"至少不会在黄兴之下"！

五

第一次广州起义，作为总指挥的赵声，曾制订了的计划大体上分为三步：（一）利用春节假日，发动起义。（二）起义以新军为主力，由城外进攻广州，巡防营在城内响应配合，实行内外夹攻；同时发动惠州等方面的会党民军起应声援广州。（三）占领广州后，赵为革命军总司令、倪映典为副总司令，率军统一广东，进而兵分两路北伐，一路由江西取南京，一路出湖南攻武汉。

第二次广州起义，大的战略步骤大体仍是如此，但赵声吸取了第一次失败的教训，起义的具体战术由重点从外围攻城，改为重点从城内暴动，并且他将起义军分为十路：第一路由赵声亲率江苏军攻打水师行台；第二路由黄兴带领南洋、福建同志攻击两广总督署；第三路由陈炯明领东江健儿堵截满界；第四路由朱执信领顺德队伍守截旗界；第五路由徐维扬领北江队伍进攻督练公所；第六路由黄侠毅领东莞队员打巡警道；第七路由莫纪彭领军策应徐维扬、黄侠毅两队；第八路由姚雨平率领陆军响应；第九路由洪承点派队分途攻守；第十路由刘古善领队分途攻守。各路且约定好暴动时间，同时行动。1911年4月23日，起义组织者在两广总督署附近的越华街小东营五号设立起义总指挥部，又将原定十路进军计划改为四路：黄兴率一路攻总督衙门；姚雨平率军攻小北门；陈炯明带队攻巡警教练所；胡毅生带队守南大门。

这样的起义计划，即使用今天的眼光来看，除了对于敌我双方力量估计不足外（其实这也不应该说这是他们的估计不足，而更应该看做是革命者一种大无畏精神的表现），应该是周密的、细致的。前面我曾说到，赵声身上除了豪爽与大气外，还有一种闪光的文化人格，这就是拼命与实干，而这种不顾敌强我弱的决绝，无疑正体现了他的拼命，同时计划的周密和细致，又无疑体现了他的实干。而这一切又让我常常对赵声的知识分子人格产生怀疑，因为这一人格不是中国知识分子的常见文化人格，相反，中国的知识分子，特别是传统知识分子，往往总有些天真与幼稚、软弱与浮躁，理想远大往往流于空谈，失败面前往往表现浮躁，坚韧不拔往往流于执拗，总之，不实际，无主见，很脆弱。往远了说，如李白、杜甫，他们都自诩自己有"致君尧之上"的辅宰之才，但事实上呢？李白根本就缺乏起码的政治眼光，永王李璘一个召唤，他就屁颠屁颠地下山了，但很快就弄得个"世人皆曰杀"的狼狈地步；杜甫则心胸狭窄，遇事常常执拗得可爱，最终证明他虽是诗中圣哲，但绝不是政坛领袖，甚至连官场高手也算不上。还有我们都熟悉的陆游，他的爱国热情是毋庸置疑的，但他的有些主张却很值得商榷，正是为此，钱钟书在一千多年后还对他多有非议，说他"喜论恢复，几近大话空言"。再往近了说，如康有为，当恭亲王问他"祖宗之法如何可变"时，他回答说："杀了几个大员就可以了！"一句话将本来对新法有一定好感的恭亲王推到了新法的对立面，政治上偏激，行为上执拗，这不能不说是康有为人格上的一种缺陷。再比如鲁迅（因为他与赵声是校友，所以我平时常常将他们二人比较），众所周知，鲁迅很勇于解剖别人，也勇于解剖自己，这换句话说，鲁迅总怀疑别人，也总怀疑自己，他的这种多疑注定了他几乎不可能有真正知心的朋友，而事实上也几乎就是这样。我们称鲁迅是"伟大的文学家、思想家和革命家"，我以为前二者是名副其实的，但"革命家"其实更多的是从他思想的角度给予他的尊称，因为一个没有朋友的革命家是不可想象的。

赵声，为人豪爽，所到之处总呼朋唤友，这一点他与鲁迅很不同，倒是与孙中山有点相同。

众所周知，在同盟会元老中有两个著名的绰号，一个是"孙大炮"，一个是"章疯子"，这两个绰号的主人，前者是孙中山，后者是章太炎。革命需要一种敢于放"炮"的霸气和"疯"劲，尤其是领袖人物有时更需要具有这种精神，但是仅有这种精神是万万不够的，革命有时更需要拼命的执著和精细的实干，但是作为人文品格，其二者是很难在一个人身上统一的，而赵声身上正难能可贵地统一着这两种品格，因此，我觉得赵声本质上是个文人，是个知识分子，但也是一个天生的革命家。当然，这并不是说孙中山在革命的过程中只会放"炮"，也不是说赵声比孙中山更伟大，但是孙中山作为一个统帅全面的领袖，无论如何都需要有赵声这样的助手的，或者说革命本身无论如何也是需要赵声这样的实干家的。当然也需要黄兴，因为黄兴也是类似的人物。

熟悉中国近代史的人都应该清楚，在革命党人发动的一次又一次如飞蛾扑火式的起义中，孙中山一般都只是更多地从战略上做一些宏观的策划，而具体的实施者多是赵声或黄兴，说赵声与黄兴正是天赐予孙中山的一对左膀右臂，是一点儿也不为过的，至于这左膀和右臂，谁的作用更大，谁的地位更高，实在很难说，事实上也没必要说，因为他们一直配合默契。

但也有失调的时候。

第二次广州起义前夕，张鸣岐调任两广总督，由于张认识赵声，便决定赵声带领一支人马伏于香港，起义前再坐船到广州城下，与城内义军里应外合。谁知由于突发事件，黄兴沉不住气了，在多人劝阻、其他九路人马并不知情的情况下，他竟然决定提前一天起义，于是他率领林觉民等一百多人，向两广总督府发起孤军

广州黄花岗七十二烈士墓

攻击，结果不但他们的攻击因寡不敌众而无法得手，还造成了整个起义的惨遭失败。因此，对于这一失败，黄兴实际上是负有一定责任的，但是历史望着他在作战中奋不顾身、身先士卒的身影，更念着他那被打飞的两个断指，便原谅了他。只是不知道黄兴自己有没有原谅自己，当他逃出广州与赵声在香港抱头痛哭时，黄兴的泪水中除了起义失败的悲痛外，有没有在总指挥面前一种悔恨的流露呢，只有他自己知道。

但是一切都晚了！

起义失败了！

赵声也死了！

赵声死于盲肠炎（今天一般称阑尾炎）。这种病即使在当时也不是什么大病，并不会夺命，但他最终就因为这病而死去了，因此，赵声的生命完全与黄花岗的烈士们一样，都是为了起义，为了中国革命而付出的！同时也是为了自己心中的信念而拼掉的！

听到赵去世的消息，硬汉黄兴昏了过去……

六

广州起义后五个多月，武昌起义成功。

对于辛亥广州起义的意义，我在本文开头就写到，孙中山曾对此作了总结。让我们再回过头去看一看孙中山所写的这一段话吧，或许是因为文体的要求，这段话虽然写得饱含深情、文采斐然，但并没说出多少实处，如果用一句通俗的话来说，无非是说广州起义给后来的武昌起义产生了很大的影响。

至此人们自然要问：如果说武昌起义是在广州起义的"影响"下产生的，那么这革命的胜利未免来得也太容易了吧？但若不是这样，那么这"影响"的意思又是什么？它与一场哗众取宠的"行为艺术"所造成的"影响"又有何本质的不同呢？可起义毕竟是付出了一群热血青年的鲜血和一批中华精英的生命的呵！

正是在这种追问中，人们又记起了赵声。

武昌起义的导火索是"保路运动"。所谓"保路运动"是指发生在清末的一场声势浩大的保卫铁路所有权和经营权的运动。它的起因是清政府的"铁路干线国有"政策。根据这一政策，清政府强行将粤、川、湘、鄂四省的商办铁路收归国有，而实际上收回后却是为了进一步出卖给外国列强。这不能不激起各地人民的反对，于是各地纷纷成立"保路同志会"等组织，与清政府对抗，而其中以四川最为激烈。为了镇压四川的保路运

今日镇江伯先公园

伯先公园内的赵声铜像

动，清政府调湖北"新军"入川，湖北革命党人趁机而动，动员余下"新军"倒戈，并获得成功。这就是武昌起义。可见武昌起义与广州起义实际上是属这篇革命大文章中的两个不同的章节和段落。就连孙中山本人也在后来的另一篇《有志竟成》的文章中写道："武昌之成功，乃成于意外……初不意一击而中也。此殆无心助汉而亡胡者欤？"

然而历史实际上是不存在"意外"的。

武昌起义成功的关键是"新军"的倒戈，而新军之所以会倒戈，原因当然有许多，但是请别忘了赵声的《歌保国》在他们手上"人手一纸"所起的作用。

辛亥革命最终在长江流域取得了成功，这当然有着天时、地利、人和等多种因素，但是别忘了这长江流域同盟会的"总盟主"正是赵声，是他曾经的大量的脚踏实地的工作，才在天时、地利之外为革命在这一带成功赢得了人和。

当广州起义制订计划，将武汉与南京首当其冲地选为北伐目标，其原因便是黄兴曾长期在武汉宣传革命活动，而南京则更是赵声学习、生活和战斗的地方，几乎是他革命的根据地。

当武昌起义的枪声打响时，最先与之策应的便是南京九镇"新军"对南京的包围进攻，而这些"新军"正是赵声当年战斗过活动过的部队，他们中有许多人就是赵声当年的战友、部下和朋友。

……

的确，这一切，使得人们在民国成立的伟大时刻很容易想起赵声，想起这位国民革命的实干家的。

英雄一死清朝亡！

1912年1月，中华民国临时政府在南京成立，为了表彰赵声为革命作出的贡献，孙中山追授赵声为"上将军"，并决定在赵声故乡镇江营造烈士陵墓，让烈士魂归故乡。

英雄赵声，因此而实现了"得归当卧大江湄"的人生愿望。

"大江东去，浪淘尽，千古风流人物！"

但赵声终究不会被人们忘记，相反总时时被人们记起。

七

南京是中华民国的首都，我每天生活在南京，那些民国遗迹我大多是游了又游、看了又看，如"总统府"，每有客至，我必陪之参观，次数多了，竟清楚地记得刻在一块石碑上的一篇奇文，那是孙中山就任临时大总统时宣读过的誓词：

> 倾覆满清专制政府，巩固中华民国，图谋民生幸福，以国民之公意，文实遵之，以忠于国，为众服务。至专制政府既倒，国内无变乱，民国卓立于世界，为列邦公认，斯时文当解临时大总统之职，谨以此誓于国民。
>
> 中华民国元年元旦

这一誓词，我每读一次都会想，这恐怕是世界上最奇怪的总统就职誓词了吧，因为作为总统，还没上台却在一心想着下台的事。

然而这就是事实。

怎么会这样呢？国民革命不是中国历史上最先进的一次革命吗？它立志创建的民国不是中国历史上最先进的国家制度吗？

是的，曾几何时，中国历史上一次又一次的改朝换代，但每一次都实际上是前一次的翻版。推翻了一个旧王朝，来了一个新皇帝。朝代更替，但制度亦然。孙中山、黄兴和赵声们，经过一次一次的失败，一年一年的探索，终于为我们这个古老的民族找到了一条新生的道路，这条道路是前人所从来没有走过的。中华民国的建立，它标志着我们这个古老的民族在新生的道路上已艰难地迈出了第一步，它是革命党人用鲜血和生命赢得的胜利。

然而胜利仅仅就是走出了这一步！

此时，袁世凯手握重兵，武汉三镇，汉口、汉阳二镇已被其占据，与革命军占领之武昌形成对峙。对于袁世凯来说，是继续替清廷卖命进军武昌，与革命军决一鱼死网破，还是听孙中山的，来个反戈一击呢，他拿不定主意；而对于孙中山等革命党人来说，也拿不定主意，这是因为，欲与袁氏决一死战，能不能战胜，没有把握。

1912年1月14日，孙中山不得不给袁世凯写信：

> 如清帝实行退位，宣布共和，则临时政府决不食言，文即正式宣布离职，以功以能，首推袁氏。

此时人们又会想起赵声。因为从小站练兵和办保定军校起家的袁世凯，其最大的政治资本便是他手上的这支"新军"，而赵声恰恰是从保定军校和"新军"中走出来的革命党人——如果赵声不死，或许他会有办法和能力对付袁世凯吧！

然而赵声死了。

尽管黄兴等革命党人痛心疾首，但是孙中山还是交出了大总统的职位，孙中山在临时大总统的位置上仅仅坐了一个多月。

这条虽四处漏水但已驶出了历史怪圈的中国号大船，又被袁世凯拉回了原来的轨道，伟大的国家计划成了一个历史的笑话，中国的历史呵，也从此变得越发的无常而诡异。

后来的"护法"、"护国"、"讨袁"、"二次革命"等不必去说，就说革命阵营内部吧，竟也发生了纷争。

1912年10月底，孙中山已决意要将大总统一职让于袁世凯，此时黄兴督师汉阳，重兵在握。许多不愿意眼睁睁地看着革命果实被袁世凯窃取的革命党人，自发地拥至黄兴周围，主张另立黄兴为领袖与袁氏一决胜负。

故居门前的
赵声雕像

然而黄兴选择了拒绝。他于1912年10月31日回到了故乡，来到了他早年读书的城南书院，登上了书院的"天心阁"。他在此久久地站立，望着城墙上累累的弹痕，他泪眼迷茫，与身边的随从说："我革命的动机，是少年时阅读太平天国的杂史而起的。太平天国自金田起义之后，起初他们的兄弟颇知共济，故能席卷湖广，开基金陵。不幸得很，后来因为兄弟有了私心，互争权势，自相残杀，以致功败垂成……今之倡义，为国革命，而非古代英雄革命。洪会中人，犹以推翻满清，为袭取汉高祖、明太祖、洪天王之故智，而有帝制自为之心，未翻共和真理，将来群雄争长，互相残杀，贻害匪浅。望方以民族主义、国民主义、多方指导为宜。"

是的，国民革命虽然有一点还是与以往任何一次革命无异，这就是本质还是造反，中国似乎历来都并不缺乏造反者，这便是中国比世界上任何一个国家和民族都多农民起义的原因，那些造反者，他们的造反原因往往都是自己的日子过不下去了，我们熟悉的陈胜、吴广，梁山好汉，李自成、朱元璋、洪秀全等等，都是这样，但是，孙中山、黄兴、赵声们，大多家庭殷实，他们如果不选择革命，或许都能够过上比较安逸的生活，他们毅然踏上了革命这一条不归路，是他们不同于历史上所有造反者的一点，也是他们伟大的一点。只要真的能使国家和民族走上一条新生的道路，人民不再受苦受难，他们什么都可以不要，不要说是安逸的生活，就是鲜血和生命也在所不惜！

——至于个人的荣誉、位置、权力，那更是不在话下！

我想黄兴在"天心阁"上说出这番话时，一定想到了与"天心阁"只一字之差的"天香阁"及其主人的吧！因为这位"天香阁主人"早就写过"再以十年事天下，得归当卧大江湄"的诗句。

黄兴的这一番话，道出了他自甘做一枚绿叶的原因，也见出了黄兴的伟大，但历史终究给了黄兴一个"春天"。孙中山说他的功劳"巍巍乎如昆仑"，连法国人也说他是"中国的拿破仑"。听，黄兴故乡的儿童至今还会唱这样一首儿歌：

> 凉秋时节黄花青，
>
> 大好英雄返故乡；
>
> 一手缔造共和国，
>
> 洞庭衡岳生荣光。

唯有赵声成了一枚永远的绿叶。

我在南京写作本文时，也正是"凉秋时节黄花青"，窗外的绿叶大多已经变黄。文章写完了，我推开窗户，一阵秋风袭来，一枚落叶飘进窗来，落到我的书桌上。我禁不住想，树上的叶儿落了，明年春天还会长出新的绿叶，但历史的季节深处，赵声这一枚绿叶有一天也会变成这样一枚落叶吗？

一生五个关键词

看梁启超的一生，我们似乎又应该在"康梁变法""中华民族""护国战争""五四运动"四个关键词之外再加上"医疗事故"一个才算完整；只是这第五个即最后一个关键词，似乎无论如何都让我们难以接受，因为一代人杰岂能如此死于非命！然而这也是事实。或许这就是他的宿命——注定梁启超的生命必须得为民主、为科学而作最后的牺牲！以斯言之，梁启超，实在算得上是中华民族的一座坚强而不屈的脊梁！

一

梁启超之子梁思成

1970年，著名建筑专家梁思成因病住进了北京协和医院。

协和医院最初是由美国洛克菲勒基金会于1921年创办的，新中国成立后，由中央人民政府于1951年接管。由于在创办之初就号称要将协和建成"亚洲最好的医学中心"，因此无论是医院等级还是医疗水平，协和医院在中国医院中的确都是处于领先地位的。然而住进协和医院的梁思成及其家人似乎心里总不踏实，因为40多年前，梁思成的父亲、近代中国著名的改良主义思想家梁启超，便是在这家医院接受了一个并非高难的手术后去世的，年仅56岁。梁启超的死因究竟是什么？数十年来一直是一个谜，而对于梁家人来说，更是一个抹不去的阴影。

因为是名人和名人之后的双重身份，医院自然对梁思成格外关注，为他安排的主治医生是一位临床经验丰富的老医师。天下竟然真是无巧不成书！一段时间下来，梁思成有意无意间竟了解到，自己的这位主治医生竟然是当年参与过对父亲梁启超手术的医师之一。当梁思成与他的这位主治医生双方都了解到这一点后，可想而知作为医患之间的他们各有着怎样微妙而复杂的心理！最终，或许是这位医师再也忍受不了因当着患者家属隐瞒真相而受到的良心折磨，竟向梁思成证实了一个惊天的秘密——这里之所以用"证实"二字，是因为对此数十年来一直多有传闻——梁启超当年真正的死因竟是一场医疗事故。

一切都得从头说起。

1923年春，梁启超发现自己尿中带血。由于此时正值他妻子刚刚病逝，他便以为是自己悲伤过度机能紊乱所引起的，或许过些时间便会好，并无大碍；再则他不愿在家人刚经历大悲之余又为他担心，于是便秘不告人；直到1926年1月仍不见好转，他便怀疑自己得了癌症，于是到德国医院检查。名医克礼诊断他得了尿血症，但又始终找不出病原所在，于是在丁文江等人的坚持下，于3月8日住进了协和医院。

协和医院经X光透视，发现其左肾有黑斑一处，医生诊断结果是左肾患结核，需要手术将左肾摘除。

3月16日由取得过博士学位的外科医生刘瑞恒主刀做了手术。可是手术后梁启超的尿血并未能停止，协和医院随后采取"保守治疗"。后病情有所好转，梁启超便出院边工作边接受治疗。其间病情多有反复。

1928年1、2月间，梁启超因觉不适再入协和住院治疗，医院经过为期三周的补血等一系列治疗措施，病情似又有所好转。出院后，梁启超于6月辞去了清华研究院的工作，住到天津租界内休养，尿血似得到了很好的控制，只是"偶然隔十天稍稍有点红"。

9月10日，梁启超开始撰写《辛稼轩年谱》。26日梁启超觉得已不能端坐，遂于27日又入协和医治。在医院的几天里，他无意中搜得辛稼轩轶事二种，于是不等出院日期便于10月5日提前返回天津继续撰写《辛稼轩年谱》，但到12日便因无法执笔而停下，随之卧床不起。

11月28日，梁启超再入协和医治。12月17日"病势转热，寒热交作"。24日，"注血200毫升，反应甚剧"。1929年1月19日下午两点五十分，一代思想大家永远停止了思想。

一种本不该致命的病，经号称"亚洲最好的医学中心"医治后，怎么就会这样莫名其妙地夺去人命了呢？

当时就有人对此提出了质疑。

就在梁启超术后不见病情好转后不久，著名文人陈西滢（陈源）在

1923年5月9日的《现代评论》上公开发表文章，爆出惊人之语：

> 腹部剖开之后，医生们在右肾上并没有发现肿物或何种毛病。你以为他们自己承认错误了吗？不然，他们也相信自己的推断万不会错的，虽然事实给了他们一相反的证明。他们还是把右肾割下了！可是梁先生的尿血并没有好……

陈西滢

原来是医院医生在手术中错将好肾摘去了而留下了病肾！协和医院一下子被推到了舆论的风口浪尖上。

然而，面对如此涉及医院声誉的质疑，协和医院既没有承认，也没有反驳，这种在汹涌的舆论压力下超常的缄默，本身就很有意味；更有意味的是，这种情况下最先站出来说话的倒反而是作为当事人和受害者梁启超本人。躺在病床上的梁启超，口授文章《我的病与协和医院》，并在报纸上公开发表，为协和医院辩护。

作为当事人和受害者的梁启超如此公开表明自己的态度，对协和医院的质疑舆论很快便平息下去了。也从此以后，协和医院究竟在对梁启超的医疗过程中，有没有发生如陈西滢所说的那种荒唐的事故，也不仅成了一个天大的秘密，更成了一个历史之谜。

那么梁启超当时何以如此呢？难道是梁启超自己觉得协和医院的医疗很好，并无过错，他是站出来替协和说句公道话吗？不！对于真实的情况，其实梁启超自己也早已知道。他在1926年9月14日给梁思成等子女们的一封信中写道：

> 伍连德到津，拿小便给他看，他说这病绝对不能不理会，他入京当向协和及克礼等详细探索实情云云。五日前在京会着他，他

已探听明白了……他已证明手术是协和孟浪错误了，割掉的右肾，他已看过，并没有丝毫病态，他很责备协和粗忽人命为儿戏，协和已自认了。这病根本是内科，不是外科……据连德的诊断，也不是所谓"无理由出血"，乃是一种轻微肾炎……我屡次探协和确实消息，他们为护短起见，总说右肾是有病，部分腐化，现在连德才证明他们的谎话了。

那么梁启超为什么既已知道真相，可还要在公开场合为协和开脱呢？因为陈西滢在质疑协和医院的同时，更进一步指责说："西医就是拿病人当试验品。"

陈西滢的文章一经刊出，社会舆论立刻大哗，不但协和医院成了人们一时攻击的对象，而且西医立刻成为众矢之的。当时附和陈西滢的人非常多，其中最有力的支持者，便是大名鼎鼎的诗人徐志摩，他在5月29日的《晨报副刊》上发表题为《我们病了怎么办》，声援陈西滢的"西医就是拿病人当试验品"之说。梁启超的弟弟梁仲策也发表文章说："平实而论，余实不能认为协和医生之成功，只谓之为束手。"一时间内，人们攻击的目标已不仅仅是协和医院，而是整个西医。而梁启超正是在这种情况下站出来说话的。他在文章中写得很明确：

　　我们不能因为现代人科学智识还幼稚，便根本怀疑到科学这样东西。即如我这点小小的病，虽然诊查的结果，不如医生所预期，也许不过偶然例外。至于诊病应该用这种严密的检查，不能像中国旧那些"阴阳五行"的瞎猜，这是毫无比较的余地的。我盼望社会上，别要借我这回病为口实，生出一种反动的怪论，为中国医学前途进步之障碍——这是我发表这篇短文章的微意。

其实梁启超并不仅仅是为协和医院辩护，而是为西医辩护，更是为科学辩护，他希望人们不要为了个别病例误诊而全面否定西医的科学性。临死之前，他又嘱咐家人"以其尸身剖验，务求病原之所在，以供医学界之参考"。且在医院已私卜认错的情况下，"不要求赔偿，不要求道歉"。

梁启超以自己的生命为代价捍卫了科学的神圣，但同时最后留下的又恰是一曲科学和生命的双重悲歌。

为什么是悲歌？

因为"这一事故攸关协和医院的声誉，其一直被当成'最高机密'

梁启超的学生、著名诗人徐志摩

归档"，直到四十多年后，才由当事医师向梁思成说出实情而最后证实；还因为那位为他做手术的刘博士，在为他做过手术后就"再也不是一名自信的外科医生了"，后又毅然辞去了协和医院的外科医生的职务，到国民政府卫生部当政务次长，且从此以后"不管私人事业如何赚钱，公众职务总是更为重要"，他利用余生三十三年致力于奠定全国卫生服务网的基础；更因为，常说自己可以活到80岁的梁启超实际最终竟死于非命而只活了57岁，终没能看到自己深情描绘和热切呼唤的那个"少年中国"出现于现实，以至其终成了他一个永远的梦。

的确，梁启超去世得过早了，似乎其生命的进程还没有全部展开和最后完成，以至于使今天的我在此反观其一生，便很容易发现其五光十色而又似眼花缭乱，丰富多彩而又似庞杂无序，与时俱进而又似变化无常；同时，亦使得我今天在此试图以一篇小文来重述他的一生时，不得不参照如今一些混文凭和评职称的所谓"论文"的样式，拟出几个关键词。

二

其实"少年中国"并非仅仅是梁启超个人的梦想，而是一个时代的梦想。

或许是因为鸦片毒害之深莫过于此地？或许是因为虎门销烟的烈焰早已将这方土地上的激情点燃了？或许是鸦片战争中牺牲的民族英烈不屈的英灵在南海上空不断地推波

青年时代的梁启超

助澜？或许是因为随着舶来品一起东渐的西风先已在岭南未雨绸缪？这个"少年中国"的时代梦想便最先发端于这块热土——广东。

1873年，梁启超出生于广东省新会县茶坑村。

当1889年，十六岁的梁启超中了举人时，有一个叫康有为的南海县人，正忙着为自己心中的那个梦想而以布衣身份上书朝廷、呼唤改良；还有一个23岁的叫孙文的香山县人，正在香港西医书院学习医术，但他课余间往来于香港、澳门、广州间，热衷于发表各种激进言论，鼓动"勿敬朝廷"，被视为"大逆不道"。而此时的梁启超倒显得异常的平静，他在广州万海堂继续求学，准备下届春帏来临进京参加会试。若不是同学有意无意间的一个建议，说不定此后的梁启超，还会在那条传统知识分子已走了几千年的"正统"求仕的道路上走下去一段时间。

同学陈通甫对梁启超说："吾闻南海康先生上书请变法，不达，新从京师归，吾往谒焉。其学乃为吾与子所未梦及，吾与子今得师矣！"

陈通甫也是万海堂的高材生，他如此说话自然让梁启超对这位"南海先生"大感兴趣，于是前去拜访。此年梁启超17岁，康有为33岁。

梁启超的这次拜访，注定了无论是对于梁启超的人生，还是对于康有为的人生，甚至对于中国近代史，都是一个大事件，因为从此后，不仅"康""梁"的名字将紧密联系在一起，成为一个符号、一个象征，而且它确确实实将对一段历史产生影响。

初次见面，二人竟然从早上8点聊到了晚上7点，真正的废寝忘食。此前，梁启超接受的教育是，由祖父梁维清启蒙，11岁考中秀才后入广州万海堂深造；至于所学内容，自然是应付科举为核心的传统一套。所以他后来回忆那次见面，最初的感觉是"冷水浇背，当头一棒"，是"一旦尽失其故垒，惘惘然不知所从事"。与康有为的长谈中，梁启超听到的都是他此前闻所未闻的东西：经世、维新、变法、立宪、洋务、科学等，康有为似乎是轰的一声，为梁启超推开了一扇大门，呈现在他眼前的是一个全新的世界，对他充满了难以拒绝的诱惑。此时心灵的感觉告诉他：就跟这眼前这个人，走新进之路，义无反顾！于是他当即决定拜康有为为师。

然而，此时的梁启超已是一名堂堂正正的举人，而康有为倒只是一名监生，有点如今天一名硕士生倒要拜一名本科生为师——在一对狂人眼里这根本就不是个问题！很快，梁启超便辞别了万海堂而入了康有为开办的万木草堂，成了一名真正的康门弟子。

梁启超在万木草堂的学习是短暂的，只一年时间，但是他晚年回忆说："一生学问之得力，皆在此年。"或许正是从此以后，梁启超心目中的"少年中国"不但渐渐清晰，而且如何将它变为现实的途径也似乎渐渐清晰，那就是康有为说过的一套：经世、维新、变法、立宪、洋务、科学等。

1895年春，康有为、梁启超师生二人共赴京城参加会试，此时的梁启超之于维新变法思想，无论是立场的坚定性，还是认识的清晰和系统性，比之其师康有为有过之而无不及了。果然，考试结果似乎也印证了这一点。梁启超名落孙山，康有为反倒高中进士第八。据说其原因是，梁启超的应试文章中充满了维新思想的火花，这便让保守的主考官徐桐误以为这一定是大名鼎鼎的康有为的卷子而给枪毙了，以至于同考官李文田觉得非常对不住这位文采出众的考生，忍不住在试卷上批道："还君明珠双泪垂，恨不相逢未嫁时。"

然而此时，对于梁启超来说，一个进士功名没能得到虽也有一丝遗憾，但绝对是无关紧要，甚至对于康有为来说，虽然得了这个功名，也是无关紧要，在他们看来，最要紧的是他们代表1300多名举子给朝廷的上书，究竟是会有着怎样的结果！

其实无论是对于康有为还是梁启超，对这次会试本身他们压根儿就没有太多的心思。刚来到京城，就传来了《马关条约》签订的消息及其内容。举国为之震惊和悲哀，康有为、康启超等云集京城正等待会试的各省举子们更是为震怒，于是在康有为振臂一呼、梁启超的推波助澜之下，

康有为

1300多名举子联名上书朝廷，敦促朝廷改革自强。史称"公车上书"。

自从"公车上书"递交后，梁启超与康有为一样，无时无刻不在等待着回音和结果，相比之下，无论是会试本身，还是会试结果，都似乎变得不重要了。然而，他们等来的先是会试的通知，再有是会试的结果，康有为金榜题名、梁启超名落孙山，而"公车上书"倒一直如泥牛入海，似乎根本没有发生过一样。

几乎在康梁发动"公车上书"的同时，另一位广东人孙中山选择了上书的方式表达自己的政治主张，只不过他上书的对象不是朝廷，而是李鸿章；不过其结果也与"公车上书"一样，泥牛入海。

在热脸贴了个李鸿章的冷屁股后六个月，孙中山便毅然准备在上书

之外走另一条救国的道路，仅仅六个月后他便在檀香山创立了资产阶级革命团体"兴中会"；而康有为与梁启超选择的是在原来的道路上坚持走下去。

"公车上书"虽然失败了，但"康梁"的名字从此在世人的眼中和口中都连在了一起。1895年8月，康有为在北京创办《万国公报》，由梁启超任报纸主笔，他发表在该报的那些饱含深情、文采飞扬文章，不但深深打动了广大民众，也深深打动了奕䜣、张之洞和刘坤一等一批王公大臣和封疆大吏，以至于随后康梁创办改良组织"强学会"时，得到了他们的大力资助。1896年1月，康梁应汪康年之邀赴上海创办《时务报》，主笔仍是梁启超，报纸发表的精华文章也多出自梁启超手笔。此时梁启超的文名可谓天下皆知，比之康有为已是有过之而无不及，以至于1897年秋，梁启超应黄遵宪之邀去长沙主持时务学堂教务时，欢迎他的考生竟然有4000多人。梁启超这些脚踏实地的工作，可谓是卓有成效，一是使康有为的改良主义思想在短时间内就产生了一定的社会影响，同时也使得他被一些有开明思想的权贵所关注与认识。如他去拜会时任湖广总督的张之洞时，正逢张之洞的侄儿结婚大礼、宾客盈门之时，但张之洞竟然撇下众宾客，将梁启超引进内室，彻夜长谈。其间，梁启超将结识的一些权贵不断引荐给康有为，终于使得康有为在1898年再次上书时，他们的上书可以直达光绪皇帝之手，并得到了光绪皇帝肯定的答复。1898年6月11日，光绪发布变法上谕，16日紧急召见康有为，7月3日又召见了梁启超。一场中国历史上轰轰烈烈的"康梁变法"（也称作"戊戌变法"），就此展开。

众所周知，"戊戌变法"随着"戊戌六君子"喋血菜市口而最终彻底失败；而随着变法的失败，康梁也不得不分开：康有为逃往香港，梁启超逃往日本。

三

1914年春，湖南省立第一师范学校的国文教师袁仲谦，从一堆学生作文中读到一篇令他怦然心动的文章，他有心要对这名学生的文章特别指点一二，于是便将这名学生叫到跟前，问他平时都喜欢读些什么人的文章，那名学生毫不犹豫回答说："最喜读任公文章。"袁先生用很是不屑的口吻说："满纸报馆味……"并教导这名学生，梁启超的文章作法其实是学习韩愈的，如果对这路文风感兴趣，更应该多读读韩愈的文

梁启超、康有为与光绪皇帝合影

章。这名学生遵照师嘱，后来果真成了一位文章大家，人们从他一生的文章中都很容易找出梁启超和韩愈的影子。此人就是毛泽东。

当然，毛泽东对于中国的意义绝不是他是一位文章大家，更在于他对中国社会和中国历史的贡献和影响，那么我们据此也完全可以说，梁启超对于毛泽东的影响，也绝不仅仅是在"文章作法"上。

无论是当时社会，还是后世历史上，人们一般都将"康梁"并称，但据说毛泽东从来都不这样称呼，他总是称呼"梁康"，由此足可以看出，在毛泽东的心目中梁启超有着怎样的地位。

人们之所以称"康梁"而非"梁康"，想来原因有二：一是"戊戌变法"的发起人主要是康有为，二是梁启超毕竟拜过康有为为师，康有为毕竟是"师长"。但是如果我们将康有为与梁启超对比一下便不难发现，"戊戌变法"是康有为历史上和人生中最辉煌的一笔，从此以后便

光亮渐暗了；而梁启超似乎并不是如此："戊戌变法"毫无疑问也是其留在历史上和自己人生中辉煌的一笔，但并非是最辉煌的一笔，他最辉煌的人生篇章倒是在"戊戌变法"以后渐渐写就的，在这一过程中，他虽然也曾与康有为若即若离，但其生命放射出的光芒似乎是两人近时反暗淡，远时越辉煌。

梁启超逃到日本后，很快便创办了《清议报》，继续宣传变法改良，就在这份报纸上，他发表了一生中最著名的文章之一《少年中国说》，对心中的那个"少年中国"作了深情的描绘、激情的歌颂和热情的呼唤：

> 吾中国者，前此尚未出现于世界，而今乃始萌芽云尔。天地大矣，前途辽矣，美哉，我少年中国乎！……红日初升，其道大光；河出伏流，一泻汪洋；潜龙腾渊，鳞爪飞扬；乳虎啸谷，百兽震惶；鹰隼试翼，风尘吸张；奇花初胎，矞矞皇皇；干将发硎，有作其芒；天戴其苍，地履其黄；纵有千古，横有八荒；前途似海，来日方长。美哉，我少年中国，与天不老！壮哉，我中国少年，与国无疆！

后梁启超又创办《新民丛报》，发表了一系列文章，这些文章总的主题是呼唤新的国民（即所谓的"新民"）的出现，从而能创立理想中的"少年中国"，其不但思想进步，而且情感真挚饱满，形式短小新颖，语言文白夹杂，具有非常强烈的感染力，一时影响巨大，被称为"新民体"。黄遵宪曾极为推崇新民体，称其"惊心动魄，一字千斤，人人笔下无，人人意中有，虽铁石人亦应感动"。也正是在这些被称为"新民体"的文章中，梁启超还为汉语创造了许多新的词汇，如"哲学"、"经济"、"民主"等，其中意义最大的要算是创造了"中华民族"这个词，因为这意味着此时的梁启超，思想的有些方面超越了孙中山的"驱除鞑虏，恢复中华"。

给青年毛泽东产生巨大影响的，大体上就是梁启超这一时期的文章，其最好的明证，不但是他自己回答老师时公开说过"最喜任公文章"的话，而且有一个事实是，毛泽东生平创立的第一个革命团体，他竟为之取名"新民学会"。

这一阶段，梁启超在日本内阁大臣犬养毅家终于结识了早已大名如雷贯耳的同乡孙中山，然而几乎与此同时，康有为也从香港辗转来到了日本，分开一段时间的康梁眼看着又要继续联手大干一番了。可是谁知道，此次"康梁"别后重逢，却事实上意味着从此走向分歧。

当时梁启超在孙中山的影响下，思想开始倾向于革命，倾向于共和，虽然当时孙中山在日本的影响力还远远没有梁启超大，许多时候孙中山事实上是要依靠梁启超的影响和帮助才能结识更多的有识之士；而此时的康有为已沦为了一个十足的保皇派，梁启超希望介绍康有为与孙中山相识，而康有为认为孙中山主张革命，主张用暴力推翻清廷统治，属"大逆不道"，而他自己深受皇恩，有光绪的"衣带诏"在身，断无与其"合作"的可能。这让梁启超尴尬而为难，于是他联合康门弟子13人，给作为老师的康有为写了一封信：

> 国事败坏至此，非庶政公开，改造共和政体，不能挽救危局。今上贤明，举国共悉，将来革命成功之日，倘民心爱戴，亦可举为总统。吾师春秋已高，大可息隐林泉，自娱晚景，启超等当继往开来，以报师恩……

因为只四十刚出头的康有为，梁启超便说他"春秋已高"，并要他"息隐林泉"，康有为自然也读出这其中的言外之意和弦外之音，无非是说他思想已落后于现实了。

收到这封信后，康有为自然大为光火，于是愤而离开日本前往檀香

梁启超名作《少年中国说》书影

山，去创立他的"保皇会"了，且以老师的尊严责令梁启超也随之前往。出于对老师的尊重，梁启超也只得前往。

或许连梁启超自己都不会想到，美国之行竟然让他既离康有为越远，又引起了革命派的强烈不满，不久即与之发生激烈论争。

康有为命梁启超到檀香山后即主持"保皇会"工作，遵师嘱梁启超之于工作不得不干，但是他在工作中却"名为保皇，实质革命"。为此保皇派与革命派都不能容忍，前者骂他"挂羊头卖狗肉"，后者骂他，既"既狗肉"，岂能"挂羊头"！不仅如此，当他1903年游历了美国本土后，更几乎同时与保皇和革命两派闹翻了，且是他自己主动与他们闹翻的，因为他的思想似乎在一夜之间又从主张革命转变到主张君主立宪了。以康有为为首的改良派此时完全沦为了保皇党，自然反对"立宪"；以孙中山为首的革命派，主张和国制，自然对"君主"大加攻击。一时间内梁启超可谓是腹背受敌，论战不得不左右开弓。

对于康有为为首的保皇派，梁启超说了一句话十分著名："吾爱孔子，吾尤爱真理；吾爱先辈，吾尤爱国家。"此言无疑是一语双关。而康有为对此又是大为光火，1900年他们俩在久别重逢于新加坡时，康有为竟然老羞成怒，对梁启超老拳相加、大打出手。但是这并没有影响梁启超对于作为老师的康有为的尊敬。1927年3月康有为不幸去世，梁启超痛哭不止，此时身体也已并不健康的他毅然亲率康门弟子在法源寺为之主持祭吊，并亲自披麻戴孝，为之守灵三天三夜，不仅如此，号称"麻将桌上写社论"的梁启超，此后三个月没玩一次麻将。如此胸襟和真情，不能不令人敬佩。

　　对于革命派一会儿攻击其"顽固"，一会儿又谩骂其"多变"，梁启超的回答是："吾爱故人，吾尤爱自由！"的确，梁启超坚持的是一种独立而自由思想的精神，不是吗？他当初之所以"背叛"老师康有为而接受孙中山的革命思想，正是因为那时他觉得其思想的正确；现在他又一次"背叛"革命而主张君主立宪，是因为他现在真心觉得，唯有这一思想不但正确，而且可行——因为在美国的考察，让他在这片"世界共和政体之祖国"的土地上产生了对共和制深深的失望——他看到了这一制度下孳生出的"黑金政治"、"结党营私"、"拜金主义"等种种混乱、怪象和罪恶；再结合中国的实际，他认为，如果在中国推行革命和共和，一定会陷入"革命——动乱——专制"的怪圈；而与其这样，还不如走"开明专制——君主立宪——民主立宪"的切实可行的道路。这便是梁启超"自由思想"的结果，他与革命派之间的论战，既是对他这一"自由思想"的捍卫，也是对他"思想自由"的捍卫。后世许多论者，都

蔡锷

只看到了梁启超的"多变"，而没有看到正是他的这种"多变"表象下这种不变的品质；而对于有着两千多年封建历史的中国来说，无论是"自由思想"，还是"思想自由"，似乎都是一直以来很缺乏的，不说是当时，就是如今这种缺乏似乎也依然存在。以斯言之，我们又如何能不向他的这种"多变"遥献上我们的尊重和敬意呢！

　　梁启超与康有为相比，康有为不变，梁启超多变；但康有为因其不变而由执时代风气之先而事实上终为时代所淘汰，梁启超因"多变"而事实上超越了康有为。他的这种"多变"的背后，更有着一种自我否定

的决心和勇气，他"以今日之我与昨日之我战"的格言使年轻的毛泽东取了个"子任"的笔名，并就此立下以了天下为己任的志向，并从此一度言必称"梁康"而非"康梁"。

四

众所周知，1916年发生的"护国战争"是由蔡锷发动和领导的一次讨伐袁世凯复辟帝制、坚持共和的战争，正是这一场战争让袁世凯梦断命绝。战争结束后，蔡锷自然成了风云人物、民国英雄，北京政府授予蔡锷益武将军、督理四川军务。此时蔡锷驻军四川泸州，中外记者自然也云集泸州。当记者问蔡锷，现在战争胜利了最想得到什么时，他回答说："吾师任公电报。"当记者多有不解，蔡锷又补充说："若无授业恩师梁启超先生的策划、运筹，则不会有护国战争；若松坡或别人以匹夫之勇发起战端，则也断不会有今日之胜利。"当记者又问："袁世凯待将军不薄，何忍起事？"蔡锷回答说："然，项城待我不薄。惜乎项城视国家民族如儿戏，倒行逆施……"

蔡锷此言，又让我们不能不想到了梁启超说过的话："吾爱先辈，吾尤爱国家；吾爱故人，吾尤爱自由。"

作为梁启超学生的蔡锷或许正是因梁启超的这一精神的激励，才毅然"背叛"了袁世凯这位"先辈"和"故人"，"以一省之力而抗全国"，发起护国战争的吧！且蔡锷之所以在战争胜利后最想得到的东西便是梁启超的电报，其原因当然也远不止这一点，事实上正如蔡锷所言，是梁启超实际策划甚至是具体指挥了这场战争。而这一点似乎为史家所忽视，上世纪八十年代以此为题材拍摄的一部叫《知音》的电影，虽然其主要故事是以传闻为依据编成，剧中细节更不惜以添枝加叶、添油加醋为能事，但尽管如此，剧中也没有梁启超的半个镜头。无论这是编创者的有意还是无意，其实都是对梁启超极大的不公。

　　然而，上面不是说到，梁启超不是主张君主立宪的吗？而袁世凯复辟帝制的借口不正是中国不适合共和，他复辟帝制正是为了实行开明的君主立宪做准备吗？这不正与梁启超的政治主张一致吗，他如何又会反对并发动武装讨伐？

　　的确，梁启超本是主张君主立宪的，正是因为这一点，他一再容忍袁世凯在复辟的道路上得寸进尺。他认为虽然袁世凯"其头脑与今世之国家观念绝对不能相容"，但因为他有大势力，而且不乏政治才能，"确为中国现时一大人物"，所以非但离不开他，还得依靠他。有同道为此说他太过理想，他回答说："任公倘无理想，谁还有理想？"还有人指责他天真，他又回答："任公倘不天真，谁还会天真？"他不仅这样说，而且真的这样做。他不断用手中的笔为袁世凯开脱，有时几乎到了为其摇旗呐喊的地步。当熊希龄看出袁世凯组织内阁行只是为了一时遮人耳目的用意，不愿意出任这个花瓶的内阁总理时，梁启超竟然不但力劝其出任组阁，而且还以自己入阁做财政总长为承诺予以支持；可是当熊希龄组阁、袁世凯并不同意梁启超做财政总长，只让他做当时并不重要的司法或教育总长时，梁启超竟然也一再委曲求全地接受了……那一阶段，梁启超本想将袁世凯绑在自己设想的政治战车上一步步达到自己的政治目的，然而殊不知，事实上他反而几乎被袁世凯绑在了他复辟帝制的战车上。书生气十足的梁启超，那一阶段几乎不自觉的成了袁世凯复辟帝制的帮凶，如果沿着这样的道路走下去，梁启超就是第二个杨度。然而梁任公毕竟是梁任公，当他终于看清了袁世凯的本质后，他毅然改变的不光是对袁世凯的态度，而是连同自己的政治主张。

　　梁启超又一次"变"了，这也为指责他"多变"的人们又一次提供了指责他的机会，然而正是因为他的这又一次转变，使得他走向了人生最为辉煌的顶峰，为世人留下了一个绝不是只会纸上谈兵的书生的形象，而是一个能文亦能武、文武双全的任公的形象。

当记者听了蔡锷说护国战争的胜利最应该归功于梁启超，而当场不解地发问"梁启超会打仗吗"时，蔡锷说："洞察风云变幻，反握政潮脉搏，战争自古就是政治之延续，凡大政治家必是大军事家，吾师亦然。"

蔡锷的话当然有谦虚的因素在其中，但也很大程度上说出了实情。

蔡锷是梁启超在时务学堂时最得意的门生，后留学于日本士官学校，毕业后遵梁启超嘱到广西创练新军，武昌起义爆发后，他于云南举兵响应并被推为都督。梁启超联袁拥袁之时，也正是蔡锷在军界渐露峥嵘之时，当袁世凯将蔡锷招来北京，说是"重用"实为"软禁"之时，梁启超以四字秘诀相授："不动声色。"当有一天，蔡锷突然来到梁启超家里告知"袁世凯称帝，已无可挽回"时，梁启超仍要蔡锷"不到最后时刻，你还是不动声色，且要多加提防"。

梁启超开始公开反对袁世凯复辟，并一再揭露其接受日本灭亡中国之"二十一条"的阴谋，袁世凯竟然准备"登基"了，蔡锷显得有点忍无可忍了，但梁启超仍一再告诫："我的责任在言论，故必须立刻作文，堂堂正正以反对之；而你在军界，要深自韬晦。"袁世凯知道蔡锷为梁启超得意门生，令其前往劝说，蔡锷说："我先生是个好人，但是个书呆子，很不识时务，我哪里劝得动！书呆子反正也做不成什么事，何必管他！"并且还加入"劝进"袁世凯称帝的行列中，袁世凯果然说："我用蔡锷看来是用对了！"

袁世凯如期"登基"称帝了，他在朝贺的队伍中发现少了蔡锷，他哪里知道，此时的蔡锷早已在梁启超的策划下，并在京城名妓小凤仙的帮助下逃出了北京，时在1915年12月2日，半个多月后的12月19日，蔡锷经日本、上海、香港、越南终于回到了昆明；先其一天，梁启超也从天津来到了上海，除先期起草了《云南至北京警告电》《云南致北京最后通牒电》外，又起草了《上总统书》令其废除帝制，并坐镇上海对蔡锷进行遥控指挥。

1915年12月23日，蔡锷发出敦促袁世凯的《撤销帝制电》，并限令其12月25日10时前作出答复。

1916年元旦，云南宣布独立、护国军在蔡锷、李烈钧、唐继尧等率领下在昆明大校场誓师护国讨袁，并发表梁启超起草的《讨袁檄文》。

此时，袁世凯在北京居仁堂拍案惊呼："是谁把蔡锷放走了的？"尽管他赶紧调集了北洋重兵对护国军围追堵截，尽管他向下属一再宣称"写文章我写不过梁启超，但打仗我还打不过蔡松坡？"，但护国军仍一路锐不可当、所向披靡，因为它实在是一支正义之师，护国之役实在是深得民心。

复辟称帝的袁世凯

——得民心者得天下！

1916年3月22日，袁世凯被迫发布申令，取消帝制，并废除洪宪年号。

消息传来，蔡锷、李烈钧等护国将领无不欢呼；还有对阵的北洋军与护国军，竟然从战壕里爬出来，把自己的枪抛向天空，欢呼着："皇帝下台了，我们不打仗了！"

1916年6月6日，做了83天皇帝梦的袁世凯在众叛亲离、举国唾骂声中忧惧而亡，正应了孙中山的一句名言："世界潮流浩浩荡荡，顺之者

昌，逆之者亡。"

护国战争给梁启超带来的损失也可谓是巨大的，这种损失首先是让他失去了对政治的兴趣——尽管以"秀才造反"的勇气策划和发动了护国战争，并且竟然取得了胜利，但是他还是感到了对于政治渐生一种厌倦；尽管举国上下一致公认"护国得胜，任公功莫大矣"，尽管新任总统黎元洪力邀他出任总统府秘书长，他还是拒绝了，且在报上公开宣布，从此退出政治，转入学术；尤其是得知自己最得意的门生蔡锷，由于积劳成疾于1916年11月8日病逝，梁启超觉得自己已"血随泪尽，魂共岁徂"。

因护国战争几乎成了一位名副其实的儒将的梁启超，又一次转身了，而他这一次的转身只是希望自己能回到书房，远离政治；作为一名书生，他的确已从书房走出去太远太远了！

然而，政治呵政治，梁启超能远离得了吗！

五

今天一般教科书上介绍"五四"运动时大体上是这样的：1918年11月，第一次世界大战结束，1919年1月18日，由大战战胜的协约各国参加的"巴黎和会"开幕。作为战胜国的中国也参加了和会。但其间西方列强无视中国是战胜国这一事实，置中国应取得的权利而不顾，在和会最后形成的所谓"凡尔赛和约"上，居然规定欲将战败国德国在华的原有特权转移给日本，而北洋政府也居然准备在这样的"和约"上签字。消息传到国内，举国哗然，5月4日，北大学生首先上街示威游行，喊出了"外争国权，内惩国贼"的口号。"五四"运动随即爆发。

这样的介绍当然并不错，但显然是太粗疏了，其中忽略了有两个关键性的细节问题：一是主要战场在欧洲的第一次世界大战中国是如何成为战胜国的，二是从巴黎到北京遥遥数万里，和会上的情况，国内的民众是如何能及时知道的，是谁将这一"消息传到国内"的？

欲理清这两个问题，又不得不说到梁启超。

1914年8月，第一次世界大战爆发。此时的梁启超虽身处书房，但还是对此给予了密切的关注，同时凭着对国际局势的敏感前瞻性指出，大战后世界格局一定会发生大的改变，中国一定要积极参与其中，抓住机遇，争取在战后取得有利的地位，从而改变自己的国际处境。

然而，当时的中国真可谓国穷兵弱，如何参与大战，自然需要高度的政治智慧和外交策略。最初梁启超做出了德国有可能会取胜的预言，但很快他又做出了相反的预言，认为德国必败，力主政府加入协约国对德宣战。

然而以英、法为首的协约国，却以中国国穷兵弱为借口，一再拒绝中国加入，很有点如鲁迅小说中所写假洋鬼子不准阿Q革命的意思。1917年，大战双方都已损失巨大，陷入了精疲力竭的境地，英、法两国不但部队减员巨大，而且连兵源也几近枯竭了。而就在这节骨眼上，中国提出了"以工代兵"的参战方案。对于这一方案，先是法国欢呼，后来英国也表示接受。于是中国派出的华工开始源源不断地以"雇佣"的名义被运往欧洲战场。不久，德国击沉了法国载运华工赴欧洲的"阿托斯"号船，溺死华工500多人。2月9日，本作为"中立国"的中国政府，在国内各方力量的推动下，立即向德国提出抗议，并于8月14日，正式对德和奥匈帝国宣战，正式加入了协约国。

中国华工加入第一次世界大战，似乎成了压倒骆驼的最后一根稻草，不久德国、奥匈帝国等终于战败，大战随之结束。一时间里，北京的大街小巷也充满了欢声笑语，人们在欢呼，欢呼中国成了第一次世界大战的战胜国，欢呼所谓之"公理战胜"。此时人们似乎忽然之间又想起了身处天津饮冰室内的梁启超，想起了他的预言和主张。

《时事新报》的总编辑张君劢来到饮冰室，对梁启超禁不住当面赞叹道："任公真是少有走眼的时候！"

梁启超说："惭愧！惭愧！"他这是为自己也曾在大战之初预言德国会胜。

张君劢说："哪里！哪里！你力主对德宣战实在是高瞻远瞩呵！"

梁启梁说："实在谈不上，此时德、奥败局已定，哪谈得上什么高瞻远瞩呵？倒是后面的巴黎和会对于我们来说至关重要……我打算去趟欧洲。"

宣布脱离政治的梁启超，又一次主动走向政治了，且这一次主动走向的是国际政治的舞台。

1918年12月28日，梁启超赴欧洲，名为游历，实为"化私为公"，力图通过民间外交，争取国际舆论的支持，为中国争取更多的权益。行前，梁启超与他曾经的高足，也是国民政府原外交总长、现任"国民外交协会"理事长的林长民约定，在欧洲他将随时将和会的情况报告国家，以取得相互声援。

几乎与此同时，中国参加巴黎和会的官方代表团也组成并出发了。其阵容之强大也可谓是空前：团长为外交总长陆徵祥，成员有驻美公使顾维钧、驻英公使施肇基、驻法公使胡惟德、驻比公使魏宸，另外为了使代表团"完全代表中国"，当时孙中山的广州政府也派出了王正迁作为代表参加其中。

1919年2月18日，梁启超等人到达巴黎，与中国代表团会合，并以"会外顾问"的身份参与中国参加和会代表团的一些事务和活动。

巴黎和会的各国代表有1000多人，其中全权代表70人，会议的目的名义上是为了战胜国在战后重建世界秩序，但是后来，"和平会议"

竟成了"法、英、美、意"等大国的分赃会，参加会议的只有英国首相劳合·乔治、法国总理克列孟梭、美国总统威尔逊和意大利首相奥兰多，本该是数千人参加的大会，却成了他

林长民与其女林徽因

们的"四人会议"；再弄到最后，又因有人说意大利在大战中作用不大，本国底子又薄，奥兰多也被冷落一边，所以，巴黎和会到最后实际上变成了劳合·乔治、克列孟梭和威尔逊的"三人会议"——他们，是巴黎和会的三巨头，也是实际的主宰者。名义上的"和平会议"事实上最终成了列强的"分赃会议"。这样的"和会"，其结果自然是可以想象：尽管梁启超进行了一系列的民间外交活动寻得了一定国际舆论对中国的同情和支持，尽管美国总统威尔逊曾一度表示要为中国"主持公道"，尽管中国代表团一再地在会上据理力争，尤其是顾维钧在大会的发言感动了在场的每一个人："山东是孔孟的故乡，山东之于中国，犹如耶路撒冷之于欧洲，欧洲不能失去耶路撒冷，中国不能失去山东！"但是最后的结果众所周知，"凡尔赛和约"如故，在此不必赘述。

令人难以置信的是，梁启超从代表团有关人士那里得到消息，北洋政府竟然有让代表团在和约上签字的迹象，若这成为事实，那么中国所受屈辱实在与战败国无异，而这样的"和约"无疑给中国带来的只会是屈辱，如果我们承认这一"和约"，无疑是中国精英们当初所作的所有努力都前功尽弃，所有华工所有的鲜血都将白流，而中国也将在近代以

巴黎和会

来一次次丧权辱国的道路上越走越远。

此时，远在欧洲的梁启超欲哭无泪，他所能做的只有将巴黎发生的一切电告国内，希望获得四万万同胞的支持。1919年4月30日，梁启超将一纸电报发给了远在国内的林长民等，建议警醒政府和国民，力拒在和约上签字：

> 汪、林二总长转外协会：对德国事，闻将以青岛直接交还，因日使力争，结果英、法为所动，吾若认此，不啻加绳自缚，请警告政府及国民严责各全权，万勿署名，以示决心。

林长民当日接到了梁启超电报，于5月1日写成《外交警报敬告国人》一文，于当晚间送到《晨报》报馆，由总编辑陈博生接收，刊载在第二天，即5月2日的《晨报》上。林长民的这篇短文全文如下：

> 胶州亡矣！山东亡矣！国不国矣！此噩耗前两日仆即闻之，今得梁任公电乃证实矣！闻前次四国会议时，本已决定德人在远东所得权益，交由五国交还我国，不知如何形势巨变。更闻日本力争之理由无他，但执一九一五年之二十一条条约，及一九一八年之胶济换文，及诸铁路草约为口实。呜呼！二十一条条约，出于协逼；

胶济换文，以该约确定为前提，不得径为应属日本之据。济顺、高徐条约，仅属草约，正式合同，并未成立，此皆国民所不能承认者也。国亡无日，愿合四万万民众誓死图之！

这篇只有短短的不足300字的短文，成了一颗巨大的炸弹，将国人彻底惊醒，5月3日晚，北京大学等校学生代表在法科礼堂集会，决定5月4日举行学界大示威，并通电全国各省5月7日国耻纪念日游行。至此，一场反帝反封建的爱国运动就这样发生了，中国历史就此掀开了新的一页。

因此，说是梁启超一手点燃了"五四"运动的烈焰似乎一点也不为过！

据此，梁启超之于中国、之于历史贡献之巨大，岂是康有为所能比拟的！

梁启超墓

作为"五四"运动中成长起来的未来中国的一位领袖人物，毛泽东对此自然不可能不看到，而这或许便正是毛泽东为什么在将梁启超与康有为并提时，会不同于一般人称"康梁"而称"梁康"的原因所在吧？

的确，梁启超毫无疑问是中华民族五千年文明孕育出的一位精英，也是中国社会从近代走向现代过程中的一位重要人物，而他生活的从晚清到民国的数十年间，中国曾经所面临的问题不但是军事、科技、经济的落后，而且还有文化的危机；前所未有的大危机导致了前所未有大动荡、大变革；从晚清到民国，与以往任何一次改朝换代都不同，因为其几乎是在全球化背景下发生的，这也便注定了我们的文化所遭受的冲击和遭遇的危机都前所未有。尽管中国有"天下兴亡，匹夫有责"的文化传统，但又有哪一个"匹夫"能凭一己之力承担起当时这种几乎是救世的重任呢？没有！因为这所需要的能量已超越了作为个人的能力的极限。这便是梁启超那一代民族精英们多悲剧命运的根本原因所在。然而尽管如此，作为个人，面对群情激愤能否保持理智，身处时代大潮能否顺应潮流，陷入人生危机能否进退自如，遭遇挫折失败能否不折不挠，仍是衡量其当时能力和历史价值的标准。反观出现在这一历史时段中的风流人物，梁启超无疑是一位佼佼者，他那"少年中国"的热切呼唤曾经激发过革命党人推翻清廷统治的豪情；他那"新民之道"的美好设想就直接启发了鲁迅将"改造国民性"作为自己为之终生奋斗的事业；他那"诗界革命""文界革命"和"小说界革命"的主张可以说就是"五四"新文化运动中"文学革命"的先声；且他那"以工代兵"的主张和拍给林长民的一纸电文，可以说直接点燃了"五四"运动的烈火……今天，我们反观梁启超的一生，康梁变法、中华民族、护国战争、"五四"运动等四个关键词几乎可以概括其一生；同时，我们再反观这四个关键词，便很容易发现它们又都是历史上的大事件。这本身便足可证明，梁启超的一生实在是与中国历史联系得太紧密了！甚至可以说，如果没有梁启超，这几个关键词所标明的历史（事件和事实等），是否一定就会在此时刻出现和发生，真是很难说！

另外，再看梁启超的一生，我们似乎又应该在"康梁变法""中华民族""护国战争""五四运动"四个关键词之外再加上"医疗事故"一个才算完整；只是这第五个即最后一个关键词，似乎无论如何都让我们难以接受，因为一代人杰岂能如此死于非命！然而这也是事实。或许这就是他的宿命——注定梁启超的生命必须得为民主、为科学而作最后的牺牲！以斯言之，梁启超实在算得上是中华民族的一座坚强而不屈的脊梁！

脚踩两只船

清朝几乎公认的能"办大事"的能臣，竟最终将它办灭亡了，这实在具有讽刺意味；而对于盛宣怀来说，他的人生本身不也太具有讽刺意味吗：改朝换代后，作为商人的盛宣怀本可以继续做他的商人，但是由于他实实在在又是清廷的"高官"，民国政府对他进行"抄没家产"便成了自然而然的事情。当盛宣怀一番乔装打扮后悄悄钻进德国货轮的暗舱去日本躲避风头时，不知道他有没有后悔当初——为什么如此在乎那一场注定名落孙山的考试？为什么如此在乎一副自己并不一定必需的顶戴花翎？为什么就不能做一个纯粹的商人，而要一生脚踩两只船？

位于常州盛家
场的盛宣怀故
居庭院

一

　　盛宣怀，江苏常州（武进）人，创办过许多堪称近代中国"第一"
的轮船公司、电报公司以及矿山、铁厂、银行、大学等，是近代著名的
洋务派实业家……

　　说实话，对于盛宣怀的了解，我在那顿午饭之前，大体上就是这
些，甚至连他的字号，我除了印象中有许多个以外，竟然一个也不曾记
得。

　　那顿午饭只是一顿普通的工作餐，我是与常州市教育局有关领导还
有几所中学的校长一起吃的。饭店很小，但是因为它坐落在一个叫"盛
家场"的街区，席间便自然说到了盛家；说到盛家，便自然说到了盛宣
怀；又由于饭店大堂中的电视机里正播出的一条"高中校长可推荐学生
免试上北大"的新闻，有人因此而表示出对于教育公平性的担心；又由
这种担心说到从前科举虽有百弊，但大体上还算公平；最终又由这再次
说到盛宣怀，说到了他的一则轶闻：

　　盛宣怀曾以朝廷的二品大员的身份于1872年8月和1876年8月两次参
加乡试，但结果都是名落孙山。

　　这一则轶闻让我对这位盛大人兴趣陡起。

这倒并不是从盛宣怀的落榜，可以看出考官并没因为他已是二品大员便对他格外开恩，从而也见出考试的公平性；于是我由此而禁不住想：从前的书生，他们之所以受够了十年寒窗之苦后一次次义无反顾地走向科场，不就是为了将自己满腹的经纶，与帝王之家兑换得一顶乌纱或一副顶戴花翎吗？而这最终不就是为了光宗耀祖封妻荫子吗？也就是不正如一句大白话所说的，为了升官发财吗？那么，已官居二品的盛宣怀，在官已升了，财也发了之后，为什么还要一次次地走向科场，去博取一个所谓的功名呢？难道也与我们今天的许多领导干部一样，在当上了领导后，总要想方设法弄一张硕士、博士的文凭，一为光光面子，二为升迁添上一副翅膀？

就这样，盛宣怀开始从史料中走了出来……

盛宣怀1844年11月4日生于常州武进龙溪，字杏荪，又字幼勖，号次沂，又号补楼，别号愚斋，晚号止叟，还有思惠斋、东海、孤山居士、须磨布衲、紫杏等号。祖父盛隆，举人出身，当过浙江海宁知州。父亲盛康，进士出身，曾以布政使衔任湖北盐法武昌道。盛宣怀兄弟六个，他居长。同治五年（1866年），盛宣怀与二弟一起应武进县童子试，双双成为秀才，可是第二年（1867年），盛宣怀参加乡试，却名落孙山；也是在此年，祖父盛隆又去世，如此祸不单行，让他不禁心情抑郁。乡试都过不了，即没有举人功名；没有举人功名，便连会试的资格也没有，更别说取得进士功名了。作为出身于书香门第的官宦子弟，盛宣怀这样的科场成绩似乎是太说不过去了，更主要是太丢面子了！但是这似乎又是无可奈何的事情。好在盛宣怀有着这样的官宦背景，他有机会在科场之外也寻得一条别样的仕途。

同治九年（1870年）四月，盛宣怀揣着一封信来到了天津的直隶总督署。信是无锡杨宗濂京卿写的，信中他向当时的湖广总督李鸿章力荐盛宣怀。

盛宣怀来到直隶总督府的情景，会使人不由得想到一些落魄文人，走投无路中，得到一个什么人的推荐信便以为捞到了一根救命稻草，便怀揣着它摸到某权贵门下，希望谋得一个混口饭吃的差事。但是说句实话，此时的盛宣怀并没落到这步田地。

一是他落榜了还可以再去考，因为他还年轻，才26岁，在科举时代，这个年龄并不算太大。

二是就算他最终考不上，如果只是想当官，可以大大方方地交上一笔银子，捐上一副顶戴花翎——清朝有这个政策，也不必走什么人的门子；最重要的是，他家里也出得起这么一笔钱。

其实，对于盛宣怀的情况，李鸿章也基本是了如指掌，因为盛宣怀的父亲盛康与李鸿章是好友，他早就从僚属口中听说，盛康的大公子是个难得的经世之才。早在十年前，也就是咸丰十年（1860年）二月，为了逃避太平军对常州的进攻，盛宣怀随家人逃往江阴长泾，后又逃至盐城。当时他的父亲盛康为湖北粮道远在湖北，他便派人将一家大小接到了湖北。同治元年（1862年），盛康迁任湖北盐法道。上任伊始，一个历史遗留问题便摆在了盛康面前，这就是四川与淮北多年来一直互争引地，相持不下。这一问题如不能处理好，无论是对于盐业市场，还是对于盛康的仕途都会产生负面影响。盛康为此而很伤脑筋，没想到盛宣怀给父亲出了一个"川、淮并行"的主意，盛康依照实施，难题竟真的得以解决了。这件事情不但让做父亲的盛康对这个儿子刮目相看，并从此更加注意勉励盛宣怀在以后的生活与学习中能学以致用，而且也在盛康的僚属间传为美谈。而当时先后担任湖北巡抚的是胡林翼、严树森等，他们都是晚清"经世派"著名人物，史称"湖北新政"便是在他们的治下而产生的。对于"新政"的内容和成绩，盛宣怀当时身在湖北，耳濡

目染自是不在话下，更难能可贵的是，他
还事事研求，并慨然以匡时济世自期。对
于这一切，作为盛宣怀父亲盛康好友的李
鸿章，自然也有所耳闻。现在，看到站在
面前的盛宣怀，果然一副精明的江南才子
模样，李鸿章一下子就喜欢上了这个年轻
人，只简单地问了几句，便委他行营内文

李鸿章

案、兼任营务处会办一责，相当于机要秘
书，可以随侍李鸿章左右。盛宣怀当然也
不负众望，他向李鸿章递上了一本《上李中堂书》小札子，里面提出了
修铁路、开矿山、办轮船、通电线等一系列经世主张。这更让李鸿章不
但对盛宣怀刮目相看，而且还有点与这个来自江南的毛头小伙子有一种
相见恨晚的感觉，因为他没想到，就是这么个毛头小伙子竟然与自己英
雄所见略同。

　　不久，天津教案发生，列强以武力相威胁，炮舰云集津门，并向清
政府发出最后通牒；清政府自然不得不手忙脚乱地应付：一是急令还在
病中的曾国藩"赴津查办"，二是调李鸿章率部开往河北备战。盛宣怀
当然也随行，在军中，他每日与淮军大将郭松林、周盛传等讨论军事，
史载，此间他"磨盾草檄，顷刻千言，同官皆敛手推服"。随着在军中
历练日深，他自然也声誉日起，不久，即被奏调会办陕甘后路粮台、淮
军后路营务处等。又不久，再以议叙主事改候选直隶州。从军一年多
后，又在李鸿章的举荐下，任保升知府，升道员，赏花翎二品顶戴。
1872年5月，盛宣怀又受李鸿章之命，"会办轮船招商局事宜，兼管运
漕、揽载"。总之，此时的盛宣怀，可谓是官运亨通、大权在握了。

　　然而，正是在这期间，盛宣怀却两度不惜冒名落孙山、丢人现眼的

危险，入闱参加乡试。看来，盛宣怀实在是太想获得这个功名了！

二

对于盛宣怀来说，他的发迹，多亏了李鸿章，甚至可以说，没有李鸿章就没盛宣怀；而对于李鸿章来说，对盛宣怀可谓是知人善任，他说盛宣怀是"欲办大事，兼作高官"。所以，李鸿章既给他"大事"办，也给他"高官"做。

与此同时，李鸿章对盛宣怀的这一评价，也可谓是对其与众不同的人生道路的一语道破。

"学而优则仕"既是天下千千万万书生的梦想，也似乎是他们要走的人生必由之路；而所谓"仕"，说白了就是做官；只有做得了一官半职，才能手握权柄；只有手握权柄，才能办成"大事"，甚至威震四方、号令天下。这种力量感、成就感和快感，是无权者所难以体会的。的确，一个没有权力的人，任凭你的武艺再高强，肌肉再发达，拳头再厉害，一拳打将出去，你能打出多大的一片天地呵？而且，你的拳头打出去之前和之后，还有一个合法与非法的问题要解决。只有手握权柄，不仅你个人的力量可以无限放大，而且你所有的意志、语言和行为，甚至包括所有的杀戮、挥霍和泄愤，便全被合法化了。因此，权力总让人对它心生羡慕，进而不择手段地去攫取它。而在种种权力中，唯有以国家的名义赋予的，不但其力量最大，而且最合法、最合理、最光荣。因此，当盛宣怀第一次听到有人叫自己"盛大人"时，一定在心里说不出的受用。然而，他在心里受用的同时，也有点儿心虚，因为他知道，国家权力的获得是件很不容易的事情，而自己获得的似乎太容易了一点。

封建时代，国家最高权力的最初获得，当然是通过杀人如麻、血流成河，或者变相的黄袍加身之类；而在和平时代的科举制度，无疑是为人们在世袭之外开辟了一条正当获得这种国家权力的途径，且在很长一个阶段是为统治者和被统治者都认可的唯一的途径。这样一来，换一个角度来看，这一途径之外的任何途径，在人们眼中似乎都是旁门左道，而通过旁门左道获得的权力，其合法性常常会遭到人们的质疑。盛宣怀或许正是深知这一点，才如此的看重功名，看重得在实现了"做高官"的梦想后，还要一次次地去补这一课，确切地说是补这一"考"。

遗憾的是，盛宣怀始终没有能补上，这便注定了他只能走先"办大事"后"做高官"的路子，这也便注定了盛宣怀一生最大的幸运与不幸。

幸运的是在这个特殊的时代里，对于盛宣怀来说，旁门左道毕竟也是一条路，总不至于走投无"路"。

要知道，这一条"路"的出现实际上也并不容易，因为对于清廷来说，其本质上是并不想让李鸿章、曾国藩们"做大官"的，即使你考中了进士，甚至是状元、榜眼和探花也一样。为此，中过探花的张之洞还曾作过一首诗：

> 南人不相宋家传，
> 自诩津桥警杜鹃；
> 辛苦李虞文陆辈，
> 近随寒日到虞渊。

盛宣怀书法

这首诗几乎是用一典故敷衍而成，字面上显得很含蓄，所以我在这里有必要稍作解释。诗中的"虞、文、陆"分别指南宋的几个虞允文、文天祥和陆秀夫，他们都是南方人。但

是南宋统治者曾经有一个不成文的规定，就是不用南方人为相，但是最后忠于南宋的这几个著名的忠臣，恰恰都是南方人。张之洞的这首诗，用南宋在用人上的南北之分，来暗喻清廷用人上的满汉有别，可见其字里行间充满了不平和牢骚。的确，在清廷看来，让李鸿章、张之洞们"做大官"，无疑有大权旁落到了汉人之手的嫌疑与危险；但最终为什么还是让他们做了呢？这实在是万不得已，因为与那些早已只会遛鸟、狎妓、抽大烟的八旗子弟相比，他们能"办大事"，说到底，能帮助清廷维护封建统治。

而事实上也的确如此。

想当初，李鸿章考得进士后，也只获得了个翰林院编修的闲职，是太平天国运动爆发后，他办成了几件"大事"后，才平步青云真正当上"高官"的：一是回乡办团练，建立了所谓的"淮军"；二是拉着这支"淮军"，与曾国藩的"湘军"一起，先打败了太平军，后又打败了捻军；三是与洋人一番周旋后订下了一系列的条约。总之，是李鸿章做成了这些"大事"后，清廷才不得不让他"做高官"的。岂止李鸿章，所谓的"中兴名臣"多是如此，在李鸿章之前，其老师曾国藩是如此，而在他之后的张之洞也是如此，都是最终凭着能"办大事"而真做到了"高官"。当然这一点儿也不是清廷的大方，而是它再不大方一点一切便会玩完了，两相权衡下来，送出几个顶戴花翎总比玩完要好！也正是因此，左宗棠、胡雪岩等也在盛宣怀之前做得了"高官"，而左与盛宣怀一样，几次科举都没能得中，而胡更只是个实质的商人，他从来连考场的门也没进过。

因此，与其说是李鸿章成全了盛宣怀，还不如说是时代造就了盛宣怀。

然而，说到这儿，我们已经不难发现，盛宣怀的不幸与悲剧性命运实际上也已注定，因为他走的是"办大事——做高官"的路子，这说穿了，"办大事"并不是他的目的，而是为了"做高官"；但是清廷让你"做高官"，为的是要你为它"办大事"。二者明显是相矛盾的。或许在慈禧老太太的眼里，盛宣怀这个常州人，一直只是个能办事的商人，并不算个货真价实的"高官"。而在盛宣怀一方，正是为了使自己已经做上了的"高官"货真价实，便不得不一次次地补考，其中有着怎样的无奈与心酸，恐怕只有他自己知道。

三

19世纪末20世纪初的中国，最难办也最要紧办的"大事"不外乎两件：一曰教案，二曰洋务。

所谓"教案"，即面对列强的经济侵略和宗教、文化渗透，一些地方爆出一些焚教堂、烧洋货、杀传教士的事件，而这些事件又事实上为列强制造更大规模的侵略活动提供了最好的借口，上文提到的天津教案即属此。虽然类似的事件，每次在李鸿章等人的周旋下总能平息下去，但清廷每次付出的代价也总不会小，不是割地就是赔款，且"十赔九不足"，对方的胃口越来越大——这样下去何时是个尽头？于是有人提出必须"强兵"；而欲"强兵"，必须先"富国"；而欲"富国"，则必得"分洋商之利"，并夺回民族经济发展的自主权。但是当时的现实是，在洋商的渗透和垄断下，不但中国民族经济面临着极大的危机，甚至还对国家安全形成了直接的威胁。例如，郑观应认为，长江上"洋船往来，实获厚利，喧宾夺主"，所以要"使长江商船之利，悉归中国独擅利权"。为此李鸿章决定办轮船招商局，"庶使我内江外海之利，不致为洋人占尽"。盛宣怀也认为："伏思火轮船自入中国以来，天下商民称便，以是知火轮船为中国必不能废之物。与其听中国之利权全让外人，不如藩篱自固。"李鸿

轮船招商局

章、盛宣怀们出于这样的目的而开办的实业相关活动，便被人们称之为"洋务"。

盛宣怀确实是个能"办大事"的人，他也办成了许多的"大事"，这第一件便是"会办"轮船招商局。

1872年3月，盛宣怀被委以"会办"一职，奉李鸿章"面谕"去上海协助"督办"朱其昂创办轮船招商局。虽只为会办，但事实上最终盛宣怀不但在轮船招商局的创办过程中起了决定性作用，并最后挤走了朱其昂，取而代之成了实际上总揽全局的督办。他力争企业的性质为"商本商办"，并一再解释其原因和目的是"筹国计必先顾情"，"试办之初必先为商人设身处地"；他认为只要"利不外散，兵可自强"。这一切无疑是"官商一体"而实现的一种双赢策略，这在当时无疑是高明的。盛宣怀不但亲自拟定了《轮船章程》，而且还亲自草拟了"委任宜专"、"商本宜充"、"公司宜立"、"轮船宜先后分领"、"租价宜酬定"、"海运宜分与装运"等六项纲领。我常想，盛宣怀在草拟这些时，一定是笔走龙蛇、下笔千言的吧，至少是比他在考场中挤牙膏一般书写那八股文章要来得心手双畅吧！至此，我们似乎不难明白他为什么一次次会在考场败走麦城的原因了，即，他天生就是个做生意的料，商业人格的确占据了他大半的生命。

说实话，对于盛宣怀在创办轮船招商局的过程中究竟有哪些作为，

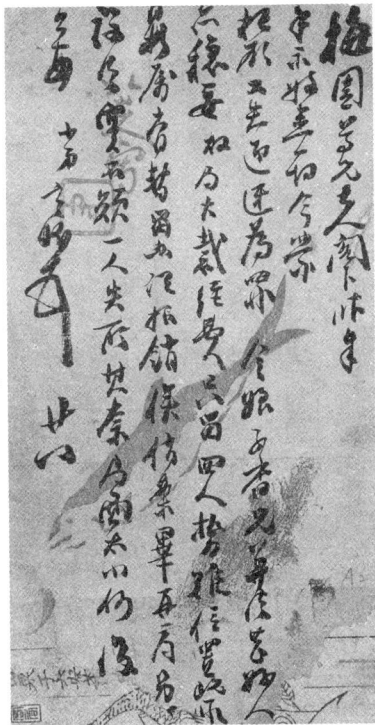

盛宣怀信札

他起草的这些纲领究竟是些什么内容，我并没有多大兴趣，我感兴趣的是，盛宣怀在轮船招商局创办成功后，反而离轮船招商局越来越远了。

盛宣怀几乎在成为轮船招商局督办的同时，被任命为天津兵备道、山东登莱青兵备道兼东海关（芝罘税关）监督。（后来又被任命为天津海关道这一北洋关键的职位）这一系列的职位都是有职有权的，可不像我们今天的一些人，在办成了几个实业后所当得的政协副主席、人大副主任之类。这道台府比督办署要气派多了，做道台也比做督办风光多了，更重要的是有权多了。于是，盛宣怀几乎没怎么考虑，便毫不犹豫地去天津上班了。

天津离上海很远，远得轮船招商局的事务盛宣怀实际上已无法顾及了，甚至连遥控也不能，因为在当时的条件下，两地间一封信寄过去要走上好几天才能到；电话还没有通，即使通了，这么远的距离打过去，声音也听不清了；电报业当时也全掌握在洋人之手，也不能用，因为一用无异于将商业秘密送给洋人。于是盛宣怀实际上只顶着轮船招商局督办的名，具体经营性事务他干脆全交给了马建忠打理，自己则一心一意，有滋有味地做他的道台了。

当官，当然要应酬，要与上司搞好关系，因此，那几年里，盛宣怀除了打理日常公务外，最热衷的事情便是跑京城了。天津北运河的桃花口是天津海关的专用码头，人们常常看到盛宣怀的官船三天两头从这儿起锚西去，三五天后又西来靠岸。盛宣怀去得最多的地方，当然是北京皇城根东的煤渣胡同的良贤寺，因为那是李鸿章在京城的长住处；但是京城的各王府大院间也常可见他奔走的身影，他与王爷、贝勒们周旋、寒暄，每到一处，每见一人，当然不会忘了先递上红包。觥筹交错、推杯换盏几乎成了盛宣怀那一阶段每天的必修课，在他的生活中，铿锵的碰杯声压过了轮船招商局的算盘声甚至汽笛声。当然这样的生活有时不免会手头吃紧，只有这时他似乎才会想起远在上海的轮船招商局——它应该将红利汇来了吧！总之，这一阶段，盛宣怀的官僚人格又被发挥到了极致。

在这种情况下，按我们今天的许多人的想法，远在上海的马建忠或许正求之不得吧！他可以趁机在轮船招商局发展自己的势力，架空远在北方的盛宣怀，真正地将轮船招商局掌握在自己手里。然而，马建忠却书生气十足，不断给盛宣怀写信、发电报，催他回沪主持轮船招商局。这倒不是马建忠风格有多么高尚，视权力如粪土，而是因为他心里想，你盛宣怀当官是很忙、很要紧，但我也有很要紧的事情要做，我也不能将全部的生命耗费在商务上呵！那么马建忠在商务之外还有什么事要做呢？原来是著书立说！的确，马建忠原本就是一位书生。他的名字我最初是早年上大学时在现代汉语课上听到的，因为他写过一本《马氏文通》——正是凭借着这本书，他初步建立起了汉语语法体系，换句话，在他之前，中国汉语言文学虽然已成熟发达了几千年，但竟没有语法；也是凭着这本书，马建忠成了一位当之无愧的汉语语言学大师。

然而，马建忠的每一封电报都被盛宣怀置之案头，因为盛宣怀觉得此时已宫阙在望了，离入阁似乎只有一步之遥了，他不想半途而废；而

马建忠也不想将全部精力都用
在轮船招商局上。轮船招商局
就这样似乎成了个没人想管的
孩子了。至此我们不难看出，
在那个时代里，中国的知识
分子，虽然在理性上认识到了
"洋务"对于"富国"和"强
兵"的重要，但"立功、立
德、立言"的惯性作用还力量
很强大地左右着他们的实际行
动，于是在实践中，对它的兴
趣有时远远不如对做官、著书
的兴趣那么浓厚。这不能不说
这是那个时代的中国知识分子
一种集体性的人格分裂，一种
悲哀。

马建忠

《马氏文通》书影

　　盛宣怀虽然是洋务派的重要人物，甚至有人说，没有盛宣怀就没有
后期洋务运动的成就，但是我们纵观其一生，他的确办成了许许多多的
"大事"，但他似乎"办大事"的兴趣远远没有"做高官"的大。我们
似乎可以肯定地说，如果不是1896年甲午战争的失败和李鸿章的倒台、
死去，盛宣怀恐怕还不会这么快回到上海，可能还会在天津、北京间继
续着他的"做高官"的美梦。

四

　　甲午战争对于"洋务派"的打击实在是太大了，这种打击，不但是

洋务运动的最大成果北洋舰队灰飞烟灭，由此似乎证明他们所有的"富国强兵"梦想的破灭，而且这直接导致了洋务运动的领袖人物李鸿章的失势（不久后死去）。

盛宣怀终于回到了上海，从官场回到了商场。不难想象他此时的心里一定是痛苦而复杂的。之所以痛苦，因为他毕竟更想"做高官"；之所以复杂，一是因为他想，商场虽不如官场风光，但不乏白花花的银子，相比之下倒也更实惠；还有商场上虽充满了铜臭，但利益大小等，一切以合同、股份说了算，倒也直来直往，不像官场上那么多暗箱操作、笑里藏刀、阳奉阴违，那么无耻，那么累人。不是吗？他曾亲眼看到，李鸿章这样的大官，每次进京上朝时，都要在家里先操练一番下脆、作揖等动作。二是他心头的那一线希望似乎并没有完全破灭，他还想通过再办成些"大事"而东山再起，再去做更高的"高官"。

盛宣怀此次回到上海后，其商业人格和商业才能得到了淋漓尽致的发挥。在此前后，他创办了一系列堪称"第一"的实业和学校，中国第一家电讯企业——天津电报总局，第一家内河小火轮航运公司——山东内河小火轮航运公司，第一批现代大学——北洋大学（今天津大学）和南洋大学（今上海交通大学），第一条南北铁路干线——芦汉铁路，第一家股份制银行——中国通商银行，第一家钢铁联合企业——汉冶萍煤铁厂矿公司，等等。

任凭1898年戊戌变法风风火火，任凭被砍下的六君子的一颗颗头颅在菜市口的地上滚出去老远，似乎一点也没有影响他创办的公司、银行、学校等一家接一家地开业。盛宣怀在开业的鞭炮声中，与人打躬作揖、推杯换盏，满面春风，他的商业人格似乎便如此完全地复活在他的生命中了。

然而，也是在这期间，一件出其不意的事情，又让他的官僚人格迅速复活。

1900年，就在盛宣怀的公司、银行等一家接一家在南方开业时，北方却突然爆发了战争，而且这一次似乎连老佛爷慈禧都动了真怒，决心要与"八国联军"决一鱼死网破，她亲自拟定《宣战诏书》，号召举全国之力向八国联军开战。诏书中有一句话实让人猛然听来是热血沸腾：

光绪二十二年接办汉阳铁厂时的盛宣怀

"与其苟且图存，贻羞万古，熟若大张挞伐，一决雌雄！"

但是，热血沸腾过后，盛宣怀冷静地一想，朝廷的这一不顾一切的举措，虽然是出于为国家利益而作出的奋力一决，但后果无疑是严重的，至少是洋务派们苦心经营但尚未成形的成果将毁于一旦。于是盛宣怀与时任两广总督的李鸿章策动了一件天大的事情，这就是联络湖广总督张之洞、两江总督刘坤一等，集体抗旨，实行所谓的"东南互保"。盛宣怀在给张之洞、刘坤一的急电中说："北事不久必坏，留东南三大帅以保社稷苍生。"

"东南互保"无疑是一种分裂国家的行为，此举不但远远超越了盛宣怀作为一个商人的本分，甚至李鸿章、张之洞和刘坤一们，也超越了他们作为督抚的权限；但是就最终的实际效果来看，此举巧妙地利用了外国势力"以夷制夷"，不但避免了东南半壁遭遇战火，而且在随后与八国的谈判中增加了砝码，实在是一种理智之举，因此，当慈禧得到山西巡抚毓贤的告密，将盛宣怀拍发的有关电报交给慈禧后，她也只是无奈地批了三个字："知道了！"或许此时，慈禧冷静下来一想，觉得盛宣怀又办成了一件"大事"！

不久，慈禧懿旨，大意是：盛宣怀赞襄和议，保护东南，著赏加太子太保衔。

得到这样的嘉奖，我想盛宣怀的文化人格一定会又一次地倾向于官本位吧！

果然，当1908年初来自北京的一纸"上谕"送到盛宣怀上海的公馆时，盛宣怀随即屁颠颠地去北京上班了。

这一次他得到的官自然比十年前的道台高了许多，为邮传部右侍郎，不久又擢升为邮传部尚书，再后来又迁全国铁路总监，总算做到了相当于今天的正部级的位置，入了内阁。此是盛宣怀一生宦海生涯中最风光的时段。

当然，这一次清廷之所以看中他，让他"做高官"，原因与从前并没有两样，还是为了让他替清廷去"办大事"，而此时说穿了，

刘坤一

便是去为朝廷捞钱，因为此时清廷的家当，在经过一次又一次给洋人赔款后，已几乎赔光了，连日常的开销也似乎捉襟见肘了。

盛宣怀此时已在商海历练多年，对于如何搞到钱自然有的是办法。如果此前他是一个有着官僚背景的商人，那么这时他摇身一变，成了一个有着商业头脑的官僚了。

他在创办轮船招商局时曾不遗余力推行"商本商办"，现在屁股坐的位置不同了，他不得不也屁股指挥脑袋，于是他下令，将轮船招商局收归邮传部管辖；同时奏请汉冶公司之外，"不准别立煤矿公司"，试图对这一行业实行国家垄断；另外他深知铁路作为国家动脉的重要，曾不遗余力地推行所谓"铁路国有化"……这一切自然是为清廷捞得了不少白花花的银子，但他的文化人格也在一种不知不觉间再次倾向了官僚一边，或者说完全异化成了一个官僚。一个垂死的王朝的一副顶戴花翎，竟然还有着这样强大的吸引力，这不能不让人惊叹，几千年来"学而优则仕"的定律的惯性力量实在是强大呵！

张之洞

但同时我也想，如果盛宣怀当初考得功名，或许他反不会这样看重这副顶戴花翎吧？有时候人就是这样，得到过了，反而会觉得不过尔尔，反而不会太看重；越是没有得到的，便越是想要得到，这正所谓"补偿心理"也。盛宣怀如此在乎官位，我想这里面一定有这种补偿心理在起作用。

纵观盛宣怀一生，他便一直这样，亦官亦商，但同时又为官不在官，为商不在商，非官非商，脚踩着两条船，在时代的大潮中和人生的航程中随着波逐着流。

洋务派中的多数人物，又何尝不也多是这样呢！

当然，这样也不是说全无益处，以盛宣怀为例，即使以今天的眼光来看他，至少也有一点是值得肯定的，这就是因为他出于"办大事，为高官"的目的，不但事实上开了中国近代工业化的先河，而且在为自己挣得了巨额财富后，眼光毕竟还能超越一处或多处乡间庄园别墅围墙的高度，不至于最终沦为守财奴。民国时对盛宣怀的财产进行了查抄，发现他这个中国近代的实业皇帝，其资产比胡雪岩要少得多，这便是盛宣怀终究比胡雪岩们难能可贵的地方。

然而洋务运动最终还是失败了，失败的原因当然是多方面的，不是我这篇小文章在这里所能说清楚的，但是我想，盛宣怀们这种"办事"为"做官"，但一旦"做官"便心不在"办事"的姿态，是不是也是失败的原因之一呢？进而我又常杞人忧天地想，今天，我们的大学每年都要毕业大量的学生，这些毕业生应该是各方面的专业人才，就这一点来说，他们是从前科场上走出的士子们所难以同日而语的，但是，他们毕业后择业的第一选择似乎都是去当"官"，弄得每年的公务员考试报名与录取比例动不动就是几十比一，甚至上千比一。公务员如此"热门"的背后，我想问一句，这种状况对于我们今天的改革开放，对于我们中华民族的复兴大业，究竟喜耶，忧耶？

五

盛宣怀"做高官"的梦想是被辛亥革命的枪炮彻底打断的。

然而令盛宣怀万万没有想到的是，推倒清王朝这一副多米诺骨牌的第一张牌的人，不是别人，正是他自己：盛宣怀为了为清廷捞钱，策动"铁路国有"；正是这"铁路国有"引起了"保路运动"；又由于清廷镇压"保路运动"而引起了武昌起义，即辛亥革命；正是辛亥革命，使清王朝三百多年的大厦哗啦一声轰然倒塌。

清朝几乎公认的能"办大事"的能臣，竟最终将它办灭亡了，这实在具有讽刺意味；而对于盛宣怀来说，他的人生本身不也太具有讽刺意味吗：改朝换代后，作为商人的盛宣怀本可以继续做他的商人，但是由于他实实在在又是清廷的"高官"，民国政府对他进行"抄没家产"便成了自然而然的事情。

当盛宣怀一番乔装打扮后悄悄钻进德国货轮的暗舱去日本躲避风头时，不知道他有没有后悔当初——

为什么如此在乎那一场注定名落孙山的考试呢？

为什么如此在乎一副自己并不一定必需的顶戴花翎呢？

为什么就不能做一个纯粹的商人，而要一生脚踩两只船呢？

他其实一直很纠结

　　曾国藩的死，标志着他无力挣脱"中西博弈"过程中所自然形成的一个巨大的悖论。这个悖论实际上是中外经济、军事、科技、文化全方位冲突至不可调和程度所必然出现的，曾国藩从儒家理学中获得的那四字妙语，可以让他获得修身的奇效，并建立内政的奇功，但终不能挣脱这个悖论，更不能帮助我们这个古老的国家和民族，在世界格局正发生着重大变化的背景下，逃过一场必然将遭受的浩劫。若说纠结，这个或许才是曾国藩那一代人人生最大的纠结吧！其实，纠结的是一个时代。

一

1864年7月19日，曾国荃从病榻上挣扎着站起来，用嘶哑的嗓音似拼尽所有力气地呼喊出了两个字——"点火！"随着"轰"的一声天摇地动的巨响，早已装填好的数万斤炸药爆发出巨大的能量，将金陵城东北角的太平门一段城墙炸开了一个二十多丈的豁口，如潮水一般的湘军从豁口涌进金陵——太平天国的"天京"……随后他竟下令屠城七日。

七日过后，即7月27日，曾国藩乘船从安庆来到了已被湘军"打扫"停当的金陵。当他与曾国荃兄弟相见时，这个曾被他评价为"杀人如麻，挥金如土，铁石心肠"的弟弟含泪说出的第一句话是："我们赢了！"

是的，作为一介书生，几乎是白手起家，曾国藩最终居然赢得了这场战争，这无论如何都是值得骄傲的！这场耗费了自己那么多心血、也牺牲了那么多生命的战争，就这么烟消云散了，无论如何也是值得庆幸的！

望着满眼的断壁残垣，曾国藩百感交集。战争真的就这么结束了！此时连他自己都似乎有点不敢相信。自己十多年你死我活的战场生涯如皮影戏一般在脑中一幕幕不断闪过，那一个个凶险场面也都历历在目……

很快，朝廷的圣旨到了：加封曾国藩太子太保衔，赐一等侯爵，世袭罔替，赏戴双眼花翎；曾国荃加太子少保衔，封一等伯爵，并赏戴双眼花翎；一百二十多位在攻克金陵中有功的湘军将士如李臣典、萧孚泗等，也都一一得到了封赏。

已年过半百的曾国藩，跪伏在地上恭恭敬敬地听钦差大臣终于将圣旨宣读完毕，或许是跪得时间有点长吧，站起身来时，竟然眼前一阵眩晕，心中一阵空白，好在只一瞬间就过去了。此时平时最受曾国藩信任的幕僚赵烈文，看着一身盛装的曾国藩，意味深长地说："那以后我们是称呼你中堂呢，还是称呼你侯爷？"

没想到，一向不苟言笑的曾国藩此时却幽了一默，回答说："只要你别称呼我为猴子就行了！"

其实，曾国藩此时此地此言，除了幽默，更是一种自嘲，因为他觉得自己实实在在地是被朝廷当猴耍了一场：当年咸丰皇帝临死前留下遗旨，"克复金陵者王"，可眼下他这个"克复金陵者"只封了个"侯"。

堂堂朝廷，岂能如此说话不算话？！

湘军中许多将领对此大为不满，甚至有人开始进言：干脆反了！

曾国藩当然不会这样想，他虽然此时心有不满，但对于这样的结果，似乎也早在预料之中，他早已习惯了朝廷的出尔反尔、两面三刀，甚至桌面上握手、桌面下使绊，对此他心中其实一直很纠结。

二

俗话说："秀才造反，十年不成。"可是这一宿命无论是在洪秀全那儿，还是在曾国藩那儿，似乎都大大地失了效——

洪秀全，这个四次科考皆名落孙山的老童生，从1851年在广西金田村发动起义，到1853年定都天京正式建立"太平天国"，至此，作为一次"造反"，怎么说也算是大功告成了，且所用时间仅仅三年。

曾国藩，本只是科场上一得意书生，从1853年协办团练起，到1864年湘军攻破天京算彻底剿灭了太平天国，虽然所用时间超过了"十年"，但毕竟他最后"成"了。

有人或许会说，洪秀全是"造反"，曾国藩是专打洪秀全的，他怎

曾国藩像

么也算是"造反"呢？这又不得不从洪秀全的造反说起。

对于洪秀全，由于曾经对他不恰当地或妖魔化或神圣化，使得这个广东的落第秀才总在历史的迷雾中面目模糊、扑朔迷离，人们对他的评价也历来莫衷一是，至于他为什么能释放出如此大的能量，教科书上的解释是：有着极其复杂的社会历史的原因，即当时社会存在的尖锐的阶级矛盾和民族矛盾正好被他利用了。此话说得当然不错，但是太笼统了。

我们今天来看，洪秀全可谓是中国历史上前无古人的一位农民起义领袖，这并非因为他个人道德品质甚至心理品质上与以往历史上的农民领袖有多么的不同；相反，在这些方面，他与他们大体上都差不多：如狂热，相信这个世界会因为自己而焕然一新、光辉灿烂；如冲动，不但白日说梦般的大话能冲口而出，而且以卵击石般的行动能义无反顾；如执著，一旦认准了目标，便一条道走到黑，纵然九死一生也决不回头……洪秀全的前无古人之处，是因为他发动起义和领导起义的手段与历史上所有的农民起义都有所不同：从前的农民起义领袖，一般都是利用社会上存在的阶段矛盾，捣鼓出一个"苍天已死，黄天当立"的民谣，或"石人一只眼，挑动黄河天下反"的谣言，从而发动起义；洪秀全却没有用这些，而是引进了"洋神"，最初只是将一本本来就多少有点儿牛头不对马嘴的《劝世良言》背得结结巴巴，便创立了他的"拜上帝教"，并开始了他的所谓"传道"，凭着这些他自己尚一知半解的基督教教义，对他心口中的美好世界进行一些想当然的描述，当然这一过程中也不乏几近天真和幼稚地煽动。为此，真正的基督教人士曾感到震惊，英国教士更不得不说："若是在天主教时代，罗马教皇早就把他烧死了。"

然而没想到，那些听他"传道"的底层民众，竟本能地由此而被他的狂热所感染，并越来越相信他那些美好的承诺。于是，那些正处于苦难之中的底层的人们，将所有的幻想都集中到了他的身上，也将自己所有的灵魂、人格连同自己的希望，作为赌注都押到了他的身上。

科举考试考生在"号舍"考试的情景

就这样，他成了救苦救难的"天兄"，也成了太平天国的"天王"。这一切在今天看来似乎是一个笑话，但在当时它决不是笑话，而是真真切切地发生在中国大地上的一个事实。

如此笑话一般的事情为什么会发生？难道真的是这位洪天王天兄附体了吗？当然不是，其深层的原因还是在我们这个古老国家和民族的文化传统与大众心理上。

在中国历史上，我们是有着"揭竿而起"的传统的，同时又有着偶像崇拜的大众心理。每当封建统治将下层的民众弄得走投无路时，常常只要有一个英雄站出来振臂一呼，承诺给大家一个"均贫富，等贵贱"的好日子，大家就会将他当作偶像崇拜，并且跟着他"说走咱就走"。晚清时，由于西方列强的入侵，人民生活可谓陷入了水深火热，鸦片战争失败后，一个个不平等条约，将我们这个古老的国度在一次次脸面大丢的同时也渐渐失去了自信，洋人洋枪洋炮在令我们一个个炮台如形同虚设的同时，也将我们的自尊打得粉碎，于是人们自然而然地相信外来的神仙一定更厉害，更何况中国一直也有着"外来的和尚好念经"的传统哩！洪秀全及其"拜上帝教"的横空出世，正好满足了人们新一轮偶像崇拜的渴求，因为"拜上帝教"是接通了洋教的，洪秀全是与天主平起平坐的"天兄"，人们自然相信他比历史上任何号召"均贫富"的英雄更厉害，因此只要他"说走"，那还不"咱就走"吗？如当时在广西，就曾流行过这样的民歌："男学冯云山，女学杨云娇……如今姐随洪杨去，妹也跟随一路行。" 由此足可见出当时洪秀全及其"拜上帝教"号召力之大。

曾国藩比洪秀全长一岁，是洪秀全的夙敌，因为回过头去看，他的人生似乎是老天设计好了来对付洪秀全的，因此不知道洪秀全在临死前有没有大叫一声"既生瑜何生亮"！

《劝世良言》书影

1851年1月，当洪秀全在广西金田村起义时，曾国藩虽然此时远在京城，但与之即发生了关系——他立即上了一个奏折，竭力推荐江忠源等赴广西清剿；咸丰皇帝听从曾国藩的意见，立派江忠源前往广西。然而事态的发展并不如咸丰和曾国藩所期望的那样将起义很快镇压下去，而是越来越不可收拾。5月，曾国藩又一次上《敬呈皇圣德三端预防流弊疏》，其主要内容是对咸丰皇帝从三个方面进行批评：一是苛于小节，疏于大计；二是徒尚文饰，不求实际；三是出尔反尔，刚愎自用。如此直言不讳，如此激烈陈词，哪像是在向皇帝进言！简直是在教训皇帝、警告皇帝！"反了！简直是反了！"这份奏疏让年轻的咸丰皇帝没有看完就将它扔到了地上，并招来军机大臣欲问罪这个胆大犯上的家伙。最后结果虽然是在大臣们的苦苦求情下曾国藩免于了罪责，但由这件事情可知，对于当时朝中办事效率低下、处于内外交困之中碌碌无为的局面，曾国藩表现得很有点应了"皇帝不急太监急"的一句俗话。

而这件事情对于咸丰皇帝来说，或许他觉得这曾国藩虽然话说得很不好听，但念在他也算是好心，也便没为难他，也从没想过要让这个不知天高地厚的书生领兵去抵挡洪秀全的太平军；而对于曾国藩来说，他觉得自己作为人臣，该说的该做的和能说的和能做的，都已说了和做了，尽管太平军势力事实上是越剿越大，但他也从没想过一介书生的自己要走向战场。

曾国藩掺和进这场战争多少有点偶然。这里之所以用"掺和"这个词，是因为这场战争他本来完全有可能置身事外的。

1852年夏，曾国藩被咸丰皇帝任命为江西乡试正主考官，8月，当曾国藩行至安徽太湖境内小池驿时，得到母亲去世的噩耗，随即如五雷轰顶，泪如雨下。根据大清例制，父母去世，官员可离职奔丧和丁忧。于是曾国藩急急忙忙向朝廷请过假后，便火急火燎地改水路回乡奔丧。

当他溯江到达武汉时，湖北巡抚常大淳告诉他，长沙已被太平军包围，从水路无法从那儿通过。曾国藩不得不又一次改道，不但从旱道历经磨难，而且绕了一个大圈，经宁乡、湘阴回到家乡湘乡白杨坪，可是当曾国藩跪倒在母亲灵前时，已是1852年10月6日了，此时离他得到母亲逝世的噩耗已过去整整两个月了，曾国藩遗憾万分。就这样，太平军与这位以崇尚理学并以孝为先的大儒初次相遇，便在他的孝心上狠狠地刺了一刀。曾国藩与太平军的第一笔仇恨便就这样结下了。

不过曾国藩并没因此而想走上战场去与洪秀全一决雌雄，而是遵从旧制，准备为母亲先办一个风光的葬礼，再在坟头搭一草庐，安心住下来为母亲守孝。哪知就在这个时候，曾国藩意外地接到了咸丰皇帝的寄谕，要他协同湖南巡抚张亮基办理团练。然而就是到这个时候，曾国藩也没想到自己会就此走向战场。他首先想到的是，自己在守孝期间出去从军，岂不招天下人耻笑？再则自己一介书生，多的是纸上谈兵，真去带兵打仗，结果究竟怎样，自己都没有把握，岂能贸然行事？另外朝廷办事效率之低，官场腐败程度之深，哪能保证打胜这场战争呵？于是曾国藩给湖南巡抚张亮基写了一封推脱的信，因为他毕竟正在丁忧期间，而这期间朝廷也是有制而不能强迫官员当差的。然而众所周知，曾国藩并没将这封信寄出去，后来的事实是他毅然结束了丁忧，从"协办"团练开始组建湘军。

是什么改变了曾国藩的想法的呢？一是一个更为血淋淋的事实摆在了曾国藩的面前——刚在奔丧路上见过曾国藩并告诉他消息的湖北巡抚常大淳被太平军所杀；二是好友郭嵩焘的一番话——太平天国只信耶稣，不尊孔孟，彼一旦成事，我等是只读孔孟之书长大的，自然没有活路；太平天军中"是男人全称兄弟，是女人全是姊妹"，实在乱了纲常人伦；如今朝廷又如此示弱，吾等不振臂一呼，我泱泱中华五千年的文明道统，将从此中断而不继……

曾国藩是湖湘大儒，是朝廷命官，是孝子贤孙，但说到底，他本质上是一介书生！所以郭嵩焘的话对于他来说无疑是振聋发聩的！书生曾国藩火了，周身热血沸腾，两眼火光迸射；四十二岁的他，此时决定走出只能纸上谈兵的书斋，走向真刀真枪的战场，更决定将自己的后半生交出去做一场"书生救国"的试验，抑或是赌博；纵然前面是刀山火海也义无反顾，视死如归！纵然前面是十八层地狱，也一往无前——我不下地狱，谁下地狱！

所以说曾国藩掺和进这场战争既是偶然中也是一种必然，是曾国藩这个考上了"大学"的书生与洪秀全这个因考不上"大学"而要砸烂"大学"的书生间命中注定的一场死掐。多年以后，曾国藩在回顾自己这一思想转变和行为历程时总结说，他的出山只是为了"撑一口气"。那么曾国藩的这"一口气"，当然首先是与洪秀全的太平军"撑"的，但显然还应该是与在太平军面前"示弱"的朝廷"撑"的吧！这不正是曾国藩"造反"的一面吗？对于这样一个正撑着一口气并以一种特殊的方式造反的"秀才"，朝廷又怎能不时时有所提防呢？！对于朝廷来说，它看得很明白——你曾国藩挺身而出，原本主要是为了维护孔孟之道、理学正统，是为了传承正宗的中华文化，而帮朝廷忙只不过是"顺水人情"罢了，更何况此时你需要朝廷的支持——又有谁知道哪天你翅膀硬了不需要朝廷支持了会不会翻脸不认人呢？说到底，你曾国藩是汉人，而清廷统治者是满人，深究起来也不是中华文化的完全正宗。如此一个曾国藩，朝廷岂能不防着你！

郭嵩焘

这是曾国藩的宿命。

三

在中国历史上，湘军是一支很特殊的军队，特殊得有些怪异；而其主人曾国藩，自然也有些怪异。

学生时代，曾国藩就在我们的脑海中留下了印象，只是说句实话，或许他给我们最初的印象并不是他坚韧不拔的品质、矢志不渝的性格，也不是他的心狠手辣、杀人如麻，更不是他满腹的理学知识、高超的御

科举考试"放榜"的情景

人技巧，而是他一生中的五次自杀未遂：

咸丰四年（1854年）四月初二，曾国藩一天之内就曾两度自杀：一次是在战斗过程中，他亲自手握长剑立于军旗之下，命令说士兵退过旗帜者斩，可是士兵似乎没听到他的命令，纷纷绕过旗帜如潮水一般地败退下去，他绝望得当场投水自杀；另一次是当天靖港之役结束后，他回到船上，又一次投水自杀。当然两次都被手下人当场救起。几天后兵败回到长沙，各种风言风语和冷嘲热讽让他忍无可忍，第三次准备自杀，且写好遗嘱："为臣力已竭，谨以身殉……臣愧愤之至，不特不能肃清下游江面，而且在本省屡次丧师失律，获罪甚重，无以对我君父。谨北向九叩首，恭摺阙廷，即于××日殉难。"

咸丰四年（1854年）十二月二十五日，湘军水师被太平军第四次打败，曾国藩座船被太平军掠去，文卷册牍俱失之后，曾国藩又要投水自杀，被左右救起；逃到罗泽南陆军营后，曾国藩又草遗疏千余言准备策马赴敌以求速死，被罗泽南、刘蓉等阻止才幸免。

那时候，教科书中的曾国藩是镇压农民起义的急先锋，是杀人不眨眼的刽子手，因此，每当老师在课堂上讲到湘军被太平军一次次打败、曾国藩一次次投水自杀时，我们人心大快的同时，他的形象常常浮现在我们眼前，那当然是一个狼狈不堪的形象：脸色煞白，目光呆滞，披头散发，失魂落魄，一头栽进污浊的水中，又被人七手八脚地救上来，像只落汤的公鸡……这样的形象竟然在曾国藩的人生中重复过五次之多，由此我们那时便很容易地得出结论：他这不是装腔作势想开脱罪责，就是想顽固到底逃避惩罚，总之这家伙太坏了！

近年来，曾国藩的书出得太多了！写他的文章更是太多太多！在这些书中，他或成了圣，或成了神，或成了鬼。虽然说这也并非就是真实的曾国藩，但我们似乎看到了另一个并非面色苍白、目光呆滞、披头散发、失魂落魄、投水五次的曾国藩——他白手起家，硬是在朝廷的"旗营""绿营"之外拉起一干人马，浴血奋战十多年，并最终取得了一场战争的胜利……谁又能否认这一摆在世人面前的事实！

这就是曾国藩，作为一个人，他有着多面人格、矛盾思想和怪异人生；而他所有的多面、矛盾和怪异，正构成了他整个生命的真实。

那么，曾国藩为什么会呈现出如此的多面、矛盾和怪异呢？原因自然十分复杂，但我以为其中最主要也是最简单的一个原因便是他是书生带兵。

在中国文化中"书生"与"兵"是属于两个不同的文化阵营的，所以民间才会有"秀才遇到兵，有理说不清"的俗话。是的，书生怎么能带兵，兵又怎么能由书生去带？然而中国历史上却常常不乏书生带兵的先例，最众所周知的就是宋代。

宋代由于赵匡胤是通过陈桥兵变而黄袍加身而夺得江山的，因此他做得皇帝后最怕这样的事情重演，为此他采取了两个措施，首先是通过"杯酒"将一批功高的武将的"兵权"罢释掉，然后将全国的军队大多数交给文官指挥，即全面实行"书生带兵"的政策。这一政策的好处至少有二：一是书生因其读圣贤之书，知恩荣廉耻，所以更懂得忠孝节义，不会轻易背叛、投降和谋反；二是书生毕竟只是书生，即使真的谋反，其能耐也十分有限，对付起来也不会太难。

赵宋王朝如此算盘打得不可谓不如意，但是哪知道这一如意算盘只顾得"此"，却失了"彼"：大宋的军队，无论是御林军还是边防军，他们一律在书生的带领和指挥下，的确是听话了，忠诚了，但它在与入侵的外族军队的作战中却失了雄性，没了血性，变得不堪一击、常战常败，最终演绎出了国家和民族的历史悲剧。这也是众所周知的一个事实和教训。

曾国藩的湘军，从它诞生的那天起就注定了它不但是19世纪中国的一个军事现象，而且是一个文化现象，因为它是一支真正由读书人领导的军队，是在乱世中一群"投笔从戎"的书生们组建和指挥的军队。如上文所述，一群读书人自觉地将捍卫中国的正统文化作为自己最大最神圣的使命挺身而出，在他们看来，太平天国的"拜上帝教"教义，是妖魔化了的西方文化，是邪教，是妖孽，是中国正统文化的直接敌人，要战胜它，不但要从军事上，更要从文化上、从道义上。因此，曾国藩从一开始组建湘军时，就赋予了这支军队很多，有着很明显的卫道的特质：首先，曾国藩从一开始就让那些与自己志同道合的读书人担任各级指挥官，欲以文化道德的力量来塑造这支军队的灵魂；其次，曾国藩虽然知道在古今中外的军事史上，一支铁的军队一定都有铁的纪律，但曾国藩在注重用纪律约束士兵的同时，还用"讲学"的形式"感化"士兵；再则，在平时"练兵"时，曾国藩不但教练士兵军事思想与技能，更注重士兵的思想政治工作。在曾国藩看来，做人的道理比军事本领更为重要，必须老生常谈，以至使每一个湘军士兵都能心领神会。为此曾国藩自己亲自创作了大量的歌谣、语录和顺口溜，其中最著名的恐怕要算是那首创作于1858年（咸丰八年）12月的《爱民歌》了：

　　　　三军个个仔细听，行军先要爱百姓。

和线扎营不贪懒，莫走人家取门板。

莫拆民房搬石头，莫踹禾苗坏田产。

莫打民间鸡和鸭，莫借民间锅和碗。

莫派民夫来挖壤，莫到民家去打饭。

筑墙莫拦街前路，砍材莫砍坟上树。

挑水莫挑有鱼塘，凡事都要让一步。

⋯⋯

军士与民如一人，千记不可欺负他。

日日熟唱爱民歌，天和地和又人和。

我之所以在这里将这首歌词不厌其烦地几乎完整抄录出，便是要提醒读者注意一个事实，即对红军建设起过巨大积极作用的那首《三大纪律八项注意》，正是脱胎于它——可想而知它在当时确实是有着很大的先进性的。

然而，书生带兵的局部的先进性，终究并不能改变其必然的悲剧性——无论是对于湘军，还是对于曾国藩本人。

只要我们今天回过头去留意一下湘军与太平军的一个个战例，就不难发现一个事实，即湘军打下的那些胜仗，绝大多都是"硬拼"出的，即拼兵力，拼伤亡，拼消耗，都胜得不十分"漂亮"，绝少那种"以少胜多""出其不意，攻其无备"之类的胜仗；换句话说，湘军取得的胜仗，最终说起来敌人是被打败了，自己名义上取得了胜利，可实际付出的代价也不小，

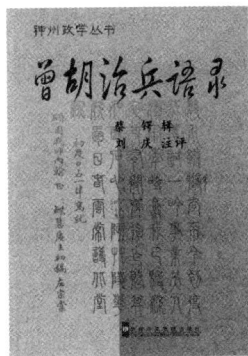

今版《曾胡治兵语录》书影

伤亡数字有时并不比对手少多少，甚至有时还高过对手。这不能不让人想，湘军与太平军最终到底谁能取胜，关键就看他们谁能将牙关咬紧，且咬的时间更长，咬到最后；而最终的事实也似乎的确是这样！为什么会这样？说到底这也是曾国藩等书生带兵的一种必然，因为这样的军队几乎从不敢冒险，不敢出奇兵、走险棋。曾国藩几乎从不打无准备之仗，每战来临，他都力求准备充分，决不贸然出兵，这从湘军建立之初的表现就可以看出。

湘军刚刚组建之后，集结在衡阳训练。其间正逢太平天国发动"东征"，长江沿岸的一个个州县，在太平军的进攻下纷纷陷落，清廷正规军"八旗"和"绿营"，一触即溃，一溃千里，并从此闻风丧胆，草木皆兵，完全失去了战斗力。此时，长江中下游地区唯一的救命稻草就只有曾国藩手上这支新组建的湘军了。于是，不但大小官员纷纷向曾国藩求救，而且朝廷和皇帝也多次发来急旨，让曾国藩赶紧出兵迎敌，但曾国藩一概不予理会。1853年底，朝廷发来急旨，命曾国藩火速带兵入皖解救江忠源。江忠源是他的弟子，也是他的莫逆之交，湘军创办之初，江忠源可谓是曾国藩的左膀右臂，没少为他出谋划策、加油出力。现在由于江忠源孤军深入被太平军围于安徽庐州，然而曾国藩仍无情地以"将在外君令有所不从"为由拒绝前去营救，以至最终，江忠源兵败投水自杀身亡，年仅42岁。1854年初，曾国藩的座师吴文镕以湖广总督的身份督师，被太平军围于黄州，曾国藩得知后虽深为忧郁，但他坚持不发兵相救，而是全身心地投入到湘军水师的训练之中，以至最终吴文镕战死。曾国藩之所以如此，原因不为别的，只因为曾国藩认为此时的湘军还没练成，他还没有充分准备好。

曾国藩就是这样训练他的湘军的，而这样训练出的一支军队，有着明显的两面性：坚韧有余而有时冒险勇气不够，军纪严明而有时灵活机动不够，谋略有余而作战能力有限。而这正与他的主人一样，坚韧而又脆弱，残忍而又善良，以身入世而心又想超然处之。

对于自己的这种心理品质和文化人格，曾国藩其实一直很纠结，并一直都在做着努力，试图在实践中有所改变。曾国藩多次在与人说起自己的九弟曾国荃时，对其"杀人如麻，挥金如土"多有不满与不屑，但同时他又写信给曾国荃说："既已带兵，自以杀贼为志，何必以多杀人为悔？"此话看起来是与曾国荃说的，实际上未尝不也是他自己心志的一种表露，即，他为了赢得这场战争，实际上已开始放弃自己原来的带兵理想了，也正是因为这一点，曾国藩才获得了一个"曾剃头"的外号。因此，我们不能不看到，曾国藩等湘军首领，作为一群带兵的书生，实际上又是人格分裂的一群，他们有时如狼似虎地嗜血滥杀，有时又正襟危坐地记日记、作检讨；有时百折不回、意志如铁，有时又投水上吊、意志脆弱；有时理想远大，气势如虹，有时又志大才疏、叶公好龙。这不但是他们的人生纠结，更是他们的悲剧。

如果说，此种悲剧性可算作是带兵书生的性格悲剧，那书生带兵还有一层命运的悲剧。

太平天国从某种程度上看其实也是"书生带兵"，是洪秀全等一群考不上"大学"的书生，领着一批用洋教义洗过脑子的农民，有意无意间成为中华正统文化的摧毁者；而湘军在曾国藩等一批考上了"大学"的书生的带领下，也是有意无意间竟客观上成了中华正统文化的捍卫者。二者的主体成分其实都一样，都是农民，都曾受剥削压迫，都曾困苦不堪，都曾渴望改变命运而进行过人生的豪赌，他们战场上拔刀相向、互为死敌，只因为他们挣扎方式的选择不同——选择为钱卖命的成了湘军，选择造反的成了太平军。由此来看，湘军与太平军的较量，怎么看都有点像是一场"煮豆燃豆萁"。

太平天国起义时，其起义口号之一是"消灭清妖"，也就是说，他们能预料到的主要敌人是清军，可后来事实上他们遭遇到的最强劲敌人并不是清军，而是湘军——一批被临时武装起来的为钱卖命的农民——也正是他们最终彻底打败了太平军。

平心而论，曾国藩、郭嵩焘、左宗棠、胡林翼等湘军的创始人和领导者，大多是些较为开明的知识分子。中国是一个农民起义特别多的国家，纵观每次农民起义爆发后，开明知识分子多数时候都是会站在同情起义农民的立场上的，也就是实际上多数时候都是站在统治者的对立面的，而这一次竟恰恰相反，他们完全站在了农民起义的对立面，且拿起了屠刀，成为清廷的卫道者和最得力的帮凶。而这又未必是曾国藩们当初的愿望和目的，尤其是到了后期，他已将太平天国镇压下去，"东南半壁无主"，弟子门生们提醒他"神所凭依，将在德矣。鼎之轻重，似可问焉"时，他未必就真不想推翻清廷恢复汉室，至少是未必不想也坐上龙廷过一过君临天下的皇帝瘾；但他最终只能自题一联作答："倚天照海花无数；流水高山心自知。"今天天气，哈哈哈！

——此时的曾国藩，哪要弟子门生们提醒和点破呵，对此他其实比谁都纠结！

四

曾国藩的选择，虽然有其"秀才造反"的宿命的一面，也有其"书生带兵"的悲哀的一面，但无疑也有其明智和高明的一面：既为天下万千苍生避免了又一次惨遭涂炭和浩劫，又以退为进为自己避免"飞鸟尽良弓藏，狡兔死走狗烹"的厄运，

照理说，曾国藩在将湘军基本裁撤完毕并取得了清廷的信任后，应该日子好过了。然而并非如此。

19世纪的后半叶，中国最难办也最要紧去办的事情不外乎两件：一曰教案，二曰洋务。

所谓"教案"，即面对列强的经济侵略和宗教、文化渗透，一些地方自爆出一些焚教堂、烧洋货、杀传教士的事件，而这些事件又事实上为列强制造更大规模的侵略活动提供了最好的借口，上文提到的天津教案即属此。所谓洋务，即引进西方科技，发展近代化工业，尤其是军事工业。

鸦片战争后，中国社会实际上一直有三方力量在博弈，即朝廷和官府是一方，民众是一方，西方列强是一方。这三方力量事实上又一直在互相利用、互相制衡着，如叶名琛曾"以众制洋"，清廷曾"借师助剿"，民众竟也曾"扶清灭洋"（如后来的义和团就曾明确地喊出过这样的口号）。由此也可见，三方关系是十分微妙而又十分复杂。

太平天国运动兴起后，其政治目标是要彻底取代清政府在中国的统治，而其宗教信仰又是从基督教那儿来，多少沾着些"洋味"，这让西方列强觉得可以用拉拢的办法来达到他们的目的，于是主动向洪秀全提出了"共同反清，平分中国"的主张，没想到却遭到了洪秀全的拒绝，他明确表示："我争中国，欲想全图，事成平定，天下失笑；不成之后，引鬼入邦。"为此最终让列强得出一个结论："一个狂人，完全不适宜做一个统治者，建立不了任何有组织的政府。"从而西方列强对太平天国的政策，也就由先前的拉拢，渐渐转变为帮助清廷镇压，以至最后直接出兵镇压。

曾国藩当年挺身而出与太平天国拔刀相向，原本就是因为太平天国的教义沾着"洋"味，他是以清廷为代表的中华正统文化的卫道者的面目出现的，照理说，他这样的人对于沾着"洋"味的一切都不会有好感的。然而，在后来镇压太平天国的过程中，曾国藩看到了洋枪洋炮的确厉害，这使得他不得不重新审视洋人的一切，也不得不重新审视自己对此的原有看法与态度，并渐渐地由仇洋变得近洋、亲洋，以至事实上开启了"洋务运动"的大门，变成了最早的"洋务派"。当然这是后话。

1864年7月，曾国藩在湘军占领了的南京偶然得了一本《万国公约》，这是他第一次看到这样的东西，一见之下对他产生了很大的影响。曾国藩开始由此思考鸦片战争以来，清廷在外交方面的种种得失，尤其有感于第二次鸦片战争中，僧格林沁等人因无知而一味盲目自大、蛮干和胡闹而导致的损失，觉得不能再搞"显违条约，轻弃前约"的事了；同时，作为理学大师、湖湘大儒的曾国藩，又将修身之功用于外交事务，总结出外交事务中也要讲究和遵守"忠、信、笃、敬"四字，而其根本目的，是要为国家争取自强的时间。以我们今天的眼光来看，曾国藩的这一外交思想，虽有其书生气的因素，但也不乏务实精神。然而，在当时社会，具有这样超前眼光和务实精神的人是十分罕见的。

1870年春天，天津教案爆发，时任直隶总督的曾国藩奉慈禧之命前去处理。接到上谕，曾国藩目瞪口呆，他清楚地知道，此去一定是凶多吉少，搞不好会身败名裂、死无葬身之地。他给儿子曾纪泽写了一封几乎是交代后事的信：

> 余即日前赴天津，查办殴毙洋人焚毁教堂一案。外国性情凶悍，津民习气浮嚣，俱难和叶，将来构怨兴兵，恐致激成大变。余此行反复筹思，殊无良策……兹略示一二，以备不虞……

当时社会的客观情形，用时人夏燮的话来说是"官怕洋鬼，洋鬼怕百姓。夫至于能怕其官之所怕，则粤东之民……平玩大府于股掌间矣。"耆英在签订《南京条约》被骂一年后奏称："官与民，民与兵役，已同仇敌。吏治日坏，民生日困，民皆疾视其长上，一旦有事，不独官民不能相顾，且将相防。困苦无告者，因而思乱。"如此情形直到

19世纪后半叶，更是有过之而无改观。正如曾国藩在信中所述，他对于这点也是看得十分清楚的。

1870年7月8日，曾国藩抱病到达天津。

天津教案的直接起因很简单：法国天主教育婴堂由于传染病死了30多个婴儿，天津市民听信

曾在天津教案中被焚的教堂

传言，说教会的人在教堂里对婴幼儿剖心挖眼，于是冲击教堂，法国驻天津领事丰大业气势汹汹地要求三口能商大臣崇厚派兵镇压，崇厚没有答应，丰大业竟朝崇厚连开两枪，崇厚躲过；天津知县刘杰上前劝阻，丰大业竟然又气急败坏地朝刘杰开枪，刘杰也躲过，但是刘杰的助手却被打伤。愤怒的群众见此情景，一拥而上，打死了丰大杰的秘书，接着愤而焚烧教堂、杀死传教士十余人，从而引发了所谓"教案"。此"教案"看起来虽只是由误会引起后又由法国人的蛮横扩大的多少有点偶然的事件，但深究起背后的原因却极其复杂。首先其事件有着深刻的宗教、政治和文化冲突的背景；其次是事件发生后又涉及中外复杂的法律问题；再则又与广泛而强烈的民族情绪相混杂。这就注定此案处理起来非常棘手。

曾国藩显然是以自己"忠、信、笃、敬"的四字外交方针来处理

的，首先遵从杀人偿命的法律信条，下令处死肇事杀人者21人（亦说16人），流放4人，徒罪17人；同时将天津府县革职流放宁古塔；向法国人赔偿损失白银49万多两，并派特使专门作了道歉。

如此处理，洋人眼看着倒可以安抚下去了，但国人却"激奋不已，满城嚣嚣，群思一逞"。且曾国藩的处理方案事实上根本就无法落实，"百姓团结一气，牢不可破。已获之犯，人人为之串供；未获之犯，家家为之藏匿。官府万分棘手，而百姓仍自鸣得意，竟将杀人烧堂之事画图刻板，印刷斗方、扇面，到处流传，并闻有编成戏曲者。虽经查禁，而其人气焰嚣张如故"。眼看着事态将不可收拾，可洋人和朝廷又不断双重施压，让曾国藩身心都到了崩溃的边缘。尽管如此，全国舆论仍几乎一边倒地指责曾国藩，说他如此处理几与卖国贼无异。为此，有人将他那高悬于北京湖南会馆的功名匾砸得粉碎，国子监的一批愤青，又将湖南会馆里一副曾国藩的亲笔楹联，故意用刀砍破，以表明要对他千刀万剐。更让曾国藩感到纠结与难堪的是，左宗棠、王闿运等一些故旧也纷纷表示不解和不满，且不断发表对他冷嘲热讽的言论。而这一切，对于一个注重名节、自觉要做古今完人的曾国藩来说，无疑是比要了他的命还要难过。

曾国藩陷入了三方势力此起彼伏、此伏彼起的怪圈中左右为难、力挣不脱，眼看着事情将不可收拾，此时他也只好顾不得面子向朝廷打报告要求另派高明者来接替他，好在朝廷还算给他面子，很快便批准了他的报告，终于让他离开了这个是非之地，重回金陵两江总督任上。

李鸿章果然很快就将事件平息了下来，但又让曾国藩哭笑不得，因为李鸿章最终的处理结果几乎就是自己当初制订的方案，除了正法人数减少了4人外，其他都没变。

当初与李鸿章办理交接时，李鸿章执弟子礼让曾国藩授以与洋人打交道的机宜，他以一"诚"字授予李鸿章，尽管他知道李鸿章曾总结自己与洋人打交道的经验是一个"痞"字。然而，就因为以"诚"相待，作为"中兴名将"、"旷代功臣"的曾国藩，转瞬之间变成了"谤讥纷纷，举国欲杀"的汉奸、卖国贼，"积年清望几于扫地以尽矣"；而与之形成对照的是，以"痞"相要的李鸿章，不但事实上很快平息了"天津教案"，事实上为他这个老师又一次擦了屁股（另一次是曾国藩以钦差大臣的名义率湘军镇压捻军失利，最终由李鸿章率淮军取而代之将其镇压下去），又

一次表现出了"青出于蓝"，而且从此官运亨通。难道自己笃信的理学信条、修身秘诀，真的都过时了吗？曾国藩不能不纠结！

回到金陵的曾国藩，虽然离开了那个是非之地，但整日闷闷不乐、魂不守舍。

两江总督署

1872年3月12日午后，曾国藩与儿子曾纪泽正在两江总督署后花园中散步，突然曾国藩头晕目眩，他知道自己的老毛病又发作了，于是急忙叫儿子将自己扶回官邸休息，谁知当日晚上八时许，端坐案前的有着"晚清第一中兴名臣"之称的曾国藩竟以如此姿态告别了他61年大荣而又大辱、大喜而又大悲、复杂而又简单的不平凡人生。

当然，61岁，这在当时也可算是寿终正寝了，但可以肯定地说，若不是因为这倒霉的"天津教案"，曾国藩恐怕还会活下去的，因为这头

痛的老毛病大体上也就是今天人们所说的"高血压"之类吧！因此，说曾国藩实际上最后是死于那个因"天津教案"而难以自拔的心理纠结，是一点也不为过的。

的确，曾国藩作为一个生命可谓是纠结一生：本想一心做学问，却不得不书生带兵、出生入死；本想为国家争取一点自强的时间，却落得个千夫所指、内外交困；总想着能出入有无、超然物外，却弄得差一点身败名裂、晚节不保；他目光的确很长远、世事的确很通透，照理说应该活得很轻松，可事实上他的人生却很沉重、很纠结，似乎专是为了成就一个巨大的悖论而生、而死。

曾国藩的死，标志着他无力挣脱"中西博弈"过程中所自然形成的一个巨大的悖论。这个悖论实际上是中外经济、军事、科技、文化全方位冲突至不可调和的程度所必然出现的，曾国藩从儒家理学中获得的那四字妙语，可以让他获得修身的奇效，并建立内政的奇功，但终不能挣脱这个悖论，更不能帮助我们这个古老的国家和民族，在世界格局正发生着重大变化的背景下，逃过一场必然将遭受的浩劫。若说纠结，这个或许才是曾国藩那一代人人生最大的纠结吧！

其实，纠结的是一个时代。

聪明一世

历史许多时候仅仅只是一个庄重然而又是空洞的大字眼，你越走近了，便越看不到它。例如我现在在试图叙述一段历史时，我只看见一个年逾古稀的老人，无意间与一些人走到了一起，并掺和到了一些事情中，更做了一些事情，如此而已。但是，这就是翁同龢的机遇。许多人努力一生、奋斗一生，终不能在历史的天空中留下一点痕迹。不想做、事实上也做不了"维新派"的翁同龢，却被尊为了"中国维新第一导师"；既不想得罪皇帝，也不想得罪慈禧的他却被罢了官；也正是因为这一切，翁同龢便不再是一个科场得意的状元郎，也不再是一个工于笔墨的书法家，而俨然成了一个政治家。

在晚清政坛上，有几位汉族大员曾权倾一时，他们似乎左右逢源的人生，让人不能不承认他们都是极其聪明者，但若选出一位最聪明者，我以为既不是曾国藩，也不是李鸿章，更不是左宗棠和张之洞之流，而非翁同龢莫属，尽管在一般人的头脑中，对翁的印象似乎并不比对前几位强烈而深刻。

翁同龢，江苏常熟人，但因其父在朝为官而出生于北京。据史书记载，他四岁时随祖母与母亲回老家常熟时，便已能通读"四书""五经"了，入常熟县学游文书院后即被时人誉为"神童"，而事实似乎也印证了人们给他的这一称呼，他15岁时便考中了秀才，22岁中举人，26岁中状元。虽说一个人考中状元一定是有着天时、地利、人和等多方面的有利因素，还有着很大的偶然性，但是也不能否认，前提是其本人一定智商过人，是一位极其聪明者。

当然，翁同龢过人的聪明并非仅仅表现在科场上，在他考中状元人生几乎是一步登天后，其聪明才智更是在各个方面得到了全方位的发挥，似乎正应了孔子"君子不器"（《论语·为政》之十二章）的一句名言。或换而言之，一个如此"不器"之人，怎不是一个聪明之极之人呢！

一

翁同龢自1856年会试考中状元后，直至1898年回籍，42年历任户部侍郎、都察院左都御史，刑部、工部、户部尚书，总理衙门大臣，三省六部掌管过大半，可谓是一位全能型的官员，人生可谓一路辉煌，但是奠定他辉煌人生的基石，明眼人一看就会发现并非是他的状元功名（至少不仅仅是）——历史上是状元而无作为者也很多的——而是他的教师生涯。

翁同龢是一位好教师。常言道，世上最难的工作便是人的工作，而

要说世界上规模最大的两项"人
的工作",便是做官与教书了。
因此不要以为教书很简单,教师
很好当。古人言:"经师易求,
人师难得。"可见一个人要成为
一名好教师并不容易。就学问上
来说,没有学问,当然成不了;
但是仅凭学问大,也不一定成
得了——或许他可以成为一名能
教书的"经师",但很难成为
一名既能教书又能育人的"人
师";就态度来说,不严肃、
无规矩不行,但是太严肃、太死

翁同龢像

板也不行;就手段来说,无逸趣、无调节不行,但是太寻乐、太放任也
不行……总之,其中度的掌握,全在灵活机动,聪明应对。一般人都知
道,翁同龢是"两朝帝师",前后做同治、光绪两朝皇帝的太师二十余
年。试想,教过皇帝的师傅(清室称皇帝的汉文老师为"师傅",满文
老师为"俺答"或"谙达")多了去了,如过江之鲫,为什么只有翁同
龢能长期获得两宫与皇帝本人的赏识呢?

　　同治四年时,同治皇帝的师傅,除了翁同龢外还有三人,即李鸿
藻、倭仁、徐桐,在这四人中,翁同龢是资历最浅的,但是很快便脱颖
而出,其中的秘密,我们从他于同治五年三月十三日的一则日记中可见
出一斑:

　　　　是日进讲明太祖诏百官迎养父母者,官给舟车一节,皇太后
　　问洪武为政,尚宽尚猛,及当时大臣为谁。具对毕,又问书斋功

课，以十日来无戏言，而精神多倦对。两宫并云：皇帝起甚早，往往呼醒犹睡，天气渐长，其倦宜也。因对言，精神固宜聚，亦视机栝如何。每遇读书室滞时，或写字，或下坐，以舒展其气，机栝动而读亦顺利矣。（同治五年三月十三日记）

当时皇帝学业情况的稽查有内外之分：外有惠王、醇王和恭王等几位亲王不时到书房考查；内有两宫太后将师傅召进养心殿查问。上面翁同龢的这则日记，便是记录他当天在养心殿为两宫太后进讲《治平

今日常熟翁同龢
故居外景

宝鉴》时，应答太后顺便查问皇帝学业的情景。据此我们不难看出，翁同龢在对皇帝进行教育教学时，是十分懂得劳逸结合、张弛有道的学习规律的。这足以证明，翁同龢是一位不错的教师。

或许有人会说，如果他教的学生不是皇帝，而是一般的学生，他还会如此尽心吗？是的，他的学生不是一般的人，而是皇帝，但是正因为这一点，我以为这更加证明翁同龢是一位很优秀的教师。

"门生天子"——老师在学生面前，既尊为师者，但同时也是臣子、奴才——怀着如此心理的为师者，最容易在教学中走两个极端，或道貌岸然、疾言厉色以示师道尊严，或如履薄冰、放任自流以自保身家与前程。如倭仁，据史料记载，他的教学"深入而不能浅出，小皇帝上

光绪皇帝像

他的课感觉是在受罪……由翁同龢代课，一切顺利"；而徐桐常常会于课上"大动声色"，使得小皇帝视书房为畏途。因此，能如翁同龢那样做到"亦视机栝如何"，灵活机动，不能不说是难能可贵。正是因为翁同龢教学有方、聪明灵活，虽然小皇帝性情外向，心气浮动，学习情绪很不稳定，但是他总有办法使小皇帝就范从而完成学习任务，这从他的日记中也可看出，如同治五年二月所记：

十七日：上读无倦容，无嬉戏，为今年第一日。

廿一日：卯正上至，读四刻接读满书，辰正还宫。巳初至午正二刻毕。

廿五日：卯正上至。是日多戏言，龢与诸公切谏，读尚勤。未初二刻退。

很快，在小皇帝众多的师傅与谙达中，翁同龢脱颖而出，不但小皇帝最喜欢亲近和依赖他，而且两宫也对他的教学很满意。

二

对于翁同龢来说，他当然希望能在皇帝的众多的师傅与谙达中脱颖而出。因为清宫历来有"尊师"的传统；尤其是自雍正创建不立储而秘密择贤传位的制度以来，那些教皇子皇孙读书的上书房"行走"师傅，走进南书房便实际是走上仕途康庄的开始，因为学生一旦成为天子，那就不仅入阁拜相为指掌之间之事，子孙也如家有丹书铁券，更何况翁同龢现在正教着的是已登基的皇帝了，只不过年岁尚小，但长大亲政只是个时间问题。因此，若获得皇帝的亲近和信任，自己的飞黄腾达也只是个时间问题。

但是，对于翁同龢来说，此时的脱颖而出也并非一定是什么好事。因为一个人的脱颖而出，招致嫉妒和陷害似乎是必然的。再则翁同龢此时的官职是"弘德殿行走"，而这弘德殿在宫中又是著名的是非之地，一不小心便会万劫不复、死无葬身之地。

弘德殿的是非之来由是因为其中之人似乎个个都有不平之气，以至形成矛盾。本是游牧民族的满人，虽入主中原，成了汉人的统治者，但是多数人都从内心瞧不起汉人及其汉文化，自然也一向轻师，口头上不时称之为"教书匠"，这让汉人师傅深为不满；但清朝为了巩固自己的统治，又不得不尊汉学，尤其是从康熙开始，尊崇朱子理学，称之为"圣学"，并规定宫中上书房授读汉书的翰林，一律尊称师傅；雍正更明文规定，皇子入学礼节，"师傅受揖，坐而授书"；而教授满文的满族大臣则称"俺答"，后改称"谙达"，且在教授时没有座位，也就是学生坐着听，谙达站着讲课，这又让满族大臣愤愤不平。再加上几个师傅之间也多有矛盾、互相不满，而他们身后又都牵着或皇帝、或太后、或亲王，所以弘德殿焉能不成为是非之地。虽然师傅在名义上处于尊者之位，但清朝毕竟是满人的王朝，谙达是满人，实际势力又往往大过师傅，所以二者矛盾冲突的结果常常是师傅处下风，以至最终倒霉。翁同龢对此自然是早就看在眼里，而心里更明白，虽然此时他有皇帝的亲近，但是皇帝毕竟还小不更事，也还没有亲政，并不能对他形成保护。翁同龢凭着自己的聪明与明智，在弘德殿的是是非非中，始终是一个"不倒翁"。

首先，他深谙儒家的中庸之道，懂得韬光养晦、积累资本。如徐桐对倭仁素为不满，常在翁同龢面前发攻击之言，但他仍在倭仁面前执后辈之礼，始终摆出一副"凡事受教"的样子，而内心其实并非心悦诚服。这一切让他在众多师傅中获得了较好的"人缘"与口碑。

其次，他在关键时刻懂得三十六计走为上，知道以退为进。

同治十年，弘德殿新老之争几乎到了白热化；小皇帝也已十六岁，两年之内就可亲政了，所谓"帝党"与"后党"也日渐形成，并矛盾日渐显现；宫中的一切似乎都变得越来越敏感，一些官员每日都如热锅上的蚂蚁，唯恐在"帝党"与"后党"之间站错了队而影响自己的前程。而此时，翁同龢却选择了远离这一切——是年腊月，其母许氏在常熟老家去世，翁同龢随即便要求丁忧回乡两年。尽管母丧丁忧在封建社会中是正常之举，我们并不能完全说他此举便是因为他对宫中将来的一切变故有先见之明，但是有两点还是让我们不能不想，这一切都并非事出偶然。一是，当翁同龢提出丁忧回乡时，恭王曾亲临致祭，并一再挽留说，上书房正处于吃紧之际，希望他能留下来，不要回乡，但是翁同龢坚决要求回乡，并一去两年。这

同治皇帝画像

让人不由得想，如果仅仅是出于丁忧的原因欲回乡，那么在朝廷一再挽留、忠孝不能两全的情况下，选择忠而放弃孝，也并非一定是什么大逆不道；唯一的解释是，其中一定有他认为非离开不可的原因。二是，从回乡两年后所达到的实际效果回过头来看，他的离京回乡实在是聪明之举。

翁同龢丁忧两年内，宫中果然大事不断，一是同治帝终于亲政，想

复修圆明园，但是朝中大员多有反对，同治帝便想借机改组朝政，先是黜革恭王父子，后又罢黜和贬谪了一大批朝中大员；后又因后党发现同治帝因曾"入歧"染疾，而惩处弘德殿师傅的失职，其中就包括弘德殿的徐桐、林天龄等老同事，而翁同龢因为在乡丁忧，而不在惩处之列，自然也就顺利地躲过了一劫。这看似偶然，其实有其必然。大概也正是因此，一向在日记中措辞老成、稳妥的他，也禁不住踌躇满志，如同治十二年七月九日记：

> 臣龢进曰："今日事须有归宿，请圣旨先定，诸臣始得承旨。"上曰："待十年或二十年，四海平定，库项充裕时，园工可许再举乎？"则皆曰："如天之福，彼时必当兴修。"遂定停园修三海而退。

语气中俨然自己已是朝中一言九鼎的重臣了。至于皇帝授读的责任，此时他也当仁不让了，对此他在日记中也有记载，如八月初一记：

> 龢既未至，（两宫太后）待良久，并谕本鸿藻，传谕臣龢，讲书当切实明白，务期有益。

不仅如此，他还在为人图画所题的一首诗中写下了这样的诗句：

> 万事尽如栽柳法，一官难得看花时。
> ——《题潘伯寅万柳堂补柳图》

意思是说，朝朝入值，不一定如翰林之萧闲。虽是劝慰潘伯寅的口吻，但得意之情毫不掩饰。至此我们完全可以说，他的丁忧回乡，完全是他当初的聪明之举。

至此，翁同龢完成了从一位好教师（更多地具有封建知识分子特征）向一位老谋深算的封建官僚的蜕变。

其实，翁同龢身上本来就具有知识分子与政客官僚的双重性格特征，且其几乎是与生俱来的，因为他出生的常熟翁氏，是一个有着浓重官僚色彩的封建知识分子家庭，这个家庭无论是在近代科举史上，还是政治史上都有着显赫的地位。翁同龢的祖父翁咸封，乾隆四十八年（1783年）举人，嘉庆时选任海州学正；父亲翁心存，道光二年（1822年）进士，历官工部、兵部、吏部、户部尚书，协办大学士，官至体仁阁大学士，为同治帝师。长兄翁同书，道光二十年（1840年）进士，曾任翰林院编修、国史馆协修、贵州学政、内阁学士，官至安徽巡抚；三兄翁同爵，历官陕西、湖北巡抚，署理湖广总督；侄子翁曾源，同治二年（1863年）状元，曾任翰林院修撰；另一侄子翁曾桂官至浙江布政使；侄孙翁斌孙，光绪进士，官至直隶提法使……时人曾赞其为：父子宰相，同为帝师，三子公卿，四世翰苑；叔侄联魁，状元及第，四世五人，俱为进士。从这样一个家庭走出的人，在精通文章之道的同时深谙登龙之术，是再正常不过的了，只不过翁同龢可谓是一个集大成者。

三

聪明、能干，这两个词常常被人们连在一起使用。的确，现实生活中，一个人如果真"聪明"，那么他往往也"能干"。翁同龢的确很精通登龙之术，但是他毕竟不同于那种只会靠一味拍马而想登龙的鼠辈，这样的人事实上一般也很难登至极致，而只有那种既能干，又深谙登龙之术者，才能最终成功。翁同龢便是这样的人，他确也曾干成过几件很漂亮的事情。

随着近年来一部叫《杨乃武与小白菜》的电视连续剧的热播，相信今天的多数人也对这个案子的具体情节有所了解，因此我便不再在这里赘述，对此我只想说的有两点：一是，许多人可能并不知道，这个案子最终报到刑部，最先主持此案并发现漏洞驳回重审者便是翁同龢，而此时的翁同龢还并非刑部尚书，而只是署理侍郎。二是这个案子重审的最终结果是，完全翻案，杨乃武与小白菜被平反昭雪，而审理过此案和与此案有瓜葛的包括浙江巡抚杨昌濬、学政胡瑞澜在内的一大批大员被革职处分。如此异常地大快人心，背后有着很复杂的背景。

在镇压太平天国的过程中，曾国藩、左宗棠等为首的湘军和李鸿章为首的淮军起了决定性的作用，事后，几乎是自然而然地，湘军和淮军中的人物，便成了执掌太平军最后根据地的浙江和江苏两省的大员，俨然可以支配江浙，而江浙两省的这些官员，亦唯左宗棠、李鸿章等是从。如同治八年，左宗棠麾下大将杨昌濬由其保荐而成为浙江巡抚后，杨每个月的第一件大事便是为左凑足西征的"协饷"，汇交左宗棠的粮台。这就引起了江浙两省官员，尤其是两省在京官员的不满，以致形成对立（江浙两省历来是科举大省，在京官员势力很大），这种对立到同治末年达到顶点。而以慈禧为首的朝廷在太平天国被镇压下去以后，她最担心的事情便是曾国藩、左宗棠和李鸿章等人居功自傲、尾大不掉，对于江浙两省的状况也早已看在眼里，并似乎成了一块心病。就在这样的背景下，"杨乃武与小白菜"一案被报到了刑部，报到了翁同龢手上。聪明的翁同龢哪能不知道，一是几个民妇的状子既能递到他的手上，这背后一定是有高人指点和贵人相助的，他只要接下这状子，便意味着结交了这些高人与贵人，虽然他们隐在背后；二是他接下这状子要求重审，上头不但一定会同意，而且会大力支持的。这样一箭双雕、一石二鸟的好事岂能放过！于是，他自己首先义无反顾地做起了青天，然后又让自己的侄儿打下手——虽说是他侄儿正做着刑部司官，此为他的职责，但也不能排除翁同龢有将来论功行赏时肥水不流外人田的想法。请看他在光绪二年十二月九日的日记中写道：

> 葛毕氏案，提验尸骨无毒，皆具结矣。此案余首驳议，而松侄司藩极用力……

　　果然不出所料，此案最终令慈禧大喜，因为终于使她的心病不说是由此根治，至少是有所减轻；而那些江浙京官，也从此对翁同龢信任有加，为他日后成为"清流"领袖奠定了很好的基础；而在民间，他也获得了"江南无日月，神州有青天"的美誉。总之，这一切无疑使翁同龢积攒了一笔不小的政治资本。

　　至此我们不能不说，并非刑部尚书而只是署理侍郎的翁同龢，能在一个已审理过多次的案子中发现漏洞，并毅然提出重审，这当然表现出了他较强的业务能力和工作魄力，但更多的则表现出了他的聪明。

　　同治十三年（1875年）十二月，同治帝突然驾崩，这给翁同龢一个巨大的打击，因为他原来的一切如意算盘似乎突然间全落空了。但是很快，他又凭着自己的聪明和曾是一名"好教师"的资格又一次当上了光绪帝的老师。这一次为帝师，除了资格更老了以外，更由于是重操旧业，所以一切更是驾轻就熟，很快便又取得了光绪帝的亲近与信任，而仕途的平步青云自然也不在话下，以至最终进入了清廷的最高权力机构军机处，成为军机大臣、总理事务大臣。这一过程有几十年之久，其间当然他也曾有过挫折和沉浮，但每次他都能化险为夷、有惊无险地过去，总体上波澜不惊。因此，这一切本身便是翁同龢为官聪明能干的最好证明。

　　然而，聪明一世的翁同龢，就在他的仕途走到顶峰时，却在自己并无任何察觉的情况下，突然高高地、重重地跌下，且从此一蹶不振。而原因不是别的，竟是他的"不能干"与"不聪明"。

<h2 style="text-align:center">四</h2>

　　光绪二十四年四月二十七日（1898年6月15日），这天翁同龢夜不能寐，因为这一天是他68岁生日，这让他对自己的一生想得很多很多。

凌晨时，他听到天窗外下起了小雨，这让他想起了韩愈"天街小雨润如酥"的诗句，觉得这是个好兆头。有些年迈的翁大人万万没有想到的是，就在这个早晨，他的政治生涯将戛然而止。晨起，他郑重其事地整过衣冠，然后乘上轿子，几乎是一路春风地入宫。先来到办公室批阅各地报来的奏折，向下属吩咐完一天的工作，然后去早朝，似乎一切如常。

如同往常一样翁同龢与各位大臣准备进入大厅，突然"中官止而勿入"。看着各位大臣鱼贯而入后，翁同龢独坐看雨，越发觉得事情似乎有点不对头，至此他才似乎明白了什么，于是将一些看过和未看过的奏折等共五匣交给苏拉英海。

大约半个时辰后，宫中太监走出大厅，向翁同龢宣读朱谕：

> 协办大学士翁同龢近来办事多不允协，以致众论不服，屡经有人参奏，且每于召对时，咨询事件任意可否，喜怒见于辞色，渐露揽权狂悖情状，断难胜任枢机之任。本应察明究办，予以重惩，姑念其毓庆宫行走有年，不忍遽加严谴，翁同龢着即开缺回籍，以示保全。特谕。

让我们先来看一看朱谕中所列的翁同龢获此重处的原因：一是"近来办事多不允协，以致众论不服，屡经有人参奏"，意思可归结为三个字"不能干"；二是"每于召对时，咨询事件任意可否，喜怒见于辞色，渐露揽权狂悖情状"——这简直就是头脑发昏，忘了自己的人臣身份嘛！岂止是不聪明，简直就是太愚蠢。

那么一世以聪明能干著称的翁同龢为什么会突然间变得如此窝囊和愚蠢的呢？

对此，人们自然而然地联想到，这一定是欲加之罪，何患无辞，是对他的诬蔑！那么谁要诬蔑他，谁又能诬蔑得了他？朝中只有以慈禧为首的保守派有这个能力；那他们为什么要诬蔑他呢？因为四天前光绪帝正式颁行的变法维新的《定国是诏》，正是由翁同龢起草的，翁无疑是支持光绪帝维新变法的，是维新派的代表；诬蔑和罢黜翁是慈禧为首的保守派在故意削弱"帝党"力量，为将来发动政变废除新法做准备——恭亲王奕䜣与帝师翁同龢，素被人视作是光绪帝的左膀右臂，而奕䜣十多天已死去，这等于光绪帝的左膀已去；再将翁革职，等于又将光绪帝的另一条右臂也斩去了。

如果真是这样，翁同龢倒是一个为维新而牺牲的英雄了。但我们别忘了一条人生规律，英雄多非聪明人，聪明人多半成不了英雄的，更何况像翁同龢这样一个聪明一世之人呢？

那么究竟是什么原因使得翁同龢被黜呢？

我们再来推敲一下朱谕的所明写着的他的罢黜原因吧。

上谕开篇第一句便是说翁同龢"近来办事多未允协，以致众论不服，屡经有人参奏"。显然，翁被免职的最直接原因是他"近来"工作实绩及效果不佳。那么这个"近来"究竟有多远？所谓"众论不服"之提出"众论"的人又是哪些人？而"论"又都说了什么？对于这些指责翁同龢是辩解，还是承认？所有这些似乎都是弄清翁同龢被免职的关键因素。

对历史稍微熟悉的人都知道，清朝"最近"的大事只有两件，一是甲午战争，二是戊戌变法。

那么我们先来看一看翁同龢在甲午战争前后究竟有哪些表现。

众所周知，翁同龢是甲午战争中"主战派"的代表人物。如果是出于爱国热情而积极主战，这本身没有错——大概也正是因此，历史对于历朝历代的"主战派"多比较宽容，他们有时候即使失败了，也能落一个虽败犹荣的"失败的英雄"形象。对此，聪明的翁同龢自然是不会不懂得的。当然，他之所以主战的原因绝对不仅仅是这个，他绝对不会为了获得一个遥远的历史美名而忽略现实的利益。那么当时的现实又是怎样的情况呢？

甲午战争前，面对日本的步步进逼和不断挑衅，年轻的光绪帝莫名的激情一时被激发了起来。翁同龢于光绪二十年（1895年）六月十四日在日记中写道：

> 军机见起，上意一力主战，并传懿旨亦主战，不准借洋债，传知翁同龢、李鸿藻，上次办理失当，此番须整顿去。

据此我们不难看出，说光绪帝在甲午战争中的主战是受翁同龢的鼓动并不符合历史事实，说慈禧太后一贯主和也不符合历史事实。那么，光绪的主战不难理解，而一贯主和的慈禧这一次为什么会主战呢？原因有两点：一是众所周知，在此以前，慈禧曾将海军军费挪用于修建圆明园，如果她不主战，会予人以慈禧深知"昆明湖换了渤海"，海军不堪一击而不敢主战的口舌；二是慈禧六十大寿，希望能打一场胜仗为她的寿辰庆典增光添彩。一贯聪明的翁同龢对于这一切不可能看不出来，更不可能不懂得成人之美的道理与好处，更何况这人不是一般人，而是实际上掌控着整个朝廷大权的两个人呢！翁同龢是甲午战争中的主战派，这是历史事实，但是他主战的原因，很有可能是因为光绪帝与慈禧难得一致的主战，而使一贯聪明的他"顺杆子爬"而已。更何况，如此还可收到另一个特殊效果，这就是对一贯主和的"主和派"领袖、也是自己的一贯的政敌李鸿章形成排挤和打击。因此，翁同龢的主战实在是一箭数雕、一石数鸟的事情，至于主战的同时，更要对战争的双方做到知彼知己，做好必要的准备，并对战争的后果做到充分的估计等，在他看来都在其次。

呜呼，这样的战争，其结果可想而知！

甲午一战既大败，清廷不得不又一次签订丧权辱国的不平等条约，面临着又一次割地赔款。这对于聪明的翁大人来说，真是机关算尽，但终究人算不如天算。更要命的是，这一切总得有一个人来承担责任呵！谁？皇帝吗？自然不会承担，也没有人敢要他承担；慈禧吗？更不可能，更何况她一看形势不妙，早已从主战变为主和了——又将李鸿章起用去和谈了。此时，人家不参你翁大人参谁？你不承担"近来办事多未允协"的责任谁承担？

除了"近来办事多不允协，以致众论不服，屡经有人参奏"外，那道朱谕中还有一点，"每于召对时，咨询事件任意可否，喜怒见于词色，渐露揽权狂悖情状"，这又是从何而来？

据史料记载，1898年5月，德国亨利亲王来华访问，在讨论礼节安排的问题时，翁同龢竭力反对皇帝与亨利亲王行握手礼；事后又由于亨利亲王谒见光绪皇帝时，皇帝采用了其他革新派官员的建议，与亲王行了握手礼，翁同龢便对光绪帝大放怨词。还有一次，当光绪帝招待亲王饷宴时，大臣理应坐陪，而翁也不屑为之。

那么，朱谕上所言是否是指类似这些事情呢？不是！说这些事情表现出了翁同龢多少有一点"每于召对时，咨询事件任意可否，喜怒见于词色"还勉强说通，但绝不会到"渐露揽权狂悖情状"的高度。再则，如果翁同龢真是因为这些小事而被黜，那么黜他的人是光绪帝呵，这不与"后党迫害"一说相矛盾吗？那么到底朱谕背后有着怎样复杂的内幕呢？这不能不说到翁同龢在戊戌变法前后的种种表现。

众所周知，戊戌变法的领袖人物康有为，最早是由翁同龢引见给光绪皇帝的。后来尽管新法在慈禧太后的政变下只实行了103天就被废止，轰轰烈烈的变法维新运动只百日便宣告失败了，但是康有为一直将翁同龢尊为"中国维新第一导师"。因此，在很长一个阶段，我一直对这位翁大人充满了崇敬：一个年逾古稀之人，竟然有着开放的思想；一个位居高位的重臣，竟然有着如此不怕牺牲的精神，实在是难能可贵。甚至我以为，之于戊戌变法来说，之于中国人民在探索救国救民的道路而作出的努力和牺牲来说，翁同龢形象的光辉几乎可与谭嗣同媲美。为此我头脑中常常出现这样的情景，当戊戌六君子被押向菜市口悲壮地就义时，一个古稀老人正孤独而落寞地走出京城走向江南一隅。

　　然而，有时我又会疑惑，戊戌六君子的就义是在新法被废以后，那翁同龢的走向江南是在新法颁行后的第四天，当时新法正被推行得貌似轰轰烈烈哩，因此，即使仅从这一点来看，翁同龢似乎也不应该与六君子同日而语呵！

　　那么翁同龢真的是"中国维新第一导师"吗？要回答这一问题，又不得不再次回到翁究竟是为什么被黜这一问题上来。

　　翁同龢的被黜是在光绪二十四年（1898年）四月二十七日，他在四月初七日和初八日的日记中写道：

　　　　上命臣索康有为所进之书，会再写一份递进。臣对："与康不往来。"上问："何也？"对以"此人居心叵测"。曰："前此何以不说？"对："臣近见其《孔子改制考》知之。"

　　　　上又问康书，臣对如昨。上发怒诘责，臣对："传总署令进。"上不允，必欲臣诣张荫桓传知。臣曰："张某日日进见，何不面谕？"上仍不允。退乃传知张君，张正在园寓中。

　　这里有几点很值得我们注意：一是，此时光绪帝已有欲重用康有为等人变法的用意，但是翁同龢此时反倒对康有为及其主张很反感，很不希望光绪帝接受康的一套，其中有着怎样的原因？二是翁同龢对康有为的态度为什么会出现如此大的变化，且在皇帝面前还表现得如此固执？这似乎并不符合翁同龢的性格和一贯作风。三是顶撞皇帝，被皇帝训斥这样的事情，并不是什么光彩的事情，他为什么要如此详细地记进日记，且他的日记在晚年时曾作过删改，而这两则为什么没被删改掉？

有太多的史料记载都表明，翁同龢不仅同情康有为、梁启超等人的变法维新主张，而且也正是他向光绪皇帝推荐了康有为，从而使维新变法运动在经历了几多曲折之后终于在1898年正式开始。翁同龢是康有为的发现者，没有翁同龢，即便康有为的变法维新运动仍然会以某种形式、在某种时候变成现实，但绝不会是已经发生过的这个样子。所有这些都是不可更易的事实。

翁同龢的这一反常言行不能不使光绪皇帝莫名其妙，因为光绪皇帝清楚地记得正是这位师傅，不但在每天的课堂上在讲授儒家经典的同时"日讲西法之良"，而且还向他不止一次地推荐过康有为。可是刚刚三四个月过去，这位翁师傅怎能说他不与康有为往来呢？于是光绪帝不得不反问道，是什么原因使你不与康有为往来？翁答道，康有为此人居心叵测。这个回答更使皇帝莫名其妙，你翁师傅先前竭力推荐的所谓年轻有为的政治改革家竟然变成了"居心叵测"的小人，那么你先前是怎样考察的？你先前为什么不详说？翁同龢的回答是，先前没有看到过康有为的全部著作，最近读了他的《孔子改制考》方才得到这样的认识。这样的解释虽然可以自圆其说，但年轻的光绪皇帝还是百思不得其解。于是，第二天光绪帝又向翁提出了同样的要求和同样的问题，翁同龢竟然也同样应对和应答。这使光绪帝异常愤怒。而翁同龢面对皇上的盛怒，竟劝告皇上如果一定要康的著作，最好请总理衙门通过正式渠道进呈。而光绪帝这时也一反常态，说即便要总理衙门进呈，也必须由你翁师傅转达给军机大臣张荫桓。这时轮到翁同龢莫名其妙了，张荫桓每天都可以见到皇上，你皇上为什么不能当面交代，而何必一定要难为老臣传话呢？但光绪帝执意如此，翁同龢只好乖乖地向张荫桓转御旨。

在这一事件中，光绪帝与翁同龢都对对方的言行感到莫名其妙，然而实在是都各出有因。

1898年春天，正是清廷重臣恭亲王奕䜣弥留的日子，他在临终前明确地与光绪帝与慈禧太后说，清王朝确实应该进行某些方面的改革，但这种改革只能是清朝旧有体制的完善，而不能另起炉灶从头开始；对于翁同龢，奕䜣明确说，此人"居心叵测，并及怙权"，如果不对他进行防制，将来一旦他与康有为等人联手，必将祸及清王朝。

恭亲王奕䜣的这一临终遗言，作为正当红的军机大臣、帝王之师的翁同龢，即便不知道细节，也肯定知道大概。他更不会不知道，奕䜣此话不会不对慈禧与光绪产生影响——翁已看到，奕䜣死后，与奕䜣关系本并不密切的慈禧竟令对他的后事礼待有加。正是因此，当光绪帝向翁同龢问及康有为时，他便竭力抹杀自己与康的关系，并指责其"居心叵测"。这实在是翁对于自己的一种本能的保护。至于翁同龢为什么要将这一事件详细记载在日记里，目的也不难推测，那就是将来某一天康有为真的出了事，此可作为他与康有为等人并无多大关系的证明，因为几乎众所周知的他以前与康有为几次直接的接触，在他的日记中都没有记，或是后来被他删去了。我们不能不佩服翁同龢的聪明呵！但年轻的光绪帝哪知道他这位老谋深算的师傅此言行背后所隐藏着的不可泄露的天机呢！因此他对于师傅的异常言行只能感到莫名其妙。

而聪明一世的这位翁师傅，对于学生的异常言行竟然只将其看作是一次普通的任性而未加重视，也真可谓"聪明一世，糊涂一时"呵！

其实，光绪帝之所以一定要翁同龢去传取康有为的著作，实在是有点非让他参与到维新变法中来，有点拉他"下水"的意思，其最终目的是稳住他，至少不让他成为维新的反对者。因为光绪帝知道，他虽然与慈禧双方达成了妥协，慈禧表面上也同意维新，但本质上是反对的，如果作为朝中第一重臣的翁同龢一旦成为反对者，那么维新变法是断难实现的。这也是唯一能解释，为什么光绪帝虽如此被翁顶撞，但仅几天后还要让翁起草《定国是诏》参与维新的原因。

翁同龢在起草《定国是诏》的当天在日记中写道：

> 是日上奉慈谕，以前日御史杨深秀、学士徐致靖言国是未定，良是。今宜专讲西学，明白宣示等因，并御书某某官应准入学，圣意志坚定，臣对："本法不可不讲，圣贤义理之学诚不可忘。"退拟旨一道，又饬各省督抚保使才，不论官职大小旨一道。

这里翁同龢"退拟旨一道"，即指后来光绪颁行的维新变法的《定国是诏》。其中有两点值得注意，一是本诏书是"上奉慈谕"欲颁行的，二是面对"圣意志坚定"的维新决心，"臣对：'本法不可不讲，圣贤义理之学诚不可忘。'"而他的这一观点，几乎与奕訢临终时给慈禧和光绪的一模一样。何以如此？实在是不言而喻。从前有许多研究者都曾发现，翁同龢虽赞成、支持康有为的维新变法的主张，但在具体内容和方式上他又与康有为之间存在着很大的差距，他至少不像康有为他们主张的那么激进，准确地说，他最多属于维新派中的保守派，以至于认为，当光绪帝4月24日向翁同龢索要康有为关于变法维新的著作时，翁同龢竟一反常态突兀地表白自己不与康有为往来。其实这只看到了现象，没有看到这一现象的背后，即翁同龢为什么会这样。

由翁同龢起草的《定国是诏》颁行了，翁当然成了朝野公认的"维新派"，这自然为慈禧所不能容；而光绪帝知道，翁本质上几乎沦为了维新的绊脚石的边缘了，也不能让他留在朝中了。所谓"帝党"与"后党"有许多的分歧，但是在这一点上几乎是共识，所以至此，翁同龢的命运已经注定，于是在《定国是诏》颁行四天后便有了上面的那一道朱谕。借此，光绪帝还正好可以一摆杀鸡儆猴的架势：谁敢阻挡维新必将严惩，帝师也不例外！

聪明一世的翁同龢怎么也没想到，他如此做事如下棋，走一步看三步，以求方方面面都不得罪，但结果却是各方都得罪了。因此，如果我们说翁同龢的被黜原因是他的窝囊与愚蠢，那是大错而特错的，相反，正是因为他的"聪明"——一切似乎都正应了一句俗话："聪明反被聪明误"。

五

如果说翁同龢的被开缺多少是有一点他自己"聪明反被聪明误"的意味，且在当时的情境之中，他由于身处于局中而并未意识到，那么等到开缺回籍，痛定思痛后，聪明的他一定不会不悟出其中的原委吧！

在他回到原籍常熟后的第二天，也就是光绪二十四年五月二十日，他扫墓祭祖后在日记中写道：

> 由南门赴西山，六刻抵墓次，伏哭毕，默省获保首领，从先人于地下，幸矣！又省所以靖献吾君者，皆尧舜之道，无肮脏之词，尚不至贻羞行人也。

由此不难见出，即使是此时，翁同龢对于自己的多年来宦海生涯还是充满了自信的。换句话说，他还不相信自己真就此被清廷彻底抛弃，因为他自信自己"所以靖献吾君者，皆尧舜之道，无肮脏之词"，因此，在很长一个阶段内，他事实上还在等待着东山再起。而这实在是有点不聪明了。事实上他最终等来的是戊戌政变后慈禧太后追加的一条圣谕："永不叙用，交地方官严束。"临终前，他口占一绝："六十年中事，伤心到盖棺。不将两行泪，轻向汝曹弹。"短短四句话，道尽了这位老人宦海沉浮一辈子的无限伤痛。

那么，翁同龢的这一切是他的咎由自取吗？那样说似乎对他太过残酷，也不太符合事实。

人们历来爱将翁同龢与李鸿章相对比评价，这一是因为他们几乎历来就是一对冤家，二是他们在晚清政坛上曾一度分量相当，三是他们二人的结局竟然大相径庭。

首先将他们俩放在一起比较的人是曾经与翁同龢结拜为兄弟的荣禄，他在甲午战争期间写给陕西巡抚鹿传麟的便条中有这样的话："合肥（代指李鸿章，因为李是安徽合肥人）甘为小人，而常熟（代指翁同龢，因为翁是江苏常熟人）则仍作伪君子。"此话常被人们引用，非常有名，虽然其有各打五十大板——"一个也不是什么好东西"的意思，但倒也道出了他们两人的根本不同。的确，李鸿章在历史上似乎比较透明，他就是个政客、官僚兼卖国贼，用一句最通俗的话来说，就是一个"坏人"。虽然今天有几个所谓的"学者"，也曾写过几篇所谓的"学术论文"要替李鸿章翻案，但那只是一种哗众取宠而已，人们对于李鸿章的评价几乎历来就并无多少争议。但是，而欲对翁同龢作出评价，似乎不太容易，他身上有着反差极大的两面性，且这种两面性并非是荣禄所说的伪君子的两面性——若真如荣禄所说，那么他的"坏"与李鸿章相比不是有过之而无不及吗，也就是说他不是一个十足的"坏人"吗？但我们似乎并不能简单地说翁同龢是一个"坏人"，可也不能说他就是一个"好人"，我们似乎只能说他是一个"聪明人"，正是他的聪明，使得他身上始终存在着封建士大夫与封建官僚双重人格，他的双重人格又决定着他们生活中的言行，使他最终成了一个很复杂的人。

无论是在当时还是在今天，也无论是对他一生持肯定的人还是有所保留的人，对于翁同龢至少有两个方面都是认可的：一是他的清廉，二是他的书法。

翁同龢被誉为"清流"领袖，其清廉之名并非浪得。据史料记载，翁同龢死后家无长物，连办丧事的钱也是他的生前友好和门人凑的；而在平常生活中，他更是自守清廉，其主要表现在以下几点：一是拒受馈赠。清朝官员俸入微薄，大概也正是因为这一点，清朝有不成文的规矩，官员接受馈赠，只要与公事无关，就不算受贿，更不算贪污。也正是因为有了这个规矩，所以大多数官员都接受馈赠。如果是地方官来京，大多用"冰敬"、"炭敬"、"别敬"等名目给有关京官送礼；若京官到地方办事，地方官送礼的名目则有"程仪"、"津润"、"路

翁同龢书法

费"等，馈赠的礼物主要是银两或贵重物品……而这一切在当时都不算受贿。但尽管如此，翁同龢仍坚决拒受这些。如，同治五年，他护送父亲灵柩回籍安葬；同治十二年，母亲去世，他回籍丁忧。由于当时他身任同治帝师，当时地方上的一些官员如曾国荃、丁日昌、高心夔等人均先后向他赠银，但他坚决不收。二是严肃家风。翁同龢自己无子女，自然视诸侄如己出，但是他对侄辈、侄孙辈从来都是严格管教。如，其兄翁同书之孙翁斌孙十八岁考中进士，春风得意。翁同龢认为翁斌孙成名太早，恐对日后不利，因而在翁斌孙考中的当月，连续寄去三封信，要他不收礼、不接受"包漕"，且要戒酒、戒骄、

戒矜，严守一个"静"字，并特别提醒他："仓上万不可染，勿预地方公事，勿闲散，勿外出应酬"；"两县送钱万不可收，无论是何名目，总是陋规。"三是约束亲友。光绪初年，盛宣怀因在经办轮船招商局中贪污受贿，被两江总督刘坤一参劾。盛家与翁家是世交，彼此早有往来，盛宣怀的父亲盛康携带礼物找到翁同龢，请翁同龢疏通有关大员，使其子免遭处分。翁同龢退还了礼物，说"此中事实未易悉"，明确拒绝了盛康的请求。光绪十年刑部主事朱寿镛因受贿被人告发，革职永不叙用。他向翁同龢求助。朱氏有恩于翁家，现在有困难理应帮他。但翁同龢了解了朱氏革职的经过后，认为事涉国家法律和一个官吏的操守，最终不但拒绝了朱氏要求，而且还要他认真反省，好好做人。翁同龢的这一系列行为不能不说是难能可贵，甚至放到我们今天，也会让我们许多的"公仆"们汗颜的吧！至于在当时，那更是与多数官僚的做派大相径庭，这不能不让他们多少有点尴尬。这或许便是翁同龢获得个伪君子的名声的原因之一吧。

其实，翁同龢的清廉正是他士大夫人格，即知识分子人格在起着作用。但是翁同龢一直身处官场，事实上又是一个大官僚，这又不能不养成了他身上的另一种官僚人格。而这两种人格同处一身，不时会发生矛盾、冲突，也属自然而然。

翁同龢的确写得一手好书法。《清史稿·翁同龢传》称赞翁同龢的书法"自成一家，尤为世所宗"。清徐珂《清稗类钞》评价他的书法"不拘一格，为乾嘉以后一人。"清代著名书法家杨守敬在《学书迩言》中具体评价他的书法："学颜平原（颜真卿），老苍之至，无一雅笔。同治、光绪间推为第一，洵不诬也。"民国时期著名书法家谭钟麟对翁字更是推崇备至，他说："本朝诸名家，直突平原（颜真卿）之上，与宋四家驰骋者，南园（钱沣）、道州（何绍基）、常熟(翁同龢)

而已。"这些评价，足可见出翁同龢书法水平绝非一般之高，其书名也绝非浪得。

俗话说，"字如其人"，但就我看到过的翁氏书法作品来看，其风格应属宽博、大气一路，但是世人多以小气、狭隘评翁氏为人，这似乎矛盾。这也让我们不能不再次说到那个深深地躲在他自己宽博、大气笔墨背后的翁同龢其人。

封建知识分子历来将人生的最高目标设定为"立德、立功、立言"，翁同龢自然也不会例外，但是翁同龢一辈子，除了他起草的那些诏书、圣谕和一部被他晚年几次删改过的《翁同龢日记》，以及一些应景应酬诗作外，几乎没有留下来什么文章。显然这不会是因为他的公务繁忙，也不会是因为他真的没有情感需要宣泄，没有思想需要表达，更不会是他的文章才华在考上状元后便江郎才尽了，真正的原因只会是他生怕在文章中泄露自己的心机而惹祸，因为他看到清代有太多的文字狱；他把自己"立言"目标的实现寄托在自己的笔墨中，所以他精研书法，以达到在文化上的不朽，将人的真实面目深深地躲到了笔墨的背后。这既是翁氏书法之所以笔墨精良的原因，也是翁氏书法终显人、书矛盾的原因，更是翁同龢人格双重，且双重人格又时显矛盾的表现。

其实，中国古代知识分子大多数都存在着人格的两重性，因为他们所追求的最高境界是所谓的"内圣外王"；而"内"要做到"圣"，就必须要保持作为一个知识分子的操守，即主要是保持儒家思想所要求的底线；而"外"要做到"王"，这实际上是不可能的，现实社会中，他们只能去做的不是"王"，最多只是"官"，也就是说，只能是通过借助于别人来实行自己的"王道"，当然这个"别人"不能是不如自己者，而是力量越大者越好，最好自然是皇帝了。但是，这样一来，在封建时代，知识分子的所谓"外王"，便有点像小马拉大车了，有时候你不但拉不动车，还反而为车所拉，并受其制约，这种制约不但有外在的，还有内在的——与你"内圣"产生不可调和的矛盾。

晚清人物中最赤裸裸地主张和实践所谓"内圣外王"的是曾国藩，出生于传统封建知识分子家庭的翁同龢，当然也不乏这种"内圣外王"的思想。正是因为"内圣"的追求，所以他在几十年的宦海生涯中，竟能保持一个知识分子的操守底线，例如保持清廉。

李鸿章虽然也是科举出生的知识分子，但是他彻底放弃了自己"内圣"的追求，一切只为了自己的"官"——那在他看来才是他所"外王"的唯一资本，因此，他无论是在收受那些行贿者送上的银子时，还是在那些卖国的条约上签字时，手从来就不曾抖过，正如荣禄所说"自甘小人"，这自然倒也显得很"真实"；而相比之下，翁同龢倒显得很"虚伪"了。

当然翁同龢的虚伪还不止这一点。

说起来翁同龢"外王"的运气，算是很不错了，一是他考得了状元的头衔，更重要的是他傍上了同治、光绪；但是换一个角度说，他的运气也实在太坏，因为同治、光绪之外还有一个慈禧，这让他很难办，他不得不发挥自己的聪明才智周旋其间。而就是这种聪明的周旋，又无时无刻不与他内心"圣"的追求的性格相冲突，也给人以虚伪的印象。关于这一点，连他的世交潘祖荫也曾经评价说："叔平虽为君之座师，其人专以巧妙用事。"这样评价虽未必客观准确，但翁同龢不够胸襟坦荡，不曾果敢有为，爱耍些小聪明，爱打些小算盘等等，恐怕也是事实；而这一切终使得他身居高位，但政治才能大打折扣，并最终聪明反被聪明误，且不但误己，更是误国——这也是事实，且都成为了历史。历史许多时候仅仅只是一个庄重而又空洞的大字眼，你越走近，便越看不到它。例如我现在在试图叙述一段历史时，我只看见一个年逾古稀的老人，无意间与一些人走到了一起，并掺和到了一些事情中，更做了一些事情，如此而已。但是，这就是翁同龢的机遇。许多人努力一生、奋斗一生，终不能在历史的天空中留下一点痕迹。不想做、事实上也做不了"维新派"的翁同龢，却被尊为"中国维新第一导师"；既不想得罪皇帝，也不想得罪慈禧的他却被罢了官；也正是因为这一切，翁同龢便不再是一个科场得意的状元郎，也不再是一个工于笔墨的书法家，而俨然成了一个政治家；而事实上，无论是他的政治才能还是其政治效果，都是极差的。

《翁同龢传》的作者高阳先生说："守礼安分是翁同龢的第一长处，但守礼安分者每短于应急济变之才，时势所趋，莫知其然而然地用其短，此真清祚不永的气数使然了。"此话说得很有见地。

饿死不如一匹马

　　叶名琛沿着他自己设定的这"第三条道路"的确走去了相当远的一段。从1852年到1858年七年的时间里，广州这个本应该是随时会被引爆的火药桶，竟然在叶名琛的"总督"下一直没有引爆；不仅如此，这期间，他主政的两广地区，还成了清政府镇压太平天国等农民起义最大的饷银提供地（因为随着太平天国占领南京后，有着清政府"粮仓"之称的两江地区，实际上已被太平军控制）。广州异常安静！叶名琛异常得意！然而，该来的终将要来，一切的一切！

一

南京中华门外六十里，有一个名叫叶家的普通村庄，今属南京市的溧水县。村不大，约百户。村子的东面有一座小山，高虽不足百米，但山上树木丰茂，望上去倒也有模有样；著名的秦淮河从西边绕村而过，往来船只如梭；处于山水之间的这个小村子，远远望去美丽而宁静。

算起来是三十多年前了，那是我第一次走进这个村子，当时我就觉得这个村子里似乎有一种特殊的气息。村里当时还没有那种如今在江南乡村常见的两层水泥小楼，民居多为老屋，粉墙黛瓦，村巷幽幽，那些村巷多用青石板铺就地面，而那些青石板早已被历史的脚步踏磨得又光又亮，人走在上面，似乎有一种走在历史深处的感觉。

就在那一次与一位老乡无意间攀谈中，老人叹息着告诉我："当年长江沿岸，大一点的水码头，哪一个没有我们村的生意呵？可如今，败落了！"

老人的话并非夸张。明、清两代，溧水人以善营中药业而名扬大江南北，在全国中药业的五块金字招牌（北京的同仁堂、杭州的胡庆余、武汉的叶开泰、苏州的雷允上、芜湖的张恒春）中，就有两块是属于溧水人的（叶开泰和张恒春）。而其中的"叶开泰"便是从这叶家村走出去的。

老人还告诉我，他们这个叶家还出过一个大人物，叫叶名琛。

对于叶名琛这个名字，我当时是既熟悉又陌生，熟悉的是在中学历史教科书中读到过他，知道他是第二次鸦片战争时的两广总督，似乎在历史上的名声并不太好；陌生的是除此之外我一无所知，也不知道他竟是"叶开泰"的子孙，更不知道这叶家村，说来也算是叶名琛家的世居之地。因此当时我就对眼前的这个小村子很是刮目相看；但是，要将眼

今日江苏省溧水县叶家村

前的这么个小村子，与一位权倾两广的总督大人相联系实在也有点难以想象。就是叶家村人，甚至叶氏本族本家人，对于这个在商场和官场都曾得意一时的叶家，对于叶名琛，他们已不记得多少了。

我由于特殊原因，每年至少都要去叶家村一两次，但至今从叶家老人的口中所知道的也只有两点：

"乖乖，那年清明节，叶家回乡祭祖，那船队停在秦淮河上，有一里多长哦！"

"那年，长江的水并不大，但叶名琛出世那天，叶家在江岸上的仓库，突然间向江里崩塌了七间——大人物出世，地动山摇呵！"

——除此以外几乎一无所知。

而年轻人，似乎多不愿提叶名琛，因为他们从中学的历史教科书中读到过，正是因为叶名琛的轻敌失防，才造成了在第二次鸦片战争中广州的陷落和中国的失败，他们不愿叶名琛与自己的村子有什么关系，甚至还有点恨他们的这个先辈，觉得他让他们叶氏受辱了。

我是很喜欢从一些民间传说和故事中去揣摩历史人物的，因为那样揣摩出的历史人物，甚至比写在历史中的要生动、完整和真实，但是对于叶名琛，在这上面多年来我一直劳而无功，这不能不逼得我只好一次又一次地走进那些泛黄的史料。

二十多年前，我应邀为故乡编写一本地方史性质的书籍，有了一次集中走进有关叶名琛史料的机会。我从史料上看到叶名琛的一张照片，据说是一个英国人拍的。虽然它存世已百多年了，但竟然还十分清晰。照片上的叶名琛体态微胖，官服翎帽，似乎神情紧张地坐在一张高背椅子上，目光似乎有点怯怯地看着面前的地上，那翎帽戴在他头上似乎太重，压得他头虽然说不上低着，但绝没有昂起，所以一些常用来形容大人物端坐的词语，如气宇轩昂等，绝对不能用来形容这张照片上的叶名琛。总之，我的这个老乡看上去似乎是个老实人，所以我觉得《清史稿》中说他"性木"应该没有大错。就是这样一个人，实在让人很难相信，曾有"以诗文鸣一时"的才华，也有"镇压广东天地会起义，屠杀群众10余万人"的残忍，还有"不战、不和、不守，不死、不降、不走"的狡黠，及其"不食周粟，绝食身亡"的执拗。然而这一切几乎都是事实，叶名琛就是这样一个多义的人。而且随着我越走进历史深处，越觉得，叶名琛的多义其实是早就注定了的。也正是从那时起，我有了一个心愿，想写一写他那注定多义的人生。

的确，叶名琛的人生可谓是多义。

叶名琛，字昆臣，于清朝嘉庆十二年（1807年）十一月生于湖北汉阳，原籍江苏溧水。虽生长于一医药巨商兼官宦世家，但叶名琛自幼勤奋好学，年少时便与其弟叶名沣"以诗文鸣一时"。道光十五年（1835年）中进士，不久即授陕西兴安知府，开始官宦生涯。此后直至道光二十八年（1847）的12年间，他先后更替官职8次，平均一年多一点就升一次，这实在有点令人眼花缭乱，他做过的这些官职，到底是干什么或管什么的，我实在搞不清楚，也没兴趣去搞清楚，所以在此也不必将它们一一列出了，同时我相信读者也与我一样，只需要知道他官是越做越大就行了；同时也由此明白两点：一是叶名琛还是很懂得为官之道的；二是他在那些官位上，一定不乏政绩，至少是没出什么纰漏，否则是不可能获得上司和朝廷如此青睐的。

然而这些还并不能使叶名琛成为一个多义人物。

1847年初，道光皇帝发出了一道圣旨，任命叶名琛为广东巡抚。

对于清廷来说，这只是一道普通的圣旨，说它普通，是因为像这样任命，在清朝历史上有过成百上千次；但对于叶名琛来说，这实在不是一项普通的任命——并不是因为他从此将走上仕途的巅峰，年仅三十多岁就成为真正的封疆大吏，而是从此注定了他的人生将走向复杂，他的生命将注定多义。

二

第一次鸦片战争后，清政府被迫与英国签订了不平等条约《南京条约》，其中最重要的一款便是所谓的"五口通商"，也就是将中国沿海的五座大城市确定为"通商口岸"，允许英国人自由进入其中进行所谓的"自由贸易"，并设立领事馆，广州便是首当其冲的一座。但是恰恰就是这座广州，在条约签订后的数年内，英人一直不能进入，原因是在广州郊区发生所谓"三元里抗英"后，是广东民众与英人异常对立，民众"合词请于大府，毋许英人入城"。因此，事实上英国人不但没能在广州设立领事馆，连商船也根本进入不了广州。为此英国多次与清政府交涉，要求践约，但一直未果。也正是因此，当时的广州无异成了一个随时可能再次引爆战争的火药桶。而就在这个节骨眼上，叶名琛出任这个广东巡抚（后又授两广总督、通商大臣），命运可想而知，一不小心便会被炸个粉身碎骨！

照片上的叶名琛
看上去一副老实
人的模样

——叶名琛当然不想这样！

从前任身上总结一些成功的经验与失败的教训，这是叶名琛上任后自然而然经常温习的功课。

林则徐，这是叶名琛不能不时时揣摩的一位前任。这位前任，可谓是第一位在英国人面前雄起的清朝官员，他主张严禁鸦片贸易，并下令收缴英商鸦片于虎门海滩一炬销毁，为此被朝野上下看做是"禁烟派"的代表；面对英国发动的鸦片战争，他积极组织海防，给来犯英军以迎头痛击，迫使英军不得不放弃对广州的攻击改向北去，为此在鸦片战争中又被朝野上下看做是"主战派"的领袖。然而，最后结果，由于清军在战场上的不断失利，清政府不得不与英国签订丧权辱国的《中英南京条约》等，割地赔款不在话下；而林则徐本人，虽获得了个民族英雄的美名，但最终落得个充军新疆的悲剧下场。

——叶名琛不想做林则徐。

林则徐的后任是琦善，再后是耆英，他们在看待英国入侵的问题上与林则徐相反，他们竭力主和，不主张与英国人开战。琦善上任伊始便将林则徐设置在虎门和珠江口的炮台等几乎全部废弃（当然这也是英国人的要求），并签订了《穿鼻草约》等，耆英更是一口气签下了《南京条约》、《虎门条约》、《望厦条约》和《黄埔条约》等，以一味的委曲求全换得了英国人进攻的暂时停歇；然后他们的"主和"却也在朝野上下引起了非议，人们将他们的所作所为看作与投降卖国无异，他们本人在世人眼中也几乎与卖国贼无异，可谓是身败名裂。琦善因签订《穿鼻草约》而在1841年8月被定为"斩监候"，戴着镣铐离开广州，虽然最终没有执行，但那多半是因为他的满族贵族的身份的作用；耆英虽然也曾似乎红极一时，但1848年奉诏入京后，便为这一切付出代价了，官阶被一降再降，由封疆大吏降至"五品候补"，最后的下场竟是被道光皇帝以二尺白绫赐死（当然这是后话）。

——叶名琛当然也不想做琦善、耆英。

他事实上也做不了他们，或者说，他压根儿就没有做的资格和本钱。

叶名琛要在林则徐与琦善、耆英走过的道路间，找到一条属于自己的第三条道路。这让他想到了另一位前任——徐广缙。严格说来徐广缙应该说是他的同僚，叶名琛被任命为广东巡抚时，两广总督是徐广缙，事实上他便是徐广缙的"副手"。起初他也并不想象徐广缙那样，因为在他看来，徐广缙总督两广数年，但只会一味刷面糊把子，无政绩可言。叶名琛还年轻，在世人眼中，他"以翰林清望，年未四十，超任疆圻，既累著勋绩，膺封拜，遂疑古今成功者，皆如是而已"。但他深知自己一路走过来靠的是政绩，没有了政绩，他的政治生命便到了头。

叶名琛也深知这看似风光无限的两广总督的位置，实际上是一个政治坟场。那么，他该怎么办呢？

道光二十九年（1849年），英国人再次派军舰闯入珠江口，提出践约要求（在此之前，耆英任两广总督时，曾答应英国人两年后答复，现在耆英虽然调离，但两年的期限到了），但是各种矛盾并没有解决，尤其是广州民众与英国人结下的仇怨并没有化解。聪明的徐总督此时干脆来了个顺水推舟，他一不做二不休，来了个发动群众走群众路线。他秘密召集诸乡团练，先后达到十多万人，让他们驾着小船围攻英船，明确宣告众怒不可犯。在徐广缙与英国人会谈时，英国人本准备把徐广缙扣留为人质，但是面对着齐声呼唤、气势震天、群情激愤的十多万民众，英国人害怕了，不但放弃了原计划，而且答应不再提入城之事。英国香港总督文翰照会徐广缙，表示愿重订通商专约，徐广缙趁机提出要将严禁英国人入城的意思写进约定之中。文翰害怕因此阻碍通商大局，竟也同意了这个要求。

整个事件的过程中，叶名琛作为广东巡抚，实际上是两广的"二把手"，自然是积极参与了策划和实施，并且似乎是以他们的胜利而告终，因此，当叶名琛和徐总督一起上疏时，道光皇帝得到奏报后大悦，并在随后的诏书中说："洋务之兴，将十年矣。沿海扰累，糜饷劳师，近虽略臻安谧，而驭之之法，刚柔未得其平，流弊因而愈出。朕恐濒海居民或遭蹂躏，一切隐忍待之。昨英酋复申入城之请，徐广缙等悉心措理，动合机宜。入城议寝，依旧通商。不折一兵，不发一矢，中外绥靖，可以久安，实深嘉悦！"并封徐广缙一等子爵、叶名琛一等男爵。

此时，叶名琛似乎看到了在林则徐与琦善、耆英之间有一条"第三条道路"，事实也让他相信，只要沿着这条道路走下去，一定能既不会让洋人讨得便宜，也不会得罪他们；同时既能让皇帝高兴，也能让自己加官晋爵。

咸丰二年（1852年），徐广缙被调剿办洪秀全太平天国去了，叶名琛于是实授两广总督兼通商大臣，两广大权集于他一身。至此他自然是踌躇满志，他坚信只要沿着自己设定好的这第三条道路走下去，一定能达到自己的目的，至少能走出政治坟场。

他后来在写给道光皇帝的一份奏折中不无得意地写道：

　　默念与洋人角力，必不敌，既恐挫衄以损威，或以首坏和局膺严谴，不如听彼所为，善藏吾短。又私揣洋人重通商，恋粤繁富，而未尝不惮粤民之悍，彼欲与粤民相安，或不敢纵其力之所至

以自绝也，其始终意计殆如此。

　　叶名琛设想的这"第三条道路"便是走群众路线，扬长避短地与洋人周旋。叶名琛沿着他自己设定的这"第三条道路"的确走出了相当远的一段。从1852年到1858年七年的时间里，广州这个本应该是随时会被引爆的火药桶，竟然在叶名琛的"总督"下一直没有引爆；不仅如此，这期间，他主政的两广地区，还成了清政府镇压太平天国等农民起义最大的饷银提供地（因为随着太平天国占领南京后，有着清政府"粮仓"之称的两江地区，实际上已被太平军控制）。

　　广州异常安静！

　　叶名琛异常得意！

　　然而，该来的终将要来，一切的一切！

三

　　咸丰四年（1854年）广东爆发所谓"红兵"起事，20多万人一起围攻广州，情况危急万分。然而此时，驻守广州的清军主力已调去镇压太平天国了，城内只有一万五千多人，但叶名琛别无选择，他仅以一万五千多兵勇守城，最终居然不仅守住了广州城，而且还将红兵逐出境外。凭借此"剿匪"业绩，叶名琛自然是再次获得了皇帝的表彰和信任，使得他在"总督"的位置上坐得更稳，但殊不知他的人生也就此种下了恶果——那因镇压农民起义而沾满双手的鲜血不但从此再也无法洗净，而且也事实上失去了日后走那自己设定的"第三条道路"所必须依靠的力量。

　　其实，对于广东发生的这一切，那蛰伏在香港的英国人、法国人等，无时无刻不在观望着。他们岂能永远蛰伏下去——这更是注定了的！

亚罗号

1856年10月8日，一条"亚罗号"的小商船从澳门驶向广州，但是就是这条注定将驶进中国历史中的小船，也注定将改变叶名琛人生的航向。

叶名琛得到举报，"亚罗号"是一条虽在英国注册过的商船，但注册已过期两周，且船主和船员都是中国人，事实上是一条中国商船。这条商船上携带着大量走私物品正驶向广州。

船到广州，自然而然，水师总兵梁国定下令对"亚罗号"进行搜查，结果几乎一切皆如举报人所言，于是下令逮捕了船上的中国船员，并扣押船只。这一切可谓是再顺理成章不过的了。

然而，英国人硬说"亚罗号"属于英国，中方的行径"有污大英帝国尊严"，并就此提出一系列无理要求——此就是历史上著名的所谓"亚罗号事件"。事件爆发后，面对英国人的无理要求，叶名琛当然拒不接受。然而，叶名琛哪里知道，这一次英国人要的就是你不接受。

10月14日，英国海军以此为借口掳去了一艘中国水师的官船。21日，英军又在司令西马糜各厘的率领下，乘船攻击珠江两岸的炮台。至此，第二次鸦片战争爆发。

战争的结果众所周知，不必再提，自然是中国又是战败、签约、割地、赔款等，一切都不在话下。

再接下来人们又是一阵痛心疾首。

痛心疾首之余，总要问，这一切谁来负责啊？总得找出一个人来，否则这口气太咽下不去了，也太丢这个自以为是的泱泱大国的脸了，太没法向历史交代了！

于是有人想到，如果对那艘倒霉的"亚罗号"睁只眼闭只眼，英国人不是找不到借口了吗？因此，是叶名琛"惹火烧国"；"亚罗号事件"爆发后，如果叶名琛能与英国人周旋得再聪明些、更智慧些，至少不那么强硬、愚蠢，或许就不会有战争的爆发；英国人不就是要进城吗？你让他进就是了！更何况《南京条约》上都订好了的，你不让人家进来，不是你失理吗？总之，叶名琛对于战争的爆发可谓是罪大恶极。

战争于10月21日爆发后，英军真可谓是日下一城，一路势如破竹：

10月24日，英军攻占广州南郊凤凰岗等处炮台。

10月25日，英军占领海珠炮台、城郊十三行商馆区。广州全城，皆在英军炮火射程之内。

10月27日，英军司令照会叶名琛，要求入城，被拒后，英人对广州城实行间歇性炮击。

10月28日，英军炮击广州南城墙，至晚，城塌一缺口。

10月29日，英军百人从缺口处冲入广州，占领两广总督衙署。

——叶名琛如果更有办法一点，至少能顶住英国人的进攻为清廷争得一点面子也好呵！怎么这么窝囊！总之，在战争过程中，叶名琛也是罪无可赦！

因此，叶名琛成了对这一场战争负责的最好人选。也因此，他的坚韧成了固执，他的灵活成了狡猾，他的沉着成了无知，他的冷静成了麻木，他的无奈成了迷信，他的所有努力，都成了幼稚可笑，甚至他最终的绝食而死，竟也成了罪有应得……

然而，第二次鸦片战争的所有责任真的应该由叶名琛来负吗？两个国家间的这么一场战争，最后的责任真的是由一个人能负得了的吗？

我们从小就听过一则寓言故事：一只在河流上游喝水的狼，想吃掉在下游喝水的一只小羊，借口竟是羊将狼的水弄脏了；尽管小羊一次次地指出了狼的借口的荒谬：一是你在上游，我在下游，只会是你弄脏我的水，我怎么会弄脏你的水呢？二是你又说去年我曾在上游，但去年我分明还没出生呵！但这一切都没用，最终一点也不影响狼吃掉小羊，因为借口总不难找到，那就是去年不是你就是你爹妈！

沙角炮台遗址

"亚罗号事件"的确是第二次鸦片战争的一个导火索，但那些指责叶名琛对这一事件处理的人们，他们恐怕忘记这一个寓言故事了！

其实，在"亚罗号事件"发生前后，叶名琛对事件的处理并无多大过错，就如同那则寓言中的小羊并无过错，并且对狼的借口的驳斥有理有节一样。对此，一个外国人当时就看得十分清楚，他在"亚罗号事件"引发战争两个月后，就写了《英中冲突》一文，以社论形式刊登于1857年1月23日的《纽约每日论坛报》上，不但充分肯定了叶名琛处理"亚罗号事件"过程中，从纯粹的外交手段上而言，做到了有理、有利、有节，他明确指出说："全部事件过程中，错误在英国人方面……确实，这个中国人如此令人信服地把全部问题都解决了。"后来他又在另一篇题为《英人在华的残暴行动》中，更明确地称赞叶名琛说：

　　叶总督有礼貌地、心平气和地答复了激动的年轻英国领事的蛮横要求。他说明捕人的理由，并对因此而引起的误会表示遗憾，同时他断然否认有任何侮辱英国国旗的意图。……中国官吏心平气和，冷静沉着，彬彬有礼。

这个外国人不是别人，他就是马克思。

因此，我们完全可以说，在"亚罗号事件"中，叶名琛和他所代表的清王朝，实际上注定了与寓言中那只小羊的命运是一样的，任凭你做得再怎样好也没有用；甚至完全可以说，即使没有这"亚罗号事件"，对于英国人来说也不要紧，他们一定会再弄出个什么别的"事件"来的，因为这只是找出一个借口而已——什么时候侵略者要找一个借口是件难事的？这只是一个开头，随后"马神甫事件"也一样，甚至再后来的"九一八事变"、"七七卢沟桥事变"等等，都一样！其背后真正的原因只有一个，那就是侵略者与狼一样，它太强大了。因此，那些指责叶名琛对"亚罗号事件"的处理的人，无疑是在小羊被狼吃掉后，指责小羊对狼的借口的驳斥还不够智慧一样荒谬。

战争爆发后，叶名琛的确事实上始终遵循着他的所谓"六不"方针，即"不战、不和、不守，不死、不降、不走"，这也是他历来遭人诟病的地方。然后我们在指责的同时，也要看到他背后实际上也有着太多的无奈！

他是"不战、不守"，但他的"不战、不守"不是不想战、不想守，是他拿什么战，拿什么守呀？战争爆发时，不要说广州，整个清朝的所有精锐部队都几乎在江浙一带与太平军作战，而广东的财力又基本已经在镇压太平军的战争中消耗殆尽。叶名琛可谓是面临着无兵可出、无险可守、无钱可用的尴尬局面。有人可能会说，叶名琛不是有过以一万五千人击败过二十万"红兵"的奇迹吗？你为什么不能再创造一次以少胜多的奇迹？但那现代化武装到牙齿的英军是那"红兵"能比的吗？说这样的话的人，我不知道他说这话时腰疼不疼？还有人说，当初叶名琛不是与徐广缙一起通过发动群众，吓退过英军吗？为什么不再来一次？然而上面我已经提到，至此已今非昔比：叶名琛曾为朝廷多次镇压农民起义军，若要发动群众，他们便正是发动的对象——叶名琛还能发动得了吗？总之，事到如今，叶名琛有着太多的无奈。

太多无奈中，叶名琛只好去求仙扶乩寻找帮助。这在我们今天看来实在是一种迷信行为，甚至他摆空城计，也是无知的、愚蠢的和可笑的，但或许这也并非什么十恶不赦，至少是我们不应该对此过多的指责，如同我们不应过多地指责林则徐因看到英军"正步走"后便从此认定英国人的腿都是真的不能弯曲一样——我们能原谅林则徐的无知，为什么就不能原谅叶名琛的无知呢？

他是"不和、不死"，并不是他不想和，而是因为他清楚，所谓的"和"即丧权辱国；他也并不是不想死，最后的事实也证明了他并不是怕死，而是"将以有为也"。据有关史料显示，叶名琛起初是把自己的被俘当成是可以晋见英国君主的契机；他在被俘之初不自杀，是要留下一条命，向英国君主阐明大中华的和平意愿，并借机去反问英国君主。叶名琛后来对随他而去加尔各答的仆人明确地说明了这层意思："我之所以不死而来者，当时闻夷人欲送我到英国。闻其国王素称明理，意欲得见该国王，当面理论，既经和好，何以无端起衅？究竟孰是孰非？以冀折服其心，而存国家体制。彼时此身已置诸度外，原欲始终其事。"

如果叶名琛仅有这样的话，或许谁也不会相信他说的是真的，但最后的事实是，他在知道自己不可能有前去英国当面质问英国君主的机会了，并且"所带粮食既完，何颜食外国之物！"后，便毅然绝食八日身亡。至此，你觉得他欲与英国女王的"当面理论"迂腐也好，天真也罢，但是你不能不承认，他的"不死"并不是怕死而欲苟活。

至于他"不走、不降"也是事实，但"不走、不降"本身有什么错吗？难道"走"才对，"降"才好？不错，战争后期，连皇帝也"走"了，这才让英法联军一把火烧了圆明园，相比之下，叶名琛的这"不走、不降"也的确显得有点迂腐和可笑。但是我相信，善良而正义的人们呵，这样的笑，一定会笑出眼泪的吧！

四

那年，我在广东虎门参观"虎门销烟纪念馆"时，见馆内有一块"节马碑"。

这块碑看似寻常，巨大石碑上只刻有一匹骏马，然而讲解员却为我们讲述了一个生动而感人的故事。当沙角炮台被英军攻陷后，三江副将陈连升的战马落入了敌手，而此马竟绝食而死，时人有诗云：

逆夷牵向香港中，悲嘶首北难朝东。

抚摸叫跳跨摇堕，侧目疾视仇雠同。

贞操耻食夷人粟，只受吾华刍一束。

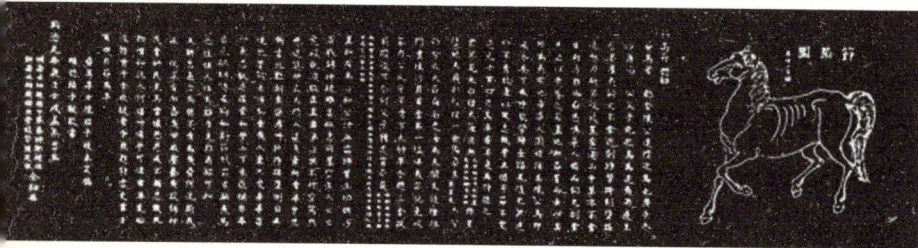

节马碑

忍饥忍痛骨如柴，山下采薇犹自辱。

我曾在"节马碑"前深深地感动，并且事后我还在一篇文章中特意写下了"马且如此，人更何况！"的话，其实我这句充满感慨的话便是因为叶名琛而写下的，因为同样绝食而死，叶名琛作为一个人，在历史上获得的评价，竟然还不如一匹马。我们为马树碑立传，称它为"节马"，但叶名琛的坟墓我至今不知道在何方——这并不是我没去寻找，而是我从各种材料上寻找多年一直没能寻得；更从没人称叶名琛是"义士"，相反，对他似乎还竭尽了戏谑与贬抑，这实在有失公允。

那么何以如此呢？

尽管我的这篇散文写得更像是一篇所谓的"论文"了，但我忍不住在此要为读者将当时的事实理一理，也补充交代一些叶名琛被俘后甚至死后发生的事情。

英法联军攻下广州后，对于他们来说最要紧的事情自然而然有两件：一是防止对手反攻，巩固战争成果；二是尽快稳定社会秩序。当然掠夺所有在他们看来有用的一切，也是一件要紧的事情。

1858年1月，英法联军在劫掠叶名琛的督府之时，"缴获"了装有耆英、徐广缙和叶名琛等任职时在广州办理"夷务"的许多奏折、谕旨和皇帝对外交条约的批复原件等，这些东西被装在一只只所谓的"黄匣"中。正是这一切，不但使英法侵略者洞悉了清朝对待"夷务"大体政策，也让他们了解了谁是真正难以对付的对手——在他们看来，叶名琛算一个。

1858年1月末，额尔金在写给葛罗的一封信中，不无忧虑地写道："不少人对我谈及一个不能掉以轻心的问题，他们都说，叶留在广州会使人心不稳，给重新回复秩序和信心带来困难……显然，把他送到海峡殖民地去是不行的，因为这些地区大多数居民都是中国人。"

额尔金

由此我们不难看出两点，一是英国人认为叶名琛虽然被捕，但仍具有"危险性"，似乎是一颗定时炸弹；二是英国人为什么要将叶名琛关押至加尔各答，因为怕他被中国人劫去，以他为旗帜，组织力量再次与他们决战——在这方面英国人是有过教训的——拿破仑在1814年首次被俘后，英军曾把拿破仑关押在地中海的厄尔巴岛上，但在1815年3月，拿破仑没费多大功夫就逃离了该岛回到法国，并一路应者云集，不到几天便集结大军几十万卷土重来。英国人把叶名琛当作了东方的拿破仑了。由此我们不难看出叶名琛在广东无论是政府中还是民众中，都有着较高的威望，这也反过来证明，他执政期间并不真的是一个窝囊废。

然而，中国不是法国，这便注定了叶名琛不会成为拿破仑！

书中已有叙述，咸丰帝在得知叶名琛被俘之后，既没有采取任何营救措施，也没有通过交换

英国人所绘叶名琛被俘情景

战俘等战争惯常手段来搭救叶名琛，反而发布了这样一道圣旨：

> 叶名琛办事乖谬，罪无可辞，惟该夷拉赴夷船，意图挟制，必将肆其要求。该将军署督等可声言：叶名琛业经革职，无足轻重。使该夷无可要挟，自知留之无益。……着即传谕各绅民，纠集团练数万人，讨其背约攻城之罪，将该夷逐出省城。倘该夷敢于抗拒，我兵勇即可痛加剿洗，勿因叶名琛在彼，致存投鼠忌器之心。该督已辱国殃民，生不如死，无足顾惜。

我这里之所以要将这道圣旨不厌其烦地照抄，就是要让读者细细地看一看，这样的一道圣旨，即使今天读来是怎样地让人心寒！因为害怕敌人以叶名琛做人质要挟清朝政府，清政府不但抢先罢免了他的一切职务，而且还给他安上了一系列的罪名，并与此同时要两江总督府通知英方说，叶名琛现在已成为一介草民和罪人了，其生死皆与清政府无任何关系了。此目的明眼人一看便知只有一个，那就是让对方觉得留着没什么用了。这不能不让人们想到楚汉相争时的一个小故事：项羽将刘邦的父亲捉来要挟刘邦时，刘邦说过的一段尽显其流氓无赖嘴脸的话："吾

翁即若翁，若必烹尔翁，辙幸分我一杯羹。"不仅如此，圣旨上还明明白白地写着，要清军与团勇在与英军作战时，不要顾及叶名琛，不要因为叶名琛在他们手上而有投鼠忌器之忧，因为他已变成了一堆垃圾了，尽可"无足顾惜"。这一切，让我们将清廷比之当年的刘邦，其流氓无赖之程度实在是有过之而无不及。

叶名琛从清朝国的一员干臣，一下子成了一堆垃圾、一堆为人所不齿的臭狗屎，这也正中侵略者的下怀，因为他们也正巴不得搞臭叶名琛，以断了广州人期待和拥戴他的念头，从而好建立和巩固他们的殖民统治。因此，可以说，叶名琛的被扭曲、被矮化、被丑化、被妖魔化，实在是中方统治者与外国侵略者一次不约而同的联手的结果。只是可怜了叶名琛，他对此并不知道，还要为他的主子心甘情愿地殉葬。

叶名琛走上了开往加尔各答的英国军舰，上船前命仆人从家中自带干粮。途中他虽因海晕而呕吐不止，但仍然正襟危坐，不哼一声，为的是不失清朝官员的架子。在被掳海外被迫辗转的一年多时间里，叶名琛一直自命为"海上苏武"，以自明不忘祖国之志；偶尔通过翻译从印度报纸中获得有关中英战争的信息，总十分关注，每得到不利于清朝的战况消息，常击节叹息；若中国获得小胜，则喜形于色。在吃完了从家中携带的食物之后，便决定效法古之伯夷与叔齐，不吃异乡粟米，最终于1859年绝食而亡。英方在叶名琛的棺木外裹以铁皮之后，将之运回广东。对于这一切，在一些不明真相的（甚至包括明真相的）看客与帮闲的眼中实在可笑，于是他们看笑话的看笑话，说怪话的说怪话，如此一来，也自然而然地为这场矮化和丑化叶名琛的运动推波助澜，以至于最终形成合力，将作为一个历史人物的叶名琛彻底地漫画化了。

五

1859年春天，广州的天气有点异常，三月天里，太阳似乎就与盛夏无异了，整个城市被烤得仿佛成了一座烧透了的砖窑，让人感到热而憋闷。战事虽已过去一年了，但当初那些死于战争中的人，尸首没能及时找到并掩埋的，一年后它们还在那些看不见的阴沟暗道里不时散发出恶息。因此，如果用一个字形容当时的广州城，那就是"臭"。城外的黄埔港也可用一个字形容，那就是"乱"。各种大小不同的船只，横七竖八地挤在一起，挤得码头下面连水也看不见；码头上的各种货箱，东一堆西一堆，毫无章法地堆放着；那些搬运货物的人们与那些货物堆相比，就像一只只小小的蚂蚁，这些蚂蚁又互相拥挤着，推搡着，吆喝着……

一条挂着"米"字旗的军舰悄悄地驶进了港口，随着它汽笛的一

第二次鸦片战争
后的广州港

声鸣叫，所有的蚂蚁一阵骚动，随即码头下的船们很快就让出了一条水道，沿着这条窄窄的水道，军舰慢慢靠向了码头，码头上的人们也让出了一处空地儿。

一队英军从军舰上下到了码头上的这块空处，与早已等待在那儿的几个身穿着与气温极不协调的长袍马褂的人交涉一番后，向军舰上挥了挥手，几个被广州人称为"红头阿四"的印度军警从舰上抬下了一口棺材。

说是棺材，与中国常见的棺材却大不相同，说它是一个盒子——一个装人的盒子倒更确切些，因为一看它的外形，竟然与洋人放置提琴的盒子无异，只是大了一些，且外面包了一层铁皮，总之它绝没有棺材应有的庄重与大气。那些立在码头上的长袍马褂，一见此物不禁大吃一惊，他们似乎看到的是一个怪物一般。

还没等长袍马褂们清醒过来，红头阿四已将棺材放在码头的地上了，英军更是早登上了他们的军舰……

棺中之人是谁？

不是别人，一年多前他正是广州这座城市的最高军政长官——清朝的两广总督、通商大臣、体仁阁大学士，他的名字叫叶名琛。

在第二次鸦片战争中，因广州的失陷，叶名琛不幸被英军所俘，先掳至香港，再转到孟加拉，最后又转到印度的加尔各答，就在那里，他绝食而亡，英方只得将他的尸首交还中方。对此，正史中是这样记载的：

> 名琛既被虏，英人挟至印度孟加拉，居之镇海楼上。犹时作书画，自署曰"海上苏武"，赋诗见志，日诵吕祖经不辍。九年，卒，乃归其尸。

——《清史稿·卷三百九十四》

现在，叶名琛终于回到了祖国，但是却躺在这样一具奇怪的棺木中，并且是以这样的方式——或许正是因此，注定了他身后必然会有太多的议论和纷争。

果然，不久后，近代著名外交家、思想家薛福成，在一篇题为《书汉阳叶相广州之变》文章中这样评价他：

> 不战不和不守，不死不降不走，相臣度量，疆臣抱负，古之所无，今亦罕有。

从此以后，叶名琛在历史上获得了一个"六不总督"的"美名"，不断遭人诟病。连《清史稿》这样的所谓的"正史"，虽然多用"春秋笔法"，但也写下了贬义明显的话：

> 名琛性木，勤吏事，属僚惮其威重……颇自负，好大言，遇中外交涉事，略书数字答之，或竟不答。

但毕竟也有明眼人和执言者，可他们出于对中国社会历来就是积毁销骨、众口铄金的社会现实的惧怕，其执言的声音多采用"曲笔"和"隐语"，所以这样的声音显得太弱太小。如其旧部华廷杰和陈兰甫，就曾为叶名琛写过这样的挽联：

> 身依十载春风，不堪回首；
> 目断万重沧海，何处招魂。

> 公道在人心，虽然十载深思，难禁流涕；
> 灵魂归海外，想见一腔孤愤，化作洪涛。

随着时间的推移，又有人对他作出了与其完全相反的评价：

> 叶名琛不仅是一位兼资文武的封疆大吏，更是一位坚守民族气节的爱国主义者，在历史评估中应获得与林则徐相等的地位。

——黄宇和《两广总督叶名琛》

这样的声音虽然很弱小，但毕竟也是一种声音，且它随着时间的推移似乎有显得越来越大的趋势。就这样，叶名琛作为一个生命已死去，但谁也没想到，一个多义的历史人物即就此诞生了。

六

十多年前，我在故乡参加编修地方史时，为了尽量多搜集一些叶名琛的资料，曾设法联系了一批叶氏后人，我从他们身上发现了一个奇怪的现象，一是他们今天多散落在海外，二是多数在经商为生为业，也有为学的，当然也有为政为官的，但不再有原来那么热心了，似乎他们做官的主要目的只是为了给自家的生意保驾护航。这一现象也许只是偶然，但我还是忍不住想，叶氏后人们是不是从自己这位曾官至两广总督的先辈身上看出了为政为官的太多风险和太多无奈，也不再对他曾供职和效忠的这个朝廷有应有的信心，便不愿再为它卖命了？

有时候，我也怀疑自己是不是因为叶名琛也算是自己的老乡而拔高了他，甚至虚构出了另一个叶名琛。为此，我一直在这一历史的角落寻寻觅觅。但随着我的寻觅，我又越来越相信自己已走近了真实的叶名琛，发现他人生的多义实际上是并不需要我"发现"和"论证"的，而是早就注定了的。

晚清的两广总督，常兼通商大臣，实际上相当于兼了今天的外交部部长和外经贸部部长，就这一点来说叶名琛等实际上有点相当于今天有的国家所设的外相，即叶名琛也可算是中国最早的一代外交官。

然而闭关了几千年的中国，实际上是并没有真正的外交的，它一直以"老大帝国"自居，从来就没有用平等的眼光和心态看待过和对待过任何别的国家，即使到了鸦片战争后，大门已被人家用大炮轰开了，但是制定的外交政策还是不乏居高临下意味的"俯顺夷情，以示限制"，并将它始终作为外交总方针。

这一方针看起来是两全其美——一方面"俯顺夷情"可以保证稳定"中西相安"的局面，另一方面"以示限制"也可维持国体，使清朝封建体制免受西方"蛮族"的破坏。但是实际上，这只是一种一厢情愿，其无异于"又要马儿好，又要马儿不吃草"，本身就是一个天大的悖论——如果执行"俯顺夷情"这一目标，必然意味着清政府要对西方国家作让步和妥协，而这又必然导致清政府对固有的外交传统有所改变，从而难以做到"维持国体"；但如果要"维持国体"，又必然意味着清政府将实行与西方对抗和不妥协的政策，这又难免导致中西冲突，从而又与"俯顺夷情"相矛盾，并打破"中西相安"的局面。正是因为清政府外交政策中的这一难以克服的悖论，使得这个"两广总督"几乎是一个"死官"，那两广总督府也似乎成了一座政治坟场。

林则徐无疑是以"以示限制"为优先的，但事实证明行不通，因为你根本就限制不了人家的坚船利炮。琦善、耆英等无疑是以"俯顺夷情"为优先的，但事实证明也行不通，因为人家的胃口永无满足。而叶名琛想走第三条道路，即在二者之间保持一种平衡，但事实证明也是行不通的。

我这里这样说，似乎将林则徐放在了与琦善、耆英、叶名琛们相提并论的地位，这可能会让许多人不舒服和不能接受，因为林则徐在当时和后世的一般人心目中，是一位空怀爱国抱负和拥有制敌良策但无施展机会的跨越时空的民族英雄，以致许多人认为清政府在鸦片战争中的失败，仅仅就是因为没有大力任用林则徐们。其实这种认识只是基于林则徐的个人道德的层面来看的。林则徐从个人道德层面上来看，他公正、无私、严明，这些都是毋庸置疑的，但仅有这些就可以退敌了吗？除了那些迂腐的儒生，恐怕谁都会知道答案是否定的。正是基于这一点，著名历史学家蒋廷黻分析说："林不去，则必战，战则必败。败则他的声名或将与叶名琛相等。"因此，林则徐也好，琦善、耆英也好，叶名琛也好，他们的失败是注定了的。

但是林则徐由于过早地被罢免了职务退出了历史舞台，按他想法走下去究竟会怎样，似乎还没完全见底，还留有一定的悬念，这让人们在他身上不由得寄托了无尽的遐想，尽管蒋廷黻们作出了那样的推测，甚至有人更明确说："如果被重新启用的林则徐能继续得到道光信任，不被'革去四品衔，（与邓廷桢）均从重发往伊犁效力赎罪'，他于1841年6月到达定海之后并由他来主持收复浙江失地的抗英军事行动，奕经失败的命运会很快落到他的身上；如果林则徐在1850年10月被任命为镇压广西农民起义的钦差大臣后，不在赴任途中病逝于广东潮州普宁，他很快便会蹈其后被任命为钦差大臣的李星沅、赛尚阿的失败覆辙。"但这毕竟只是一种推断，并不妨碍人们在他身上寄托无限美好的遐想，所

今日圆明园遗址

以林则徐终究成了毫无异议的民族英雄。琦善们的梦想也很快被人家的大炮轰得粉碎，结果自然也见了底，所以他们在世时便几乎已身败名裂了，似乎成了民族罪人，他们的人生也就并不显得复杂。复杂的只有这个叶名琛，且他的复杂性是注定了的，因为他从一开始就选择了一条复杂的道路，且这条道路又是在清政府设定的这样一个充满了矛盾的外交政策的崇山峻岭之中盘旋。

因此，若以成败论英雄，无论是林则徐，还是琦善、耆英，还是叶名琛，都不算英雄；若从个人道德的角度来考量，琦善、耆英们暂不值论，但是既然林则徐值得肯定，那么叶名琛也不能完全否定，至少他的饿死，也应该算是民族气节的一种显现，其精神和意义无论如何不可能不如一匹马的饿死吧！

我当然知道，叶名琛所有的是非、荣辱，绝不会因为我的这么一句轻轻的诘问而被厘清，也不会因为我这么一本薄薄的小书而被厘清，或许在很长的一个历史阶段，他的人生仍将成为一个多义的历史命题而存在着，或许永远也不能被厘清，但好在注定他人生多义的那个时代已经过去。而我在今天要重提这个叶名琛，目的只有一个，这就是，让我们将历史的荣辱交给历史，将生命的关注交给生命！

一声叹息

　　每当想起他，我常常忍不住会在心中一声叹息，这并非因为他的这个有些奇怪的名字，也并非关于他的这个名字的来历有一个神奇的传说——他母亲在一座残破的文庙里生下他时，庙里的泥塑圣人像竟然发了"扑哧"一声叹息——而是因为，他的悲剧人生似乎正是一个巨大的黑色幽默，让人除了一声叹息外，实在不知说什么好。

每当想起他，我常常忍不住会在心中一声叹息。这并非因为他的这个有些奇怪的名字，也并非关于他的这个名字的来历有一个神奇的传说——他母亲在一座残破的文庙里生下他时，庙里的泥塑圣人像竟然发了"扑哧"一声叹息——而是因为，他的悲剧人生似乎正是一个巨大的黑色幽默，让人除了一声叹息外，实在不知说什么好。

一

他的悲剧人生看起来似乎是由"哭庙案"这一偶然事件造成的，但是回过头来看一看，其实一切都是注定的，他最后命断三山街，可以说是一种在劫难逃。

金圣叹原姓张，名采，字若采，出生于苏州府长洲县的一个中落的书香门第。早年便以才思敏捷、言语幽默、举止无羁而名闻乡里。明亡清兴后，他变姓金，更名喟，一名人瑞，别号圣叹。他为什么改名换姓，坊间有这么一则传说：

金圣叹第一次参加县试，见试卷上的考题是"西子来矣"，他便一时兴起，竟忘了这是严肃的考试，忘了"起承转合"等八股法则，开笔便写道："开东城也西子不来，开南城也西子不来；开西城也西子来矣，吾乃喜见此美人矣……"这样的文章自然让考官大跌眼镜，他大笔一挥，批道："美人来矣，可惜你一个秀才丢矣！"

就这样，金圣叹第一次科举便这样铩羽而归。

来年，他只得冒名金人瑞去长洲的邻县吴县再去参考。这次他吸取了上次的教训，将文章写得语必有典、老气横秋，果然中得了秀才。只是他既是冒了金人瑞的名中得的秀才，也便只好冒下去了，于是原名倒渐渐被人忘了。每有人问他"圣叹"二字作何解时，他说：《论语》有两喟然叹曰，在颜渊为叹圣，在与点为圣叹。予其为点之流亚欤。

这个传说当然不能全信其真，但对照有关史料，其中有几点还是可确信的：一是金圣叹的确曾科场名落孙山；二是本是长洲人的他，其秀才功名的确是在吴县获得的；三是他的确变更过姓名。透过上面的几个事实，我们可以看出，虽然他究竟什么原因败走科场，作为长洲人的他究竟又为何最终在吴县获得功名，他变更后的姓名背后究竟又有着怎样的深意，我们都很难清楚，但是有一点可以很清楚，这就是金圣叹本性对于科举的态度是多少有些不屑的。

这里我们不妨作些推断。科举考的是八股文，金圣叹对于八股文并不是不懂，相反事实上他还很有研究，这从他后来试图用八股来解诗这一点就足可证明；再加上他的才学，在科场上写出一篇中个秀才的应试八股文一定不是什么难事吧！然而他最终却失败了。失败的原因当然不一定如传说的那样，真是因为写了"开东城也西子不来，开南城也西子不来；开西城也西子来矣，吾乃喜见此美人矣……"的文字，但是有一点是肯定的，一定是没按科举考试的八股要求好好写。而这本身不就是对科举的最大不屑吗？

再则，一试失败了，他竟然变更姓名去邻县再考——不管他失败的原因是什么，也不管去邻县考试的真正原因又是什么，但这里面事实上多少有一点与考官捉迷藏的意思，而本质上则也确是对于貌似神圣的考试本身的一种不屑吧！

如果说上面的这则故事，背后多少还有一点真实的影子，那么下面这两则故事恐怕就只能读之一笑了：

（一）

那一年岁试，题目是《如此则动心否乎》。金圣叹在文章的最后写了这么一段："空山穷谷之中，黄金万两；露白葭苍而外，有美女一人。试问夫子动心乎？曰：动动动……"

金圣叹竟然连书39个"动"字作了文章的结尾。

考官见他第一个交卷，打开试卷一看，只见文末一大串"动"字，很是不解，便问他："此是何意？"

他笑着回答说："还没到四十哩。"

他见考官还没想过来，便进一步解释说：孔圣人不是说过"三十而立，四十不惑"吗？没到四十，如今空山穷谷之中突然有黄金万两，荒郊野外突然有美女一人，夫子你能不动心乎？《诗经》里不是有"蒹葭苍苍，白露为霜，所谓伊人，在水一方"吗？

金圣叹如此戏弄考官，竟然还引经据典，自然也是对经典的亵渎，对圣人的不恭，最终自然是名落孙山。

金圣叹画像

（二）

又一年，岁试的题目是《孟子将朝王》。金圣叹又是第一个交卷，考官接过试卷一看，只见他只在试卷的四个角落各写了一个"吁"字。考官自然不解，问他何意。他先是十分恭敬地作揖说："小生不敢道出原由来。"考官见他如此恭敬，便说："但说无妨。"

这时他才煞有介事地解释起来：这个题目共五个字，这五个字中前两个字是"孟子"，可在这个题目之前，已有四十篇《孟子》了，所以题目中"孟子"二字不必作了；至于"朝王"二字，《孟子》中已有见梁惠王、梁襄王、齐宣王等，都是"朝王"，所以题目中"朝王"二字也不必作了。题目中五个字中只有一个"将"字可以作文。但是大人没见过戏台上将出场吗？一般都是他出场前，都要有四名内侍肃立左右，口呼"吁"声，这样多威风呵！我的试卷上正是四名内侍立在四角高呼"吁"声呵！

类似这样的科场故事，在江南民间流传有很多，虽然它们都属于"一笑读之"之类，但问题是这些故事为什么都会被附会在金圣叹身上呢？唯一答案只能是，它们对于金圣叹来说"事所必无，情所必有"。在这些故事中，金圣叹或故意用冷僻的典故难为考官，或故意用粗俗故事挖苦考官，同时又让考官抓不住把柄——只有金圣叹才有这样的能力，也只有金圣叹才有这样的胆量！而他的能力自然是来自于他广博的学问，而他的胆量来自于哪儿呢？只能来自于他对于科举的不屑。因此，这些真真假假的故事本身，也从另一个角度证明了金圣叹的确对科举充满了不屑。

一般读书人，最热衷的莫过于功名了，然而金圣叹却对获取功名的考试如此不屑，其结果对于他来说，一是获不到更高的功名成为一种自然——他终生也就只是个秀才；二是更加成就了他这种似乎是先天带来的"倜傥高奇，俯视一切"的性格，使他成为一个时代的异类，而这样的异类生活在那个时代的苏州，原本是很危险的。

二

纵观中国历史，苏州（当然也包括其周边地区），这块永远被吴侬软语和荷香清流浸泡着的土地，早在春秋战国时因吴越争霸，曾一度弄得动静较大，但此后一千多年里，都不曾在中国历史上有过太大的动静，那儿似乎成了中国的一个后花园，总给人桃红柳绿、月白风清的印象；生活在那儿的人们，多数时候衣食无忧，因此他们做事不急不躁，说话细声细气，连吵架也常常被北方人讥作如唱歌；他们喜欢读书、绘画、吟诗、属对，他们不喜欢怒发冲冠、拔刀相向，更不会"说走咱就走，路见不平一声吼"。然而时至明朝中晚期，由于这块土地上出现了中国最早的资本主义萌芽，那里人们的生活节奏被一下子打乱，人们的眼界和思想更因此而被打开了，随之这块土地似乎忽然间热闹了起来，也坚挺了起来。

明万历二十九年六月，明廷为了榨取更多钱财，派遣税监孙隆到苏州，勒索客商，还规定每台织机征收税银三钱，每匹绸缎征收税银三分。愤怒的机工在葛贤的领导下暴动了，2000多织工与染工，包围税署，以乱石击毙孙隆的爪牙黄彦节，火烧汤莘、丁元复等土豪劣绅的住宅，孙隆吓得逃往杭州。随后，江南十几个城市也都先后爆发了城市人民反税监、矿监的斗争。为此明廷被迫撤回了全部税监、矿监。

明天启年间，贯喜吟诗属对的江南才子们，突然对政治表现出极大的兴趣，他们"风声、雨声、读书声，声声入耳；家事、国事、天下事、事事关心"，他们结成"东林党"，与此时把持朝政、凶残专横的"阉党"魏忠贤进行斗争。苏州进士周顺昌等一批义士被魏忠贤所捕杀，苏州市民怒不可遏，聚起万余人到巡抚衙门请愿。小井市民颜佩韦等挺身而出，要与苏州抚台毛一鹭（魏忠贤的义子）辩论，毛被吓得藏进了茅厕。

事后毛竟诬奏苏人造反，捕去颜佩韦、杨念如、周文元、沈扬、马杰等五人，并处斩，但五人临刑时，谈笑自若，面无惧色，痛骂魏阉不绝口，远近民众，无不泣下。五人被杀后，苏州人士捐金将五义士殓葬于毛一鹭为魏忠贤修的生祠内。此后，题咏五义士的诗篇不一而足。明末清初苏州戏曲家李玉据此写成传奇《清忠谱》；复社领袖张溥有感于五义士"激昂大义，蹈死不顾"的英雄气概，撰写了《五人墓碑记》，赞扬五义士的高风亮节，成为不朽名作，至今还被收在高中语文教材中。

明朝灭亡后，清人的铁蹄如急风暴雨一般踏遍了中国，所到之处几乎无不摧枯拉朽，但江南的泥水却让它深陷其中好一阵。尤其是面对清廷"留发不留头，留头不留发"的"剃头令"，江南的士子的头颅竟一颗颗高昂得比谁都高。

顺治二年，离苏州仅百里的江阴，以一座县城和六万临时聚集起来的民众，面对24万清军铁骑，孤城碧血竟81天，最终使清军付出了折三王十八将、死75000骑的沉重代价。最后，即使城破，全城仅余53口，终也无一降者。这不但让多尔衮惊出了一身又一身冷汗，也让顺治皇帝惊出了一身又一身冷汗。

清朝统治者在吃惊之余，不能不对江南这块看起来软弱的土地刮目相看，也不能不对这块土地上的任何一点风吹草动而特别地留心。这一留心，便使得江南在有清一代特别容易发生"文字狱"和"科场案"。这便是江南士子们集体的命运。金圣叹当然也逃脱不了这个命运。

有人将金圣叹的"哭庙案"归于文字狱，其实是不对的。

金圣叹自始至终都并没留下任何构成有"谋逆"之嫌的文字，他的"谋逆"之罪来自于"哭庙"事件。

那是在顺治十八年，也就是顺治皇帝死的那一年。二月，顺治皇帝驾崩，哀诏传到苏州，大小官员都设帐哭灵，而就在此时，一场学潮却在悄悄地酝酿和组织着。江南士子们天真地想借百官哭灵的机会，掀起一场声讨和控诉贪官吴县县令任维初的风潮，以期达到驱逐他的目的。

二月初四日，一群秀才书生一百多人，跑到文庙大哭，并散发揭帖，控诉任维初"监守自盗，盗粜仓米"，请求苏州知府朱国治驱逐任维初，而这一百多书生中，可能就有金圣叹。然而单纯的书生们哪里知道，一是他们实在是选错了时机，二是他们原本哪里是老奸巨猾的官僚们的对手呵！官僚们只略施小计，书生们便败下阵来了。

朱国治不但对书生们的要求置之不理，而且与任维初上下勾结，抓住当时乃顺治帝治哀初临之日，上奏称诸生在文庙"鸣钟击鼓，震惊先帝之灵"。

如此一上纲上线，还得了！于是金圣叹等18名书生全部获罪被捕。清朝统治者当然清楚苏州人的厉害，因为在明朝时，苏州就曾多次发生过劫抢法场、冲击官府的事件，更何况此时清朝立国不久，江南人并没从内心完全归服，稍不小心，一个小火星就会生成燎原之势，这是清廷统治者所绝不愿意看到了。因此，几乎是在对18名书生实施逮捕的同时，便迅速将他们押解江宁严审。

三

南京的城南有一条不大的街，据说从前在这条街上，抬头向南便可看到"三山半落青天外，二水中分白鹭洲"的景象，所以名之曰"三山街"。然而就是这么一条充满诗意的街道，明、清时竟如北京的菜市口，是杀人的刑场。金圣叹便是在这儿身首异位的。

今天的南京人，每说起金圣叹，所津津乐道的除了那些真真假假的科场故事外，就是他被斩前后所演绎的一个个黑色幽默了。

他文笔幽默，言语幽默，举止幽默，幽默了一辈子，连临终之事也要幽它一默！

　　据说，他在被斩首前夕，忽然大叫："有一要事相告！"狱卒以为他会透露出什么传世宝物的秘密，或是有什么惊天动地的大事，赶忙拿来笔墨伺候。只见他煞有介事地拿起笔来书写起他的临终遗言，一会儿便写完了，狱吏一看，竟然是："字付大儿看：花生米与豆干同嚼，大有火腿之滋味。得此一技传矣，死而无憾也！"

　　来到刑场了，见一块阴森森的街角空地，四周闪着刀光剑影，阴森恐怖。刽子手手执寒光闪闪的鬼头大刀，令人毛骨悚然、不寒而栗。眼看行刑时刻将到，金圣叹的两个儿子梨儿、莲子（小名）望着即将永诀的慈父，悲切万分，泪如雨下。此时的金圣叹虽心中难过，却从容不迫，文思更加敏捷，为了安慰儿子，他泰然自若地说："哭有何用，来，我出个上联你来对！"于是他真吟出了上联："怜子心中苦"。儿子跪在地上哭得气咽喉干、肝胆欲裂，哪有心思对对联呵！见此情景，他稍加思索后说："起来吧，别哭了，还是我替你对上吧。"接着念出了下联："梨儿腹内酸。"旁听者无不为之动容，黯然神伤。上联的"莲"与"怜"同音，意思是他看到儿子悲切恸哭之状深感可怜；下联的"梨"与"离"同音，意为自己即将离别儿子，心中感到酸楚难忍。这副生死诀别对，出神入化，字字珠玑，一语双关，对仗严谨，撼人心魄，让人很难想象竟然出自于一个临刑赴死之人的口中。

　　他不愿看其他同刑的17人被杀的惨状，于是他想先死。于是他紧握双手，似乎握着什么宝贝的样子，刽子手好奇地走近他，他轻轻地与刽子手说："我手中有二百两银票，先杀我，就归你。"刽子手果然先拿他开刀，只见刀起头落，头颅在地上一阵翻滚后，只见两个纸团从两只耳朵里滚出，刽子手疑惑地将纸团打开一看：一个是"好"字，另一个是"疼"字。再扳开他紧握着的手，果真握有一张纸条，但上面写着一行字："断头，至痛也！籍（抄）家，至惨也！而圣叹以不意得之，大奇！"于是刽子手恨恨地说："金圣叹临死还骗人！"

其实金圣叹留下的这最后遗言，虽然的确骗了刽子手，因为他手上并没有银票；但他说的又确是实话。

金圣叹的被杀头，其罪状是"谋逆"，但这罪实在是他"不意得之"的，因为他主观上从来没有谋逆的想法，虽然他的确曾戏弄过考官，声讨过贪官，但那也只是如被他腰斩过的《水浒》中的那些好汉一样，是"只反贪官，不反皇帝"呵！更何况，他本质上不是什么好汉，而只是一名才子，事实上他对皇帝，无论是明朝的皇帝还是清朝的皇帝，他都曾经充满了敬意。

金圣叹留下的诗集《沉吟楼诗选》中有《春感八首》，这八首诗都是七律，写于清顺治十七年（公元1660年），也就是"哭庙案"发生、金圣叹被斩的前一年。诗前有他自己写的小序，全文不长，抄录如下：

> 顺治庚子正月，邵子兰雪从都门归，口述皇上见某批才子书，谕词臣"此古文高手，莫以时文眼看他"等语，家兄长文具为某道。某感而泪下，因向北叩首敬赋。

我们很难想象，狂傲一生的金圣叹，竟然就是因为人家转述的皇帝的一句话，就"北向叩首"，并一气"敬赋"八首律诗。但这是事实！至于那八首诗，写得也很是肉麻，且篇幅太长，我这里不引也罢。

一个一年前还"北向叩首"的人，怎么会一年后便"谋逆"造反呢？可问题是你被抓了个"谋逆"的现行了呵！这有县、府两级的奏折为证——在先帝治哀初临之日，"鸣钟击鼓，震惊先帝之灵"——这不是谋逆又是什么！再加上你平时的一贯表现：戏弄考官，腰斩《水浒》，割裂《西厢》，其中的险恶用心也是铁证如山！所以金圣叹呵金圣叹，以前就早有许多人为你记着黑账了，只是机会没到，这一次你总算撞在枪口上了，秋后算账的时候到了，你死定了！

四

金圣叹的"腰斩《水浒》"和"割裂《西厢》"，不仅是在当时，在整个文学史上也很有名。

所谓"腰斩《水浒》"便是他删去了《水浒传》的后五十回，只留下了前七十回，其理由是他认为只有前七十回是施耐庵的手笔，七十回后的五十回是罗贯中的"狗尾续貂"；所谓"割裂《西厢》"，便是他认为《西厢记》第五本非出自王实甫之手，是"恶札"，所以他便将此截去，而以《惊梦》一本作了剧终。

以我们今天的眼光来看，金圣叹的"腰斩《水浒》"和"割裂《西厢》"，不但表现了他文学批评的独到眼光和过人勇气，而且也代表了他文学批评的最高成就。这一点也为后世的文学家所高度评价，例如赵苕狂在《水浒传考》（上海世界书局1948年新再版《（足本）水浒传》七十回）中说：

> 一经他的这番创造之后，这十来个英雄人物是永远也不会磨灭。这一来，不但把四百年来的《水浒》故事集上了一个台阶；还在中国白话文学史上建立了一个新纪元，并可说是中国白话文学完全成立的一个大纪元！

但是，被他腰斩过的《水浒》，初一看，只剩下前七十回的"官逼民反"，只剩下了108将的打家劫舍、大块吃肉、挥金如土、犯上作乱等，而没有了被朝廷招安和英雄末路等；且他还一再称赞108人是"天

金圣叹评点贯华堂
本《水浒传》

人"、"活佛"、"真人"等，这不是为强盗公然唱赞歌吗？不是标准
的"诲盗"吗？

同时，他又对被自己割裂过的《西厢》大唱赞歌，不仅公然表示：
"圣叹批《西厢记》是圣叹文字，不是《西厢记》文学。"而且宣称：

> 若说《西厢记》是淫书，此人有大功德。何也？当初造《西
> 厢记》时，发愿只与后世锦绣才子共读，曾不许贩夫皂隶也来读。
> 今若不是此人揎拳持臂，拍凳捶床，骂是淫书时，其势必至无人不
> 读，泄尽天地妙秘，圣叹大不欢喜。

这样的宣称不是公然的"诲淫"吗？

如此"诲淫诲盗"还不够，他居然还将《水浒传》、《西厢记》抬
高到与《离骚》、《庄子》、《史记》、杜甫的诗歌一样的水平，将它
们合称为"六才子书"。

而这一切都是金圣叹有可能"谋逆"的思想基础和"一贯表现"的
铁证！

有的史料上说，当初哭庙时，金圣叹其实并没直接参与，但却与
其他17人一起被捕被杀，实在是冤枉了他。然而，这事实上也谈不上冤

柱，一切都是由他的性格和命运所决定了的。如果说古希腊悲剧多命运悲剧、莎士比亚的悲剧多性格悲剧，那么，金圣叹实际上最终陷入的是性格和命运的双重悲剧中，是一种在劫难逃。有这么一个故事，也正说明了这一点：

说是某日深夜，金圣叹正评点三国，当他读到关云长与皇嫂同处一室而坐怀不乱一处时，不禁将书掷于地上，并拍案而起说："如此描述关公之忠义而弗近女色，岂不谬乎！"说话间，关公竟然从神界下凡，来到了金圣叹面前，并与他一番对话，告知了他事情的具体原委，并要求说："望先生笔下超生，勿让吾死后英名丧失，死不瞑目矣。"至此，金圣叹羞愧不已，因为他这才明白，世上真有坐怀不乱、不近女色之人。关公临走时，金圣叹躬身而问关公："关夫子汝觑吾日后何如？"关公笑了笑，用手将了将他的美髯，说："秋后送尔一车金！"金圣叹不解其话意思，再问，关公已不见了。直到他三山街被斩时，他在刑场上与儿子诀别时，儿子告诉他"今天是八月十五中秋节"时，他才恍然大悟关公的"秋后送尔一车金"的意思正是一个"斩"字的

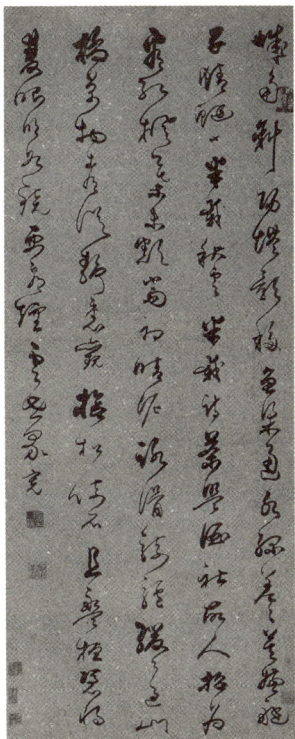

金圣叹书法

谜面。

故事自然当不得真，但是附会出这个故事的人，一定看出了金圣叹最终的在劫难逃。那么金圣叹自己呢，他看到了这一点吗？

日见巴东峡，黄鱼出浪新。

脂膏兼饲犬，长大不容身。

筒（上"竹"下"甬"）相沿久，风雷肯为神？

泥沙养涎沫，回首怪龙鳞。

石印本《金圣叹全集》

这是杜甫一首题为《黄鱼》的诗。金圣叹十五岁时读到它时批道：

为儿时，自负才大……后来颇见有此事，始知古来淹杀豪杰，万万千千，知有何限！青史所记，磊磊百十得时肆志人，若取来与淹杀者比较，乌知谁强谁弱？嗟哉痛乎！此先生《黄鱼》诗所以始之以"日见"二字，哭杀天下才子也……颇闻世间尝有风雷，会送神龙上天，今日何独不为黄鱼一效力？嗟乎！事出新奇，则风雷亦肯；沿习既惯，即筒（上"竹"下"甬"）相看。安见乡里小儿，朝朝暮暮，而能物色天才宰相者哉？末二句，不怪泥沙，反怪龙鳞。怪泥沙，犹以龙鳞自负；怪龙鳞，则竟以泥沙自毕也。呜呼！才子以才而建功垂名，则诚才之为贵；若才子以才而终至于饥饿以死，回道思之，我何逊于屠沽儿而一至于是？真不怪饥饿怪杀有才矣！

等到身陷囹圄时，他还在狱中拟杜甫《黄鱼》自作诗一首：

> 自分终巴峡，谁之列上筵。
>
> 偶乘风浪出，遂受网罗牵。
>
> 绿藻君从密，清江我不还。
>
> 惟渐未深隐，那敢望人怜。

在这首诗中，一方面是愤怒地表达了自己内心的不平和怨恨之气，另一方面又对自己曾经的放浪形骸表现出了明显的苛责与后悔。

是的，金圣叹不是英雄，也不是水浒中造反的"强盗"，他不可能视死如归，他事实上非常后悔自己的人生。这种后悔在他于狱中写的另一首题为《狱中见茉莉花》诗中表现得更加明显：

> 名花尔无玷，亦入此中来。
>
> 误被童蒙拾，真辜雨露开。
>
> 托根虽小草，造物自全材。
>
> 幼读南容传，苍茫老更哀。

花与人原本都是清白无玷的，没想到却误入了狱中，落得这步田地！天下万物，本都有一用，但一失足成千古恨，只是空负了平生栽培——自小就读过圣人列传，想到其中南宫括（字子容），心敬言慎，更感到苍茫可悲，悔恨万端。

那么他悔恨的又有什么呢？悔恨自己没有在考场上好好做八股文吗？悔恨自己最终没能金榜题名出官入相吗？悔恨自己没与那些贪官污吏同流合污吗？不！如果是这样，这就不是金圣叹了。

> 鼠肝虫臂久萧疏，只惜胸前几本书。
>
> 虽喜唐诗略分解，庄骚马杜待何如？

他悔恨的是"六才子书"中还有《离骚》、《庄子》《史记》和《杜甫诗集》的点评尚未完成，就要刑场赴死了。这就不免让人有点好笑，但这正是金圣叹，一个真正的江南才子。

　　但任何后悔都已经晚了，当他身陷囹圄时，人生唯一剩下的只有无奈。既是无奈，还不如幽它一默，索性将自己的一生演绎成一个巨大的黑色幽默，让后人只要一想起，唯有一声叹息。

　　至于金圣叹被斩200多年后，有人编了一本《哭庙纪事》的书，将顺治年间哭庙案中死难的18名苏州秀才尊为抗清先烈，金圣叹当然地名列其中；又100多年后，一场"评《水浒》批宋江"的运动在中国大地上展开，金圣叹又被冠以"反动文人"称号……对此，金圣叹若地下有知或在天有灵的话，恐怕也只能一声叹息吧！

他成全的是艺术

对于艺术执著如赵孟頫者，最终还是因政治让他的艺术无比尴尬。一个人的艺术是一个人人生的最好注解，赵孟頫的艺术当然也是他人生的最好注解，但只有理解了"贰臣"的赵孟頫，方能理解作为艺术家的赵孟頫。换言之，没有"贰臣"的赵孟頫，也就没有作为艺术家的赵孟頫。一个尴尬的艺术家，其全部尴尬人生只为了成全其尴尬艺术——这就是赵孟頫吗？！

赵孟頫是中国书法史无论如何也绕不过去的一个人物，他与唐代的颜真卿、柳公权、欧阳询并称"楷书四大家"，所谓"颜、柳、欧、赵"是也，其书法人称"赵体"。

赵孟頫又是历来遭人非议最多的一位书法家，其人常被斥之为"贰臣"，其书则被斥之为"奴书"。

数百年来，赵孟頫一直是中国文化中的一个尴尬存在。

赵孟頫书法被称为"赵体"。此为其代表作之一《湖州妙岩寺记》（局部）

一

听说湖州的"赵孟頫故居"重修后开放了，双休无事，特地驱车前去参观。

一座粉墙黛瓦的园林式建筑依河傍桥——河叫孙衙河，桥名甘棠桥。

据有关史料记载，南宋理宗宝祐二年（1254年），赵孟頫诞生于这里。据说赵家为数十人聚居的大户，赵府规模也很大，皆临河廊屋式建筑，共三进六开，每进之间，院落、天井、游廊一应俱全，且河沿砌有码头、立有廊柱，跨街搭有飞檐、盖有层楼。为此有诗云："溪上玉楼楼上玉，清光合作水晶宫。"

眼前的"赵孟頫故居"就是在当年的赵氏故居原址上重修的，只是规模较之原来小了许多；又唯其是重修的，所以看上去还有些"新"，有些"火气"；但总体上古色古香，尤其是宋代江南水乡民居风格体现得十分鲜明，看来修建者还是花了许多心思的。

湖州古称吴兴，是典型的江南水乡，更是闻名于世的"丝绸之府，鱼米之乡，文化之邦"。谚语"苏湖熟，天下足"中的"湖"，便是指湖州；唐宋以后"湖州丝绸遍天下"不只是一句谚语，更是一个事实；还有这里出产的毛笔世称"湖笔"，代表了中国毛笔的最好品质；这里书画文风历代繁盛，世有"一部书画史，半部在湖州"的说法……因此古人有诗云："行遍江南清丽地，人生只合住湖州。"

我立在甘棠桥上，凭栏望着孙衙河里一条条悠悠过往的各式船只，又看着停靠在河畔小码头边的小船，装货、卸货，上人、下人……想象着生长在这样一个城市中的赵孟頫会是个什么样子呢？我愣愣的目光中，似乎一个白衣书生正从时光的深处向我走来又走去，我知道，那一定就是我心中的赵孟頫。

由于我喜欢书法，所以经常临习赵孟頫的字帖，对于他的生平我也并不陌生。他是宋太祖第十一世孙、秦王赵德芳之后，正宗宋室后裔。他天生聪明，五岁时他就能诵诗习字了；他的第一位老师是他的母亲邱氏，十多岁时，父亲病逝，随之很快家道中落；不难想象，赵孟頫早年的记忆中，一定也不乏孤独与凄凉吧！因为那年月，一个失去了父亲的孩子就等于是孤儿了，哪怕他贵为"金枝玉叶"。也不难想象，有多少个夜晚，就在一支蜡烛或一盏油灯下，一个孤儿，一位寡母，一个学生，一位老师，一面读书习字，一面执著守望，守望着一个心中不灭

赵孟頫的别墅，
莲花庄

的希望。盛夏时节，年轻的母亲一只手捧着线装古籍，一只手轻摇着蒲扇，为儿子一面驱散着炎热和蚊蝇，一面不时地指点一二；隆冬季节，母亲总将脚下的火钵让给儿子，但又要求儿子写字时不得缩手缩脚，必须端坐笔正。母亲虽然总是微笑着，很温柔的样子，但也很严厉，她总在儿子写字的书桌上放着一把戒尺，时时提醒着儿子……她是一个名副其实的寡妇，但是在她身上，绝没有一丝愁苦潦倒的影子，甚至连一丝苦涩也没有，眼角眉梢有的只是一种高贵。她所做的一切，都是为了恪守着一个母亲的信念，履行着一个母亲的职责。赵孟頫便是这样在母亲的教诲中长大的。而在母爱中长大的人，往往人格上有一种共同的特征，这就是他们常常在人生中表现得自卑而又自尊，敏感而又执著，软弱而又坚强。如果我们稍稍留意一下中国文化史，就会发现这似乎是一个有趣的"规律"，远的暂不去说，近的如胡适及鲁迅、周作人兄弟等，他们似乎都是这样的人。因此我以为，赵孟頫后来之所以成就了那样一种尴尬人生，或许也与这一"规律"的作用有关。

　　当然，赵孟頫毕竟还是与一般的孤儿寡母不同，他毕竟属于宋室的"金枝玉叶"，14岁时他便凭着"祖荫"而入了国子监，良好的教育很快使他在诸生中脱颖而出，他16岁时已能在宋朝名画家赵大年的《江村秋晓图》上题识，弱冠之年便创作了《吴兴赋》、《松溪图卷》等。至此，他和母亲心头的那个曾经的希望，似乎就要实现了，至少是从此以后，赵孟頫在一种优越、安逸和高贵的环境中过上一种诗意人生，一定是不会有什么问题的吧！

然而，在赵孟頫26岁那年，人生正当最美好的年岁，前程将展开一片锦绣之时，宋室覆亡了，他的人生一下子成了问题，而且是成了大问题！

随着元朝的一统江山，是选择做一名前朝遗老隐逸山林，还是顺应世事潮流出仕新朝，这一个严峻的问题别无选择地摆在了赵孟頫的面前，且只能是向左，或是向右，没有第三条道路可走。

中国历史上朝代更替频繁，其实这样的问题是经常出现的，它也便经常拷问着士大夫的灵魂，但只是这一次的拷问尤其厉害，因为这元朝的统治者是被称为"胡"的蒙古人。

在此之前，中国多数朝代的更替大多数只在汉人之间进行，所以士大夫是选择做前朝遗老还是入仕新朝，实际上只是在"新"与"旧"之间进行选择，而这一次则大为不同。元朝统治政权是一个被称为"胡"的蒙古人建立的空前的全国性的政权，它的建立实际上意味着汉民族统治第一次全面失败，这对于汉人来说无疑已经是一个很大的打击了，与此同时，是做前朝遗老还是入仕新朝的选择，不但是一种只在"新"与"旧"之间的选择，更牵涉到民族高度和文化层面上的一种选择，因此，不能不更加的艰难和痛苦。赵孟頫是汉人，这种艰难和痛苦当然不可避免；但对于他来说还要多一层，因为他毕竟又是宋室的后裔，宋朝的灭亡和元朝的建立，对于他来说，不但是"国破"，还是"家亡"。因此，如果说一般士大夫的痛苦是双重的，那么赵孟頫则应该是三重的。

但是，再国破家亡，可人还得活下去呀，总不能真的都去为一个亡朝而自杀殉节吧？

可怎么活呵？

当一名遗老，去过一种隐逸山林的日子，这是当时许多文人、士大夫、艺术家所首选的应付办法。如画家马远，他从此只用水墨画江南的残山剩水，把自己深深地隐藏在自己的笔墨深处，在他的笔下，山石多峻峭崚嶒，且总是上不见天下不见地；水草树木总沉于画面一角，凄凉之气氤氲，人称"马一角"。还有一位叫郑所兰的画兰高手，从此画兰皆裸根须，人问其故，他说，只因土地已全被番人夺去，已无寸土。现实生活中，他直至老死，也不再面北而坐，只因为面南者已是番人。还有"元四家"之一的吴镇，在生活极其艰难时誓不入仕，只以笔墨吟咏为娱，他画墨竹自明其守"节"之志，并题诗曰："依云傍石太纵横，霜节浑无用世情；若有时人问谁笔，橡林一个老书生。"傲然之气跃然纸上。

赵孟頫当然也最先想到要这样，并且也努力实践了，因为这样至少可以在三重痛苦中减少两重。因此，在元朝建立后的最初六七年间，他一直在湖州过着一种"隐于市"的生活，日日以书画为娱为乐，日子过得清贫恬淡。其间，据史料记载，元史部郎中夹谷之奇欲荐赵孟頫出任翰林国史院编修官，但被他拒绝了。因此，说赵孟頫的仕元是"完全厚颜无耻的变节"似乎也太过。

然而赵孟頫毕竟不是一般的文人士大夫，虽然他只十多岁时父亲就已死去，对于父亲和父亲的父亲的父亲等等，他并没有太深刻的印象，但多少还是有一点记忆的，而且曾几何时，他们一直都是母亲嘴里永远也念不完的一本大书，赵孟頫听着念着这样一本大书长大，为此而深知自己毕竟是"金枝玉叶"，他需要出人头地，需要封妻荫子，需要出有车食有鱼，至少是不能落魄得因衣食之忧而废了自己所立志献身的艺术！——这一切，如果还在宋朝，自然都不成问题，可眼下宋室已亡，且已过去六年，眼看着"恢复"实质上已成了一句痴人的梦话，眼看着自己已33岁，已过了古人所说的"而立"之年仍一事无成——

怎么办？

赵孟頫除了痛苦，一定更多时候在观望，在寻觅。

他观望的结果是，许多在宋时比他位高权重者，竟然都一个跟一个出仕新朝了。这些人中给他影响最大的人是留梦炎，他是赵孟頫父亲的老朋友，赵孟頫很早就认识这位"世伯"，他曾任宋朝的宰相，自己与他相比，无职无权，实际上只不过是顶着个"皇孙"的空名的老百姓一个。看到像留梦炎这样的人都纷纷入仕新朝了，赵孟頫一定不止一次地想过，自己操翰弄墨的手，从未握过兵符，入仕新朝岂可以"降"字来论；就算是"降"，那么多曾有职有权的人"降"得，我为什么"降"不得呵！

另外还有一点，赵孟頫并不像陶渊明那样讨厌公文案牍，他不以处理它们为累，甚至对经济管理之类还很感兴趣，因此他似乎也想一展这方面的才能，甚至他也曾想，如果弄点这方面的公务办办，或许也能像调弄丹青笔墨一样地得心应手。

至元二十三年（1287年），江南名士、时已任行台侍御史的程钜夫，"奉诏搜访遗逸于江南"，赵孟頫被"列为首选"，程钜夫找到赵孟頫，力邀他"登朝"。这一次赵孟頫没再拒绝。

二

赵孟頫来到了京城，忽必烈呼之为"神仙中人"，将他比于唐时的李白、宋时的苏东坡，随即封他以官职自然是不在话下，而且一再礼遇、优待有加。史料记载的两件事情很值得一提：

　　忽必烈初见赵孟頫，便要他坐在右丞相叶李的上方，几乎与自己"促膝并坐"。这可非同小可！一是与礼制大为不合，二是也有碍于安全。当场就有蒙古大臣向忽必烈指出此举大为不当，但忽必烈一笑置之，仍一如既往。

　　赵孟頫骑马上朝的途中，要经达宫墙边与护城河平行的一段小路。赵孟頫眼睛或许是有点儿近视，有一次，竟然不小心落入河中。忽必烈得知此事后，竟然下令将宫墙后移两丈，将道路放宽。

　　类似这样的事情，无论忽必烈真正出于什么目的，但是他将一个"礼贤下士"成语在现实中演绎得如此淋漓尽致，一定是不能不让赵孟頫大为感动。再联想到我们现实生活中，许多人口口声声痛骂官本位，但一旦某个什么"长"、什么"书记"，说了他一句好听的话，便禁不住心花怒放、喜形于色，若是再请他去"共进午餐"，他跑得比兔子还快。而赵孟頫面对的可是皇帝呵！至此，我们设身处地地想一想赵孟頫将如何应对呢？或许他会想，若不真替人家办些实事，世人一定会骂我不识抬举、尸位素餐了吧！

　　好在做官其实说难也不难，无非是在保持平衡、经营关系和揣摩话外之音、言外之意方面能拎得清、摆得平、玩得转，而这一切其实与书、画、诗、文之道有着太多的相通，正所谓"世事洞明皆学问，人情

今日莲花庄

练达即文章"嘛！而作为"名满天下"的丹青和诗文皆称"圣手"的赵孟頫，官场上的那点事儿自然也难不倒他。

中国画最讲究构图的平衡，讲究景物人物在图画中的关系，而这种平衡关系，又讲究平中见奇，出奇制胜。在这方面，无论是在纸上还是在官场上，赵孟頫都表现得好生了得。作为一个"南人"，虽然有忽必烈罩着，但赵孟頫入朝之初自然很受蒙古贵族的排挤，处境并不好，但是不久他便以自己的智慧使自己的处境得到了很大的改善。当时朝廷为惩治官员腐败有一条法律，贪污两百贯就要判死刑。对此群臣都明知其太苛，但一是心怀畏惧，二是怕人说"心里有鬼"，所以不敢非议。赵孟頫吃透了群臣的这种心理，上奏说，两百贯处死刑是20多年前定的了，如今随着物价上涨，两百贯的实际价值已大不如前了，所以应该对这条法律进行修改。还有，元官吏必须天不亮上朝，稍有迟到便在朝廷之上被脱去裤子当众棒打屁股。赵孟頫对此也上奏大声疾呼："是辱朝廷也！"赵孟頫说出了朝中许多大臣想说而不敢说和不便说的"心里话"，很是取得了他们的好感，与之关系随之得到了很大改善，而且忽必烈也因此从心里认定他不但敢于"犯上直谏"，而且还很懂经济。赵孟頫对于此事的处理，犹如创作一幅画时的点睛之笔，轻轻一点，满篇皆活，尽得风流。

在我们一般人的印象中，赵孟頫似乎是个好好先生，且他的身份和尴尬地位也决定了他只能如此。然而令人难以想象的是，就是他竟然领头参倒了当时朝中贵为宰相的权臣桑哥。其中的秘密实际上全在他善于"听话听音"，能听出皇帝有意无意间的一句话的话外之意，并及时把握住。而这实在与经营诗文时力求"言有尽而意无穷"，讲究字里行间"不着一字，尽得风流"等等，并无本质的不同。

有一次，忽必烈让赵孟頫对宋朝的两位旧臣叶李和留梦炎进行评价，在这一过程中，忽必烈以两人面对权臣贾似道的胡作非为所表现的不同，指责留梦炎装聋作哑、不置一词，意思是要自己的群臣不要学留梦炎。然而赵孟頫除了听出了这一层意思外，更听到了更深一层的意味，即忽必烈已不自觉地将当朝宰相桑哥比作了贾似道。于是他便当场与奉御大臣撒里咬耳朵，及时提醒他；后再撺掇撒里领头，群臣众口一词弹劾桑哥。就这样，忽必烈便很容易地来了个顺水推舟，将桑哥罢职处死了。

忽必烈画像

赵孟頫入朝之初得到的第一个官职是兵部郎中，具体职责是总管全国的驿置，相当于全国兵站的总监，虽然官不太大，但是一个实职。后来他又外放为官。在元朝，汉人外放一般只能做副职，但赵孟頫多数时候都是任正职，即使是任副职，也多是那种有职有权的副职。可见忽必烈将赵孟頫招入朝中并不是只想用他装点门面。这固然有忽必烈对他的信任，但也不能不说与他的确"会当官"有关。

然而尽管如此，一切又并不能改变赵孟頫在朝中的尴尬地位。

元朝实行的是民族歧视的等级制度，其将全国人口分成四等，最高等自然是蒙古人，其次是色目人（北方各少数民族），第三等为汉人（即北方的汉族人），第四等即最低一等是南人（即南方的汉族人）。

赵孟頫是标准的"南人"。虽然忽必烈对他礼遇有加，但这并不能改变他的"南人"身份。虽然有皇帝的赏识和看重，但这并不能改变元朝的国策呵，也就并不能得到朝廷实力派蒙古贵族的认同，相反只能得到他们的排挤和妒忌。甚至每当他表现出才干，皇帝有意重用的时候，就会有人出来反对。所以，赵孟頫在"被荐登朝"之初的数年内，不但官一直做不大，甚至连家庭生活也一直很拮据，以至于"帝闻孟頫素贫，赐钞五十锭"（《元史·赵孟頫传》），英明果断如忽必烈也只能以这种方式对赵孟頫予以照顾，赵孟頫在朝中的尴尬地位可想而知。到了武宗时，有一次皇帝要赏赐赵孟頫"五百锭"，竟然担心"中书每称国用不足，必持而不与，其以普庆寺别贮钞给之"，也就是怕有关部门找借口不给，特意吩咐身边人员，从皇帝的小金库里拿钱。这样的事情说来似乎令人难以置信，但却是事实被记录在有关史料中，由此可见，赵孟頫虽然在朝中兢兢业业，夹着尾巴做人、做事，但仍然处境尴尬，并不像人们想象的那样风光。

然而，赵孟頫仕元后，职位的高低、生活拮据等还在其次，他内心其实无时无刻不在遭受着道德的谴责，这才更是让他内心矛盾与痛苦的；而且这种矛盾与痛苦，还一点也不能流露出来，其平常生活如履薄冰、战战兢兢之状态自是不难想象。前面提到的忽必烈让赵孟頫评论叶李和留梦炎两个人的那件事情，《元史》中也有较详细记录。面对忽必烈的提问，他回答说："梦炎，臣之父执，其人厚重，笃于自信，好谋而能断，有大臣器；叶李所读之书，臣皆读之，其所知所能，臣皆知之能之。" 显然，如此评价纯粹只局限在两人的才能比较上。忽必烈对此自然不满，他以为这是因为赵孟頫有碍于留梦炎是他父亲的朋友才不便责备，于是说："梦炎在宋为状元，位至宰相，当贾似道误国罔上，梦炎依阿取容；李布衣，乃伏阙上书，是贤于梦炎也。"进而要赵孟頫做诗讽刺梦炎。赵孟頫明知这种应命的诗歌是很难做的，但也不能违抗，于是他写道：

状元曾受宋家恩，国困臣强不尽言；

往事已非那可说，且将忠直报皇元。

赵孟頫仍然有意避开对前朝人物的道德评判，据说忽必烈对这首诗的后两句尤为赏叹。这里表面上看起来，赵孟頫的滑头只是为了在当朝皇帝面前有意避免是非，而实际上如果设身处地替他想一想，你让他如何评价呢！自己已做了"贰臣"，还配对前朝人物做品德的评价吗？赵孟頫内心的所有尴尬、无奈和自知之明，在这短短的四句诗里可见一斑。

不过赵孟頫在朝中不受足够的重用，甚至有时候也竟处于可有可无的边缘化状态，这对于他来说未必不也是一件好事，因为他还有艺术。况且种种迹象证明，他的所谓"降元"入仕，很大程度上正是为了艺术。

然而，赵孟頫的内心凄风苦雨岂止只是这些呵！

自从他入仕后，一些朋友，甚至家人也都纷纷疏远他，他的亲侄儿也给他寄来了绝交书，他的族兄做得更绝：赵孟頫离朝回乡探亲时，听说族兄赵孟坚已隐居海盐，他当然要去拜访，但赵孟坚竟闭门不见，让赵孟頫吃了一闭门羹，后来赵孟坚在夫人的力劝下终于同意一见，但才一坐定，赵孟坚便问："家乡的弁山和笠泽近来还好吧？"赵孟頫回答说："还好。"没想到赵孟坚紧接着又问赵孟頫说："你有什么办法让人们不再喜欢这美丽的山水呢？"一语便让赵孟頫无言以对、难堪之极，只好知趣地退出。赵孟頫刚一离去，赵孟坚立即让人将赵孟頫刚坐过的椅子用水冲洗，故意让赵孟頫羞愧难当。

朝中的尴尬，家人的遗弃，众叛亲离的他唯有孤独和寂寞相伴。而孤独、寂寞有时正是艺术的催化剂。赵孟頫唯有将艺术进行到底，他的人生才有可能寻得出路，更何况他少时，母亲邱氏曾明确地对他说："汝幼孤，不能自强于学问，终无以觊成人，吾世则亦已矣。"

此话很易让人想起"岳母教子"的故事，虽然对于儿子的要求和其身份，一个是从艺，一个是从武；一个是百姓，一个是皇孙，但其语境是如此一致。或许这也便从他人生的源头注定了赵孟頫的一生不能不将艺术进行到底，正如同岳飞不能不将精忠报国进行到底一样。

面对各种各样的误会、不解和咒骂，赵孟頫万分尴尬，但尴尬之余他总是一转身走进书房，走到书桌前、画案旁……

三

现实生活中，我们常见到这样一些人，对艺术似乎表现得无上的喜欢和尊重，甚至也曾身体力行地去参与某种艺术实践和艺术活动，但是只要工作一忙，事情一多，他们就会全然忘了。对于这样的人，你不能说他们对艺术的喜欢全然是假的，但是至少他的喜欢一定不是出于生命的需要、灵魂的皈依。

赵孟頫似乎就是为艺术而生。想当初，元军在临安兵临城下，此时他人正巧也在临安城内，满城都惶惶不可终日，但他竟然仍沉浸在自己对诗情画意的营造中——既然自己既不能与岳飞那样建功于疆场，也不能与文天祥那样宁为玉碎，不为瓦全，那还不如做一点自己力所能及的事情吧，最后他竟然在元兵攻城的隆隆炮声中，令人难以置信地创作了诗意满纸的《松溪图卷》（绢本）。这看起来有点不可思议、不可理喻、不近人情，但足可见出艺术之于赵孟頫生命的重要。

前面已经说到，初入元廷，赵孟頫也可谓是走进了一片地雷阵，一切他都得小心应对，劳心劳力自是不必说，但就是在那样的艰难中，他还是完成了草书《千字文》长卷和《羲之换鹅图》等堪为他代表作的书画精品。赵孟頫就是这样，再忙、再累、再危急，他都不能忘情于笔墨、忘情于艺术，因为对此，他是真喜欢、真热爱，是出于生命本身的需要，甚至可以说，这本身就是他生命的一部分。

纵观中国书画史，像赵孟頫这样的艺术家其实并不多，中国书画艺术很多时候被士大夫当做是为官、为政、为学的"余事"，更有甚者只当做是一种"墨戏"，当然还有人只将它当做是一块敲门砖，研习它的目的只是想有朝一日用它去敲自己想敲开的门。但赵孟頫从来不把它看做是余事，也不太像是将它完全当做敲门砖，哪怕在他在朝为官最为春风得意之时。

忽必烈虽然对赵孟頫信任有加，但授给他的官职虽有实权但终不高不大，倒是后来的仁宗皇帝给了他无上的光荣和极高的品位，但那又多有职无权，实际上只是个文笔侍臣的角色，让他办的差事大多只是为秘书监里的书画珍品写目录标签之类，这样的差事当然不是什么人都有资格做和都能做得了的，可谓也是无上光荣，但说到底只是写写标签。另外就是为皇室书写《千字文》之类。每一卷写成，皇帝都亲自招呼精工装裱，高格收藏，其可享受的光荣感也是可想而知的。

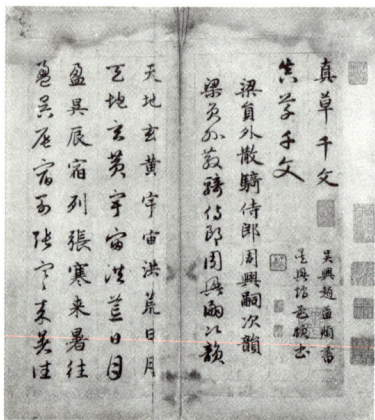

赵孟頫书《真草千字文》（局部）。像这样的作品，今天有案可查的赵孟頫留下的就有十七部之多。

但是，此时此境，如果是一个只将书画丹青视为"余事"而志却在经天纬地的政治痴儿或狂徒，是很容易在这种貌似宠优中滋生出政治野心，以致弄出人生和生命的双重悲剧的。而赵孟頫没有，他乐此不疲地沉浸在自己的笔墨中，光是有案可

《秋郊饮马图》为
赵孟頫人物鞍马画
代表作

赵孟頫的《红衣罗
汉图》为元代人物
画名作

　　查的《千字文》他就写了十七卷之多。他之所以能做到如此，只能有两个原因，一是他是真喜欢做这一切，二是他知道自己只能靠笔墨、靠艺术、靠文化，在元王朝这个别人的舞台的边缘唱自己的戏、立自己的名、吃自己的饭。

　　这话虽然说得有点悲凉，但却是事实。

　　其实，自从宋室灭亡后，赵孟頫一家吃饭一直是个问题。做遗老的六年多自不必说，就是入仕后也一直是个问题。原因是元朝初年，统治者一直没能拿出一个好办法解决全社会的经济困难，对于这一点，前面说到的那两个事例可以证明：一是朝廷大员贪污两百贯就要被处死刑，此虽一方面说明元朝刑法太苛，但同时也见出元朝正因为没钱所以才将钱看得如此之重；二是皇帝要赏赐"五十锭""五百锭"竟然要从小金库中拿钱，这固然是中书找借口，但这样的借口中书既然敢找，也同时说明库府实在太空虚了。

因此，我们也不能说赵孟頫绝对不曾将笔墨丹青当做敲门砖，但"敲门"本身似乎还不是最终目的，最终目的虽不能说完全是为稻粱谋，但稻粱谋至少也在其中，因为说到底，饿着肚子还怎么去搞艺术呵！

纵观赵孟頫的一生，他的入仕也好，得意也罢，甚至是他的位极人臣，并非是凭借他的权谋和钻营，也并非依傍对政治势力的主动奉迎，他进入政治舞台靠的是他的艺术和文化影响，且在政治角逐的游戏中，最终也只是做了一个"循吏"，既无多少政治功绩，但也没什么劣迹。总之，无论是主观上还是客观上，政治都没有成为他的主要人生。从这一意义上来说，是艺术成全了他别样的政治人生，同时别样的政治人生最终又塑造和成全了他别样的艺术人格。

四

我是一名书法爱好者，但是说句实话，我一直都不喜欢赵孟頫的书法，这倒绝不是因为人说其是"奴书"，也绝不是因为他作为宋室后裔去做了元朝的高官而被人们斥之为"贰臣"。"书如其人"的话虽说有一定道理，但我一直不太相信一个人的忠、奸、善、恶真的都可以从他写的字上看出来。王铎也是一个"贰臣"，但我从不因此而隐瞒自己对他书法的喜欢。

我对赵孟頫书法的不喜欢是发自于内心的。赵孟頫书法确实很精到，而我恰恰不喜欢他的这种精到；赵孟頫书法确实很典雅，但我恰恰不喜欢他的这种典雅；赵孟頫书法确实很唯美，而我恰恰不喜欢他的这种唯美；赵孟頫在书法上表现得很全能，而我恰恰不喜欢他的如此全能。但是我又常想，作为一座艺术高峰，能在那么多人的不喜欢中一直傲然挺立，一定自有它的原因、道理和秘密。因此我虽然不喜欢，但又从不曾小看他，亦不曾绕过他，更不敢冷落他，他的《洛神赋》，他的《胆巴碑》等等，我曾花过许多时间和精力去临习，随着我对

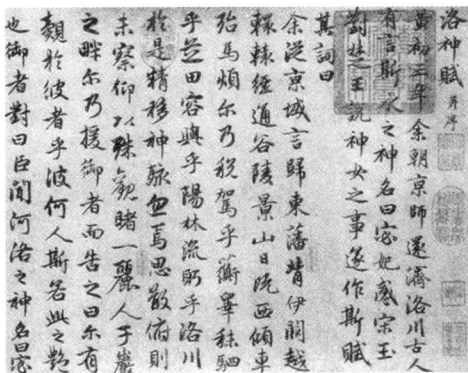

赵孟頫书《洛神赋》
（局部）

他这些作品的临习越多越深，我越来越不得不承认，他的确是中国书法史上的一位书法大师。他那传世的大量书作为我们今天从明清浪漫主义走向晋唐古典主义示范性地架起了一座桥梁，他"用笔千古不易"的名言的确道出了书法创作中的至理，他"学书在玩味古人法帖"的主张的确为学书者指出了一条捷径……

数百年来，许多人对待赵孟頫，无论是态度上还是行为上都与我相似！一个艺术家，其艺术被人们如此对待，不能不说是很尴尬的事情。

我常将赵孟頫与两个人相比较，一个是朱耷，一个是王铎。

赵孟頫与朱耷有许多相同，一是二人本都是"金枝玉叶"，赵孟頫是宋太祖赵匡胤第十一世孙，秦王德芳之后；朱耷为明太祖朱元璋第十世孙，宁献王朱权之后。二是他们都是在二十多岁时遇上了国破家亡，且都亡于外族，面临的人生尴尬完全一样。然而后来两人的人生选择却完全不一样，赵孟頫选择了仕元，朱耷选择了将明遗老做到底。这样一来，朱耷现实生活中虽然贫困不堪，但他的艺术反倒因此而得到了成全，其人格也因此而得到了升华。从此在他的笔下，那些或缩成一

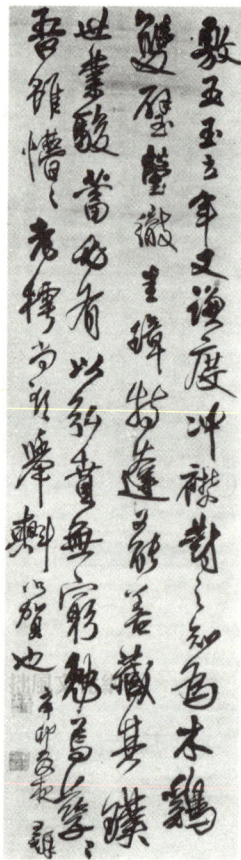

王铎书法

团，或伸长脖子，或白眼朝天，或眼睑闭成一线的飞禽游鱼，成了他在这个世界的生存方式的最形象表达，那些逸笔草草勾成了残山剩水、枯枝败荷成了他心目中江山故国的最真切写照；那用秃笔写成了的"八大体"书法，成了他那颗孤寂清冷的心灵中抽出的无头愁丝，总之他在现实生活中虽然因贫困而不免尴尬，但是他在历史的天空中艺术与人格却得到了完美的统一。这是赵孟頫所永远也无法企及的，与朱耷相比，赵孟頫所有的艺术尴尬都是活该。

王铎与赵孟頫相比，他虽非王孙，但在明朝时曾官至尚部，身份之尊贵比之赵孟頫实际上有过之而无不及；更有一点与赵孟頫相同，这就是都入仕新朝了。然而王铎与赵孟頫又有不同之处：一是他的入仕新朝不但可以实实在在地用一个"降"字，而且他似乎降得干干脆脆、大大方方、完完全全。1645年春，当多铎率领清军在南京兵临城下时，此时王铎是南明的礼部尚书，照理说，他此时忠要报国，义要捐躯，更何况前有史可法，后有黄道周、倪元璐，都可谓是榜样。但是王铎却与宰相钱谦益一番商量后，决定主动打开城门投降清军，什么气节、大义等等，完全被置了脑后。正是为此，王铎与钱谦益成了历史上的一对活宝。

入清后，钱谦益这位江南名士，或许是毕竟读过那么多圣贤书，或许是身边有个峻峭崚嶒的柳如是——不管是出于什么原因，他对于自己的投降总算还表示出了一些悔恨，至少有一些抑郁和耿耿于怀；倒是王铎，这样的感情他是一点儿也没有。据史料记载，弘光小皇帝被拘后，多铎大概是出于一种看好戏的阴暗心理吧，竟安排弘光与明旧臣、遗老君臣相见。钱谦益一见旧日之君，立即伏地不起、恸哭不已；而王铎相比之下却潇洒得可以，他不但不再下跪，而且出语惊人："余非尔臣，安所得拜？"此情此景，让我们很容易联想到电影里一些汉奸，为了在鬼子面前表示他的"忠诚"而故意作践和污辱自己曾经的战友。但王铎的表现是真实的生活，不是演电影！因此，他很快得到了清廷信任，官越做越大——这一点似乎也与赵孟頫一样，但他们各自所凭借的其实有着很大的不同。照理说，即使他们在人品上只是五十步与百步的差别，但赵孟頫的五十步毕竟好于王铎的百步呵，对赵孟

朱耷（八大山人）《荷花又鸟图轴》

頫也应该更宽容一些才对；即使再退一步，对待赵孟頫至少应该与对待王铎一视同仁，而不应该更苛求赵孟頫吧？然而奇怪的是，事实上后世

的人们对于王铎似乎比对于赵孟頫宽容许多。王铎的书法艺术似乎没有赵孟頫书法艺术的尴尬，因为很少有人也说它是"奴书"。对于王铎人们几乎已有一个定论，这就是"政治小人，艺术天才"——在王铎身上一分为二的哲学思想似乎得到了很好的体现，而在赵孟頫那儿就是难以体现，或事实上体现得很少。赵孟頫为什么会落得这样呢？难道是王铎的艺术水平比赵孟頫高许多吗？

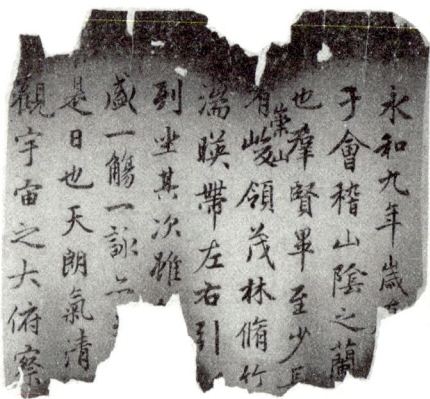

赵孟頫临《兰亭序》残本

众所周知，赵孟頫与王铎在艺术上都是主张复古的，然而事实上他们艺术上的复古主张，体现在实践中却有着很大的不同。赵孟頫的复古主张很大程度上是为了迎合和坐实元代统治者"近取金宋，远法汉唐"的文化政策，他的复古实际上在很大程度上是艺术为政治服务的一种翻版、一种注脚，这就注定了他艺术上的"复古"，只会在体势、笔法、章法等一些艺术的形式上模拟古人（赵孟頫尤其模拟的是二王），且往往表现得不敢越雷池一步，而不可能追求到古人的那种创造的精神、自由的个性和内在的气质。而王铎在这一点上与赵孟頫不同，他一面说，"书不宗晋，终入野道；今易古难，今浅古深，今平古奇，今易晓古难喻，皆不学之故也"，但与此同时他又说，"他人口中嚼过败肉，不堪再嚼"，主张学书要像"虎跳，熊奔，不受羁约"，"文要胆。文无胆，动即局促，不能开人不敢开之口"。由此可见，王铎艺术上所主张的复古，很大程度上倒切入了艺术的本质，这就注定了王铎的笔下必定有许多与古人不同的东西出现。再加上他身上又是那种连投降也投降得很大胆、很干脆、很坦荡的性格，所以他无论是生活中还是艺术上，都不会如赵孟頫那样患得患失、斤斤计较。这一切注定了王铎的书法确实上得了一个很高的艺术水准。傅山是与王铎同时代的另一位书法大师，是一位将明朝遗老坚决做到底的很有气节的隐者，他对于王铎的为人是不可能认同的，但是对于其书法评价却很高："王铎四十年字极力造作，四十年后无意合拍遂能大家。"后世如康有为者，也说王铎书法"笔鼓宕而势峻密，真元明之劲"。总之，王铎虽然主张复古，但他的笔下毕竟出现了许多古人笔下所不曾有过的新东西，至于这些东西是不是高明、是不是美好、是不是经典，那是另一回事，但至少它是新鲜的。而赵孟頫笔下缺少的就是这些新的东西，即使你对二王模拟得再惟妙惟肖，但终究你不是二王呵！既有二王了，何必还要你呵！所以我常常想，人们说赵书为"奴书"，倒并非是骂赵孟頫仕元而做了元人的"奴"后所书，或许更多还是从他缺乏艺术的开拓精神和创新勇气这一点上来说的吧？

尴尬是赵孟頫的宿命，无论是人生还是艺术！

那么造成他如此尴尬的原罪是什么呢？当然是政治！

艺术与政治不同，各有其应该遵循的规律，政治不能代替艺术，艺术也不能凌驾于政治之上。我们以前过于强调艺术从属于政治，这是对艺术的伤害。但今天一些人似乎又过分强调艺术要远离政治，强调人性，强调个人，以至于《色·戒》这种公然歌颂汉奸的电影竟然也能上演，这就不能不让我们再一次明确赵孟頫人生与艺术双重悲剧的意义了。

对艺术执著如赵孟頫者，最终还是因政治而让他的艺术无比尴尬。

一个人的艺术是一个人人生的最好注解，赵孟頫的艺术当然也是他人生的最好注解，但只有理解了"贰臣"的赵孟頫，方能理解作为艺术家的赵孟頫。换言之，没有"贰臣"的赵孟頫，也就没有作为艺术家的赵孟頫。

一个尴尬的艺术家，其全部尴尬人生只为了成全其尴尬艺术——这不就是赵孟頫吗？！

五

此刻，我在"赵孟頫故居"前，垂手而立。

我不远百里赶来瞻仰赵孟頫的故居，本身便是对他的一种遥遥的祭拜。是的，我是祭拜这位七百年前的书法前辈来了！他的文化理想也许并不是成为这样一个尴尬的艺术家，但是有什么办法呢？每当文化理想与现实政治相抵牾时，屈服的一定是文化理想。但赵孟頫毕竟有所坚持，他最终没有做那种为一个亡朝名义上玉碎而实为无谓的殉葬，也没有用自己的艺术作敲门砖去无耻钻营，他在自始至终的冷嘲热讽中构建起了自己真实的文化人格，并执著追求着自己并不求轰轰烈烈的人生幸福，直面迎击着人生赋予他的厄运与痛苦。

公元1322年，赵孟頫去世，享年69岁，这个年龄死去在那个时代也算是寿终正寝了，死后皇帝追封他为魏国公，谥号文敏。虽然他至死也背着个"降"字在身，但是纵观他的一生，就他的所作所为来看，任何时候任何方面我们似乎又很难说他是一个"叛逆"，相反似乎是个标准的"循吏"。据说他到逝世的那一天还坐在桌前写字，他最后留给人间的除了他的字，一定还有他那一如既往的平和的笑。

我想了这么多，竟还没走进"赵孟頫故居"。天已近午，还是赶快进去吧，要不会关门了！

但愿我就此真能走进赵孟頫的精神家园。

作法自毙

　　商鞅死后，他当初制定的各项法令，秦惠文王并没有废止，相反还一如既往地大力推行。这在中国历史上不说是绝无仅有，也是极其罕见，似乎秦国上下反对的就是他商鞅这个人，而非他的新法。不仅如此，当秦国在战国七雄中最终崛起而统一天下时，秦人似乎也并不感谢商鞅，因为我们没有见任何史料上有关于秦国人为商鞅"谋反"一案平反的记载；而事实上，说商鞅"谋反"实在有违事理，因为他最终既没有背叛秦国，也没有割据自立，也没有对秦国的一城一池有过任何攻击的行为。然而，说商鞅"谋反"似乎也一点没错，因为有"法"为据，更何况这"法"正是他商鞅自己制定的。

今日函谷关

在《史记·商君列传》中，司马迁将公元前338年函谷关前的一个傍晚不但描写得惊心动魄，而且别有意味：

一辆用黑色帏幔包裹得严严实实的马车急速地从秦都咸阳直驶向函谷关而来。

车抵关前，随着车夫"吁"的一声喝令终于停了下来。车上走下一个气宇轩昂的中年人，他看了看眼前这座重兵把守的关隘，又眺望了一阵远方群山之巅将要落入山间的夕阳，吩咐车夫和随从，就近找家旅店住下，明天一早出关。

函谷关是秦国东方的一个最重要关隘，它依着山势而建于肴山岭口，是关中（所谓"关中"，即"函谷关中"的简称）通往东方六国的唯一通道，从秦国出了函谷关便出了关中，也便出了秦国。函谷关形势之险、位置之要，正所谓"一夫当关，万夫莫开"。

然而，任凭车上下来的一行人与店家好说歹说，店家就是不肯让他们住店，原因只有一个，那就是他们没有出关的通行证。

函谷关位置太重要了！所以秦国向来对之把守严密，不但常年驻有重兵，而且还为关隘及其周边设施的管理制定了严格的法令，其中有一条：无论任何人，若没有国家签发的过关通行证，不但不能通关，而且在关隘附近的旅店住宿也不行；店家若有违反，将治以重罪。这伙人没有通关证，店家自然不敢留宿。

然而天色将晚，他们能往哪儿去呢？随从模样的人不得不一次次向店家求情，最终不得不报出了自己主人的名字，并说秦国的所有法令就是由他制定的。但是店家还是怎么也不能相信眼前这个中年人会真就是他们大秦帝国的大良造（相当于后世宰相）商鞅，因为在他们想来，若眼前的这个中年人真是大良造，他为什么事先不为自己签发一张出关通行证呢？

然而店家哪里知道，眼前的这个中年人确确实实正是商鞅，不过他此时已不是秦国的大良造，而是头上顶着"谋反"之罪的逃犯，他此行并不是为国事而欲出关，而是为了逃命——当初逃出咸阳时，或许是他根本就来不及签发，或许是他压根儿就没想到，自己竟然也需要一张小小的通行证！

然而，没有通行证，店家决不肯让他们留宿，商鞅不禁仰天长叹："没想到我商鞅立法无数，到头来竟然落得个作茧自缚、作法自毙的下场……"

此时的商鞅，不但陷入了人生的大尴尬，而且陷入了生死存亡之秋。

司马迁是史笔，即使他不在文末的"太史公曰"中明确发表"商君，其天资刻薄人也……卒受恶名于秦，有以也夫！"的评价，仅凭他用春秋笔法记叙的商鞅逃离秦国过程中的这个故事本身，我们也不难看出他对于商鞅所遭遇的尴尬并无多少同情，相反字里行间似乎倒有点说他是活该。

"通古今之变"如司马迁者，为什么会对他少有同情心呢？

一

其实，商鞅函谷关前的遭遇已不是他人生的第一次尴尬了，在他的一生中，尴尬似乎是他的宿命。

稍有历史知识的人都知道，商鞅并不姓"商"，只是因为后来秦孝公将一个叫"商於"的地方封给了他，于是人们才称他"商君鞅"，简称"商鞅"。他原是卫国人，姬是他的本姓，亦即他与周天子同姓，但春秋时男子是不称姓而称氏的，所以他并不叫"姬鞅"；由于他与周天子虽为同姓，但血统有些远，所以是"庶公子"，而非"公子"，"庶公子"又称"公孙"，所以"公孙"便是他的氏，所以早先他又被人们称作"公孙鞅"。

当年叫公孙鞅的商鞅是卫国人，而卫国是魏国的附属国，所以他长大即来到魏国便成了十分自然的事。他投于魏相国公叔痤的门下做了一门客，职为中庶子，相当于相国的私人秘书，也兼着为相府打理一些日常事务。当时魏国是魏文侯执政，他任用当时著名的军事家和政治家吴起进行变法，使魏国迅速成为当时列国中最强大的一个诸侯国。正是在那个阶段，商鞅不但眼见了变法对于强盛一个国家的巨大作用，而且对"刑名之学"颇有心得，治国的知识和能力皆大进，为此很快就赢得了相国公叔痤的赏识。此时魏国执政者已是年轻的魏惠王了，公叔痤不但当面向商鞅承诺，而且从内心出发，极力欲将商鞅引荐给魏惠王。

眼看着商鞅的前程将要一片锦绣，谁知就在此时，公叔痤却一病不起。

魏惠王来看望病重的相国公叔痤，公叔痤也真是"鸟之将死，其鸣亦哀；人之将死，其言亦善"，他没有食言，极力向魏惠王推荐商鞅说："我府中的中庶子公孙鞅，人虽然还年轻，但是是个了不起的奇才，我死了以后他完全可以替代我，大王您如果能够委他以治国重任，对他言听计从，国势就一定可以强大起来！"

然而遗憾的是，年轻的魏惠王却对这位将死的老相国的最后遗言不以为然。在他想来，一个中庶子这样的小小门客家官，又这样年轻，能有多大本领呵？再则还是个属国人，他即使有些本领，但能对魏国忠心耿耿吗？真将治国大权交给他，怎能令人放心！

公叔痤眼看着年轻的魏惠王对于自己的话不置可否，便知道他不会听信，思考再三后，他让在场的所有人都退了出去，然后才悄悄对魏惠王说："公孙鞅真的是个人才，您如果实在不想用他，那您就杀了他，千万别让他离开魏国跑到别国去呵！"

此话无疑将商鞅推至一个要他命的尴尬境地。

好在年轻的魏惠王一时并没能理解过来老相国此话的意思，也好在老相国终于因爱惜人才而将自己的话很快告诉了商鞅，终使他离开了魏国，摆脱了他人生的第一次大尴尬。

去哪里呢？一心想着要有一番作为的商鞅自然而然想到了秦国，因为此时的秦国虽不是最强大，但却是最有生气的一个诸侯国：刚即位的秦孝公很想有一番作为，正发布文告，意欲广纳天下精英贤才。

于是商鞅来到了秦国。

然而，此时的商鞅，一不曾有军功，二不曾有显位，三不曾有大名，四不曾有重资，只是一个十足的小人物，不要说得到秦孝公的重用了，就是如何见到秦孝公，也是一个很大的问题。好在天无绝人之路。商鞅很快结识了一个很特殊的小人物——此人叫景监，并非贵族出生，官职也不高，但是秦孝公莫名其妙地宠信他，所以在孝公面前很能说得上话。但也因此，在许多人的眼里，景监无疑是个弄臣，名声并不好。商鞅正是通过景监的推荐而最终得到的秦孝公的召见，正有点"鱼有鱼路，虾有虾路"的意味。这也为日后商鞅虽贵为一人之下万人之上但仍为许多人所不齿而埋下了伏笔。

好在商鞅总算得到了秦孝公的召见。

为了证明自己就是秦孝公所要招纳的精英贤才，有着一肚子学识和满身本领，商鞅唯一办法便只有大使他那三寸不烂之舌。据有关史料记载，商鞅第一次见到秦孝公，竟然讲得唾沫横飞，几乎溅到秦孝公脸上。然而这还并不是让他最尴尬的，令他最尴尬的是，秦孝公竟然听着听着打起了瞌睡。

秦孝公画像

商鞅画像

这样的相见，双方自然是都不满意。秦孝公很快就将景监召去，责备他说："这就是你给我引荐的英才呵？他与我见面自始至终都只会讲些没用的大道理，这样的人有什么用呢？"景监受了秦孝公的责备，自然回去责备商鞅："好不容易将你引荐给孝公，你为什么不给大王讲一些有用的东西而取信于他呢？"商鞅叹息一声说："看来他不可能成为尧舜那样的帝喾人君！"

过了几天，商鞅请景监帮忙再引荐一次。商鞅又是一番游说，虽然这一次秦孝公没打瞌睡，但是明显看出对他的话仍没多大兴趣。秦孝公自然再次责备景监，景监也再次责备商鞅。商鞅说："我终于知道他能听进去什么了！您再给我引见一次吧！"

　　事已至此，景监倒也帮人帮到底，干脆一不做二不休，又为商鞅作了一次引荐。这一次商鞅的游说果然让秦孝公兴致盎然。事后秦孝公立即将景监召来对他说："你推荐的人这次说得很有道理，我准备重用他，你可以让他再来，与我谈得深入一点！"景监有些不解地跑去问商鞅："你到底这次都讲了些什么，让大王如此开心？"商鞅说："我第一次所说的，其实也不是什么没用的大道理，而是帝道，他听不进去；而第二次我说的是王道，他仍然听不进去。我便由此知道，他感兴趣的只是霸道。第三次我便与他说称霸之道，果然不出所料，他大感兴趣。看来我也只能帮助他成就一番霸业了！"

　　再一次去见秦孝公，商鞅完整而系统地阐述了"称霸之道"的理论依据与实施措施，直听得秦孝公不知不觉向商鞅越靠越近。至此秦孝公完全相信，眼前的这个年轻人就是他梦寐以求的人才，而他重用商鞅也便成了顺理成章的一件事了。

　　然而，这并不等于商鞅从此便在秦国如鱼得水了，相反，一个又一个令他意想不到的尴尬和难堪在等着他。

二

　　众所周知，商鞅"称霸之道"的核心便是他的"法制"思想，于是在秦孝公的支持下，一场史称"商鞅变法"的运动，很快便在秦国展开了。

　　然而试想一下，在秦国贵族看来，一个外国人，竟然撺掇着自己的国君，推行起一套损害自己利益的法令来，这无疑是大逆不道。在国君面前他们自然是不敢放肆，因为秦孝公坚持"商鞅变法"的决心是那么的坚定，他们只能将所有的不满全冲着商鞅来，甚至恨不得发动一场"清君侧"暴动，将商鞅碎尸万段，因此，他们一次次当着秦孝公的面，对商鞅进行种种谩骂和攻击，这对于商鞅来说已算不得尴尬事了，每一次他都能从容面对，一一驳斥。大臣甘龙在朝廷之上当着秦孝公的面说："贤君不应该变更自己的法令，因为官吏百姓都已经对旧法习惯了，很难再接受新的！"此言的厉害之处有二，一是它的确说出了一个事实，人们对于旧的事物习惯后，要改一套新的，总会产生不习惯；二是它实际上将秦孝公逼到了一个绝境，即你如果听信这个外国人的"蛊惑"而真的变法，那你就不是一个贤君了。商鞅反驳说："这种说法过于世俗。不错，一般人是不愿意改变旧法，甚至学者也难以接受新事物，然而这正是治国者应该去教化他们的地方，而不是等他们来参与制定国家的大政方针。夏、商、周三代以礼治国，但三代的礼也不是相同的，而是各代都有所变化；春秋以法定邦，但五霸之法也各有不同。可见变法是很正常的事。"大臣杜挚也反对说："没有十倍的功效不应该变更器物；没有百倍的利益，不应该变更法令。"商鞅反驳说："只要对国家有利，不管利大利小，只要有利，就应该变法！"杜挚又说："只要遵循旧法，就不会出岔子。"商鞅又反驳说："商汤、周武王并不遵循旧法，而终称王天下；夏桀、商纣倒是遵循古法，但是最终都灭亡了。怎么能说只要不改旧法就不会出岔子呢？"

"商鞅变法"的内容，以我们今天的眼光归结一下主要有四条：一是鼓励生育；二是"废井田，开阡陌"，即发展生产；三是实行"伍什制"，严明法令；四是奖励军功，即实行以军功晋爵的制度，取消爵位世袭。

这样的一套法令，遭到既得利益的旧贵族反对实在是很正常。然而新法给普通百姓带来的好处是十分明显的，如，"废井田，开阡陌"，实际上将农民从奴隶解放成了自耕农（后来的历史学家正是主要以此而认为，是商鞅变法完成了秦国在春秋列国中率先由奴隶社会向封建社会的转化）；而以军功晋爵的制度，则为广大下层百姓提供了一个出人头地的可能。但是让商鞅没有想到的是，普通老百姓竟然不领情，他们对于新法似乎毫无兴趣，这不但让商鞅万分尴尬，更几乎让贵族以此作为反对新法的又一借口，而使新法夭折。

为了打破这一尴尬局面，商鞅留下的一个故事，并成为美谈被传至今。这就是我们今天一般人都知道的"南门立木"的故事。

商鞅派人在秦都雍城的南门竖起了一根不大的木头，并许诺说，谁将他扛到北门，就赏他"十金"。一时间，看热闹的人越来越多，但就是没人去扛。众人议论纷纷："这么一根小木头，扛一下并不费吹灰之力，竟能得到十金！哪有这样的好事？"

商鞅尊

整整一天过去了，还是没有一个人去扛。商鞅又让人放出话来："谁扛，赏他五十金。"此时真可谓重赏之下，必有勇夫，终于人群中走出了一个汉子，他扛起木头就向北门走去。众人自然也跟着他一起拥向北门，大家倒要看看，他是否真能得到"五十金"。

雍城虽是都城，但是并不大，壮汉几乎三步两脚，一会儿就到了北门。商鞅早已在那"恭候多时"，汉子放下木头，商鞅二话没说，便当众将"五十金"送给了汉子，并且对众人说："我商鞅说出的话，发出去的号令，都是绝对算数的！"至此众人才相信"商鞅变法"的所有内容都是真的。随之新法在百姓中的推行便水到渠成。

新法就这样被推行了下去，但商鞅面临的尴尬远远没有结束。

三

　　你商鞅不是要严明法令吗？现在太子犯法了，你怎么办——两位与国君有血缘关系的贵族，同时也是太子的两位现任老师公子虔和公孙贾，竟然唆使年轻的太子故意触犯法令。这让商鞅一下子陷入了大尴尬——真的按律对太子进行处罚，秦孝公自然不会同意；秦孝公不同意，商鞅怎么处罚？就算商鞅真敢不顾秦孝公而处罚太子，那还不将秦孝公得罪了！而得罪了秦孝公，这变法还怎么进行得下去？

　　商鞅当然知道这是旧贵族联手给他制造的一个悖论。于是魔高一尺，道高一丈。商鞅对秦孝公说："新法的权威一定要维护，但太子是未来的国君，当然不能随便处罚，且太子毕竟年幼，他的犯法责任在于他的老师没有教育好。"于是下令，对公子虔和公孙贾按律处罚，将前者杖一百大板，后者施以"黥刑"，即在脸上刺上字迹，永世抹去不得。

　　就这样，一个天大的尴尬和悖论似乎又被商鞅轻而易举地化解了。

　　然而，新的更大的尴尬和悖论又来了——

　　你商鞅不是立法说要以军功晋爵吗？那么你自己并没有军功，你凭什么大权在握呵？

　　于是商鞅不得不也去建立军功。可建功立业的对象选谁呢？自然是秦国的邻国魏国，魏国可算是商鞅的"祖国"呵，要拿自己的祖国开刀，这又是个很让人尴尬的难题。

　　好在商鞅自己想得开，大义灭"亲"并不在话下。商鞅领兵伐魏，魏王派大将公子卬领兵与之对峙。商鞅传信给公子卬说："我当初在魏时，与您素来关系不差，现在我们虽各为其主，阵前对峙，但我实在不忍心与您交战。我们不如见面好好谈谈，找一个各自都能接受的办法，互相退兵，使秦、魏两国都能安稳，岂不更好？"

公子卯于是信以为真，欣然去见商鞅，没想到此实为商鞅所设一计。公子卯一到，商鞅命伏兵四出，一下子将公子卯生擒。公子卯自知上当，但已经晚了，一切都无法挽回。魏军失去主帅，自然不战自乱，被秦军轻而易举就击溃了。

商鞅终于取得了军功，又一次成功化解了自己的尴尬。

表面上这一个个尴尬和悖论，虽然都被商鞅凭着自己的智慧与勇敢——化解了，但是，太子驷、公子虔和公孙贾们心中由此而滋生出的仇恨，却比公孙贾脸上的刺字还要牢固；还有魏国，虽然从此一蹶不振了，但商鞅因此而成了魏国人心目中最大的叛徒和仇敌……这一切，实际上正意味着商鞅最终必然又将陷入一个更大的人生尴尬和悖论中，甚至是生命悲剧中。

四

公元前338年，秦孝公突然死去，王位自然由太子驷后继，当年的太子驷成为秦惠文王后，立即应了"一朝天子一朝臣"的俗话。八年躲在家中不见天日也不见人的公子虔（他后来再次违法，被依法判处"劓刑"，即割去鼻子，他为此而躲在家里不再见人）终于出山，他拉拢公孙贾们一起，怂恿秦惠文王向商鞅发起了全面报复，诬以"谋反罪"捉拿商鞅。

商鞅预先得到了消息，仓皇出逃，于是出现了本文开头所叙一幕。逃到了函谷关的商鞅，进亦不得，留亦不成，一时陷入了自己制定的法律的难题中。

不过据史料记载，商鞅最终还是过了函谷关的，到底他是怎么过的，不得而知。逃出函谷关的商鞅往哪里去呢？他自然首先想起了自己曾经的"祖国"魏国。但是魏国人岂能容留他这个早已背叛了祖国的叛徒呵？再则，即使魏国人有心留他，而此时亦已不敢，因为正如魏国的一位大臣向魏王所言："商君现在是秦国的罪犯，而秦国现在国势胜过魏国，魏国如果留下商君，秦国势必会为此而对魏国兴兵，如此魏国不是引火烧身吗？"而当初使魏军大败、魏国一蹶不振的人不是别人，正是商鞅！商鞅当初在用诡计生擒公子卯大败魏军时，实际上已为自己的今天掘好了一个坟墓。

魏国竟然将商鞅无情地赶回了秦国。

商鞅铜方升

商鞅只好又回到他的封地商於，能做的也只能是作一次垂死的挣扎。他召集部众、家兵，率领他们一起去攻打郑国。他此举究竟是想取道郑国另逃他处，还是想借地自立呢？一切还没来得及见分晓，秦国的追兵已及——根据商鞅当初制定的法令，任何人不经国君同意便擅自发兵，便以"私斗"和"谋反"论处，而"私斗"和"谋反"一律处以极刑。至此，商鞅终于再也逃不脱他自己制定的法令的惩罚。就这样，中国历史上第一位伟大的改革家，于公元前339年在秦都咸阳闹市被处以"车裂"，即俗称的"五马分尸"，这实在不能不说这是商鞅人生最大的尴尬。

然而，商鞅这最大的尴尬还并非他人生最终的尴尬。

商鞅变法后，中国历史上还曾出现过许多次变法，多数都会随着当初支持变法的国君的死去，改革派失势、反对派得势，而将新法一一废止，如一般人都很熟悉的王安石变法等即是；然而，商鞅死后，他当初制定的各项法令，秦惠文王并没有废止，相反还一如既往地大力推行。这在中国历史上不说是绝无仅有，也是极其罕见，似乎秦国上下反对的就是他商鞅这个人，而非他的新法。不仅如此，当秦国在战国七雄中最终崛起而统一天下时，秦人似乎也并不感谢商鞅，因为我们没有见任何史料上有关于秦国人为商鞅"谋反"一案平反的记载；而事实

今日陕西省商洛市商鞅广场上的商鞅雕像

上，说商鞅"谋反"实在有违事理，因为他最终既没有背叛秦国，也没有割据自立，更没有对秦国的一城一池有过任何攻击的行为。然而，说商鞅"谋反"似乎也一点没错，因为有"法"为据，更何况这"法"正是他商鞅自己制定的，因此，自古以来，人们似乎一直都认为商鞅的结局实际上是他自己作茧自缚、作法自毙，甚至可以说是活该。包括司马迁，恐怕也是这个意思。

有人说这都是因为他当初执法心慈手软，没有将公子虔、公孙贾们这些反对新法的旧贵族斩草除根，以至为自己留下了后患。此话初听似有道理，然而细想一想，反对者是商鞅能斩尽杀绝的吗？因为别忘了反对派的最实际后台是谁呵？是太子驷，是未来的国君，能将他也杀了吗？于是又有人说得恰恰相反，说都是因为商鞅当初执法太苛、太严，所以才让太子驷和一些旧贵族心生怨恨。此话似也不错，但是一项法令及其推行，何谓苛、严，何谓宽、缓，这更多的时候要看人站在什么立场、地位和角度来看，真要做到恰到好处、各方满意，不说不可能，至少也是很难的事情。当然，作为商鞅，其立身行事，果能做到如诸子百

家中道家代表庄子说过的那样"才与不才之间",那当然可处于不败之地;然而庄子所说的只是一种最佳的人生理想状态,事实上这世界之上有几人能够做到呵?后来,又有人根据事实上秦惠文王在杀了商鞅后却并没废止新法来推测,觉得他似乎真正反对的只是商鞅此人,并非他变法的一系列措施,便说商鞅的悲剧是他为人个性和品格上有问题,说他当初受秦孝公信任时太张扬,太得意忘形。但是没有张扬的个性和执著精神能充当改革家吗?历史上有哪一位真正的改革家不是张扬的个性和执著的品格的人?还有人说,商鞅变法虽的确为秦国起到了富国强兵的作用,但是也有愚民的副作用——它将老百姓事实上只固定在了"耕"和"战"两个字上,以至于他们好歹不识、是非不分(因为他们不用识,不用分),对商鞅的最终遭遇也自然没有任何同情心。但是试想,即使秦国的百姓对于商鞅的遭遇有同情心又能怎样?在那样一种由奴隶制刚刚完成封建化的社会里,百姓能为商鞅打抱不平,以至帮上大忙吗?还有人说,这都是因为商鞅对"祖国"的背叛所造成的。但是别忘了,实际上是"祖国"逼着他背叛的;更何况那时周天子还在,各诸侯国其实都是周的天下,要说"祖国",那"周"似乎才算得上;当时的人们在各诸侯国之间纵横驰骋,事实上也谈不上背叛,就如今天的大学生找工作,"此处不留爷,自有留爷处",原本是很正常的事情。

因此,说到底,商鞅的尴尬和悲剧结局是注定了的,实际上并不仅仅是他个人的人生尴尬,而是作为一个改革家所必然遭遇到的悖论,也是历史本身在艰难前进的过程中所必须付出的代价。而改革者的伟大之处便是敢于走进这种悖论。

商鞅的死是一种必然——司马迁看到了这一点。

商鞅的死是另一种形式的永生——司马迁没能看到这一点。

悖论人生

　　伍子胥虽然主观上只是为了报"家仇",可他要报这一"家仇"却不得不与"国家"为敌,且是他自己的"祖国"。因为在那"普天之下,莫非王土;率土之滨,莫非王臣"的时代里,所谓"国家","国"就是"家","家"就是"国",当然,那"家",是国君的,而不是一般人的;相反,一般人若不忠于国君,便是不忠于国家。因此,楚国是楚王的"国",或者说楚国就是楚王的"家",伍子胥要找楚王报仇,某种程度上便是对楚国的背叛,便是与祖国为难。而这是无论如何也是一个人所难以去做的。从这一点来说,楚王实际上绑架了整个楚国。

一

很小的时候我就知道"伍子胥"这个名字了。因为一个故事。不是那个"伍子胥过昭关，一夜白了头"的故事；尽管京剧中的一出《文昭关》把这个故事演绎得惊心动魄，以至于在中国可谓是家喻户晓。而是伍子胥过了昭关已入吴境后发生的一个故事。这个故事知道的人或许并不多：

伍子胥拖着沉重的脚步走在溧水岸上，此时他事实上已完全摆脱了楚兵的追踪，吴都姑苏越来越近，几乎就在眼前了，但饥渴让他几乎无力再挪动那两只沉重的脚，他觉得自己快要倒下了，且一旦倒下便会再也起不来。

溧水是连接石臼湖与太湖间的一条河流。

伍子胥看到溧水边有一女子正在浆洗衣裳，便走了过去用乞求的口气说："我是过路人，能给我一口吃的吗？"

浣衣女看了看眼前这个向自己乞讨的男子：虽然满头白发，却是一张年轻的脸；脸上虽写满了疲倦，但掩不住刚毅；一双深邃的目光中，虽充满了忧郁，但又闪烁着智慧的灵光，于是恻隐之心顿生。

"我这儿哪有什么吃的呵，你看，只有这浆，如不嫌弃，喝下几口倒也能抵上一阵。"她无奈地说。

所谓"浆"，是用来浆衣物而使其挺括的一种浆水，是用开水稀释面粉而成。

伍子胥听到此言，说了声谢过，就抱起盛满浆水的盆子，一口气便将所有浆水喝了下去。

浣衣女看到他这样不禁笑了笑，伍子胥似乎也有点不好意思，便一再致谢，最后说："救命之恩，定当回报；只是今日我沿此水向下游走后，如有人随后来问，你千万不能这样相告，你要说我向上游去了！"

浣衣女答应了，但此时她觉得这人不但长得奇怪，言行也很奇怪，不禁久久地望着这个男人远去的背影。

就在她的凝望中，他又转身走了回来，再次对她强调说："我刚才与你说的话你可一定要记好呵，千万不能说我是向溧水下游去的呵！"

浣衣女虽很奇怪，但她并没多问，只是又满口答应了。

伍子胥又走了，但走出去一会儿竟然又折了回来，第三次跟浣纱女说："我与你说的话请你千万要记好呵……"这时浣纱女有点忍无可忍了，她对伍子胥说："我既然答应了你，一定会记得的。你如此不相信人，看来我只有这样才能让你相信我不会出说你的行踪了！"

话音未落，竟一纵身跳进了身边的溧水中。伍子胥还没反应过来，便见河面上没了浣衣女的影子……

今天的溧水，不仅是一条已更了名的古老河流的名

今日古溧水边伍子胥与浣纱女的雕像，形象地再现了当年的一幕。

称，也是一个古老的县邑的名字，此县位于江苏省西南部，隶属于省会南京市，与安徽省当涂县接壤，古之所谓"吴头楚尾"即指这一带。

我是溧水人，很小的时候便从老人的"讲古"中听得了这个"史贞义女"的故事，但对于这个故事的真实性，说实话，我一直很怀疑，因为我既不能相信我邻家那些现实生活中稍不如意就抱怨自己"瞎了眼"嫁错了老公，或一不高兴便大骂公婆"老不死"的小姑大嫂们的前辈，会如此之"义"，也不能相信她们会如此"犯傻"；但是，后来我从《吴越春秋》、《越绝书》中也看到了这个故事；再后来我又看到唐代大诗人李白亲笔撰写的《史贞义女碑记》；尤其是上世纪七十年代，故乡百姓疏浚古溧水河道，竟然疏出了许多大小如豆的"金豆子"——故乡人都说，那就是伍子胥后来为祭奠溧水女而撒在溧水中的——这一切似乎总在努力向我证明着这一故事的真实性。

今日古溧水边伍子胥与浣纱女的雕像，形象地再现了当年的一幕。

虽然这一切仍并不能让我完全相信这一故事是真的，不过我却常常因此而忍不住想：

如果这个故事是真的，那么，当伍子胥真的眼睁睁看着一个鲜活的生命转瞬间消失在河水中时，他呆立在岸上究竟会怎么想呢？

如果这个故事并不是真人实事，而只是人们附会出的，那么，人们附会出这么一个故事，其背后又有着怎样的深意呢？

民间故事和民间传说毕竟是历史文化的化石！

二

我们先权当上面的这个故事是真实的吧！

看着一个鲜活的生命消失在溧水中，我想伍子胥一定会呆立河岸，心里滴着血对自己说：这都是我的罪过呵，我又连累了一条活生生的性命！此仇不报，我不要说对不起包括父、兄在内的一家三十多口人的在天之灵，就是这些被我所连累的人的在天之灵我也对不起呵！

的确，伍子胥一路走来的这条逃亡之路，实际上是许多人用生命为他铺就的。

当初，伍子胥知道父亲伍奢和哥哥伍尚被楚平王招入宫中一定是凶多吉少，于是他先安排并掩护妻儿悄悄逃走，最后点着庄园，准备逃往宋国。

袁越、武成黑率兵拦住了他的去路，伍子胥想杀出血路、突出重围，但终因寡不敌众，难以逃脱。危急时刻，是好友张弓率兵挺身相助，伍子胥才得以脱身。

望着伍子胥已经逃脱，张弓对袁越与武成黑说："如果二位将军答应我一个条件，我这就随二位将军去面君，并谢放跑伍子胥之罪；如果不答应，本将军将率本部人马拼死一战，最终胜负或未可知！"

而张弓的这个条件就是要其保证不加罪于他的士卒。

当袁越、武成黑答应了张弓的条件后，张弓拔剑自刎，而士卒也有多人自毙其身。

这一切，当然伍子胥是没有看到，但是我想他并非是不能想象到吧！

当伍子胥到达昭关之下望关兴叹时，看到自己的巨幅画像就贴在关卡的城墙上，守关的正是老冤家袁越，他对要过关的每一个行人先仔细比对画像确认无误后才放行。然而，昭关是由楚入吴的必经之路，是与他素昧平生的东皋公给了伍子胥以帮助，他才过得此关：东皋公先将他引进家中藏了起来，然后找来自己的好友皇甫纳，让长相与伍子胥有几分相像的他穿上伍子胥的衣服，故意在关前让袁越当他就是伍子胥而被抓住，同时让伍子胥暗度陈仓趁机过关。

尽管京剧《文昭关》中的结局是皆大吹喜：伍子胥过了关，皇甫纳最终也在东皋公的帮助下被验明正身释放了，而真实的情况究竟如何？我没作过考证，但是我可以想象——那种皆大欢喜很可能只会是舞台上演出的戏吧？

过了昭关，天堑长江又横在伍子胥面前，是一个无名的渔翁冒着惊涛骇浪和葬身鱼腹的危险，也冒着被楚军追杀的危险，将他送过了大江……

就这样，许多与伍子胥相识和不相识的人，用自己的生命为他铺就了一条逃亡的路。

我想，如果上面的这个故事是真的，那么这个溧水岸边的浣衣女，则是伍子胥逃亡之路上最后的一块铺路石，因为伍子胥已经到了吴国，楚国的追兵一般来说已不能追到这里了，实际上是伍子胥的草木皆兵，才使得她的生命成了一块他事实上并不一定需要的铺路石。但也正是因此，这块铺路石的分量也显得更重——会使得伍子胥在复仇的道路上越走越坚决！如果上面的这个故事只是人们附会出来的，那么人们附会出这么一个故事，其背后的深意恐怕也在此，即，伍子胥一旦踏上这条逃亡复仇之路，便是走上了一条永远的不归路，他只能坚决地走下去，绝回不得头！

三

当楚王欲杀伍子胥及其父、兄时，伍子胥似乎面临着一种选择，而这种选择实际上又是一种别无选择，因为对于他来说，面对楚王的加害，不逃便是死，这当然"不好"；但是逃也存在太大的"不好"，且这种"不好"不仅仅指逃不掉而被抓回来仍然被杀（这种可能性也是很大的），而更多的是存在于逃脱掉了以后。

其实伍子胥的父亲伍奢是并不希望儿子伍子胥（包括伍尚）逃走

的，相反，他希望儿子们全与他一起死，那样虽然残酷，但未尝不也是一种人生的解脱。

伍家父子的被杀原因当然可用一句话概括，这就是奸臣的挑拨和楚平王的昏庸。

伍氏家族为楚国一世代军功之家，用楚平王自己曾经的话说，"伍氏家族向来忠勇"，但是由于伍奢当时为太子建手下的大将，楚平王由于惑于妃子孟嬴，想改立孟嬴的儿子为太子，但内心又怕太子不服而与伍奢联手兵变，所以设计将伍氏父子削去兵权，再骗至郢都加以杀害。

当楚平王将伍氏父子进行了一番非正常的调动后，再下旨要伍奢回郢都复命，此时伍氏父子实际上也察觉到了其中一定有阴谋。

伍奢临行时，其长子伍尚、次子伍员（子胥）都向父亲表示了担忧，伍尚说："我以为此次回京，深奥难测，恐非吉兆。"

当伍奢呵斥伍尚"我儿不可胡言，为父奉召面圣，何凶之有"时，伍子胥则说得更为明白："不知父亲是装糊涂呢，还

京剧《文昭关》中之伍子胥（杨宝森饰）

今日昭关

是真的不知情？朝廷先令子常接替儿的襄阳防务，实削去了儿的兵权，又遣袁越、武成黑、却宛来方城；而后召父回京，难道这一切仅仅只是巧合吗？"

其实老谋深算的伍奢，对于儿子所说的这一切岂能一点也没看出其中的玄机呢？他是不愿想象，或者说不敢想象呵！他说："休得猜疑，对君猜疑便是不忠。想我伍氏世代忠臣，岂可因我而止！事已至止，前面就是火坑，为父也得跳！"

就这样，伍奢走进了早已为他准备好的大狱。

伍奢当然知道等待他的最后结果是什么。

随后，楚平王又要伍奢写信将他两个儿子也骗来，伍奢竟然也照写不误：

> 书示尚、员二子：
>
> 父因戍边有功，主上隆恩官司拜令尹之职。吾王亦不忘你二人之功，分别封侯，不久圣旨将至矣。吾儿接书后，当星夜赴京都，以谢王恩。
>
> 父：奢

伍奢为什么会写这么一封家书？这让人不禁会想起后来的岳飞在临死前将自己的儿子岳云等也招来一起送死，还有《水浒》中的宋江，在喝了毒酒后还要将李逵等招来也喝下毒酒。其实岳飞、宋江和伍奢等在这里的想法是一样的，即怕自己死后，岳云与李逵们会为了给自己报仇而闹事，遂坏了自己"忠良"一世的英名。

伍尚与伍员（子胥）面对父亲的这么一封家书，该怎么办？

去，便是去送死，但是能保住"忠"的英名，因为这"死"是君所给的。伍尚或许便是这样想的，所以他选择去送死。

而伍员（子胥）却作出了不同的选择：他要逃走。

伍尚在与伍子胥告别时说："我以殉父为孝，你以报仇为孝，彼各行其志！"

伍尚竟然说自己的行为只是为了"孝"——因为他看到的明明是一封家书，是父亲写来的，也就是说，这"死"也是父亲的意思，父亲为了"忠"而选择了死；他也去死，只是为了顺了父亲的心意，只是为了"孝"。

伍尚说伍子胥的报仇也是"孝"——因为他心里也知道，父亲其实本意是并不希望他们兄弟都死的，父亲这样做也充满了无限的仇和恨，从这一点来说，弟弟伍子胥的逃跑和报仇，倒不能不说也是顺了父亲的另一意愿，不能不也是一种"孝"，而且它在"忠"之上——这样实际上已放弃了"忠"。

我们看到太多太多的人在"忠孝不能两全"时的选择，那几乎都是牺牲"孝"而成全"忠"，但是伍子胥却反之，他将"孝"放到了"忠"之上。

我常常想，那些成了伍子胥复仇之路上的铺路石的人们，他们当初为什么会不约而同地作出如此的选择呢？历来的一般性答案是，他们多出于一种"道义"，出于对伍家遭遇的同情。

这样的答案当然也不错。但"道义"的说法过于抽象而空洞，而同情只说在了表面。他们为什么同情呢？我以为只能是出于对伍子胥"孝"而不"忠"的行为的一种不自觉的认可，出于他们也不自觉地在封建伦理序列中将"孝"放在了"忠"之上，因为那毕竟是要牺牲自己生命的呵！至于为什么会这样？鲁迅曾说女人"母性是天生的，而妻性是被逼出来的"，这里我不能不也套用一下鲁迅的这句话来回答：因为人类的"孝心是天生的，而忠心是被逼出来的"！

然而，那个时代的人伦顺序是"天、地、君、亲、师"，而这一顺序恰与人性本身所认可的人伦顺序相反。伍子胥遵循的是人性本身的伦理顺序，不能不与那个时代与社会认可的顺序相冲突，这便注定了他的人生不能不陷入一种两难中，即陷入一种悖论中。

四

伍子胥逃出楚国后可以说他的生命便是只为报仇而活着了，因此他当然不能放弃他的报仇计划，但是事实上，他在实施复仇计划时又无时无刻不被一种强大的压力阻止着，他一直生活在一种报也"不好"，不报也"不好"的两难中。其原因很简单，这就是他要报仇的对象不是一般人，而是楚王。

这倒并非全是因为楚王力量强大，让伍子胥害怕。伍子胥有着过人的谋略与力量，尤其是当他一旦逃离了楚国，向吴国"借兵"成功后，若真是战场上相见，他是一点也不怕楚王的，甚至可以肯定，楚王一定不是他的对手。那种对伍子胥的复仇造成阻止的力量，正是来自于伍子胥自己的内心。

许多时候，人们在处理所谓的"国恨"与"家仇"时，往往都是"家仇"服从于"国恨"，或者是努力将"家仇"统一到"国恨"上去；在汉语词汇中，"国家"一词，是"国"在前"家"在后；在当今社会，我们也常常说"无国哪有家"、"没有大家哪有小家"等类似的话。但是这一切都应该是基于人民当家做主，真正是国家主人的前提下说的，而对于伍子胥来说并不是如此简单。

伍子胥虽然主观上只是为了报"家仇"，可他要报这一"家仇"却不得不与"国家"为敌，且是他自己的"祖国"。因为在那"普天之下，莫非王土；率土之滨，莫非王臣"的时代里，所谓"国家"，其实"国"就是"家"，"家"就是"国"；当然，那"家"，是国君的，而不是一般人的；相反，一般人若不忠于国君，便是不忠于国家。因此，楚国是楚王的"国"，或者说楚国就是楚王的"家"，伍子胥要找楚王报仇，某种程度上便是对楚国的背叛，便是与祖国为难。而这无论如何也是一个人所难以去做的。从这一点来说，楚王实际上绑架了整个楚国。

但是，再从另一方面来说，也正是因为本质上楚国只是楚王的，所以它并非是百姓的，更不是伍子胥的；对于楚国与楚王之间实际上只是一种绑架与被绑架的关系，伍子胥当然不可能不明白，尤其是在他父、兄等全家30多口人说被杀就被杀了的时候，他对此更是非常明白；而越是明白了这一点，他就越是不能不去为全家报仇，他甚至完全可以说：我"家"都没了，还有什么"国"！

如此两种心理，不能不同时存在于伍子胥的内心，也折磨着他的内心，让他之于自己的仇恨是，报也不是，不报也不是，亦即他的复仇人生本身也一直深陷在一种悖论之中。

然而伍子胥最终还是选择了报仇。

伍子胥终于向吴王阖闾"借"得了八千精兵，在精心准备多年之后大举伐楚，先是于豫章一带大败楚军，后终于攻破楚都郢城，不但烧了楚王的宗庙，而且还"掘楚平王墓，出其尸，鞭之三百"，如此一报杀家之仇、一解一己之恨。

我常常想，至此，当初那些为帮助伍子胥逃跑而成了他复仇之路上的铺路石的人们，此时此刻他们难道一点也不后悔自己当初的举动吗？他们真愿意看到伍子胥只是为了报一家之仇而亡了一个国家吗？

我想答案应该是否定的。

当初，那渔夫冒着生命危险将伍子胥送过长江时，伍子胥将自己堪为国宝的宝剑相赠，渔夫毅然拒绝，只提出有一事相求，这就是："将军他日得志，挥师入楚惩恶扬善之时，请千万别祸及无辜！"由此看来，人们虽然同情伍子胥的遭遇，但同时又希望他的报仇还是能将楚王与楚国（无辜百姓）分开。

伍子胥昔日的友人申包胥更是直截了当地表达了他对伍子胥如此行径的不屑和不满：

> 子之报雠，其以甚乎！吾闻之，人众者胜天，天定亦能破人。今子故平王之臣，亲北面而事之，今至於僇死人，此岂其无天道之极乎！

面对申包胥的指责，伍子胥的回答极其悲壮与无奈：

> 吾日莫途远，吾故倒行而逆施之。

至此不难看出，伍子胥的大仇虽然算是报了，但他竟然自己又否定了自己的行径，认为自己的这种行为是"倒行而逆施之"（汉语中倒行逆施这一成语便典出于此），因此，伍子胥并没一丝的高兴和欣慰。

这一情节是司马迁在《史记》中记载的，透过字里行间，我们不难看出司马迁的观点——他也并不赞同伍子胥的如此报仇行径。开明如司马迁者尚且如此，伍子胥如何能逃脱"不报也不好，报也不好"的命运呢！

五

伍子胥报仇成功了，这也意味着他彻底背叛了自己的祖国——楚国，亦即他事实上成了一个没有祖国的人。而一个没有祖国的人是痛苦的，所以他便自然而然地将吴国当做他的祖国；事实上也确实这样，他不但把自己的智慧、勇敢，甚至还有忠诚都献给了吴国，最后还将自己的生命也献给了吴国——实际上是献给了吴王。

在伍子胥的辅佐下，吴国蒸蒸日上，不仅击败楚国，而且灭了越国，成了春秋霸主。然而随着吴国的日益强大，伍子胥与吴王夫差却矛盾越来越多越来越深：

会稽山大战，吴王夫差击败了越王勾践，勾践派大夫文种贿赂吴国太宰伯嚭，通过他请求与吴国讲和，并答应从此做吴王的奴隶。伍子胥极力劝阻吴王夫差答应这一条件，但夫差最终听信了伯嚭的蛊惑，竟答应了越王勾践的请求。

此事过了五年后，吴王夫差兴师伐齐，伍子胥又劝谏说："勾践和他的越国才是吴国的心腹之患，您应该先杀了勾践彻底灭了越国，再去伐齐。"但夫差不但置之不理，还令人难以置信地在不久后将勾践放归了越国，而对于忠心耿耿的伍子胥却从此越来越疏远。

吴王夫差准备再次伐齐，越王勾践采用了子贡的计谋，率领他的军队协助吴国作战，伍子胥看出了越王勾践的真实意图，极力劝谏夫差，要他认识到这是一场阴谋，但吴王夫差不但不听，还故意派伍子胥出使作为敌国的齐国，本意是让他去送死。

伍子胥与吴王夫差产生矛盾是一种必然。伍子胥爱吴国，他把吴国当做自己的祖国，但说到底，吴国是吴王的，不是任何人的，更不是你伍子胥的——伍子胥如果能看破这一点，他尽可不必与吴王较真下去，他或许可以自己劝自己，你不急我急个啥呵！反正吴国是你的，它好也好，不好也好，甚至灭亡也好，说到底又关我什么事呢？——然而深爱着吴国的伍子胥怎么可能看破这一层呢？

因此，伍子胥与吴王夫差的矛盾注定只会越来越严重下去。吴王夫差也越来越不能容忍了，终于有一天，他派人给伍子胥送去一把名叫"属镂"的宝剑，要他用此剑自裁。

伍子胥仰天长叹！

伍子胥此时的心情，千年之后的我们自然是难以想象，但从他临死前留下的那段特别的遗言，我们可以明显地感受到他此时的绝望与悲哀。他告诉他的舍人说："我死了以后，一定要把我的眼珠摘下来悬挂在吴国都城的东门之上，我要亲眼看到越国人如何入侵和如何灭了吴国！"

至此，我们不妨也推测一下，伍子胥虽然留下了这一预言，但是他希望自己的预言应验吗？

当然！只有这一预言应验，才能证明他在世时的所有主张的正确，也才能证明他对吴王与吴国的忠诚；但是，他曾为吴国付出过心血，他在吴国身上寄托了所有的希望，他将吴国完全当做是祖国一样地热爱着，因此，他又不希望他的预言应验，因为这应验的代价是吴国的灭亡，这又是他万万不愿看到的——完全可以说，伍子胥是带着一个巨大的人生悖论死去的。

那么伍子胥为什么前两次都能以一种毅然决然的选择，两次从人生的悖论中挣脱，而这一次他却没有逃跑，而是听从吴王的命令，乖乖地用他送过来的那把"属镂"剑自刎了呢？

其实他这一次完全可以再逃跑，而且机会比他当年逃楚奔吴要好得多，如吴王派他出使齐国时，他实际上已完全看出了吴王的用意，对于自己的前途也了如指掌了，他完全可以在将自己的儿子托付给了齐国的鲍氏时，自己也留在齐国要求"政治避难"，但他毅然回到吴国来"送死"。他为何要这样？唯一的解释是，他这一次无论如何最终也挣不脱那个悖论了。

试想，伍子胥若再次逃跑，就算他能逃脱一死的命运，但是作为一个一次次背叛"祖国"的人，他能逃脱历史对他的苛责吗？两千多年后"冲冠一怒为红颜"的吴三桂，背叛明朝、背叛民族，将清军引进关内，但后来他又叛清发动兵变，尽管他的叛清行为中多少有一点民族尊严复活的因素，也尽管朱家的"大明"和李自成的"大顺"并不一定比爱新觉罗家的"大清"好，但历史终究不能原谅他。伍子胥若再次逃跑，他的历史命运一定不会比吴三桂好多少！伍子胥唯有一死，历史或许还能对他有所原谅，原谅他以前的挣扎与"背叛"。就这样，一次次挣脱人生悖论的伍子胥，终究也不能挣脱，只要是陷入了这一悖论后其实是必然的命运。

伍子胥的整个人生本身就是一个大的悖论！

至此，我们也可以对开头的那个故事再做一次解释：如果伍子胥在奔吴途中发生在溧水边的那个故事只是人们附会出的，那么人们附会出这个故事的原因或许也正是人们看到了这伍子胥的人生本质上是一个悖论。

六

伍子胥死后，吴王夫差听说了他的临终遗言，不但不想到"鸟之将死其鸣也哀，人之将死其言亦善"，反而大为愤怒，下令让人将伍子胥的尸体装在一只用皮革做的袋子里抛入江中，意在使他浮在水面示众，并最后喂鱼。

吴国的百姓，出于对伍子

今日，每到端午，吴地百姓总会赛龙舟，若问他们到底是为了纪念伍子胥还是屈原，恐怕谁也说不清。

胥的同情和敬重，悄悄地将其捞上并葬于江边一座小山之上，并从此将此山叫做胥山，还在山上立祠纪念。时至今日，两千多年过去了，吴地的百姓仍然没有忘记这位为吴国和吴地作出过贡献的楚国人。

今日，每到端午，吴地百姓总会赛龙舟，若问他们到底是为了纪念屈原还是伍子胥，恐怕谁也说不清。

每到端午节，江南人家，家家都要包粽子，人人都要吃粽子，若问何以如此，那儿的人们大多不会说是纪念屈原，而是说这是为了纪念伍子胥，因为当年吴王夫差将伍子胥的尸体抛入江中，吴地百姓怕江中的鱼儿会吃了他的灵魂，便划着龙舟去驱赶，同时用芦叶包成粽子，投入江中喂鱼，并代代相传，成为习俗。

如今，端午节吃粽子、划龙舟早已成为整个中华民族的一个习俗，在我看来，它究竟是为了纪念屈原还是为了纪念伍子胥并不重要，重要的是我们应该看到，这两位以不同方式对待楚国

粽子

的楚人，他们其实都是爱国者，只是表达的方式不同罢了。不看到这一点，就难以理解为什么以死来效忠楚国的屈原，最终连他的敌国的人民也纪念他；而背叛楚国并攻打过楚国的伍子胥，最终为什么连楚国的人也事实上原谅了他！如果不理解这一点，我们对历史的认识也会陷入一种悖论。

呵，又快到端午节了，我似乎又闻到了粽叶和粽子的清香。

图书在版编目（CIP）数据

无用是书生 / 诸荣会著. —— 南昌 : 百花洲文艺出版社，2012.10
ISBN 978-7-5500-0413-9

Ⅰ. ①无… Ⅱ. ①诸… Ⅲ. ①散文集－中国－当代 Ⅳ. ①I267

中国版本图书馆CIP数据核字(2012)第248628号

无用是书生

诸荣会 著

出 版 人	姚雪雪
责任编辑	张 越 朱 强
美术编辑	赵 霞
制 作	何 丹
出版发行	百花洲文艺出版社
社 址	南昌市阳明路310号
邮 编	330008
经 销	全国新华书店
印 刷	江西华奥印务有限责任公司
开 本	16开　　　　　　　印张 23.25
版 次	2013年1月第1版第1次印刷
字 数	210千字
书 号	ISBN 978-7-5500-0413-9
定 价	35.00元

赣版权登字 05-2012-138
发行电话　0791-86895108
网　　址　http://www.bhzwy.com
图书若有印装错误，影响阅读，可向承印厂联系调换。